FIFTYFIFTY

Danny Patrick Rose schreibt unter anderem Namen für die US-Fernsehshows *Real Time* und die *Daily Show*. Er begann als Stand-up-Comedian in seiner Heimatstadt Salt Lake City, studierte Civic Disobedience am City College in New York und arbeitete dann als Coach für das Baseballteam Boston Red Sox, Pizzalieferant für Tupac Shakur und Faktenchecker beim Council of Foreign Relations. Danach eröffnete er eine Stripbar in New Orleans. Als ihn das FBI als Person of Interest suchte, tauchte er in New Mexico unter, wo er bewusstseinserweiternde Kekse mit Kakteen kreuzte. Nach einem Burnout reiste er nach Indien, die Mongolei und Liechtenstein und verbrachte ein Jahr in London als Liebhaber der Duchess of York. Zurück in den USA, konzipierte er Sitcoms unter dem Pseudonym Tucker Carlson. Heute lebt der Autor des Politfachblatts *The Onion* und Hobbyveganer im Brooklyner Stadtteil Crown Heights mit seiner dreibeinigen Katze Petunia und zwei Piranhas. Die Verschwörung ist sein erster Roman. Er beruht auf einer wahren Geschichte.

DANNY PATRICK ROSE

DIE VERSCHWÖRUNG

DER 9/11 ROMAN

AUS DEM AMERIKANISCHEN
VON SAM VAN HEIST

FIFTYFIFTY

INHALT

OPERATION TV-STURM

Als die Bomben auf Bagdad fielen, explodierte die Frau des Präsidenten. Ihr Gesicht wurde rot. Erst rosarot, dann feuerrot. Sie keuchte. Gleichzeitig sog sie die Luft ein, heftig und stoßweise, wobei sich ihr nackter Körper unter dem schweren Gewicht des Mannes auf ihr wand. Schweiß lief in ihren Haaransatz, ihre Ohrmuscheln und zwischen ihre Brüste. Eine heiße Welle erfasste sie. Noch eine. Und noch eine. Mit halb geschlossenen Augen umklammerte sie erst ihren Liebhaber, dann krallten sich ihre Hände in die rosaseidene Bettdecke. »Ja!«, schrie sie. »Ja! Ja! Jetzt!«

Unterdessen ließ *CNN* auf dem TV-Bildschirm in grüner Nachtsicht-Optik Unheil herabregnen. Grauer Staub stieg vom Ort der Explosion auf, den die Kamera aus sicherer Entfernung einfing. Mitten in dem steinernen Meer, das Bagdad war, zerbröselte ein Häuserblock. Ganz langsam. Und erstaunlich leise. Aber vielleicht war die Kamera auch bloß zu weit weg. Jetzt brachen die letzten Wände ein. Dann wieder eine Welle blitzender Bomben, die noch mehr Gebäude in Staub verwandelten. Langsam erhob sich ein von Rauch verhüllter Mond über Bagdad, sieben Stunden von Washington, D. C., entfernt, wo noch Nachmittag war. Auf dem Bildschirm rannten winzige Menschen in Deckung, kaum zu erkennen. Sie rannten aus dem Bildausschnitt heraus, den die Kamera in den Blick nahm. Der Angriff auf Bagdad hatte begonnen und der Countdown zum Irakkrieg, den *CNN* am Bildschirmrand mitlaufen ließ, zählte noch immer munter weiter. Eigentlich waren noch 48 Stunden übrig.

»Nach Informationen unserer Geheimdienste hat sich Saddam Hussein in diesem Gebäude aufgehalten«, sagte eine sonore männliche Stimme aus dem Off, während die Kamera über die vergleichsweise unprätentiöse Staubwolke hinwegschwenkte, die einmal ein präsidialer Palast gewesen sein sollte. »Deshalb wurde die erste Angriffswelle auf Bagdad vorgezogen. In wenigen Stunden werden wir wissen, ob Saddam Hussein tot ist. Dann wäre der Krieg schnell und unblutig zu Ende gegangen.« Die Kamera zoomte nun auf ein paar Abrams-III-Panzer der U. S. Army in der Farbe Flaschengrün bis Feldgrau. Am unteren Bildschirm lief der Newsticker Amok: *AOL Time Warner* plus 17, *Cisco* minus 11, *Disney* plus 6, *GM* plus 5, *Philip Morris* minus 12, *Sun Microsystems* minus 4 …

Die Frau des Präsidenten bekam von alledem nichts mit. Sie lag, noch immer keuchend, auf dem Doppelbett im präsidialen Schlafzimmer. Ihre dunklen Locken klebten, von ihrem Schweiß durchtränkt, an den rosaseidenen Kissen. Das Schlafzimmer lag im ersten Stock des Weißen Hauses, weit ab vom West Wing, wo ihr Mann regierte. Oder zumindest so tat, als ob. Ihre Augen waren geschlossen und sie atmete schwer. Sie war schlank für ihr Alter. Kein Gramm Fett zu viel und ein straffer Bauch. Auch ihre Brüste waren noch fest. Trotz der Zwillinge, die sie gestillt hatte. Lange. Zu lange wahrscheinlich. Ihr Gesicht, das sonst so harmonisch, fast bieder war, hatte sich in der Erregung zu einer Maske verzerrt, dämonisch und stark. Die Wellen der lang erwarteten Hitze ergriffen sie, schüttelten sie, lieferten sie aus.

Es war so weit. Seine dunklen Arme umschlangen sie, während sie ihre Beine um seinen Rücken wickelte. Unglaublich lange Beine, mit denen sie vor ihrer Heirat vielen Männern den Kopf verdreht hatte. Sie streichelte seine Hüften, seinen starken Rücken, seine Schultern. Er war bereit, mit ihr zu verschmelzen, und sie war bereit, ihn zu empfangen. Sekunden später waren sie vereint. Der Augenblick, auf den beide monatelang gewartet hatten.

Die *CNN*-Kamera fing noch immer die Blitze der amerikanischen Bomben ein, die über Bagdad niedergingen. Der Staub über der Stadt hatte die Form einer pilzartigen Wolke angenommen, die den Rest eines von Saddams Präsidentenpalästen umhüllten. Vielleicht war es auch eine Moschee gewesen. Oder das Bagdad Hilton. Das wohl eher nicht. »Wir haben hier den ehemaligen Brigadegeneral Douglas McLeicester bei uns«, sagte der Reporter von *CNN*, aufgekratzt und glücklich. Dass er bei diesem historischen Moment dabei sein durfte, war überhaupt nur deswegen der Fall, weil Washington den Angriff für *CNN* um zwei Tage vorgezogen hatte. »General McLeicester wird unseren Zuschauern nun exklusiv erklären, wie wir diesen Überraschungsangriff geplant haben und warum.«

Der General bemühte sich, intelligent und zugleich vertrauenserweckend zu erscheinen. Er trug eine feldgraue Uniform und dazu einen feldgrauen Helm, was ein wenig albern war, denn die Bomben schlugen mindestens eine Meile entfernt ein. Oder? Das Geräusch kam bedrohlich schnell näher. Im Hintergrund stolperte ein Dutzend GIs verwirrt durchs Bild, aber vielleicht hatten die sich nur verirrt. Der aufgekratzte *CNN*-Reporter trug keinen Helm. Man sollte sein Gesicht zu Hause sehen können, das war das Wichtigste. Deswegen war er hier. Im Hintergrund rumste es wieder. Wahrscheinlich zerbröselten gerade noch ein paar Häuser.

»Ja!«, schrie die Frau des Präsidenten noch einmal, sog laut die Luft ein und wimmerte halblaut: »Nein!« Dann kam sie, fast in der gleichen Sekunde wie ihr Liebhaber. Er stieß noch vier-, fünfmal zu und brach dann keuchend auf ihr zusammen. Erschöpft presste er sein Gesicht an ihre Schulter, wobei seine Hand ihren linken Oberschenkel umklammert hielt. »Warum haben Sie für die erste Angriffswelle denn Cruise-Missiles eingesetzt und keine B-52-Bomber?«, fragte der *CNN*-Reporter den ehemaligen General. Die Kollegen in Atlanta sollten nicht glauben, dass er keine Ahnung hatte, bloß weil er nicht in der Army gewesen war.

Als der dunkelhäutige Liebhaber »Cruise-Missiles« hörte, erwachte er augenblicklich aus seiner komaähnlichen Erschöpfung. Er richtete sich auf und starrte, den Ellbogen auf die Frau des Präsidenten gestützt, fassungslos auf den Fernsehschirm. »Was zum Teufel tun die da unten in Bagdad?«, fragte er mehr sich selbst als sie. »Und warum hat mein Stab mich darüber nicht informiert? Oder Drillson?«

CNN zeigte wieder eine Totale des zerstörten Präsidentenpalastes. Der Mond stand nun höher am Himmel, er wirkte kleiner und heller. Die Staubwolken hatten begonnen, sich abzusenken. Unter den Trümmern schimmerte etwas Metallenes hervor. Aus der Ferne sah es aus, als könne es ein Stück einer Rakete sein. Oder ein Schrotthaufen, der einmal ein Raketendepot gewesen war. »Und was zum Teufel«, fragte der Liebhaber, der hauptberuflich Außenminister der USA war, »ist das?« Er griff nach der Fernbedienung und stoppte das Bild. Aber es war nicht zu erkennen, was das schimmernde Etwas war.

* * *

Verteidigungsminister Dewey Drillson mochte es nicht, wenn Ereignisse, die er nicht unter Kontrolle hatte, ihn zu einer Reaktion zwangen. Und ganz und gar nicht mochte er es, wenn er im Weißen Haus eine improvisierte Pressekonferenz wegen eines improvisierten Angriffs auf Bagdad geben musste, den er selbst erst zwei Tage später erwartet hatte. Drillson war ein eher robuster Mensch, so wie ein Tyrannosaurus Rex ein eher gefräßiges Tier war oder Madonna eher eitel oder Rush Limbaugh eher ein wenig fett. Drillson war in seinen Siebzigern, mindestens. Sein grauer Anzug, die dunklen Schuhe, das schüttere Haar und eine randlose Brille verliehen ihm das Flair eines pensionierten Generals der Wehrmacht. Er sah so verwittert aus, als habe er bereits ein halbes Dutzend Kriege mitgemacht. Und zwar an der Front. Nicht wie der Präsident, gefrorene Margaritas trinkend auf dem Rücksitz einer Limousine, die Hand einer Dorfschönheit in seiner Hose.

Drillsons liebste Beschäftigung war es, Journalisten abzufrühstücken. Sie anzublaffen. Was war denn das für eine dumme Frage? Sie haben mich doch gehört! Wenn Sie mich nicht verstanden haben, waschen Sie sich gefälligst die Ohren. Sonst noch was? Drillson war bei weitem das älteste Kabinettsmitglied. Dieser Job würde sein letzter sein. Hoffentlich. Dann würde er sich zur Ruhe setzen. In Costa Rica oder so.

Drillson musterte die versammelte Presse. Fast alles bekannte Gesichter. Drei Dutzend der akkreditierten Weiße-Haus-Reporter waren hergeeilt, dazu ein paar der festen Pentagon-Korrespondenten. Und einige ausländische Journalisten. In der ersten Reihe saß ein hochgewachsener, schlanker Mann mit kurzen, zurückweichenden Haaren, die ihm eine hohe Stirn verliehen, und einer runden Nickelbrille, die ziemlich teuer aussah. Jason Gilligan. Ausgerechnet.

Jason Gilligan war der Journalist, den Drillson definitiv am wenigsten mochte. Gilligan arbeitete für eines dieser über-intellektuellen Ostküstenblätter, die Drillson ebenso wenig mochte. Er schrieb über Verteidigungspolitik und Rüstung. Drillson hatte ihn für handzahm gehalten, aber seit Neuestem steckte Gilligan seine Nase entschieden zu tief in Angelegenheiten, die ihn nichts angingen.

In letzter Zeit, das Gefühl hatte Drillson zumindest, war Gilligan hinter etwas her, das ihm noch mehr Ärger machen konnte. Der Journalist bekam offenbar Informationen von einer Quelle, die Drillson zu gerne trockengelegt hätte, wenn er bloß gewusst hätte, um wen es sich handelte. Denn das Wichtigste für den Verteidigungsminister war es, die Kontrolle zu behalten. Hoffentlich würde Gilligan sich heute auf die neuesten Vorkommnisse im Irak konzentrieren. Wobei, so richtig darüber aufklären würde Drillson ihn auch nicht können.

»Zehn Minuten«, sagte Drillson barsch zu den Journalisten. »Nicht mehr.«

»Herr Verteidigungsminister«, fragte der Korrespondent vom *Time Magazine*. »Warum wurde der Angriff auf Bagdad um 48 Stunden vorgezogen?«

»Um Sie zu überraschen«, sagte Drillson. »Dafür gibt's dann aber nichts mehr zu Weihnachten. Nächste Frage.«

Die nächste Frage ging an das *Wall Street Journal*. »Stimmt es, dass der französische Präsident seinen Außenminister nach Washington geschickt hat, um gegen den Angriff auf Bagdad zu protestieren?«

Drillson grinste. »Der französische Außenminister war, soweit ich hörte, zwar in Washington, aber ich glaube, er wollte dagegen protestieren, dass Frankreich keine Gelegenheit bekam, sich rechtzeitig zu ergeben. Der Nächste!«

»Haben wir den Hurensohn Saddam nun erledigt?«, fragte der Korrespondent der *Featurenews Universal Corporation*, der feixend hinter seiner Kamera stand. Das Motto des Senders *FUC* lautete: »Links von Nixon beginnt der Kommunismus«.

Drillson grinste einmal mehr. »Hoffentlich«, sagte er. Dann deutete er, während sein Grinsen langsam begann, leicht gezwungen zu wirken, auf den Journalisten in der ersten Reihe. »Ja, Jason?«

»Nach Informationen, die unserer Zeitung vorliegen, wurde ein Paket, dass Überreste der Stahlkonstruktion vom World Trade Center enthielt, zu einer geheimen Militärbasis geschickt, die als Area 51 bekannt ist«, sagte Gilligan. »Das Paket kam aus London, wurde aber offenbar ursprünglich aus dem Irak verschickt. Können Sie das bestätigen und haben Sie irgendeine Erklärung dafür?« Gilligan blickte Drillson dabei so emotionslos an wie ein Pokerspieler mit zwei Assen auf der Hand.

Das kam aus heiterem Himmel. Drillson verzog das Gesicht, als habe er plötzlich Zahnweh. Von diesem Wichtigtuer in Kammseide ließ er sich nicht beeindrucken. »Alle Informationen über die so genannte Area 51 sind streng geheim«, sagte er. »Aber gleichwohl kann ich Ihnen versichern, dass es eine solche Paketsendung niemals gegeben hat.«

Kaum hatte der letzte Journalist den Presseraum des Weißen Hauses verlassen, drehte Drillson sich zu einem Assistenten um. »Was war denn das?«, fauchte er. »Wer zum Teufel hat diesen verfickten Angriff auf Bagdad befohlen? Zwei ganze Tage zu früh? Und was haben wir da überhaupt bombardiert? Das soll ein Präsidentenpalast gewesen sein? Das sah aus wie die Downtown von Cleveland nach dreißig Jahren demokratischer Regierung. Wo ist dieser CIA-Alkoholiker? Und rufen Sie Joe Brisbane von *FUC* an – ich will wissen, wieso seine Teams im

Irak ihre TV-Kameras schon so frühzeitig in Stellung gebracht hatten. Und wo ist dieser verfickte Neger, wenn man ihn ausnahmsweise mal braucht?«

Wie bestellt erschien Tom Powder an der Tür. Der Außenminister. Er sah deutlich weniger würdevoll aus als sonst, da er im Eilschritt herbeigeeilt war. Seine Haare waren ein wenig feucht und außerdem hatte er einen Kratzer an seiner dunklen Stirn, der aber zum Glück kaum wahrnehmbar war. Etwas auffälliger war hingegen die rosa getönte Daunenfeder, die in seinem Reißverschluss klemmte. Doch Drillson ignorierte sie. Zumindest tat er so, denn im Moment gab es Wichtigeres zu bereden.

Powder, dem nicht klar war, wie derangiert er aussah, ging sofort auf Drillson los. »Haben Sie etwa den Befehl dazu gegeben, 48 Stunden zu früh Bomben auf Bagdad zu werfen? Hinter meinem Rücken? Und ohne mich zu informieren?«

Drillson überlegte eine Viertelsekunde lang, einfach »Ja« zu sagen, bloß, um sein Gegenüber zu ärgern, entschloss sich dann aber doch, bei der Wahrheit zu bleiben. »Nein, und ich habe auch keine Ahnung, wer das war. Aber wenn ich das herausfinde, lasse ich den Kerl eigenhändig nach Anchorage deportieren.«

»Vielleicht«, erwog Powder, »war es der Präsident, der entschieden hat ...«

»Aber sicher«, sagte Drillson und schenkte Powder einen Blick, der scharf genug war, um einen Velociraptor zittern zu lassen. »Oder der unglaubliche Hulk.«

Powder blieb unbeeindruckt. »Vielleicht war es Mister Burton?« Der Vizepräsident. Eine nicht unplausible Theorie, dachte Drillson. Harold H. Burton wusste noch nicht einmal, wie »Skrupel« oder »Loyalität« buchstabiert wurden. Aber würde Burton es wagen, hinter seinem, Drillsons, Rücken die Army zu mobilisieren?

»Noch etwas«, sagte Powder. »Ich habe vorhin diesen Reporter, Gilligan, im Fernsehen gesehen, der diese Frage über die Area 51 gestellt hat und ...«

»Völliger Unsinn«, unterbrach ihn Drillson. »Ich habe nicht die leiseste Ahnung, worüber der überhaupt geredet hat.« Er schüttelte den Kopf. »Wir müssen eine Presseerklärung herausgeben. Das Übliche. Es erfolgte ein lang geplanter Erstschlag gegen Saddam Hussein, der aus taktischen Gründen um zwei Tage vorgezogen wurde. Basierend auf Geheimdienstinformationen, deshalb höchste Geheimhaltungsstufe und so weiter und so fort.« Er holte Luft. »Und wo steckt Lucius Prince? Der soll hierherkommen. Und zwar sofort!« Wo war sein wichtigster Berater, wenn er ihn brauchte? Jetzt, wo er genauer darüber nachdachte, fiel ihm auf, dass sich Prince in den letzten Monaten nur noch sporadisch in Washington hatte blicken lassen.

Er griff nach seinem Handy, drückte auf die Kurzwahl und lauschte ein paar Sekunden. Nur Princes Mailbox war dran. »Melden Sie sich gefälligst!«, knurrte Drillson in den Apparat. »Und zwar zack, zack!«

Dann verengte der Pentagon-Chef seine Augen zu schmalen Schlitzen und drehte sich wieder zu Powder um. »Und wir müssen den Präsidenten finden. Der ist bestimmt noch irgendwo im Park des Weißen Hauses beim Joggen.« Er dachte kurz nach. »Am besten, ich rede ihm ein, es sei seine Idee gewesen, Bagdad vorzeitig anzugreifen. Dann ist er glücklich und wir haben unsere Ruhe vor der Presse.«

* * *

Linda streckte sich genüsslich in der riesigen Badewanne mit den goldenen Löwenfüßchen aus. Wunderbar warmes Wasser, auf dem Rosenblüten schwammen, umhüllte sie. Und dicker weißer Schaum, der nach Jasmin duftete. Auf dem Wasser tanzte Sonnenlicht. Draußen, im Garten des Weißen Hauses, schnitt ein Gärtner den perfekt getrimmten Rasen nach. Die Frau des Präsidenten war erschöpft, aber glücklich.

Sie spürte Toms Atem und seine Haut noch auf jedem einzelnen Teil ihres Körpers. Endlich war es passiert. Nach so langer Zeit, in der sie es kaum mehr zu hoffen gewagt hatte. Sie schloss die Augen und tauchte unter den schaumbedeckten Wasserspiegel. Schade, dass er so schnell hatte gehen müssen, bloß wegen dieser blöden Nachrichten im Fernsehen. Aber er würde ganz sicher wiederkommen. Sie vermisste ihn schon jetzt. Er war so klug und so stark, aber seit sich dieser Krieg abzeichnete, wirkte er fortwährend angespannt. Und immer besorgt. Er traute Drillson nicht; und sie wusste, dass Drillson ihn tatsächlich nicht mochte und dass ihn das beunruhigte. Aber andererseits mochte Drillson niemanden. Nicht einmal den Präsidenten. Aber wer mochte den schon? Nicht einmal sie.

Es wurde Zeit, aus der Badewanne zu steigen und sich anzukleiden. Gleich würde ihr Mann vom Joggen kommen und garantiert maulen. Seit er den Sport und den christlichen Fundamentalismus für sich entdeckt hatte, empfand er es als dekadent, im warmen Wasser zwischen Rosenblüten und Jasminschaum zu liegen. Sie seufzte. Ihr Gesicht hatte jetzt wieder den sanften, harmonischen Ausdruck erlangt, für den die Amerikaner sie so sehr liebten. Abgesehen davon, dass sie der einzige normale Mensch im Weißen Haus zu sein schien. Die liebevolle Ehefrau und gute Mutter oder so ähnlich. Wenn die Zwillinge über die Stränge schlugen, war es jedenfalls nicht ihre Schuld, sondern lag wohl an den Genen ihres Mannes. Und denen ihrer Schwiegermutter. Sie schüttelte sich. Sie, Linda, war die patente, immer freundliche First Lady, die mit der Gattin von Putin oder diesem Schlitzauge Tee trank. Wie hieß der noch gleich? Egal. Tee mit Wodka, aber das wusste Amerika nicht. Ohne Wodka hätte sie es nicht ertragen. Und die Putina schon gar nicht.

Sie seufzte noch einmal und griff nach dem flauschigen, rosafarbenen Badetuch, das zum Farbschema des ganzen Schlafzimmertraktes passte. Der Spiegel, vom Wasserdampf beschlagen, zeigte die weichgezeichneten Konturen einer dunkelhaarigen, geheimnisvollen Nymphe. Wunderschön.

»Badest du etwa schon wieder?«, fragte eine quengelige, gequetschte Stimme von der Tür her. Der Präsident. Er nahm seit ein paar Monaten Stimmbildungsunterricht, vergaß aber immer gleich wieder, was er gelernt hatte. Noch während er die Worte in diesem nachgemachten Südstaaten-Singsang, den sie zutiefst verachtete, von seiner Zunge rollen ließ, verlor er das Interesse an ihrer Antwort.

Wie immer trug er seine Jogginghose, dazu ein T-Shirt und eine Windjacke. Er schwitzte, aber nur ganz leicht. Er musste fünf Meilen gelaufen sein. Er lief immer fünf Meilen, im Park des Weißen Hauses, möglichst fernab von den Journalisten. Drahtig sah er aus, obwohl er schon die Fünfzig hinter sich gelassen hatte. Aber das war nur an den grauen Schläfen zu erkennen. Der glasige Blick ließ ihn wie sechzehn wirken.

Der Präsident warf die Windjacke auf den Boden, griff nach der Fernbedienung und knipste den Fernseher an. *ESPN*. Sein Lieblingssender. Die New York Yankees spielten gegen die Texas Rangers. Mit einem Auge auf dem Bildschirm drehte er sich zum Kühlschrank um, holte eine Dose seines Fitnessdrinks heraus, riss den Deckel auf und ließ den rosa Saft hinuntergluckern. Der Fitnessdrink schmeckte nach Gummibärchen, Bittermandel, Vanille und Brausepulver. Linda hatte ihn einmal probiert, aber er war ihr zuwider. Die Mischung war so geheim, dass nur der Präsident sie kannte. Das hoffte sie zumindest.

Die Dose in der Hand, stieg der Präsident auf seinen Heimtrainer. Den Fernseher fest im Blick, schaltete er das Laufband ein und fing an, zu traben. Kein Aufwärmen, gleich Stufe sechs. Die elektronische Anzeige lieferte ihm Puls, Blutdruck, Temperatur, Hautwiderstand, Kalorienverbrauch und Cholesterinspiegel. Gute Werte. Mit einem Zug trank er die Dose leer, ließ sie auf den Boden fallen und fing trabend an, durch seine Lieblingskanäle zu zappen. *ESPN II*, *Food Channel*, *Cartoon Network*. Eher zufällig erwischte er *CNN*, wo zum hundertsten Mal der Bombenhagel auf Bagdad zu sehen war. Gebäude, die zu Staub zerfielen. Die pilzförmige Wolke über der Stadt. Der übereifrige *CNN*-Reporter. Der General in Rente, der seine Ahnungslosigkeit gut zu überspielen wusste.

Während er die Fernsehbilder sah, grinste der Präsident selbstzufrieden. Dann sprang er vom Laufband, riss erneut den Kühlschrank auf, schnappte sich eine neue Dose und trank sie wieder in einem Zug leer. »Das Reich des Bösen ist, äh ... ist böse«, sagte er und Linda wusste nicht, ob er mit ihr oder mit dem Fernseher redete. »Aber wir treten ihm in den Hintern. Lass uns beten.« Sogleich ließ er sich neben dem Bett auf die Knie fallen, die Ellbogen auf die rosaseidene Bettdecke gestützt, die Hände gefaltet. »Komm, komm, komm!«, sagte er ungeduldig. *CNN* zeigte derweil Werbung. Der neue Subaru SUV. Mehr PS als ein irakischer Panzer.

So überdreht hatte Linda den Präsidenten noch nie erlebt. Wohl oder übel musste sie neben ihm knien. Leise sog sie die Luft ein, als ein plötzlicher Schmerz an den Innenseiten ihrer Oberschenkel hochzog. Bloß nichts anmerken lassen.

»Herr, steh' uns bei in dieser glorreichen Stunde, in der wir in unserem Glauben, was ich glaube, ich glaube – äh – unsere großartige Nation zum Sieg über die Schurkenstaaten von … die Schurkerei führen«, fing der Präsident mit gen Himmel gerichteten Augen an. Hoffentlich riecht er nichts, dachte Linda. Sie hätte die Laken wechseln sollen. Andererseits war das die Aufgabe des Personals. Wenn er bemerkt hätte, dass sie das selbst getan hätte, wäre er erst recht misstrauisch geworden.

»Herr, vernichte unsere Bösen, ich meine das Böse, und sende es in die Erde … äh, den Staub«, fuhr der Präsident fort. Beim Beten vergaß er wenigstens für kurze Zeit diesen albernen Südstaaten-Akzent, mit dem er glaubte, bei Wählern südlich der Mason-Dixon-Linie Eindruck schinden zu können. »Heiliger Allmächtiger, vernichte die Ungläubigen, erhebe uns in Demut über sie und sei unserer Seele gnädig.«

Nach zwei Minuten des Betens, während der er regelmäßig den Bauch einzog, um seine Muskeln zu trainieren, sprang der Präsident auf. »Ich komme gerade von einem Gespräch mit Drillson«, berichtete er. »Ich habe heute selbst den persönlichen Befehl gegeben, gegen die Irakianer loszuschlagen. Sie haben mich als Führer verunterschätzt, aber bald werden wir das Reich … die Erde vom Reich des Bösen gesäubert haben.«

Offenbar hatte er nichts gemerkt. Vielleicht benebelte der Fitnessdrink seine Sinne, hoffte Linda. Der Präsident schüttelte sich wie ein junger Hund, griff wieder nach der Fernbedienung und schaltete zurück zu *ESPN*. Nun lief Football. Er ließ sich aufs Bett fallen und verschränkte die Arme hinter seinem Kopf. »Übrigens«, sagte er, »hat mir Drillson erzählt, dass wir als Nächstes Israel angreifen.« Pause. »Oder war es Indien? Italien? Jedenfalls irgendwas mit I.« Damit drehte er sich um und schlief auf der Stelle ein.

Linda beugte sich über ihn. Er rührte sich nicht. Er lag vollkommen reglos da. Ganz so, als sei er sofort in Tiefschlaf gefallen. Sie zögerte kurz, dann richtete sie sich auf und ging.

WIE ALLES ANFING

Das musste er Lucius Prince lassen, dachte Jason Gilligan, als er sich im Clubraum der Defiant Foundation umsah: Was Prince aus der Büroetage an der K Street gemacht hatte, war beeindruckend. Wobei Gilligan natürlich nicht mit der Defiant Foundation sympathisierte. Oder gar mit Prince, den seine Feinde – wie auch seine Freunde – »Fürst der Finsternis« nannten. Prince war Berater beim Pentagon und Vorsitzender der Defiant Foundation, dem wichtigsten Think Tank in Washington, D. C. Gilligan war Journalist. Ein Washingtoner Korrespondent mit kühlem Kopf und langer Erfahrung, der noch im Begriff war, sich auf die neue, konservative Regierung einzustellen, die nun seit einem Dreivierteljahr im Amt war.

Die Holzvertäfelung im Clubraum glänzte frisch geölt. Die Bar, an der Gilligan soeben seinen ersten Whiskey bestellt hatte, war gut bestückt. Zwölf Sorten Scotch, acht Sorten Malt, fünf verschiedene Gins. Von der Bar aus überblickte Gilligan die Sitzecke mit den grauen Ledersesseln, der kleinen Bibliothek und dem Ölgemälde von Ronald Reagan, bei dessen Anblick Gilligan sofort das Gesicht verzog. Sogar den Kamin hatte Prince restaurieren lassen. Der Atmosphäre wegen. Allerdings war es noch viel zu früh, um zu heizen, denn in Washington war es um diese Jahreszeit noch recht warm. Heute war der 10. September 2001. Ein eher ereignisloser Tag.

Der hochgewachsene, überaus schlanke Jason Gilligan war schon seit mehr als zwanzig Jahren Journalist. Er lebte in Georgetown, einer Art West Village von Washington, D. C. Er hatte an der Columbia School of Journalism in New York studiert, der wohl besten Fakultät der Welt für Journalisten. Und der wohl teuersten.

Gilligan war von Connecticut nach New York gezogen, als die Watergate-Affäre aufflog und die Studenten auf dem Campus für das Ende des Vietnamkrieges protestierten. Bald trug Gilligan – zum Entsetzen seiner Mutter, die Mitglied der altehrwürdigen Daughters of the American Revolution war – lange Haare, einen Vollbart und löchrige Jeans, die um seine langen, dünnen Beine schlackerten.

Anfangs verbrachte er seine Abende bei Sit-ins aus Solidarität für die Black Panthers und aus Protest gegen den Einmarsch in Kambodscha. Er las Hegels Philosophie des dialektischen Materialismus und Marx' Lehre von der Umverteilung der Produktionsmittel und studierte die Schriften von Marshall McLuhan, Mao Zedong und Jean Paul Sartre. Bis zu dem Tag, als er bei einer Demonstration gegen den militärisch-industriellen Komplex am Washington Square von einem Polizeiknüppel am Kopf getroffen wurde und die nächsten Wochen im St. Luke's-Roosevelt Hospital in Hell's Kitchen verbringen musste.

Als er aus dem Krankenhaus entlassen wurde, ließ er sich zuerst die Haare schneiden. Dann beschloss er, das nächste Semester ein wenig praxisnäher anzugehen. Er las die Klassiker des Journalismus: Edward R. Murrow, Gay Talese, Hunter S. Thompson. Er ließ sich den Bart stutzen und lernte Elisabeth kennen. Er schrieb in der *Columbia Journalism Review* Kommentare gegen die US-Interventionspolitik in Nicaragua, sprach sich für den untergetauchten Anarchisten Abbie Hoffman aus und sammelte auf dem Campus Unterschriften gegen Ronald Reagans Kandidatur als Präsident. Als Reagan dann doch Präsident geworden war, wetterte er bei seinen Freunden in der Kneipe gegen dessen Rüstungsprogramme. Dann bekam er eine Stelle als Reporter.

Er rasierte sich den Bart komplett ab und heiratete Elisabeth. Er schrieb Lokalreportagen über die Einsätze der Drogenfahndung am Times Square und die Mafia am Fulton Fish Market. Er überlebte den tyrannischen alten Chefredakteur, der keine Ivy-League-Söhnchen mochte, die sich als Revoluzzer gerierten, wurde politischer Redakteur und machte sich einen Namen als Experte für Landesverteidigung. Er verlor so viele Haare, dass seine Stirn höher wirkte als die eines Klingonen, tauschte sein billiges rundes Nickelgestell gegen ein ähnliches Modell, das mehr gekostet hatte als Ronald Reagans Toupet, ließ sich als Demokrat registrieren und kaufte eine Wohnung an New Yorks Upper West Side. Als Elisabeth sich beklagte, dass seine Karriere stagnierte, bat er darum, nach Washington versetzt zu werden. Das war nun fünf Jahre her. Nur Jeans trug er auch heute noch ab und zu. Diesel Jeans.

Als der Hausherr den Clubraum betrat, schreckte Gilligan aus seinen Gedanken auf. Lucius Prince war seit Jahrzehnten eine legendäre Figur der Washingtoner Gesellschaft. Es war schwer, ihm anzusehen, woher seine Vorfahren stammten. Irgendwoher zwischen Warschau und Wladiwostok, dachte Gilligan. Blasse, vernarbte Haut, dicke Wangen, enorme Tränensäcke, stahlgraue Augen, buschige Brauen, graue Haare. Sein Leib, in einen silbergrauen italienischen Anzug gehüllt, war deformiert von zu vielen Businesslunches, Galadinners und Weinproben. Hinzu kam eine sanfte Stimme, die so gar nicht zu seiner massigen Erscheinung passte. Gilligan wusste, dass Prince auch erstaunlich weiche Hände hatte. Hände, die geübt waren im Umgang mit Hummerzangen, Trüffelhobeln, Knoblauchpressen, Nudelwalzen, Crêpe-Eisen, Pfeffermühlen und Korkenziehern. Um seinen Mund spielte ein Zug von Genuss und ganz leiser Grausamkeit. Er weckte das Bild einer fetten Hyäne, die drauf und dran ist, das Gehirn einer Gazelle zu schlürfen. Und Kochen war nur sein Hobby.

Im Schlepptau von Prince betraten drei weitere Journalisten den Raum: Ein Korrespondent des *Wall Street Journal*, dem Gilligan kurz zunickte, einer vom *Time Magazine* und ein Fernsehreporter der *Featurenews Universal Corporation*, kurz *FUC*. Gilligan verzog das Gesicht. Seit wann wurden die zu Hintergrundgesprächen eingeladen?

Prince gab einem Pagen ein Zeichen, der daraufhin die erste Servierplatte brachte. Gegrillte Shrimps mit Knoblauchdip. Fast zeitgleich betrat der Stargast den Clubraum: Dewey M. Drillson, der Verteidigungsminister. Drillson war ein alter Haudegen, der schon unter dem Vater des Präsidenten gedient hatte. Gilligan war kein Fan der neuen Regierung. Aber Drillson, so hoffte er, redete wenigstens Klartext. Bei ihm wusste man, woran man war. Prince stand auf und rückte einen der grauen Ledersessel für Drillson zurecht. Der setzte sich, blickte kurz in der Runde und winkte dem Pagen. »Einen Whiskey«, sagte er knapp.

Der Page brachte den Whiskey und dazu noch zwei Flaschen französischen Rotweins. Grand Cru 1998, einen der besten Jahrgänge. Und noch eine weitere Platte. Lachsröllchen mit Meerrettichsahne. »Ich bin froh, dass Sie gekommen sind, meine Herren«, eröffnete Drillson das Gespräch. »Wir leben in gefährlichen Zeiten und die Presse muss sich dessen mehr bewusst sein als bisher. Viel mehr.«

Prince nickte bekräftigend. »Absolut«, sagte er.

Gilligan warf Prince einen flüchtigen Blick zu. Schleimte der sich etwa bei Drillson ein? »Könnten Sie das ein wenig präzisieren?«, fragte Gilligan und zog dabei die Augenbrauen hoch, was ihn noch hochmütiger aussehen ließ. »Der Kalte Krieg ist doch vorbei, oder etwa nicht?«

»Es gibt immer irgendwo Gefahren«, sagte Prince düster. »Wir dürfen die Bedrohung aus dem Fernen Osten nicht unterschätzen. Oder dem Mittleren Osten. Oder dem Nahen Osten.«

»Der Nahe Osten?«, fragte der Korrespondent des *Wall Street Journal* stirnrunzelnd.

Drillson beugte sich nach vorne. »Die größte Gefahr kommt aus dem Mittleren Osten«, sagte er und blickte finster in die Runde. Vielleicht war es aber auch nur sein normaler Gesichtsausdruck, dachte Gilligan. »Unseren Geheimdiensten zufolge planen islamische Extremisten Anschläge in den USA. Es gibt hunderte potenzielle Ziele, aber am wahrscheinlichsten ist das Cinderella-Schloss in Disneyland.«

Der *Time*-Korrespondent guckte erschrocken. »Das Cinderella-Schloss?«, fragte er.

Gilligan hielt das für eher unwahrscheinlich, aber wenn sein Kollege es glaubte, dann von ihm aus. Das *Time Magazine* war sowieso ein Blatt für Leser, deren Aufmerksamkeitsspanne der Dauer einer Waschmittelwerbung entsprach. »Gehört Disneyland nicht inzwischen den Arabern?«, warf der Reporter vom *Wall Street Journal* ein.

»Noch nicht«, sagte Prince. »Das ist übrigens ein weiteres Problem. Der Ausverkauf unserer nationalen Kulturgüter an das Ausland.«

»Aber ihr Jungs seid doch auf alles vorbereitet.« Der Reporter von *Featurenews* lächelte breit. Er begegnete Prince und Drillson in einer penetrant kumpelhaften Art, die Gilligan auf Anhieb unsympathisch war. »Ihr habt das doch im Griff, oder?«, fügte der Reporter hinzu. »Nicht so wie dieses Weichei Clinton.«

»Aber sicher haben wir das im Griff«, betonte Prince, der sich bei »Clinton« und »Weichei« nur mit Mühe das Grinsen verkneifen konnte. »Aber wir könnten noch besser vorbereitet sein. Wesentlich besser. Wenn man uns Militärexperten freie Hand lassen würde, gäbe es keine Gefahren mehr für unser Land. Leider genießen wir in Teilen der Bevölkerung einen schlechten Ruf«, erklärte er und warf Gilligan einen strafenden Blick zu, »den wir vor allem der liberalen Presse zu verdanken haben.« Gilligan zuckte merklich zusammen, tat aber so, als habe es keiner bemerkt.

»Dabei wollen wir doch nur dafür sorgen, dass Amerika gegen seine Feinde gerüstet ist. Und davon gibt es leider viel zu viele«, erklärte Prince und beendete seine kleine Rede.

»Korea zum Beispiel«, warf Drillson ein. »Ich meine, äh, Nordkorea. Oder Japan. Ich habe den Japanern noch nie getraut. Nicht seit Pearl Harbor.«

»Sind die Japaner nicht unsere Alliierten?«, fragte der Reporter vom *Time Magazine* ein wenig irritiert.

»Was verstehen Sie denn eigentlich unter freier Hand?«, hakte Gilligan nach.

»Die Waffentechnologie ist heutzutage so hoch entwickelt, dass wir uns gegen alles und jeden schützen könnten«, erklärte Drillson. »Wir könnten einen digitalen Abwehrschirm gegen ABC-Waffen aus dem Weltraum installieren, angeschlossen an eine lasergesteuerte Satelliten-Phalanx. Oder Photonen-Torpedos. Oder diese neuartigen

Chamäleon-Panzer einsetzen, deren Lackierung sich an die Farbe der Oberfläche anpasst. Oder die nächste Generation von plutoniumgetriebenen, hypersonaren Superdrohnen, die die Fernsteuerungstechnologie der Predator IV mit der Tarnfähigkeit des Golfbombers verbinden und auf einem Radarschirm jedes fliegende Objekt simulieren können. Technisch ist das alles längst möglich, aber unser Kongress begreift einfach nicht die Zeichen der Zeit und gibt kein grünes Licht für die Finanzierung.« Er hob kurz die Hand und Prince schenkte ihm Whiskey nach.

»Natürlich ist das nicht billig«, ergänzte Prince. »Wir reden hier von ein paar Milliarden Dollar. Aber langfristig zahlen sich solche Investitionen immer aus.«

Gilligan lächelte höflich. Nicht ganz billig. Ja, darauf würde er wetten.

Prince lächelte zurück. »Darf ich Ihnen noch ein Glas Rotwein nachschenken?«

Die Journalisten hatten gerade erst den Clubraum der Defiant Foundation verlassen, da bestellten die beiden Politiker noch eine weitere Flasche Grand Cru. Endlich konnten sie sich entspannen, hoffte Prince. Doch Drillson sah immer noch grimmig drein. Vermutlich zählte er im Geist die Mittelstreckenraketen der Mongolen, dachte Prince. »Ist für den morgigen Flug des Präsidenten nach Florida alles geregelt?«, fragte Drillson.

»Das ist nichts Wichtiges. Nur ein Termin in einer Grundschule.«

»Aber natürlich ist alles geregelt«, beruhigte ihn Prince. Er war überrascht, dass sich Drillson um solch eine Kleinigkeit sorgte. »Wo wir gerade von Florida reden, ich habe dafür gesorgt, dass mit den Kubanern alles geklärt ist. Alle Rechnungen wurden bezahlt.«

»Gut«, antwortete Drillson. »Wir müssen uns die Kubaner warmhalten. Das sind unsere Alliierten, und zwar langfristig. Seit 1963, Sie wissen schon – Dallas.« Er grinste.

Prince nickte und sah auf seine Uhr. Sieben Uhr abends. »Ich gehe mal besser«, sagte er. »Ich muss mich auf den Empfang morgen früh vorbereiten.«

»Welchen Empfang?« Drillson zog fragend die Brauen hoch.

»Das habe ich doch schon erzählt. Den Empfang im Salon Napoleon«, sagte Prince und versuchte seine Antwort nebensächlich klingen zu lassen. »Es geht um die Ölindustrie, den Mittleren Osten und so weiter. Geschäftlich.«

* * *

Scherenschnittartige Lichtfiguren wirbelten im Kreis um ihn herum. In einem Kreis, der sich viel zu schnell drehte. Der Präsident hätte das Phänomen als eine überdimensionierte Laterna Magica beschrieben, in deren Zentrum er sich befand, hätte er gewusst, was eine Laterna Magica war. Mit geschlossenen Augen auf dem Bett liegend, holte er Luft. Sein Rücken schmerzte. Viele winzig kleine Stiche, die von innen zu kommen schienen.

Er hielt die Luft lieber wieder an und atmete dann ganz langsam aus. Jetzt schmerzten seine Rippen. Als Nächstes fing sein Magen an, sich wie ein schwerfälliges, blindes Tier zu bewegen. Es war ein unangenehmes Gefühl. In einem Versuch, sich aus dem präsidialen Körper zu befreien, setzte sich sein Magen in Bewegung und presste sich von innen vergeblich gegen seine Bauchdecke.

Stöhnend öffnete der Präsident die Augen. Die Laterna Magica drehte sich noch immer, aber wurde schon langsamer. Er war in seinem Schlafzimmer. Der Präsident schloss erneut die Augen. Sein Magen machte den zweiten Ausbruchsversuch. Er blähte sich auf, schaffte es wieder nicht, durch die Bauchdecke zu brechen, und krampfte sich stattdessen trotzig zusammen, wie ein Gefangener, der passiven Widerstand leistet.

Der Magen gab vorerst auf.

Die Stimme. Die Stimme war irgendwo da draußen und wollte zu ihm herein. Der Präsident, schwach und angeschlagen, mobilisierte alle verbliebenen Kräfte. Nicht wieder diese Stimme. Sie brachte nur Unglück, so viel wusste er. Er halluzinierte eine dicke rosa Steppdecke herbei, die sich um ihn herumlegte. Leider auch um die Laterna Magica, deren Lichter einfach nicht weggehen wollten. Dann brach die Stimme durch die Decke.

»Du musst aufstehen«, sagte die Stimme. Eine weibliche Stimme. Sie klang ärgerlich. »Es ist schon Mittag! Höchste Zeit! Du musst heute noch nach Florida fliegen. Du hast ein Dinner mit deinem Bruder und morgen ist der Termin in dieser Schule. Orinoko Oil hat schon zum zweiten Mal hier angerufen, um zu fragen, wann endlich die Air Force One mit dir abheben wird. Wo warst du bloß gestern Abend wieder?«

Linda. Seine Frau. Der Präsident seufzte und öffnete nun endgültig die Augen. »Irgendwie geht es mir nicht gut«, wimmerte er. »Vielleicht war das Steak, das ich gestern Abend gegessen habe, nicht in Ordnung. Oder die Sauce.«

»Oder eins von den zehn Bieren«, sagte Linda giftig. Sie war bestimmt schon seit Stunden auf. Er hatte gehört, wie sie im Vorraum Sachen vom Fußboden aufklaubte. Deutlich lauter, als nötig gewesen wäre. Sie sollte sich mal nicht so haben. Wer war sie, Mamie Eisenhower? Sie sollte froh sein, die First Lady spielen zu dürfen.

Seine gebügelten Jeans über dem Arm und ein Paar Cowboystiefel in der linken Hand, kam sie wieder herein. Die dunklen Haare hatte sie achtlos zurückgesteckt. Sie ließ sich gehen, dachte er. Auch das noch.

»Deine Sachen sind gepackt. Auch das Buch. Die Air Force One steht bereits seit einer halben Stunde auf dem Rollfeld«, ermahnte sie ihn. »Gleich kommt der Secret Service, um dich abzuholen.«

»Ja, ja«, nölte er. Auf die Ellbogen gestützt und ganz langsam, um seinen rebellierenden Magen nicht zu ärgern, richtete er sich auf und griff zur Fernbedienung, um den Fernseher einzuschalten. *ESPN*. Die Vorbereitung zum Viertelfinale des Super Bowl. Noch immer halb benommen, saß er ein paar Minuten auf dem Bett und sah mit einem Auge zu. Endlich beruhigte sich das Zimmer und hörte auf, sich zu drehen. Sein Magen rollte sich endgültig zu einem beleidigten Ball zusammen und schwieg. Der Präsident stand auf.

»Wieso muss ich überhaupt zu diesem blöden Termin?«, fragte er. »Kindern in der Grundschule vorlesen? Früher hat so was die First

Lady gemacht. Und dafür nach Florida fliegen? Gibt es denn keine Kinder in Washington?«

»Der Termin ist seit Wochen geplant«, gab Linda ihm zu verstehen. »Und in Florida wohnen eine Menge Wähler, die alle noch davon überzeugt werden müssen, dass du der Präsident bist. Erinnerst du dich? Versuch lieber, dich nicht allzu sehr zu blamieren. Du wirst im Fernsehen sein. Stottere nicht, verlies dich nicht und nimm ein Deo mit.«

»Ich schaffe es ja sonst auch, von Kärtchen abzulesen«, maulte er und zupfte sich vor dem Spiegel das Hemd zurecht. Er sah gar nicht so schlecht aus. Was Linda bloß immer zu meckern hatte? Na gut, ein bisschen Bauchspeck könnte er loswerden. Und vielleicht die grauen Haare färben. Andererseits gaben sie ihm etwas Staatsmännisches. Langsam ging es ihm besser. Aus welchem Buch sollte er eigentlich vorlesen?

Das Telefon klingelte, aber noch bevor er darüber nachdenken konnte, ob er abheben wollte, hatte Linda schon nach dem Hörer gegriffen. »Ja, ja, er kommt gleich«, sagte sie, ohne abzuwarten, wer am Apparat war. Plötzlich wurde sie laut. »Was! Wie bitte?!«

Ein paar Minuten herrschte Schweigen. »Sie haben WAS?!«, rief sie.

»Was meinen Sie mit ›Sie wissen schon‹?« Linda zischte, als würde eine Kreissäge bei vollem Betrieb in heißes Wasser getaucht.

Plötzlich lief sie rot an. »Alle beide?«, fragte sie. »Wo denn?« Mit einem Mal entwich ihr die Farbe und sie sank langsam wie eine Marionette, deren Fäden nachgaben, auf die Couch. Ihre linke Hand hielt noch immer das Telefon umklammert, während sich die Finger der rechten Hand ins Sofakissen krallten.

»Gibt es Zeugen?«, wollte sie wissen. »Ich meine außer ... äh ... außer den Betroffenen? Presse? Fotografen? Waren noch andere Leute in der Bar?«

Während sie weiter zuhörte, kehrte die Farbe langsam wieder in ihr Gesicht zurück. »Sind Sie ganz sicher?«, fragte sie.

Ohne sich zu verabschieden, legte sie auf. Noch immer sprachlos, starrte sie ihren Mann an und gab sich schließlich einen Ruck. »Betty und Wilma«, sagte sie, »... die Zwillinge ... sie haben ...« Sie stockte.

Er blickte auf. Hoffentlich hatten sie nichts angestellt, was auf ihn zurückfallen könnte. Die Presse meinte es derzeit nicht gut mit ihm.

»Die Zwillinge …«, fuhr sie fort, fest entschlossen, es hinter sich zu bringen, »die Zwillinge haben einen Wettbewerb mit ihren Leibwächtern veranstaltet. Wer es zuerst schafft, einem der Männer …« Sie hielt erneut inne.

»Einem der Männer was?«, fragte er. Langsam wurde er unruhig. Sein Magen begann schon wieder, sich zu rühren.

»Sie haben gewettet, welche von ihnen es als Erste schafft, einem der Leibwächter einen zu blasen. Der Einsatz war eine Flasche Tequila.«

»Tequila!«, blaffte er. »Wie oft habe ich den beiden schon gesagt, dass sie keinen Alkohol … Was?! Ihren Leibwächtern …!« Erst jetzt begriff er, was seine Frau gerade gesagt hatte.

»Genau«, sagte sie, erschöpft. »Zum Glück war niemand von der Presse da. Das hoffe ich zumindest. Es war gestern früh um vier, in einer Bar in Austin. Geschlossene Gesellschaft. Wenn allerdings einer der Leibwächter redet …«

»Solche Leute reden grundsätzlich nicht, die sind auf Diskretion getrimmt«, sagte er ein bisschen zu schnell.

Er beschloss, sich jetzt doch schnell aus dem Staub zu machen. »Kümmere du dich darum«, trug er ihr auf und griff nach seinem Jackett. »Ich muss los! Die Air Force One wartet. Und kein Wort zu niemandem. Ich rede mal mit Orinoko. Wofür habe ich eine Beraterin? Vielleicht fällt der etwas ein.«

Leicht schwankend verließ er das Weiße Haus. Tequila. Wer wohl gewonnen hatte? Er grinste. Doch schnell wurde er wieder ernst. So ging das wirklich nicht. Linda musste unbedingt mit den beiden reden. Immerhin war er der Präsident.

* * *

Dewey Drillson stöhnte. Diese Besprechung mit Prince und den Journalisten hatte länger gedauert als gedacht. Danach war noch Henry Wolfstetter, sein Vize, vorbeigekommen. Und wenn der einmal anfing zu reden, hörte er nicht so bald auf. Es war weit nach sieben, als er in seinem Lieblingsetablissement ankam. Im *Moulin Noir.*

Der Verteidigungsminister lag mit halb geschlossenen Augen auf einer weichen Gummimatte neben dem Whirlpool. Sein nackter Körper war umhüllt von Schaum, der nach Rosen duftete. Er genoss die Wärme, die sanfte Musik und vor allem die Hände der Frau, die seinen Körper durchknetete. Luella hieß sie. Bestimmt war das nicht ihr richtiger Name, aber das war ihm egal. Luella trug ihre schwarzen, glatten Haare halblang, mit Pony. Ihre braunen Augen blickten ihn aus einem mädchenhaften Gesicht an. Sie hatte schimmernde bronzefarbene Haut, lange Beine, frauliche Hüften, eine Taille wie eine römische Göttin und dazu perfekt geformte Brüste, die beim Massieren wippten. Oberhalb der linken Brust hatte sie eine kleine Tätowierung. Eine rote, sich windende Schlange, deren Kopf sich in einen Pfeil verwandelte. Darüber hinaus hatte Luella sehr lange, schlanke Finger, die in diesen Minuten Drillsons Beine durchkneteten und dann langsam hochwanderten.

Ob sie wohl Englisch konnte? Luella sprach fast nie. Wenn sie nicht ab und zu »Yes, Sir« oder »No, Sir« sagen würde, hätte er sie für stumm gehalten. Wahrscheinlich sprach sie nur spanisch. Oder irgendeinen indianischen Dialekt. Sie sah nach Karibik aus. Vielleicht Trinidad und Tobago oder Guadeloupe. Er buchte immer Luella, wenn er hierherkam.

Schaum tropfte von Luellas nackten Brüsten auf ihre Oberschenkel. Eigentlich war ihm hier im *Moulin Noir* immer ein ganz klein wenig unwohl. Natürlich nicht aus moralischen Gründen. Aber wenn ein verdammter Reporter das herausfand ... Andererseits war das wohl wichtigste Kapital solcher Etablissements Diskretion. Wenn alle seine Beamten so diskret wären wie die Mädchen hier, ließe sich das Land wesentlich reibungsloser regieren.

Er öffnete ein Auge. »Wo kommst du her, Luella?«, fragte er träge.

»Yes, Sir«, war ihre Antwort.

»Weißt du, dass du der erste vernünftige Mensch bist, der mir heute untergekommen ist?«

»Yes, Sir.« Sie drehte ihn sehr geschickt um und rieb eine warme ölige Flüssigkeit auf seine Haut. Ein Duft wie Zimt und Frühlingssonne. Dann begann sie, seine Schulterblätter zu massieren. Langsam fing Drillson an, sich zu entspannen.

»Manchmal glaube ich, in D. C. arbeiten ausschließlich Vollidioten. Vizepräsident Burton kennt gerade einmal den Unterschied zwischen einem Öltanker und einem Ölsardinensandwich. Verstehst du?

»No, Sir.«

»Und dieser Prince – wenn der nicht für den Mossad arbeitet, fress ich einen Besen. Und Wolfstetter ist auch so ein Fall für die Irrenanstalt. Der wurde mir als großes strategisches Genie angepriesen. Wenn der ein großer Stratege ist, dann war die Schlacht am Little Bighorn ein großer Sieg für General Custer.«

»Yes, Sir.«

»Aber am unglaublichsten ist unser schwachsinniger Präsident. Gegen den wirkt Arnold Schwarzenegger wie Albert Einstein. Was sage ich? Gegen den wirkt Ronald Reagan wie Albert Einstein. Wenn ich an die Energie denke, die in seine Ausbildung gesteckt wurde. Dabei hatte sein Bruder viel bessere Anlagen. Aber leider kann der ja nicht Präsident werden.« Drillson drehte sich wieder auf den Rücken. Er hatte sich in Rage geredet und ihm wurde es langsam unbequem. »Wir haben die stärkste Armee in der Geschichte der gesamten Menschheit und was machen wir damit? Nichts. Wegen dieser Schwachköpfe!«

»No, Sir.« Sie machte unbeirrt mit der Massage weiter. Ihre Finger wanderten genau an die Stelle, an der er sie brauchte. Er spürte, wie sich seine Aggression auf den wichtigsten Teil seines Körpers verlagerte. Gleich war er so weit.

»Aber noch schlimmer ist dieser Neger. Ein Neger in der Regierung. Seit wann gibt's denn so was? Was sind wir? Ein Volk von Urwaldaffen? Dieser Powder soll angeblich die schwarzen Wähler an die Republikaner binden. Schwarze Wähler? Zu meiner Zeit durften Schwarze überhaupt nicht wählen, und das war richtig so.«

»Yes, Sir.«

Das Testosteron wirkte jetzt genau dort, wo Luellas Finger ihn massierten. »Das sind doch alles Weicheier«, blaffte er. »Feiglinge! Die begreifen gar nichts. Was wir brauchen, ist ein Schicksalsschlag, der dieses dekadente Land bis ins Mark erschüttert. Der diesen Hühnerhabichten im Weißen Haus vorführt, wie die Welt da draußen wirklich ist. Stahl und Blut! Wir brauchen endlich … endlich! Ja! Ja! Ja!«

Luella hatte es geschafft. Wie immer. Sein Goldkind. Was machte es da schon aus, dass Luella vielleicht einen oder zwei Tropfen schwarzen Blutes in ihren Adern hatte? Er war schließlich kein Rassist.

Schlaff und erschöpft rollte sich Drillson in den Whirlpool. Fast hätte er das Klingeln seines Mobiltelefons überhört, das am Rand des Pools lag. Wer störte ihn jetzt noch? »Ja«, sagte er knapp. Dann spannte sich sein Körper an. »Ja«, sagte er wieder. »Ich bin vorbereitet. Ich werde im Südflügel sein.«

UNEXPECTED FLYING OBJECTS

Die Wüste von Nevada ist eine rote, raue Felslandschaft, von der Sonne verbrannt, vom Wind ausgetrocknet. Im Sommer steht eine glühende Sonne hoch über den Bergen und treibt alle Lebewesen unter die Erde. Der Winter verwandelt den Himmel in eine eisige, blauschimmernde Halbkugel, die alles Leben erstarren lässt. Die satte Sonne des Herbstes taucht die Wüste in ein goldschimmerndes Licht. Bis zu der Minute, in der sie untergeht, um dem mit Kratern übersäten weißen Mond Platz zu machen. Manchmal fliegen auch unbekannte Flugobjekte am Mond vorbei.

Emmanuel Goldstein fing erst an zu arbeiten, nachdem die Sonne untergegangen war, denn er beobachtete den nächtlichen Himmel. Morgen, am 11. September, würde die Sonne um 4.55 Uhr über der Bergkette des Tikaboo Peak aufgehen und die Bussarde, Armadillos und Leguane wecken. Jetzt war es kurz vor zehn, eine klare, warme Herbstnacht. Manuel saß an einem ausklappbaren Tisch in seiner Küche und wickelte Spaghetti mit Tomatensoße um seine Gabel. Dazu trank er Kaffee. Schwarz. Er musste noch einige Stunden wach bleiben. Unter dem Tisch hockte die kleine grau-schwarze Katze mit den weißen Pfötchen, die sich bei ihm einquartiert hatte, und hoffte, dass sie ein paar Nudeln abbekam.

Manuel lebte in einem Trailer, den er zwei Navajo-Indianern am Lake Tahoe abgekauft und hier in den Tikaboo-Bergen aufgestellt hatte. Der Trailer war so spartanisch eingerichtet, wie man es von einem jungen Mann in der Wüste erwarten würde. In dem Regal, das die komplette Rückwand einnahm, stapelten sich drei Schachteln mit Cornflakes, zwei Packungen Hartkekse, etwas Brot, ein paar getrocknete Kakteenfrüchte, eine Tüte Spaghetti, Konservendosen mit Tomaten, ein großes Stück Hartkäse, ein Blechkanister mit Öl, Wasserflaschen aus Plastik, zwei Plastikschüsseln, zwei dicke Weingläser und drei graue Steingutbecher mit einem stilisierten angebissenen Apfel in den Farben des Regenbogens. Aus dem vierten Becher trank Manuel seinen Kaffee. Im Trailer befand sich außerdem noch ein erstaunlich großer Kühlschrank, ein zerschrammter Elektroherd mit zwei Platten und eine Spüle mit einem ebenfalls zerschrammten Stahlbecken. Am anderen Ende des Trailers fiepte es ab und zu leise. Der Funkscanner tat alle zehn Minuten kund, dass er sich im Standby-Modus befand.

Gleich neben der Küche lag das winzige Bad mit einer Dusche, in der Manuel sich kaum umdrehen konnte. In der Mitte des Trailers spannte sich eine aus Seilen gedrehte Hängematte über die ganze Breite. Darin lagen drei Decken mit dem klassischen Streifenmuster der Navajo. Im vorderen Teil gab es einen Bereich, den die grau-schwarze Katze für ihr Jagdrevier hielt und Manuel für sein Büro. Ein stählernes Bücherregal war am Kopfende angeschraubt, dazu ein Schreibtisch, vollgepackt mit Büchern, Karten und Papierstapeln, eine Lampe und ein kleiner Fernseher. Daneben stand sein Mac. Ein PowerBook G4, das neueste Modell, per DSL mit der Außenwelt verbunden. Dass man Internet in einem Trailer empfangen konnte, wusste Manuel auch erst, seit er in der Wüste wohnte. Der Mac war mittels Firewall vor virtuellen Attacken geschützt, so hoffte er zumindest. Der Fernseher war mit einer Satellitenschüssel auf dem Dach verbunden. Im militärischen Sperrgebiet funktionierten normale Antennen nicht. Genau wie Mobiltelefone. Außerdem hatte Manuel eine digitale Kamera auf dem Dach installiert, die ebenfalls mit seinem Mac verbunden war. Nicht ganz billig, aber notwendig für seine Forschungen. Der Fernseher lief wie immer leise im Hintergrund. Um 22 Uhr fingen in Nevada die Spätnachrichten an. Aber viel war heute nicht los auf der Welt.

Manuels Trailer stand am Rande des Dörfchens Rachel, das eigentlich nur aus einer Handvoll verstreuter Wohnwagen, drei weißgekalkten Häuschen sowie einer Bar namens *Little A'Le'Inn* bestand. Von Rachel aus führte der Highway 375, Extraterrestrial Highway genannt, am *Spezialgeschäft für Extraterrestrisches* und an der berühmten Black Mailbox vorbei, wo sich abends die UFO-Sucher einfanden. Der Highway 375 endete an der Interstate 93, die nach Las Vegas führte, hundert Meilen südlich von Rachel. Eine Fahrt von zwei Stunden, mit Manuels klapprigem VW-Käfer fast drei.

Nördlich von Rachel, auf einem Gelände, das Yucca Flats hieß, testete die Army Atombomben. Halb Nevada war ein Testgelände für die Air Force, die NSA oder die CIA. Aber das größte von ihnen lag zwanzig Meilen westlich von Rachel, am Groom Lake, einem großen Salzsee. Hier waren die Tarnkappenbomber für den Golfkrieg entwickelt worden, die dank einer hochgiftigen Spezialfarbe unter dem Radar fliegen konnten. Doch nicht dafür war dieses Testgebiet so berühmt. Es war berühmt, weil es geheim war. So geheim, dass es keinen Namen hatte und auf keiner Karte verzeichnet war. Die Geheimdienste und die Army nannten es intern »Traumland«. Aber bei Ufologen und Trekkies, Verschwörungstheoretikern, Mondsüchtigen und Skeptikern, die glaubten, die NASA habe die Mondladung mit Hilfe von Hollywood inszeniert, war es als »Area 51« bekannt. Hier, so glaubten sie, verbarg die Regierung fliegende Untertassen, die abgestürzt waren. Das hielt Manuel für ausgemachten Blödsinn. Er fand die Area 51 aber trotzdem bemerkenswert. Denn von hier aus starteten die unbekannten Flugobjekte der U. S. Army.

Manuel kam aus Kalifornien. Aus einer intellektuellen Mittelschichtsfamilie, falls man die Gründerin einer Hanfbäckerei in Santa Barbara und einen unveröffentlichten Science-Fiction-Schriftsteller zur intellektuellen Mittelschicht zählen konnte. Abschluss an der Abbie Hoffman Highschool in Santa Barbara, danach University of Berkeley. Die linkste Uni der USA. Dort hatte er Amy getroffen. Amy war wunderbar. Lustig, schön, selbstbewusst, voller Energie. Politisch engagiert, klug, mutig;

er hatte es geliebt, wenn sie auf einem Podium stand, unter einem Poster von Harvey Milk oder Angela Davis, und beim Reden ihre braunen Haare zurückstrich. Sie waren unzertrennlich. Zumindest dachte er das, bis er merkte, dass er nicht der Einzige war, den sie faszinierte. Es folgten Tränen, Trennung und dann sein Entschluss, in Rachel, Nevada, ein neues Leben anzufangen.

Manuel stellte den Teller in den Ausguss, zwängte sich in das winzige Bad, drehte den Wasserhahn auf und sah in den Spiegel. Lange lockige braune Haare, die er hier, weit weg von seinen Freunden, zum Pferdeschwanz gebunden trug. Sanfte braune Augen und ein Drei-Tage-Bart aus Faulheit, nicht aus Mode. Wozu rasieren in Rachel? Ein kritischer Blick auf seine Schultern, die herunterhingen. Er saß definitiv zu viel am Schreibtisch. Manuel streckte sich, lächelte sein Spiegelbild an und schöpfte mit beiden Händen Wasser, um sein Gesicht darin einzutauchen.

Als er sich vor den Computer setzte, war es fast 23 Uhr. Zeit, auf *BBC World* umzuschalten. Nur nichts verpassen. Achtzehn Mails waren eingetrudelt. Ein Drittel davon war Werbung für Kredite, Singlebörsen und Penisverlängerungen. Manuel grinste. Wieso traf man eigentlich niemals einen Mann, der sich den Penis hatte verlängern lassen? Zwei Rundbriefe von Instituten, die über militärische Strategie forschten. Eine Mail aus Berkeley. Die Uni behelligte ihn schon wieder mit irgendeiner Abgabefrist, die er hätte einhalten sollen. Drei Mails von Freunden aus Kalifornien. Und eine von WarriorKahless.

Manuel hatte WarriorKahless in einem Chatroom für manisch-depressive NASA-Angestellte kennengelernt, die wie die Verschwörungstheoretiker glaubten, dass Houston die Mondladung mit der Hilfe von Hollywood inszeniert hatte, und schrieb seitdem regelmäßig mit ihm. Verschwörungen und Raketentechnologie waren das Hobby von WarriorKahless. Sein Job konnte es nicht sein, dafür kannte er sich zu gut aus.

»Hi, LeiaOrgia«, schrieb WarriorKahless. LeiaOrgia war Manuels Username. Ein Name, der ihn bei Männern mit viereckigen Augen, die ihre Tage am Computer verbrachten, sehr beliebt machte. Die wussten natürlich nicht, wie er aussah. »Hast du schon von der neuen plutoniumgetriebenen, hypersonaren Superdrohne gehört, die das Pentagon entwickeln lässt? Die verbindet die Fernsteuerungstechnologie der Predator IV mit den Tarnfähigkeiten des Golfbombers und kann auf dem Radar jedes beliebige Flugobjekt von der Cessna bis zur Saturn V simulieren. Guck doch mal, ob du davon in der Area etwas mitkriegst.«

Die neue Predator V? Es gab Gerüchte im Internet über diese neue Superdrohne, aber Manuel hatte sie noch nicht gesehen. »Wie sieht sie denn aus?«, mailte er zurück.

»Schwarz«, antwortete WarriorKahless. »Übrigens hat die Airbase von Omaha, Nebraska, gestern Nacht eine Lastwagenkolonne in Richtung Area 51 geschickt. Vielleicht hat das ja etwas mit dieser Superdrohne zu tun.«

Vielleicht, dachte Manuel. Oder auch nicht. Die nächste Mail kam von Roswell666. Der war selbst für Manuels Geschmack ein bisschen zu verrückt. »Hi, Leia«, schrieb Roswell666. »Weißt du, dass heute eine einmalige Planetenkonstellation am Himmel zu sehen ist? Jupiter, Saturn und Mars befinden sich auf einer Tangente, deren äußerster Punkt von Alpha Centauri gebildet wird. Das bedeutet, dass außerirdische Krieger die Erde ins Visier genommen haben und bald Chaos herrschen wird.«

Manuel seufzte. Was hieß denn hier bald? Seit dieser schwachsinnige Präsident im Amt war, herrschte bereits Chaos in ganz Amerika. Er klickte weiter. Auf dem Bildschirm blinkte eine neue Mail. Sie kam von jemandem, mit dem er bisher noch nie Kontakt hatte. Niitaka nannte er sich. Oder war er eine Sie? Im Internet wusste man ja nie. Irgendwie kam ihm der Name vage bekannt vor, doch er wusste nicht, woher. Vielleicht sollte er den Namen googeln, dachte er. Er öffnete die Mail. »Morgen um 8.46 Uhr wird sich die Geschichte wiederholen, nur grandioser«, schrieb Niitaka.

Manuel schüttelte den Kopf. Wieder so ein Spinner. Er löschte die Nachricht. Kurz vor Mitternacht startete er das Programm, mit dem er die Daten der Digitalkamera auf seinem Dach auswerten konnte. Der Mond war aufgegangen. Eigentlich schien er ein bisschen zu hell für das, was Manuel vorhatte, aber es war eine schöne klare Nacht, die er nicht vergeuden wollte. Irgendetwas rumpelte ganz leise aus der Ferne, ungefähr von dort, wo die Area 51 lag.

Manuel war Forscher. Wissenschaftler. Er beobachtete den nächtlichen Himmel, um Material für seine Dissertation zu sammeln, die er in Berkeley einreichen würde. Irgendwann. Ganz bestimmt. »Quasare und schwarze Löcher als Phänotypen der galaktischen Anomalie und ihr visueller Effekt auf die Physiognomie der Milchstraße« lautete das Thema. Inzwischen hatte er allerdings festgestellt, dass es in der Wüste von Nevada noch etwas weit Interessanteres gab, das er beobachten konnte. Die Area 51. Hinzu kam der Kitzel des Verbotenen. Manuel war Anarchist.

Es war allerdings gar nicht so einfach, die Area zu beobachten, denn das Gelände war besser gesichert als das Set eines *Star Wars*-Films. Zudem stand sein Trailer mehr als dreißig Meilen von dem Militärgelände entfernt – viel näher durfte keiner ran. Rund um die Area gab es eine Sperrzone von zehn Meilen, die durch meterhohe Aluminiumstangen mit stählernen Kugeln an der Spitze markiert war. Und überall gab es Schilder, auf denen stand: »Use of Deadly Force Authorized«. Innerhalb der Sperrzone rannten Männer in Camouflage und mit halbautomatischen Waffen herum, die von den Einheimischen in Rachel »Cammo Dudes« genannt wurden. Der Groom Lake lag bereits mitten im Sperrgebiet. An seinem Ufer gab es eine Start- und eine Landebahn, aber einige der Flugzeugtypen konnten auch direkt auf dem Salzsee landen. Dahinter lag das Militärgelände, die eigentliche Area. Sie war durch einen meterhohen Zaun aus stahlverstärktem Maschendraht gesichert, der wiederum von Stacheldraht gekrönt wurde. In den Wachhäuschen an den Eingängen standen Tag und Nacht bewaffnete Soldaten. In der Nacht herrschte dort Hochbetrieb.

Wenn Manuel auf einen der Hänge des Tikaboo Peak kletterte, konnte er mit Hilfe seines Fernglases einen Blick auf mehr als ein Dutzend Flugzeughangars erhaschen. Schon einer davon war groß genug, um ein Space Shuttle nebst der Raumfähre aufzunehmen. Die meiste Zeit absolvierten diverse schwer identifizierbare Flugkörper unter Halogenleuchten Trockenläufe mit heulenden Motoren. Gelegentlich blitzte es auch. Manchmal flogen Kampfjets – falls es Kampfjets waren – Testmanöver am Himmel über Nevada, bis sie in der Stratosphäre verschwanden. Auch eine turmhohe trichterförmige Antenne konnte er vom Berghang aus erkennen. Das Einzige, was er noch nie hatte landen oder starten sehen, war ein UFO.

Da Manuel nicht die geringste Chance hatte, in das Sperrgebiet oder gar die Area selbst zu gelangen, war er darauf angewiesen, den Funkverkehr abzuhören, den Himmel abzusuchen und die Militärfahrzeuge zu beobachten, die dort ein- und ausfuhren. Natürlich konnte er auch im Internet nach Gerüchten suchen. Davon kursierten viele. Etwa, dass es in der Area Hangars gab, in denen Neutronenbomben und Schallwaffen lagerten, und Bunker, in denen keine Schwerkraft herrschte und wo hochintelligente, fremde Lebensformen, die auf Stickstoff- oder Schwefelbasis lebten, gefangen gehalten und seziert wurden. Seit acht Monaten lebte Manuel in Rachel, Nevada, und der ständige Kontakt mit all den Möchtegern-Wissenschaftlern, Internetspinnern und vom Glauben abgefallenen Spezialisten, die kaum voneinander zu unterscheiden waren, vermittelte ihm das Gefühl, er verwandele sich langsam selbst in einen Roswell666.

Fast hätte er das neue blinkende Briefchen auf dem Bildschirm übersehen. Es war von JEdgarH, einem interessanten Chatpartner. Kein UFO-Spinner, sondern eher ein politischer Kopf. Manuel vermutete, dass JEdgarH für die Regierung arbeitete. Vielleicht für den Kongress oder für einen Senator. »LeiaOrgia«, schrieb JEdgarH. »Sieh dich vor. Es gibt Bestrebungen in Washington, deinen Computer anzuzapfen. Schon mal was von der Magischen Laterne gehört? Das FBI könnte in dein Haus einbrechen und einen Scanner in deinem Laptop installieren, der ihnen dann alles mitteilt, was auf deiner Festplatte passiert.«

Manuel fühlte sich ein wenig unbehaglich. Er glaubte zwar, dass die Regierung zu allem fähig war, aber er hatte Sicherheitssoftware installiert, so dass sein Computer ihn eigentlich sofort alarmieren sollte, falls jemand bei ihm einbrach. Aber man wusste ja nie. Vielleicht arbeitete Steve Jobs ja mit den Feds zusammen. »Außerdem«, schrieb JEdgarH weiter, »planen die Republikaner eine Bereinigung der Wählerverzeichnisse, um bei der nächsten Wahl möglichst viele Demokraten herauszukegeln.«

Manuel zuckte mit den Schultern, obwohl sein Chatpartner ihn gar nicht sehen konnte. »Republikaner, Demokraten, ist doch alles das Gleiche«, mailte er zurück.

Ein Smiley mit heruntergezogenen Mundwinkeln kam zurück. »Sag nicht, du bist eine dieser Ralph-Nader-Wählerinnen, die ihre Stimme verschenkt haben?«

Manuel hatte tatsächlich Nader, den Kandidaten der Grünen, gewählt, aber das wollte er JEdgarH nicht unbedingt auf die Nase binden. »Kommt darauf an, wie man ›bist‹ definiert«, mailte er zurück.

Diesmal kam ein grinsender Smiley zurück. »Eigentlich müsste deine Stimme doch doppelt zählen – lebst du nicht in einem militärischen Sperrgebiet?«

Das ließ Manuel nicht auf sich sitzen. »Technisch gesehen studiere ich in Berkeley. Meine Stimme dürfte also überhaupt nicht gezählt worden sein. Aber wir werden ja sowieso vom militärisch-industriellen Komplex regiert. Warum also wählen?«

Eine weitere Nachricht von JEdgarH blinkte auf. »Wahrscheinlich dürfen demnächst nur noch Leute wählen, die nachweisen können, dass sie schon für Reagan gestimmt haben.« Mittlerweile war es schon vier Uhr morgens, pazifische Zeit. An der Ostküste schon sieben Uhr. Die Katze war damit beschäftigt, imaginäre Mäuse zu jagen. Zumindest hoffte Manuel, dass sie imaginär waren. Er holte die nächsten Bilder von der Digitalkamera auf den Schirm. Der Himmel über der Wüste war mit Millionen von Sternen überzogen. Es war wirklich keine ideale Nacht, um Quasare zu beobachten oder die ohnehin kaum wahrnehmbaren Lichteffekte, die von schwarzen Löchern verursacht wurden. Außerdem spielte die Area 51 verrückt. Gerade fuhren Dutzende von Lastwagen den Extraterrestrial Highway hoch. Er konnte die Scheinwerfer von weitem sehen. Dazu hörte er Motorengeräusche. Es waren Flugzeuge. Viele Flugzeuge.

»Bist du sicher, dass diese mysteriöse Lasterkolonne aus Omaha hierhin wollte?«, schrieb er an WarriorKahless. Der antwortete nicht. Um 5.30 Uhr kippte er den letzten Kaffee weg und machte noch ein paar Notizen für seine Dissertation, um sein Gewissen zu beruhigen. Direkt neben Betelgeuse vermutete er ein Schwarzes Loch. Vielleicht war es aber auch nur ein totes Insekt auf dem Scanner. Gleich morgen würde er auf das Dach klettern, um zu gucken, ob die Matrix beschädigt war. Als er wieder auf den Bildschirm sah, fiel ihm ein heller Fleck auf, der sich direkt über ihm bewegte. Der Fleck bewegte sich zu langsam für ein Flugzeug und zu schnell für einen Stern – für einen Planeten, meinte er natürlich. Sterne bewegten sich schließlich überhaupt nicht. Vielleicht war es ein Satellit.

Während er seine Unterlagen zusammenpackte, fiel ihm ein, dass er noch irgendetwas hatte googeln wollen. Was war das bloß gewesen? Er klickte auf die Homepage der *New York Times*, die schon die Morgennachrichten meldete. Dann auf die Seite der *Washington Post*. Ja, die Erde hatte auch diese Nacht gut überstanden.

»Oh mein Gott, oh mein Gott!«, schrie eine weibliche Stimme, weit jenseits der Hysterie. Gleichzeitig machte die grau-schwarze Katze einen Satz und sauste unter eine der Navajo-Decken. »Mein Gott, der Turm, der … Feuer!« Die hysterische Stimme kam aus dem Fernseher. Manuel sah irritiert auf. Er war es nicht gewohnt, dass Fernsehmoderatoren echte Emotionen zeigten. Das Bild zeigte das World Trade Center in New York. Aus einem riesigen Loch in den oberen Stockwerken quoll Rauch. Gewaltige Feuerzungen leckten an einem der Türme, der wohl mindestens hundert Stockwerke hatte. Das Bild wackelte und schwankte, als seien Amateure am Werk.

Manuel griff zur Fernbedienung und zappte durch die Kanäle. *ABC*, *CBS*, *NBC*, überall dasselbe Bild. Dann wieder *CNN*. Er konnte es nicht fassen. »Um 8.46 Uhr hat ein Flugzeug den Nordturm des World Trade Center gerammt«, sagte die weibliche Stimme, noch immer vollkommen hysterisch. Ein Flugzeug? Das Flugzeug musste in der riesigen Rauchwolke verschwunden sein. War das ein Unfall? Ein Attentat?

Noch während er auf den Bildschirm starrte, geschah es. Ein weiteres, kleines Flugzeug steuerte ganz langsam auf den zweiten Turm zu. Das heißt, das Flugzeug wirkte klein und langsam, weil die Türme so riesig waren. Tatsächlich war es eine Boeing, die mit voller Geschwindigkeit auf das World Trade Center zuraste und einschlug. Ein gewaltiger orangefarbener Feuerball brach aus dem zweiten Turm hervor. Dann bildete sich eine riesige schwarze Rauchwolke. Die Kamera klebte zitternd und wackelnd an dem orangefarbenen Feuerball. In der Wiederholung explodierte der Feuerball wieder und wieder. Und wieder. Harter Schnitt: Die Kamera erfasste wild schwankend die Straße. Es sah aus wie in Beirut 1988. Eingedellte Autos, dunkle reglose Körper auf dem Asphalt, graue Trümmer, graue Staubwolken, weiße, mit Kalk überzogene Menschen, die entsetzt wegrannten, während sich hinter ihnen eine gewaltige Trümmerwolke auftürmte, die wahnsinnig schnell größer und größer wurde.

Manuel brauchte eine halbe Stunde, um sich von den Fernsehbildern loszureißen. Erst dann bemerkte er das rot leuchtende Briefchen auf seinem Computerbildschirm, das eine neue Mail anzeigte. Wieder Niitaka. »Habe ich es nicht prophezeit?«, war darin zu lesen.

Manuel starrte einige Sekunden vollkommen ungläubig auf die Nachricht. Dann riss er sich zusammen und schrieb. »Wer bist du?!«

Keine Antwort. Er wartete noch ein paar Minuten, aber nichts geschah. Erst jetzt fiel ihm wieder ein, was er hatte tun wollen. Er hatte den Usernamen auf Google suchen wollen. Niitaka. Er tippte ihn ein.

Niitaka war das japanische Codewort für den Angriff auf Pearl Harbor.

TOP SECRET

»Auf eine wunderbare Freundschaft!«, sagte Mohammed Al-Bandar, hob das Champagnerglas und prostete seinen Geschäftspartnern zu. Es war eine recht gemischte Gruppe, die sich an diesem Morgen im Salon Napoleon eines Fünf-Sterne-Hotels in Washington, D. C., traf. Der Salon war seines Namens würdig: Perserteppiche, Louis-XIV.-Spiegel und kristallene, mit Blattgold belegte Kronleuchter. Um Mohammed Al-Bandar herum standen mehrere weiße Männer in dunklen Anzügen, dunkelhäutige Männer in weißen Kaftanen und traditionellem arabischen Kopfputz, ein einzelner, ebenfalls dunkelhäutiger Mann in einem weißen Anzug mit einer Rolex am Handgelenk, sowie eine sehr schlanke, sehr elegante dunkelhäutige Frau in einem hellgrauen Kostüm, schwarzen Stöckelschuhen und mit einer weißen Perlenkette, die nach drei Monatsgehältern aussah. Sie war die Beraterin des Präsidenten. Orinoko Oil.

Einer der weißen Männer im dunklen Anzug war Lucius Prince. Prince war an diesem Morgen zufrieden mit sich. Sehr zufrieden. Dies war Washington, wie er es liebte. Vorbei war die Zeit, in der Liberale, Demokraten, Pazifisten, Kommunisten und sonstiges Gesocks im Weißen Haus den Ton angaben. Wenn es nach Prince ginge, für immer. Endlich war es wieder möglich, vernünftig Geschäfte zu machen.

Neben Prince standen Doktor Henry Wolfstetter sowie Harold H. Burton, der als Einziger Scotch trank. On the Rocks. Harry Burton, der Vizepräsident, war ein massiger, fast kahler Mann. Ein Industriekapitän, dessen Gesicht weniger Emotionen verriet als das eines Pottwals im Eismeer. Wolfstetter, der Staatssekretär im Pentagon und damit Drillsons Stellvertreter, war ein kleiner, hypernervöser Brillenträger mit unordentlichen schwarzen Haaren, der schon wieder vergessen hatte, seinen Krawattenknoten richtig zu binden. In seinem Glas war Mineralwasser.

»Na, kommen Sie schon, Henry«, sagte Burton gönnerhaft. »Nehmen Sie doch auch mal einen Schluck Champagner. Unser lieber Lucius hier hat schon das dritte Glas.«

Bevor Wolfstetter etwas sagen konnte, klopfte Mohammed Al-Bandar – einer der Männer im weißen Kaftan – an sein Champagnerglas. Al-Bandar war im Vorstand des milliardenschweren Rüstungs- und Ölkonzerns, der diesen Empfang gab. Der Araber im weißen Anzug mit der Rolex, der neben ihm stand, war einer seiner Berater. Al-Bandar stammte aus einer alten saudischen Dynastie. Woher der andere stammte, wusste eigentlich keiner so genau. Außer Prince natürlich.

Al-Bandar hatte das gute Dutzend arabischer Investoren nach Washington eingeladen, weil er sie für die plutoniumbetriebene, hypersonare Superdrohne interessieren wollte, die sein Konzern gemeinsam mit dem Pentagon entwickelte. Die Drohne verband, wie es in dem streng geheimen Prospekt für Anleger hieß, die »Fernsteuerungstechnologie der Predator IV mit den Tarnfähigkeiten des Golfbombers und kann auf einem Radarschirm jedes beliebige Flugobjekt simulieren sowie selbsttätig Ziele anhand ihres genetischen Codes ermitteln und eliminieren«. Al-Bandar hoffte, dass diese lukrative Freundschaft noch lange erhalten bleiben würde. Jedenfalls länger als die fünfzehn Minuten, die sie hier noch hatten.

»Bevor wir das Buffet eröffnen, mein lieber Harry, lieber Lucius, lieber Doktor Wolfstetter, möchte ich noch kurz unser neuestes Vorhaben ansprechen«, sagte Mohammed Al-Bandar. »Nämlich die Pipeline von …« Er wurde jäh unterbrochen, als ein blasser und aufgelöster Page hereinstürzte, ihn fast umrannte, Burton am Ärmel packte und anfing, dem Vizepräsidenten zischend und spuckend ins Ohr zu flüstern. Der schwere, massige Mann mit der Glatze erstarrte. Entsetzlich lange fünf

Sekunden geschah rein gar nichts. Dann drehte Burton sich suchend um. »Gibt es hier einen Fernseher?«, fragte er.

Der Fernseher fand sich in der Ecke auf einem Lacktischchen. Als der Page ihn einschaltete, flog gerade das zweite Flugzeug ins World Trade Center. Und zwar bereits in der fünften Wiederholung. Es war 9.28 Uhr. Alle starrten auf den Bildschirm. Niemand trank mehr etwas. Nicht einmal die Saudis.

Der Erste, der seine Stimme wiederfand, war Prince. »Wie konnte das passieren?«, fragte er laut in den Raum hinein, dessen Louis-XIV-Dekor plötzlich absurd antiquiert wirkte. Niemand fühlte sich angesprochen, aber alle sahen einander an. Wusste Prince etwas, was sie nicht wussten? Prince stellte das Champagnerglas ab und griff nach seinem Telefon. Im gleichen Moment brach hysterisches Geschnatter aus.

Nur Orinoko Oil trat in eine Ecke des Raumes, klappte ihr Mobiltelefon auf und wählte die erste Nummer der Kurzwahlliste. Dann fing sie leise an, zu sprechen. Auch Burton griff nach seinem Telefon. Er versuchte, Drillson zu erreichen. Kein Erfolg. Wütend starrte er das Gerät an. Dieser japanische Schrott. Oder war es finnischer Schrott? Endlich, nach einer Viertelstunde, nahm der Pentagon-Chef ab.

»Was zum Teufel ist da los?«, wollte Burton wissen.

»Feindliche Attacke«, antwortete Drillson knapp. »Das war kein Unfall, sondern ein Attentat. Wir haben Nachricht von NORAD, dass noch zwei weitere Passagiermaschinen entführt wurden, die gerade Kurs auf Washington nehmen.«

NORAD war das North American Aerospace Defense Command. »Um Gottes Willen«, sagte Burton. »Washington! Wissen Sie, was die vorhaben?«

Mohammed Al-Bandar sah Burton entgeistert an. Was ging da vor? Derweil hatte es Prince geschafft, in New York anzurufen. »Was ist denn bei euch los?«, fragte er ruhig und doch angespannt. Er hatte Joe Brisbane am Apparat, den Nachrichtenchef von *FUC*.

Brisbane war gerade dabei, Befehle durch die Redaktion zu brüllen, wobei er fünf Bildschirme gleichzeitig beobachtete. »Das World

Trade Center brennt!« Brisbane schrie so laut ins Telefon, dass sogar Al-Bandar, der neben Prince stand, es hören konnte. »Beide Türme brennen! Ganz Downtown ist dicht. Alle Brücken gesperrt, alle U-Bahn-Stationen. JFK, La Guardia, alles zu! Sämtliche Feuerwehrmänner von New York sind dort und löschen! Falls es da überhaupt noch was zu löschen gibt. Ich habe vier Ü-Wagen hingeschickt, aber die lassen niemanden in die Nähe. Sie sagen, die Türme brechen jede Minute zusammen. Ich schicke gleich einen Hubschrau...«

Weg war er. Sekunden später ließ ein dumpfer, sehr tiefer und sehr ferner Schlag die Kristallleuchter im Salon Napoleon klirren. Leise, aber nachdrücklich. Der Champagner zitterte in den halbvollen Gläsern, als nähere sich ein Tyrannosaurus Rex.

Alle verstummten. Außer Burton. »Was?«, japste der, noch immer am Telefon und durchbrach die Stille. »Das Pentagon?«

Als er bemerkte, dass ihn alle anstarrten, ließ er den Apparat sinken. Er war leichenblass. »Noch ein Flugzeug«, sagte er. »Es ist ins Pentagon eingeschlagen, direkt ins Pentagon, und ein viertes ist unterwegs zum Weißes Haus. Oder zum Capitol.« Alle sahen sich an. Das Hotel war vom Capitol nicht allzu weit entfernt. »Drillson hat bereits den Abschussbefehl gegeben«, warf Burton ein. Dann sah er auf, als sei er plötzlich geweckt worden. »Das ist natürlich Top Secret.« Er streckte sich. »Ich muss los.«

Als die Tür hinter Burton zufiel, starrten sich alle an. »Wer könnte das denn gewesen sein?«, fragte Mohammed Al-Bandar als Erster. »Das war doch bestimmt ein Anschlag, oder?«

Prince warf Wolfstetter einen fragenden Blick zu. Dessen Augen flackerten. Er räusperte sich. »Saddam Hussein«, sagte er bestimmt. »Wer denn sonst?«

Al-Bandar nickte langsam. »Aha«, sagte er unsicher.

Auch Orinoko ließ endlich das Mobiltelefon sinken und sah Wolfstetter an. Nun nickte auch Prince. »Das muss eine Geheimdienstoperation gewesen sein, das ist klar«, sagte er und nickte noch einmal. »Das haben Profis gemacht. Es ist vollkommen ausgeschlossen, dass eine Handvoll Zufalls-Attentäter so etwas hinbekommt.«

»Saddams Verbindungen zum internationalen Terrorismus sind doch allgemein bekannt«, sagte Wolfstetter. »Laut eines Gutachtens der CIA steckte er schon hinter dem ersten Anschlag auf das World Trade Center vor acht Jahren.«

»Sie haben wahrscheinlich recht«, meldete sich nun, zu aller Überraschung, der Araber im weißen Anzug mit der Rolex zu Wort. »Saddam hat seine Pläne zur Beherrschung der Welt niemals aufgegeben. Trotz der zurückgeschlagenen Invasion von Saudi – äh, Kuwait.«

Al-Bandar nickte noch immer zögerlich. »Hussein, diesem ungläubigen Hurensohn, ist alles zuzutrauen«, sagte er. »Aber könnte es nicht auch ein anderer Geheimdienst gewesen sein? Der Moss…«, gerade noch rechtzeitig fiel ihm ein, dass Wolfstetter Jude war, »… der Moskauer Geheimdienst, wie heißt der gleich noch mal?«

Prince verzog das Gesicht zu einer spöttischen Grimasse. »Das glaube ich kaum«, sagte er. »Der Kalte Krieg ist vorbei.«

»Arafat steckt wahrscheinlich ebenfalls dahinter«, sagte Wolfstetter.

Prince fing nun langsam an zu lächeln. »Da fällt mir etwas ein«, sagte er und wandte sich an den Hotelpagen, der immer noch im Raum stand: »Kriegen Sie für mich mal das *CNN*-Büro in Ramallah an die Strippe. Aber pronto!«

»*CNN* hat ein Büro in Ramallah?«, fragte der Araber im weißen Anzug erstaunt.

»Oder Jerusalem oder Tel Aviv. Nun machen Sie schon!«, schob Prince ungeduldig hinterher. »Seien Sie nicht so lahmarschig!«

Beim Stichwort »lahmarschig« fuhr Wolfstetter ruckartig zusammen. »Was ist eigentlich im Weißen Haus los?«, fragte er. »Wer hat da überhaupt das Kommando?«

»Ich finde es gleich heraus«, versprach Orinoko Oil. Sie drückte wieder eine Kurzwahltaste ihres Telefons. Die zweite. »Hallo«, sagte sie. Einige Minuten herrschte Schweigen, das nur von Orinokos »Ja?« und »Ach was!« unterbrochen wurde. Dann legte sie auf. »Das war

Burton«, erklärte sie. »Er ist im Weißen Haus. Er sagt, er wisse, wer hinter dem Anschlag steckt. Ein gewisser Osama Bin Laden. Dieser Terrorist aus Saudi-Arabien, der schon für den ersten Anschlag auf das World Trade Center verantwortlich war. Albert Rave hat schon eine Presseerklärung herausgegeben.«

Prince und Wolfstetter sahen einander überrascht an. Keiner wusste, wer zuerst etwas sagen sollte, und vor allem was. »Weiß denn der Präsident ...«, setzte Wolfstetter an.

»Apropos Präsident«, fiel es Orinoko siedend heiß ein. »Wo steckt der eigentlich?«

* * *

Jason Gilligan stand mitten im Redaktionsbüro und hielt sich an der Lehne eines Bürostuhls fest. Die letzten paar Schritte hatte er nur unter Aufbietung all seiner Kräfte geschafft. Er sah aus wie der personifizierte Tod. In seinen Haaren war graue Asche. Die grauweißen Flocken hatten auch sein Gesicht bestäubt. Darunter zeichneten sich seine Augenfältchen scharf ab. Seine Knie zitterten und am linken Unterarm hatte er eine große knallrote Schramme, die sich vom Handgelenk bis fast zum Ellbogen zog. Eines seiner Hosenbeine war aufgerissen und sein Jackett war irgendwo verlorengegangen. Noch nie in seinem Leben war Gilligan derart erschöpft gewesen. Und das alles, weil er nicht in Washington geblieben war.

Heute früh war er mit dem Flugzeug in New York angekommen, um eine Fachkonferenz zu besuchen. Das Thema: »Wall Street und die Rüstungsindustrie: Wie wird sich die Entwicklung der plutoniumbetriebenen, hypersonaren Superdrohne, die die Fernsteuerungstechnologie der Predator IV mit den Tarnfähigkeiten des Golfbombers verbindet, langfristig auf den Dow Jones Index auswirken?«. Veranstaltungsort: World Trade Center, Nordturm, achtzigster Stock. Natürlich hatte die Zeitung, für die er arbeitete, mehr als genug Redakteure in New York, aber er war der für Rüstung zuständige Korrespondent. Außerdem hatte er es sich ganz nett vorgestellt, mal wieder Kollegen und Freunde aus seiner Zeit in Manhattan zu treffen. Vielleicht würde er sich sogar ein Musical angucken, später am Abend.

Die Konferenz war am 11. September für neun Uhr früh angesetzt – Einlass ab halb neun – aber er hatte es geschafft, die U-Bahn-Station zu verpassen, bloß weil er für einen Moment eingenickt war. Das Flugzeug war, viel zu früh für seinen Geschmack, um sechs Uhr morgens in Dulles, Washington, gestartet und anderthalb Stunden später in La Guardia gelandet. Dort hatte er kein Taxi bekommen, stattdessen den Bus genommen, war an der 125th Street in die U-Bahn-Linie 1 gestiegen und Richtung Downtown gefahren. Als er erwachte, sah er draußen gerade die Rector Street vorbeiziehen. Leise fluchend stieg er an der Endstation South Ferry aus, wo ihm zu spät einfiel, dass die U-Bahn hier sowieso wendete, und er so den abfahrenden Zug verpasste. Fünf Minuten musste er auf den nächsten Zug warten. Als er am World Trade Center ankam, war es 8.50 Uhr. Er hastete nach oben und erreichte die hohe, lichtdurchflutete Lobby exakt zu dem Zeitpunkt, als die Hölle losbrach.

Die Lobby bebte, als sei sie von einer megalomanischen Bestie angegriffen worden. Alle Fahrstühle standen still. Die Drehtüren hingen schief und verkantet in ihren verbogenen Eisenrahmen. Dann kam ein unendlicher Strom von Menschen, viele davon schwarz im Gesicht vom Rauch und mit roten Augen, die Nottreppen hinuntergestolpert. Manche schrien in ihre Mobiltelefone, manche weinten, die meisten rannten sofort an Gilligan vorbei, in Richtung U-Bahn. Nur er blieb stehen. Noch hatte der kühle, nüchterne Reporter in ihm die Oberhand. Was war hier los?

Um 9.02 Uhr brachen zwei Dutzend Feuerwehrleute mit Gewalt durch eine der dysfunktionalen Drehtüren und zerrten eine schwere Maschine hinter sich her. Draußen flatterten Tonnen von Papier vom Himmel herunter. Dann hörte Gilligan ein dumpfes Geräusch. Ganz so, als schlage ein schweres Gewicht auf dem Boden auf. Noch mal. Und noch mal. Gilligan machte einen Schritt auf die gläserne Außenwand zu und sah einen toten Mann auf dem Boden, inmitten von Metallteilen. Der Mann saß in einem Flugzeugsessel und war mit einem schwarzen Gurt angeschnallt. Er hatte keine Arme mehr. Neben ihm lag etwas, von dem Gilligan hoffte, dass es kein verstümmelter Torso war.

Er begriff immer noch nicht, was gerade geschah, aber es dämmerte ihm, dass er hier ebenfalls schnell wegmusste. Als er über die defekte Rolltreppe nach unten hastete, stand das Wasser in der Einkaufspassage bereits knöchelhoch. Die Sprinkleranlage spritzte völlig sinnlos drauflos, denn es brannte gar nicht. Er schaffte es, noch ein Stockwerk tiefer zu gelangen, aber inzwischen fuhr die U-Bahn schon nicht mehr. Sogar die Metallgitter auf dem Bahnsteig waren versperrt. Er drehte sich um und rannte zurück, fand die Drehtür des Buchladens im World Trade Center, der sich über drei Stockwerke nach oben zog, und gelangte durch den Laden auf die Church Street. Dort lief er zwei Polizisten in die Arme. »Weg hier, verschwinde!«, schrie einer der beiden ihn an. »Bloß weg!«

Gilligan rannte weiter. Die Luft war voller Rauch, der giftig roch und zum Schneiden dick war. Die Haut unter seiner Kleidung begann zu jucken. Als er sich umdrehte, sah er die beiden gewaltigen Türme rauchen wie apokalyptische Fackeln. Hinter ihnen war der Himmel so schwarz wie bei einer Sonnenfinsternis.

Nirgends fuhr eine U-Bahn. Auf keiner der Linien. Auf der Straße taumelten ihm Menschen mit aufgerissenen Augen entgegen, die mit weißer Asche bedeckt waren. Er wusste noch nicht, dass er genauso aussah. Erst an der Canal Street blieb er ein paar Minuten lang stehen, erschöpft vom Laufen. Seine Augen brannten und in seinem Mund hatte er einen unangenehm metallischen Geschmack. Den langen, schmalen Körper halb gekrümmt, eine Hand an einen Laternenpfahl gestützt, blickte er noch einmal zurück. Und dann geschah es.

Die rauchenden Türme schienen sich an ihren Konturen aufzulösen. Ein fernes Grollen, dann gab der eine Turm nach. Wie in Zeitlupe sackte er in kleinen ruckartigen Bewegungen zusammen und brach Stockwerk für Stockwerk ein. Gleichzeitig erhob sich rund um den Sockel eine

Wolke aus Betonstaub, schwarzem Rauch und Feuer, die den Turm verschlang. Die Wolke breitete sich innerhalb von Minuten über ganz Downtown aus, so dass Gilligan heftig zu husten anfing. Er zog sein Hemd nach oben, presste es gegen den Mund und rannte weiter.

Gilligan brauchte zu Fuß fast eine Stunde, um das New Yorker Büro seiner Zeitung zu erreichen. Dort lief auf allen TV-Schirmen das gleiche Bild. Ein Flugzeug, ein orangener Feuerball, eine dunkle Wolke. Als die Nachricht hereinkam, dass auch das Pentagon von einem Flugzeug getroffen worden war, fühlte sich Gilligan endgültig so, als befände er sich in einem schlechten Film. Und niemand wusste, wer eigentlich gerade das Land regierte. Der Präsident schien verschollen zu sein.

Gegen 11 Uhr stellte sich zumindest heraus, wo der Vizepräsident steckte. Harold H. Burton hatte sich in einem Bunker unter dem Weißen Haus verbarrikadiert und erteilte von dort aus Befehle. Und er wusste bereits, wer hinter dem Anschlag steckte: ein gewisser Osama Bin Laden. Ein islamischer Terrorist, der Amerika hasste und auch den ersten Anschlag auf das World Trade Center verübt hatte.

Beim Namen »Bin Laden« spürte Gilligan ein Ziehen in seinem Inneren. Irgendwie kam ihm der Name bekannt vor. Sehr bekannt. Und zwar nicht im Zusammenhang mit Terrorismus, sondern mit etwas viel Näherliegendem. Bloß was?

* * *

Der Präsident lächelte, breit und ein bisschen zu selbstgefällig. Für diese Zweitklässler in Florida war er ein Held. Immerhin konnte er besser lesen als die. Zwanzig kleine Jungen und Mädchen saßen aufgereiht da und guckten ihn erwartungsvoll an. Und er las vor. *Die Kleine Ziege.* Das Buch, aus dem ihm seine Mutter vorgelesen hatte, als er selbst im Alter dieser Kinder war.

Er liebte die Geschichte von der kleinen Ziege, die sich in den Bergen verirrt hatte. Nun saß sie ganz allein in einer Höhle, wusste nicht, wo sie war, und meckerte um Hilfe. So ein dummes Tier.

Ein kleines rothaariges Mädchen in der ersten Reihe strahlte aufgeregt. Er warf ihr einen herablassenden Blick zu. Nachher würde er mit den Jungs des Secret Service vielleicht noch ein Bier trinken gehen. Oder zwei. Oder drei. Nach Washington kam er früh genug zurück. Sogar das Dinner mit seinem blasierten Bruder hatte er gestern auch gut überstanden. War er überhaupt schon auf Sendung?

Der Präsident sah sich suchend um. Ja, da war eine Kamera. Er grinste. Klar war er auf Sendung, er war immerhin der Präsident. Er grinste noch einmal direkt in die Kamera. Hoffentlich lief sie auch wirklich. Allerdings würde dann womöglich sein Bruder zusehen und später, bei einer dieser langweiligen Barbecue-Partys ihrer Eltern, sarkastische Bemerkungen machen. Aus dem Augenwinkel heraus nahm er wahr, dass einer seiner Stabsoffiziere zur Tür hereinkam. Der Mann sah besorgt aus. Was wollte der jetzt bloß? Der Stabsoffizier beugte sich zu ihm herunter. »Mister President«, flüsterte er ihm ins Ohr, »ein Flugzeug ist gerade in das World Trade Center geflogen. Eine Passagiermaschine.«

Das musste ein verdammt schlechter Pilot gewesen sein. Warum erzählt der mir das? Ich bin doch kein Kontrollturm, dachte der Präsident. Ich lese jetzt *Die Kleine Ziege*. Er starrte die Buchstaben an, merkte dann, dass er das Buch aus irgendeinem Grund verkehrt herum hielt, und drehte es um.

Mitten in der Geschichte kam der Stabsoffizier erneut herein. »Ein zweites Flugzeug ist in das World Trade Center geflogen«, flüsterte er ihm nun schon etwas lauter ins Ohr. »Sie müssen eine Rede an die Nation halten.«

»Erst«, sagte der Präsident tadelnd, »lese ich in Ruhe fertig.« Und das tat er dann auch.

Danach ging alles ganz schnell. In wenigen Minuten wurde er an Bord der Air Force One geschafft, die mit laufendem Motor auf einem nahen Flugfeld gewartet hatte. Wenige Minuten später hob die Maschine ab. »Warum musste ich denn unbedingt aus Florida weg?«, fragte der Präsident, während sie schon über Disney World flogen.

»Wir handeln auf Befehl ihrer Beraterin, Miss Oil«, sagte einer der Secret-Service-Männer. »Sie hat gerade angerufen. Es gab Drohungen, dass die Terroristen auch Sie im Visier haben. Und die Air Force One.«

»Sie waren eine halbe Stunde live auf Sendung«, erläuterte ein anderer Secret-Service-Agent. »Jeder Terrorist wusste, wo Sie waren, und hätte Sie attackieren können.«

Ob es dann so eine gute Idee war, mit genau dieser Maschine wie auf dem Präsentierteller herumzujetten? Der Präsident war dumm, aber ganz sicher nicht blöd. »Und wohin bringen Sie mich jetzt?«, fragte er.

»An einen geheimen Ort, Mister President«, sagte der erste Secret-Service-Mann. »An einen Ort, der so geheim ist, dass nicht einmal Sie ihn kennen. Aber dafür ist er vollkommen sicher.«

Es dauerte fast drei Stunden, bis sich die Tragflächen der Air Force One wieder senkten. Der Präsident blickte durch das Bullauge. Unter ihm lag ein riesiges abgezäuntes Gelände. Offensichtlich militärisches Sperrgebiet. Ein gutes Dutzend Flugzeughangars und eine turmhohe Antenne, die sich nach oben weitete wie ein Trichter. Eine weiße Fläche, vermutlich ein Salzsee. Neben dem Salzsee erstreckte sich eine geteerte Bahn, auf der die Air Force One zur Landung ansetzte.

Ein Bataillon von Soldaten, Offizieren und Zivilisten, die aussahen wie verkleidete Soldaten, empfing den Präsidenten, als er auf das Rollfeld taumelte und in die Sonne blinzelte. »Willkommen auf der Airbase Groom Lake, Mister President«, sagte ein Offizier mit drei Sternen an den Schultern. Bestimmt ein General, dachte der Präsident und starrte den vermeintlichen General verständnislos an. Wo war er? »Auf der Area 51«, erläuterte der General.

»Wow!«, entfuhr es dem Präsidenten. Seine Stimmung fing an, sich aufzuhellen. »Es gibt wirklich eine Area 51?«

»Ja, aber das ist Top Secret«, sagte der General. Er hielt nichts davon, Präsidenten in militärische Geheimnisse einzuweihen. Irgendwann würden sie abgewählt und schrieben ihre Memoiren. Und dann wussten sie zu viel. Nicht alle verbrachten ihre Zeit im Weißen Haus damit, sich von Praktikantinnen einen blasen zu lassen.

Der Präsident strahlte wie ein großes Kind. »Kann ich die UFOs sehen? Wo sind die versteckt?«

Der General schüttelte den Kopf, blickte nun aber schon etwas milder drein. Mit diesem Präsidenten würde es später keine Probleme geben. »Da muss ich Sie leider enttäuschen«, erklärte er. »Es gibt keine UFOs. Jedenfalls nicht hier. Aber Sie sind nicht der erste Präsident, der danach fragt. Eisenhower wollte das auch schon wissen.« Und dann fügte er mit einem kleinen Lächeln hinzu: »Nun kommen Sie schon. Miss Oil hat eine Rede an die Nation vorbereitet, die Sie vorlesen sollen. Irgendwas mit Freiheit, großartige Nation, Blut, Schweiß und Tränen, Rache, tot oder lebendig und so weiter.«

Mit diesen Worten nahm der General den Präsidenten am Ellbogen und führte ihn zu dem großen Hangar. Zwei Secret-Service-Agenten folgten ihnen. Der Präsident staunte. »Gibt es denn hier die technische Ausrüstung für eine Fernsehübertragung?«, fragte er.

Der General nickte. »Und ob«, antwortete er. »Und Sie können sich sogar unter verschiedenen Hintergrundbildern ein passendes aussuchen.«

»Haben Sie etwas mit UFOs drauf?« Der Präsident gab nicht auf. »Damit könnten wir doch signalisieren, dass wir gegen alles gerüstet sind?«

Der General runzelte die Stirn, antwortete aber nicht. Er winkte dem Präsidenten und den beiden Secret-Service-Agenten zu, damit sie ihm in einen der Hangars folgten. Darin stand ein futuristischer Bomber, der mehr einer Rakete ähnelte als einem Flugzeug und der so schwarz war, dass er alles Licht zu verschlucken schien. Daneben war ein weißes Schiff aufgebockt, das wie ein Raumschiff aussah. Oberhalb des gebogenen Rumpfes befand sich ein runder Aufsatz, der einer überdimensionierten, beleuchteten Untertasse ähnelte. Am Bug waren zwei Antriebsdüsen montiert. Der Präsident blieb stehen und starrte das Raumschiff fasziniert an.

»Kommen Sie«, sagte der General ungeduldig. »Das ist bloß eine Attrappe.« Im Boden des Hangars war eine Falltür eingelassen. Der

General wies einen der Wachleute an, sie anzuheben. Sie alle bestiegen eine eiserne Leiter, die tief in den Unterbauch des Hangars bis zu einer Lobby mit Aufzügen führte. Sie traten in einen der Aufzüge, der sie in minutenlanger Fahrt noch tiefer in den Keller brachte. Ganz unten angekommen, betraten sie einen unglaublich langen, weißgekalkten Gang mit unendlich vielen Türen, die alle gleich aussahen. Als sich der General umdrehte, um mit einem der Secret-Service-Agenten zu reden, nutzte der Präsident die Gelegenheit, um eine der Türen zu öffnen. Immerhin war er der Präsident. Hinter der Tür befand sich eine karge graue Höhlenlandschaft, die im Hintergrund in sehr hohe Berge mit ein paar weißen Gletschern überging. Der Hintergrund war gemalt. Eine Ziege meckerte vom Band.

Noch während der Präsident die künstliche Landschaft bestaunte, zog ihn der General wieder von der Tür weg. Ein wenig ruppiger, als angebracht gewesen wäre. Dann bugsierte er ihn zur übernächsten Tür und öffnete sie. Dahinter lag eine Landschaft, die schon auf den ersten Blick vollkommen kalt und still wirkte. Eine weiße, kraterähnliche Oberfläche mit zackigen, abgebrochenen Felsen und feinem Staub, der wie in Zeitlupe durch den luftleeren Raum schwebte. Eine Mondlandschaft, über der sich ein dunkler Sternenhimmel wölbte. Ganz oben am Sternenhimmel leuchtete die Erde. Eine blau schimmernde Kugel, wundervoll anzusehen. »Verdammt«, fluchte der General, stieß hastig die Tür zu und zerrte den Präsidenten zur nächsten Tür.

Hier sah es so aus wie in Franklin D. Roosevelts Arbeitszimmer um 1942, nur die Bilder und der Kalender waren auf modernen Stand gebracht worden. Ein massiver Schreibtisch aus Teakholz. Darauf eine kleine amerikanische Flagge mit einem Sockel aus Marmor. Daneben die Flaggen von New York, West Virginia und Maryland. Eine altmodische Schreibgarnitur, ebenfalls aus Marmor. Ein paar dicke Wälzer mit unlesbaren Titeln, die eindrucksvoll neben einer hölzernen Standuhr drapiert waren. Ein altes, cremefarbenes Telefon mit Wählscheibe. Ein silberner Bilderrahmen mit den Fotos der First Lady und den Zwillingen. An der Wand eine Weltkarte (mit Australien zwischen dem Kap Horn und dem Kap der Guten Hoffnung) sowie ein paar Urkunden aus schwerem, cremefarbenem Papier. In der Ecke stand ein Fernseher. Er zeigte das aktuelle Programm von *CNN*. In Farbe.

Das World Trade Center bestand nur noch aus zwei rauchenden Stümpfen, die bereits in sich zusammengesackt und in der gewaltigen Rauchwolke kaum noch zu erkennen waren. Sirenen heulten. Dann ein Schnitt in den Mittleren Osten, nach Ramallah: Eine Gruppe palästinensischer Kinder hopste fröhlich um eine halb verschleierte Frau herum. Sie freuten sich sichtlich. Eine Stimme aus dem Off erklärte in vorwurfsvollem Ton, die Palästinenser feierten, dass der »Große Satan« von Allah bestraft worden sei. Schnitt auf Lucius Prince, der dem *CNN*-Reporter erklärte, wie betroffen ihn dieser offen gezeigte Hass mache.

Der Präsident setzte sich hinter den Schreibtisch, in den ledernen Drehstuhl, während eine Videokamera hereingefahren wurde. Dann reichte der General dem Präsidenten ein Manuskript. Orinoko Oil hatte die Rede in extra großen Buchstaben geschrieben und rasch gefaxt. Der Präsident räusperte sich. »Der Freitag – äh – die Freiheit selbst ist an diesem Morgen von einem Feigling ohne Gesicht angegriffen worden«, fing er an.

Kaum war die Aufzeichnung vorbei – der letzte Satz war von ihm selbst spontan hinzugefügt worden: »Wir kriegen die Leutchen, die das getan haben, garantiert!« –, klingelte das cremefarbene Telefon auf dem Teakholzschreibtisch. Der Präsident starrte es verwundert an. Das war also echt? Bevor er irgendetwas tun konnte, hatte der General sich schon den Hörer geschnappt. Er lauschte für ein paar Minuten, dann legte er auf.

»Das war Miss Oil«, erklärte er dem Präsidenten. »Wir müssen hier weg und zu einer anderen Airbase. Das Pentagon fürchtet, dass das Fernsehsignal zurückverfolgt werden kann. Und dann wären Sie in Gefahr.«

THE FRENCH CONNECTION

Jason Gilligan saß noch immer in New York fest und hatte dort alle Hände voll zu tun. Noch am Tag des Anschlags auf das World Trade Center hatte Bürgermeister Benito Giovanni sämtliche Tunnel, Brücken und U-Bahn-Linien nach Manhattan für eine Woche sperren lassen. Das bedeutete, niemand kam herein – also auch keiner der Reporter, die außerhalb von Manhattan wohnten – und niemand kam heraus. Das hieß auch, wer am 11. September zufällig in der Stadt war, machte den Job derer, die jetzt nicht mehr kommen konnten. Also auch Gilligan.

Zu seinem Arbeitsalltag in Washington gehörte es, Pressekonferenzen in klimatisierten Räumen zu besuchen, mit überbezahlten und unterbeschäftigten Lobbyisten und Verteidigungsexperten zu lunchen oder in seinem eigenen Bürosessel, ein Glas Whiskey neben sich, in Akten oder Fachzeitschriften zu blättern. Nun war er damit beschäftigt, in Turnschuhen und geliehenen übergroßen Jogginghosen und mit einer Staubmaske aus Plastik vor dem Gesicht durch die giftig riechende Trümmerlandschaft von Downtown Manhattan zu waten und sich mit Polizisten herumzustreiten, wo er hindurfte, ohne dass ihm ein glühendes Metallteil auf den Kopf fallen konnte.

Gilligan sprach mit Feuerwehrmännern, mit Krankenschwestern und mit Kindern, die fotokopierte Zettel an Zäune und Bäume hefteten, auf denen sie nach ihrem Vater oder ihrer Mutter suchten. Er sprach mit Studenten, die sich zum Blutspenden vor dem St.-Vincent-Krankenhaus aufreihten, und mit Polizisten, die 16-Stunden-Schichten schoben. Und er sprach mit Benito Giovanni. Täglich. Giovanni war der

Held der Stunde. Der Bürgermeister war gleich in der Minute zur Stelle gewesen, als die Türme zusammenbrachen, und saß nun im Rathaus und befehligte die Stadt, als sei sie eine Festung, die er verteidigen müsse. Und irgendwie war sie das ja auch.

Dabei war Gilligan nicht gerade ein Fan von Giovanni. Der Bürgermeister trug den Spitznamen »Manhattan Mussolini« – acht Jahre lang hatte er New York mit eiserner Faust regiert und es mit Hilfe einer solide aufgestockten Polizeitruppe geschafft, die Stadt von Graffitisprayern, Bettlern, Punks, Straßenmusikern, Obdachlosen, schwarzen Kids mit Ghettoblastern, Rauchern, Hütchenspielern, Müttern mit kleinen Kindern auf Wohlfahrt, sonstigen Arbeitsscheuen, AIDS-Kranken, unangepassten Künstlern, angepassten Künstlern, unangemeldeten Hotdog-Verkäufern, fliegenden Falafelhändlern, aufmüpfigen Taxifahrern, Prostituierten, Stripperinnen, Off-Off-Off-Broadway-Regisseuren, Turbanträgern, Fezträgern, Falschparkern und Menschen, die bei Rot über die Straße gingen, zu befreien. Nebenbei war er damit beschäftigt gewesen, so ziemlich jeden zu beleidigen, der sich ihm bis auf zehn Meter näherte. Darunter waren sämtliche Redaktionskollegen von Gilligan, soweit sie in New York arbeiteten, eine Reihe von Parteifreunden sowie die eigene Ehefrau, die aus dem Fernsehen erfuhr, dass Giovanni lieber mit seiner Geliebten Mafiafilme guckte, als im eigenen Ehebett zu schlafen.

Doch nach dem Angriff auf das World Trade Center war Giovanni wie Phönix aus der Asche gestiegen. Nun musste irgendwer in den sauren Apfel beißen und täglich ins Rathaus fahren. Und das war Gilligan, der es sich als Korrespondent in Washington bislang noch nicht mit dem Bürgermeister hatte verderben können. Und eines musste man Giovanni lassen, dachte Gilligan: Der Bürgermeister war immerhin hier. Wo der Präsident steckte, wusste hingegen noch immer niemand so recht.

So dauerte es mehrere Tage, bis Gilligan die Zeit fand, sich erneut zu fragen, warum ihm der Name Osama Bin Laden gleich so bekannt vorgekommen war. Und dann fiel es ihm wieder ein. Der Name hatte auf der Einladung gestanden. Der Einladung zu eben jener Fachkonferenz am 11. September, im achtzigsten Stock des World Trade Centers, die er – zum Glück – so knapp verpasst hatte. Diese Fachkonferenz über die Wall Street, die Verteidigungsindustrie und diese superteure plutoniumbetriebene Superdrohne, die das Pentagon unbedingt in Serie bauen wollte, für die Drillson aber vom Kongress keine Finanzierung bekommen hatte. Zumindest noch nicht. Das war wohl nur noch eine Frage von Wochen. Sobald der Kongress sich wieder traute, zu tagen.

Allerdings lautete der Name auf der Einladung natürlich nicht Osama Bin Laden, sondern hörte sich so ähnlich an. Mullah Bin Laden. Dieser Mullah Bin Laden und dessen Schwager Mohammed Al-Bandar waren beide Teilhaber eines milliardenschweren Rüstungskonzerns, bei dem vor allem Scheichs aus Saudi-Arabien investierten. In Washington hieß es, der Vater des Präsidenten sei ebenfalls daran beteiligt. Auch einer von Princes langjährigen Geschäftspartnern solle dort Berater sein. Einer dieser überangepassten Araber, die stets im Anzug und mit Rolex herumliefen. Aber Genaues wusste Gilligan auch nicht. Was er allerdings wusste, war, dass weder Mullah Bin Laden noch Mohammed Al-Bandar an der Konferenz im World Trade Center teilgenommen hatten. Sie hatten abgesagt, weil sie an diesem Tag einen eigenen Empfang in einem Fünf-Sterne-Hotel in Washington veranstaltet hatten. Das war für die beiden eine extrem glückliche Fügung, denn so waren sie noch am Leben.

Ob der gleiche Name wohl ein Zufall war? Wer wusste schon, wie geläufig der Name Bin Laden in Saudi-Arabien war? Gilligan dachte ein paar Minuten darüber nach und beschloss dann, seinen Chefredakteur zu fragen, ob das eine Geschichte werden könnte. Der runzelte nur die Stirn. »Wir befinden uns mitten im Krieg und das ganze Land hat sich hinter unseren Präsidenten gestellt«, sagte der. »Das ist wirklich nicht der richtige Moment, um irgendwelchen abstrusen Verschwörungstheorien nachzugehen.«

Tatsächlich wäre es auch gar nicht so einfach gewesen, diesen abstrusen Verschwörungstheorien nachzugehen. Denn sowohl Mohammed Al-Bandar als auch Mullah Bin Laden hatten die USA bereits verlassen. Nur einen Tag nach dem 11. September. Mit Delta Airlines nach Riad, wie man vermutete.

Gilligan seufzte innerlich, hielt aber den Mund. Als der Chefredakteur bereits an der Tür stand, drehte der sich noch einmal zu ihm um. »Weißt du, was du machen solltest, Jason?«, sagte er. »Schreib doch ein schönes, großes Portrait über den privaten Benito Giovanni. Darüber, wie unser Bürgermeister nach dem schrecklichsten Anschlag, der die Vereinigten Staaten jemals getroffen hat, zum größten Helden des angehenden Millenniums wurde oder so ähnlich. Sagen wir vierhundert Zeilen.« Und, als Gilligan das Gesicht verzog: »Man muss mit der Zeit gehen, mein Junge.«

* * *

Der Ostflügel des Pentagons rauchte noch immer, aber das hatte Dewey Drillson nicht davon abgehalten, zur Lagebesprechung in den kleinen Sitzungssaal einzuladen. Der Verteidigungsminister sah aus, als habe er die letzten Tage in der Wolfsschanze verbracht. Sein Haar war wirr, seine Augen waren geschwollen und in seinen zahllosen Falten hatte sich dunkler Staub abgelagert, als sei er im Zentrum der Explosion gewesen. Aber das bildete er sich hoffentlich nur ein, dachte Lucius Prince.

Prince – Hobbykoch, Fachmann für saudi-arabische Investitionsmodelle, Chef der Defiant Foundation und Berater des Pentagon – hockte in einem der Sessel aus Kalbsleder. Neben ihm saßen der Kommunikationsdirektor Albert Rave, der Vizepräsident Harold H. Burton sowie der Staatssekretär des Pentagon, Doktor Henry Wolfstetter.

Alle standen noch immer unter Schock. Washington war stets paranoid gewesen, aber nun war die Panik mit Händen zu fassen. Dies war die erste Attacke auf die Hauptstadt, seit die Briten 1814 das Weiße Haus bis auf die Grundmauern niedergebrannt hatten. Wolfstetter sah noch gequälter drein als sonst. »Warum, zum Teufel«, fragte er Burton, »mussten Sie unbedingt sofort verkünden, dass Osama Bin

Laden hinter dem Anschlag steckt? Da hätte es doch wirklich bessere Optionen gegeben!«

»Bessere Optionen?«, fragte Albert Rave irritiert. »Was meinen Sie denn damit?«

Burton ignorierte ihn. »Na hören Sie mal«, sagte er zu Wolfstetter, das Gesicht so unbeweglich wie frischer Fisch auf einem Wochenmarkt in Denver. »Der Führer des islamischen Dschihad? Der schrecklichste Terrorist, den Saudi-Arabien jemals hervorgebracht hat und der für Dutzende von Anschlägen verantwortlich ist?«

Prince grinste in sich hinein. Wahrscheinlich finanziert er auch den Wahlkampf von Hillary Clinton, dachte er.

»Ob Bin Laden etwas mit dem Anschlag zu tun hat, ist doch gar nicht erwiesen«, sagte Wolfstetter, immer noch verärgert, zu Burton. »Es ist doch viel wahrscheinlicher, dass Saddam Hussein dahintersteckt.«

Prince warf Drillson einen fragenden Blick zu. Der sah noch immer finster aus und sagte nichts. Offensichtich überließ er heute Wolfstetter das Reden. »Nach unseren Geheimdienstberichten deutet jedenfalls alles auf Hussein hin«, sekundierte Prince.

Burton zog die Brauen hoch. »Unsere Geheimdienste?«, spottete er. »Ich wusste gar nicht, dass die CIA Ihnen untersteht. Oder welchen Geheimdienst meinen Sie?«

»Andererseits«, fügte Prince hinzu, ohne Burtons Frage zu beantworten, »halten es unsere Geheimdienste auch für gut möglich, dass der Iran hinter dem Anschlag steckt. Vergessen Sie nicht, dass die Mullahs immer schon die Feinde Amerikas waren. Wenn wir schon über militärische Optionen reden ...«

»Ich finde«, unterbrach ihn Wolfstetter und knetete dabei seine Finger, »ich finde, wir müssen viel strategischer denken. Es geht doch darum, dass die gesamte arabische Welt eine Bedrohung für die USA darstellt. Und da ist der Irak wichtiger als der Iran. Und erst recht wichtiger als ein einzelner, heimatloser Terrorist.«

»Heimatlos?«, fragte Burton. »So weit ich das überblicke, kommt Osama Bin Laden aus Saudi-Arabien, einer Brutstätte für Islamisten sondergleichen. Wir hatten bisher viel Geduld, aber das saudische Herrscherhaus bekommt ganz offensichtlich die Lage nicht in den Griff. Deshalb sollte es unser erstes und wichtigstes Ziel sein, dort eine Demokratisierung zu erreichen. Zur Not auch mit militärischen Mitteln.«

Bei den Stichworten »saudisches Herrscherhaus« und »Demokratisierung« schlug Princes inneres Warnsystem roten Alarm. »Es wäre strategisch extrem ungünstig, ausgerechnet jetzt das saudische Herrscherhaus zu destabilisieren«, warf er schnell ein. »Der Kronprinz hilft uns in dieser schwierigen Situation bereits, so gut er kann. Und die Saudis waren immer unsere treuesten Alliierten im Mittleren Osten.«

»Abgesehen von Israel natürlich«, sagte Wolfstetter und zog dabei die Augenbrauen hoch. »Aber Lucius hat Recht, Saudi-Arabien anzugreifen, das geht wirklich nicht. Wir sollten dort einmarschieren, wo es uns strategisch am meisten bringt. Und unter diesem Gesichtspunkt wäre der Irak optimal. Noch vor dem Iran.«

Prince nickte. »Dann könnten wir auch das Pipeline-Projekt verwirklichen«, sagte er. »Zwei Fliegen mit einer Klappe.«

»Welches Pipeline-Projekt?«, fragte Rave. Prince ignorierte ihn.

Burton sah noch immer nicht begeistert aus. »Saddam ist doch der Einzige im Mittleren Osten, mit dem man vernünftig reden kann«, entgegnete er. »Keiner dieser wahnsinnigen islamistischen Ajatollahs. Von dem kleinen Ausrutscher in Kuwait einmal abgesehen. Aber wer macht denn keine Fehler? Außerdem ist das ewig her.«

»Wir wissen alle, dass Sie ihn mögen«, sagte Prince mit gewohnt falscher Sanftheit in der Stimme. »Sonst wäre er ja auch nicht ...«

Drillson stand auf, die Faust leicht geballt. Ein Zeichen, dass er begann, die Geduld zu verlieren. »Warum schicken wir nicht einfach ein B-52-Geschwader hinunter und veranstalten ein Flächenbombardement von Istanbul bis Islamabad?«, schlug er vor. Er bekam das Gefühl, dass sich seine Berater in unwesentlichen Details verloren.

»Das wäre wohl ein wenig übertrieben«, sagte Wolfstetter, so als habe Drillson den Vorschlag ernst gemeint. Oder hatte er?

Nun hob Prince die Hand. »Hier ein Kompromiss«, sagte er. »Wir marschieren zuerst in Afghanistan ein. Unsere Pipeline ließe sich auch über Zentralasien führen und Afghanistan liegt strategisch sehr günstig zwischen Russland und dem Mittleren Osten. Wir müssen lediglich verkünden, dass sich Osama Bin Laden in irgendwelchen afghanischen Höhlen versteckt hält. Dann sehen wir weiter.«

»Das klingt doch gut«, freute sich Drillson. »Dann hätten wir schon mal einen Brückenkopf im Feindesland. Wobei es im Irak natürlich bessere Ziele gäbe, die wir bombardieren könnten. Da hat Doktor Wolfstetter durchaus recht.«

»Allerdings haben wir eine Kontaktperson in Afghanistan, die dafür sorgen könnte, dass uns die Taliban bloß Scheingefechte liefern.« Wolfstetter fing an, sich mit Princes Vorschlag anzufreunden. »Und zwar die Nichte unseres CIA-Direktors. Vor allem aber sind die Verträge praktisch fertig und wir haben den Taliban sowieso schon eine Anzahlung überwiesen. Vierzig Millionen Dollar.«

»Überwiesen?«, fragte Rave erschrocken.

Prince winkte ab. »Bargeld. Im Koffer, natürlich. Ist nur so eine Redensart.«

Rave hatte noch einen Einwand. »Und wenn die Presse darauf zurückkommt, dass fast alle Attentäter laut den Passagierlisten aus Saudi-Arabien stammen?«

Burton überlegte sich, ihn einfach zu ignorieren, zuckte dann aber nur mit den Schultern. »Das regeln wir, wenn es so weit ist. Das sind sowieso nicht die echten Passagierlisten. Wir haben bloß ein paar arabisch klingende Namen daraufsetzen lassen. Für alle Fälle.«

Rave sah ihn mehr erstaunt als beunruhigt an. »Wer saß denn dann am Steuer, als die Maschinen ins World Trade Center krachten?«, fragte er.

»Was weiß ich«, sagte Burton mit unverändert ausdrucksloser Miene. »Die Russen, die Chinesen, Hollywood, Fidel Castro, Fernsteuerung durch Wesen vom Mars. Ist doch egal. Wichtig ist, was wir jetzt daraus machen.«

»Vielleicht«, sagte Prince, der der Versuchung nicht widerstehen konnte, Burton ein bisschen Kontra zu geben, »steckt ja doch der französische Geheimdienst dahinter?«

Alle sahen sich an. »Da könnte etwas dran sein«, sagte Drillson. »Ich habe denen noch nie getraut. Aber vielleicht war's doch die CIA?«

»Vollkommen ausgeschlossen«, sagte Burton und verzog seinen linken Mundwinkel zur vagen Andeutung eines halben Lächelns. »Die sind dazu viel zu dusselig. Erstens wüssten wir es dann bereits, weil in diesem Fall der CIA-Direktor versehentlich seine Fingerabdrücke auf der Black Box hinterlassen hätte, und außerdem hätten sie alle drei Flugzeuge ins J. Edgar Hoover Building gesteuert.« Das J. Edgar Hoover Building war das Hauptquartier des FBI in Washington.

»Ich dachte, alle Black Boxes seien beim Aufprall zerstört worden?«, fragte Rave.

»Befand sich nicht die New Yorker Außenstelle des FBI im World Trade Center?«, fragte Prince.

Nun verlor Drillson endgültig die Geduld. »Ist das hier eine Strategiebesprechung des Pentagon oder planen wir den nächsten Film von Oliver Stone?«, polterte er. »Also, es läuft folgendermaßen ab: Ich lasse den Feldzug gegen Afghanistan vorbereiten. Sie, Wolfstetter, reden mit der Nichte des CIA-Direktors. Und Sie, Prince, sagen Ihren Freunden im Mittleren Osten Bescheid, dass sie stillhalten sollen.«

»Bevor Sie gehen, da wäre noch etwas«, sagte Prince. »Orincko Oil.« Alle stöhnten hörbar auf. Alle außer Burton. Die Beraterin des Präsidenten war im Pentagon nur unwesentlich beliebter als Jane Fonda. »Das geht so nicht mehr weiter. Diese Flug-Arie des Präsidenten quer durch Amerika am 11. September ging auf ihr Konto. Das hätte richtig schiefgehen können. Er hätte abgeschossen werden können!«

»Sie meinen, unser lieber Harry hätte jetzt Präsident sein können?«, warf Drillson trocken ein. »Aber ich glaube auch, dass sie überfordert ist«, fügte er dann schnell hinzu. »Wir müssen den Präsidenten auf Vordermann bringen, und zwar sofort. Kein Alkohol, keine achtwöchigen Urlaube mehr, keine dusseligen Sprüche im Fernsehen. Und das mit den Kärtchen zum Ablesen, das können wir vergessen. Das klappt nicht. Jeder Idiot merkt doch sofort, dass der ein Legastheniker ist. Wenn wir den noch mal so auf Sendung lassen, überstehen wir nicht mal einen Feldzug gegen Albanien.«

»Albanien gehört inzwischen zu den Guten«, warf Wolfstetter schnell ein.

Rave grinste plötzlich boshaft. »Vielleicht können wir Miss Oil auf die Vermisstenliste für das Pentagon setzen lassen«, schlug er vor. »Dann wären wir sie los.«

Drillson lächelte gequält. »Leider zu spät. Das hätte uns gleich am ersten Tag einfallen müssen. Sie wurde schon von zu vielen Journalisten gesehen.« Dann grinste auch er. »Aber mit unserem Doktor Wolfstetter hier könnte es noch klappen.« Und, als der zusammenzuckte: »War nur ein Scherz.«

Burton schüttelte den Kopf. »Ich finde, Sie sind ungerecht«, sagte er. »Wir hatten bisher schließlich andere Prioritäten, was den Präsidenten angeht. Wenn ich Miss Oil bitte ...«

Drillson unterbrach ihn. »Zumindest sollten wir ihr jemanden zur Seite stellen, der ihr hilft, den Präsidenten zu coachen, so dass er vorzeigbar wird. Bloß wen?«

Rave räusperte sich. »Ich denke«, sagte er nachdenklich, »ich kann mich um den Präsidenten kümmern. Nur mit dem Verfassen von Presseerklärungen fühle ich mich sowieso nicht ausgelastet.«

Als Burton und Prince das Pentagon verließen, war der Vizepräsident noch immer schlecht gelaunt. »Hat sich eigentlich jemand um die Sippschaft von Bin Laden gekümmert?«, fragte er Prince. »Die sind ja hoffentlich nicht mehr in Washington, oder?«

»Keine Sorge, die wurden umgehend ausgeflogen«, antwortete Prince. »Nach Genf.« Dann lächelte er wie die Sphinx nach dreitausend Jahren der Verwitterung. »Und das ist nicht das Einzige, um das sich gekümmert wurde. Erinnern Sie sich an diesen neugierigen FBI-Agenten aus New York, der unbedingt in Pakistan gegen die Bin

Ladens ermitteln wollte? Wie hieß der gleich wieder? O'Hara? Um den haben wir uns auch gekümmert.«

Im Taxi zur Defiant Foundation klappte Prince sein Mobiltelefon auf und tippte eine Nummer ein. Eine sehr lange Nummer. »Ich bin's«, sagte er. »Es läuft alles nach Plan. Ich melde mich.«

* * *

»Eigentlich gibt es nur zwei Sorten von Menschen«, erklärte Harry Burton. »Menschen, die Geld anziehen, und Menschen, die Geld abstoßen.« Der Vizepräsident verzichtete darauf, auszuführen, zu welcher Sorte er gehörte. Das verstand sich von selbst. »Mehr muss niemand über die Welt wissen.«

»Yes, Sir«, sagte Luella und strich ihre glänzenden schwarzen Haare zurück. Der feiste, kahle Burton war einer ihrer anspruchsvolleren Kunden. Am Anfang hatte sie es mit den üblichen Methoden versucht. Ätherische Öle. Champagner, Massagen. Sogar Body-to-Body-Massagen in der ovalen Badewanne. Nichts. Er kam einfach nicht zum Höhepunkt.

»Drillson zum Beispiel lernt es nie«, sagte Burton. Er zog die Augen zu Schlitzen zusammen und höhnte: »Zack, zack! Rührt euch. Jawoll! Achtung! Bin ich denn hier nur von Weicheiern umgeben? Das kann ja nicht klappen! Los, alles hört auf mein Kommando!« Er zuckte mit den Schultern. »Aber er ist ein nützlicher Idiot. Man braucht Leute wie ihn, um Krieg zu führen.«

»No, Sir«, sagte Luella. Sie hatte es auch auf die harte Tour versucht. Da standen viele drauf. Vor allem solche, die in höheren Positionen für die Regierung arbeiteten. Hand- und Fußfesseln aus schwarzem Leder, Seidenpeitschen und eine etwas solidere Peitsche aus geflochtenem Aluminium (der neueste Schrei aus Amsterdam). Handschellen aus Plastik, aus Silber und aus Titan. Ein Dildo. Ein Polizeiknüppel, in Schweineblut getaucht, mit dem sie auf seine gefesselten Beine schlug. Dann zog sie ihm eine Plastiktüte über den Kopf und tauchte seinen Kopf für volle fünf Minuten unter Wasser.

Dazu schlug sie mit einer neunschwänzigen Lederpeitsche auf seinen Hintern. Nichts half.

»Ich hingegen«, sagte Burton und lächelte selbstzufrieden, »weiß, wofür es sich zu leben lohnt. Staaten, nationale Grenzen, das ist heutzutage vollkommen unwichtig. Echtes Business ist international. Global. Unsere Geschäftspartner leben überall: Irak, Iran, Pakistan, Indien, China. Der saudische Kronprinz kennt meine Kontonummer genauso wie dieser pakistanische Möchtegern-Präsident. Öl ist schließlich auch überall das gleiche Schmiermittel. Und es geht nicht bloß ums Öl. Wo Öl gefördert wird, wird gebaut. Häuser, Infrastruktur, Überlandleitungen, Datentransfernetze. Ölpumpen, Ölförderanlagen, Öllager, Öltanks. Öltanker. Pipelines, Autobahnen von Izmir bis Shanghai, Flughäfen, Containerhäfen, Brücken, Fabriken, Büros, Hotels, Wohnblöcke, Paläste, Shopping Malls. Wir reden hier von Milliarden und Abermilliarden von Dollars. Sobald unsere Truppen erst dort stehen, rollt der Rubel, das steht fest.«

»Yes, Sir«, sagte Luella. Bei einer ähnlichen Tirade vor ein paar Monaten war sie auf eine geniale Idee gekommen. Wenn Burton vorbeikam - und das tat er inzwischen mindestens einmal pro Woche -, packte sie ihn in die ovale Badewanne. Die Badewanne war gefüllt mit Scheinchen. Tausenden von grünen Scheinchen. Dollars. Greenbucks. Zaster. Kohle. Penunzen. Pinkepinke. Burton kam, sobald sich die ersten Dollarscheine um seine Eier wickelten.

Am erstaunlichsten fand Luella, die allerlei gewohnt war, dass Burtons Penis die Dollarscheine offenbar unterscheiden konnte. War die Badewanne mit Einern gefüllt, blieb er unentschlossen in der Waagerechten. Bei Zwanzigern wurde er hart. Und Hunderter erregten ihn so sehr, dass er Luellas Berührungen nicht mehr bedurfte. Einmal hatte sie, um die Spesenrechnung niedriger zu halten (die Revision des Weißen Hauses hatte sich bei ihrem Chef beschwert), mit falschen Hundert-Dollar-Scheinen experimentiert. Burtons Erektion war in sich zusammengefallen wie die Laune der Wall-Street-Analysten nach dem Absturz von AOL.

»Den ersten Auftrag haben wir übrigens schon«, sagte Burton. »Unsere Firma räumt die Ruine des World Trade Centers ab. Muss ganz schnell gehen, wegen der Umwelt und so. Den Stahl haben wir schon weiterverkauft.« Er sah noch selbstzufriedener aus, als es Luella für möglich gehalten hätte. »Und wohin, das rätst du nie.«

Als er gegangen war, holte sie das Geld aus der Wanne, stopfte es in einen Plastiksack und gab den Sack der Putzfrau. Zum Waschen und Trocknen. So sensibel war Burtons Schwanz dann doch wieder nicht, dass er gebrauchtes Geld ablehnte.

Endlich allein in ihrer Garderobe, sank sie erschöpft auf ihr rotes Sofa und steckte sich eine Zigarette an. Den Rauchmelder an der Decke hatte sie gleich am ersten Tag abmontiert und eine Sprinkleranlage gab es in diesem Schuppen sowieso nicht. Dazu schenkte sie sich einen Martini ein. Bitter, mit einer einzelnen grünen Olive. Sie ließ sich die Oliven aus der Heimat kommen. Das Zeug hier schmeckte nach Plastik.

Luella strich sich die Haare zurück, die unangenehm an ihrer Kopfhaut klebten, und stöhnte. An Tagen wie diesen hatte sie das Gefühl, sie müsse sich stundenlang duschen. Meist tat sie es dann auch. Sie warf einen Blick in den Spiegel. Noch sah sie wie Mitte zwanzig aus. Na gut, Ende zwanzig. Sie würde noch einige Zeit auf diesem Posten arbeiten können. Allerdings hatte sie heute weniger erfahren, als sie erhofft hatte. Aber Burton würde wiederkommen. Und die anderen auch.

Ihre Methode war die richtige, da war sie sich sicher. Hundertprozentig. Natürlich hätte sie auch antworten können. »Das ist ja interessant, Herr Vizepräsident, welcher saudische Kronprinz denn? Abdullah Aziz oder Mehmout Moufaz? Und war das nicht der, der in den libanesischen Bankenskandal verwickelt war? Da gibt's doch noch einen internationalen Haftbefehl.« Je dümmer sie tat, desto mehr erzählten sie.

Sie warf einen Blick auf die Uhr. Mitternacht. Gleich musste der Anruf kommen. Manchmal fragte sie sich, ob die Leitung wirklich abhörsicher war. Doch die Kollegen, die sie installiert hatten, waren Profis. Wie sie.

Als das Telefon endlich klingelte, war sie schon beim dritten Martini. »Hallo«, sagte sie in dem rauchigen Akzent, den sie bei ihren Kunden ablegte. »Hier Sharona Eins.«

»Bikini Vier«, antwortete eine männliche Stimme. Manchmal würde sie gerne wissen, wer sich diese albernen Codenamen ausdachte.

»Haben Sie mehr über den Schaden am Pentagon herausgefunden?«, fragte Luella.

»Leider nein«, sagte Bikini Vier. »Es gibt nur einige wenige vom FBI freigegebene Standbilder, und die Zeitangaben darauf sind offensichtlich manipuliert.«

»Und diese Überwachungskamera an der Tankstelle gegenüber? Sind Sie an die Bilder herangekommen?«

»Nein, leider auch nicht«, erklärte Bikini Vier. »Der Besitzer hat mir erzählt, das FBI habe sie beschlagnahmt. Schon eine Stunde nach dem Einschlag. Dazu sämtliche Kopien. Hat denn irgendwer sonst aus unserer Gruppe Fotos von der unmittelbaren Einschlagstelle auftreiben können?«

»Nicht mal gegen Geld«, sagte Luella alias Sharona Eins. »Die scheinen völlig vom Markt verschwunden zu sein. Haben Sie eine Liste der Opfer?«

»Das ja«, sagte Bikini Vier. »Aber die meisten der Toten sind Handwerker. Der betroffene Flügel wurde gerade renoviert. Drillson sitzt genau am anderen Ende des Pentagon. Wolfstetter normalerweise auch. Er und Burton waren allerdings zum Zeitpunkt des Anschlags auf einem Empfang, und zwar zusammen mit ein paar Arabern, darunter Mohammed Al-Bandar und Achmed Abul Abbas Al Gossarah.«

Luella stieß einen überraschten Pfiff aus. »Das haben sie bisher unter der Decke gehalten«, sagte sie. »Haben wir herausgefunden, wie sie das mit der Flugbahn hinbekommen haben? Die müssen mit achthundert Sachen anderthalb Meter über dem Asphalt gebrettert sein.« Luella hoffte, dass Bikini Vier wenigstens das wusste.

»Nee. Das ist auch unseren Navigationsspezialisten ein völliges Rätsel«, gab Bikini Vier ein wenig kleinlaut zu. »Schade, dass die Piloten tot sind – die würden wir sofort einstellen. Was hat denn Burton heute erzählt?«

»Redete nur vom Geld, wie immer. Aufträge und so. Eine seiner Firmen soll den Schutt vom World Trade Center fortschaffen. Er hat mir aber nicht gesagt, wohin. Ich vermute mal die Philippinen oder Indonesien. Vielleicht bekommen wir da doch noch die Hand drauf. Welcher unserer Agenten sitzt denn in Manila?«

»Jesus Sieben«, sagte Bikini Vier und, als er ihr Kichern hörte: »Früher hieß er Robespierre Fünf, aber seit er sich mal beschwert hatte, dass die Sekretärin des Chefs zu viel Parfüm trägt, haben sie ihm den Namen angehängt.«

»Wann fahren Sie denn nach Pennsylvania?«, fragte Luella alias Sharona Eins. »Sie wollten doch so bald wie möglich zur Absturzstelle.«

»Morgen«, antwortete er. »Es dauerte ewig, bis der Dienstreiseantrag durchging.«

»Seien Sie bloß vorsichtig«, sagte Luella. »In der Luft rund um die Absturzstelle wurde eine ungewöhnlich hohe Konzentration eines Nervengases gemessen. Wenn Sie davon zu viel einatmen, kommen Sie nie wieder raus aus dem Krankenhaus. Schon deshalb, weil Sie sonst reden könnten.«

DER »GROSSE SATAN«

Manuel Goldstein erwachte, als kräftige Männerfäuste gegen die Tür seines Trailers trommelten. »Aufmachen!«, brüllte eine tiefe Stimme. »Wir wissen, dass du da bist!« Es war kurz vor halb zwei am Nachmittag und die Sonne schien durch eines der Fenster auf seine Hängematte. Die grau-schwarze Katze schlief, in seine Halsbeuge gerollt, die Füße gegen sein Schulterblatt gestemmt. Er öffnete die Augen. Gleichzeitig schrak die Katze auf. Wieder donnerte es an die Tür. Dieses Mal klang es nach einem metallenen Pistolenknauf, der auf Blech schlug. »Los, aufmachen!«

Manuel rollte sich von der Hängematte, zog ein T-Shirt über, das irgendwann einmal hellgrau gewesen sein musste, stieg in seine halb zerfetzten Jeans, schlurfte zur Tür und öffnete. Zwei Schränke von Männern standen davor. Tony und Tim aus Rachel, die Natchez-Brüder. »Wie lange schläfst du eigentlich?«, fragte Tony kopfschüttelnd. »Weißt du, wie viel Uhr es ist?« Er steckte seine Knarre wieder ein. Außen an der Tür war jetzt eine Delle.

Er ließ die beiden herein. Der Versuch, sie loszuwerden, wäre ohnehin aussichtslos gewesen. »Ich habe euch doch schon mindestens fünfmal gesagt, dass ich Astronom bin. Ich beobachte den Sternenhimmel. Ich arbeite nachts und schlafe tagsüber«, sagte er leicht gereizt. Er folgte den Brüdern in die Küche und setzte einen Kaffee auf. Den ersten des Tages.

»Ja, ja«, sagte Tim. »Hast du ein Bier? Oder besser gleich zwei?«

Angesichts der spärlichen Auswahl, die sich in und um Rachel bot, waren die Natchez-Brüder noch am ehesten das, was Manuel als

Freunde bezeichnen würde. Tony behauptete, früher in der Area 51 beschäftigt gewesen zu sein, aber die Beweislage war dünn. Dass Tim jemals gearbeitet hatte, war noch unwahrscheinlicher. Die beiden betrieben einen Laden für Touristenbedarf am Extraterrestrial Highway. Bier, Cola, Chips, Zigaretten, Feuerzeuge, die aussahen wie UFOs, Kugelschreiber, geformt wie kleine grüne Männchen, Schokoriegel, Vitamintabletten, Nachtsicht-Ferngläser, Kompasse, Hakenkrallen, Nylonseile, Gasmasken, Zielfernrohre, Turnschuhe, Handschellen, Handtücher, Desinfektionspillen, garantiert echte Steine vom Mond, Wünschelruten, schwarze Sonnenbrillen, täuschend echte FBI-Ausweise, Landkarten, auf denen die Area 51 im Detail verzeichnet war und die nicht einmal das Pentagon kannte, Landkarten vom Mars, Landkarten von Froschstern Beta, Pillen gegen Schwerelosigkeit, Pillen, die einem ermöglichten, in einer Methan-Atmosphäre zu überleben, T-Shirts mit den Aufdrucken »I Survived An Abduction by Aliens« und »Kill The Feds«, Silberkettchen mit Sternendesign aus garantiert echtem Silber und garantiert echtem Sternenstaub, Schneekugeln mit kleinen grünen Männchen im Mondsteingestöber und raubkopierte Star-Trek-Folgen auf Video, DVD und Laserdisc. Nicht, dass die Natchez-Brüder an Aliens geglaubt hätten. Aber der Laden lief gut.

»Was sagst du zu dem Video, Manuel?«, fragte Tony und holte sich ein Bier aus dem Kühlschrank. Manuel schielte an ihm vorbei in den Kühlschrank. Drei Biere waren noch darin und es war jetzt Viertel vor zwei. Das hieß, um halb drei brauchte er neues Bier.

»Video?«, fragte er und schenkte sich eine Tasse Kaffee ein. So schwarz wie die Seele von Lucius Prince, was er aber natürlich nicht wusste. Noch nicht.

»Das Video von diesem arabischen Terroristen«, half Tim nach und schnappte sich selbst ebenfalls ein Bier. »Das läuft gerade im Fernsehen in Endlosschleife.«

Manuel schlurfte zur anderen Seite des Trailers, wobei er fast über die Katze stolperte, die, ein Roadrunner-Küken im Maul, unter den Schreibtisch kroch. Wo hatte sie das her? Er schaltete *CNN* ein. Auf dem

Bildschirm erschien ein bärtiger, grauhaariger Mann mit eindrucksvollen dunklen Augen und einem schmutzig-weißen Kaftan. Der Mann saß im Schneidersitz inmitten einer kargen grauen Höhlenlandschaft. Im Hintergrund waren sehr hohe Berge mit weißen Gletschern zu sehen. Eine Ziege meckerte. Der Mann sprach Arabisch. Dazu liefen Untertitel auf Englisch. Denen zufolge thematisierte der Mann die Attacke auf das World Trade Center, die er grundsätzlich richtig zu finden schien, denn er beklagte die andauernde Aggression des »Großen Satans« USA gegen die islamische Welt. Manuel staunte.

»Das ist Osama Bin Laden«, erläuterte Tony. »Der soll hinter dem Anschlag stecken.«

Manuel verstand kein Arabisch, hatte aber das Gefühl, dass hier irgendetwas nicht stimmte. Die Augen dieses Mannes und die martialischen Untertitel passten einfach nicht zusammen. Und die Höhlenlandschaft sah aus wie aus Pappmaché.

»Irgendwie ist das verrückt, oder?«, sagte Tim.

Tony grunzte. »Ich wette, dass in Wirklichkeit die Juden in Washington dahinterstecken.« Er öffnete das nächste Bier.

»Genau«, sagte Tim. »Die kontrollieren doch sowieso die Regierung. Und die Medien.«

Es war nur eine Frage der Zeit, bis einer der beiden herausfinden würde, dass er Goldstein hieß, dachte Manuel. Allerdings war das der wohl einzige Nervenkitzel, den er in Rachel, Nevada, erwarten konnte. Jedenfalls bis vor kurzem. »Glaubt ihr etwa nicht, dass es Araber waren?«, fragte er. »Wisst ihr mehr darüber?«

Tony zuckte mit den Schultern. »Wir wissen gar nichts, Mann. Wir haben doch noch nicht mal die Highschool zu Ende gemacht. Du bist doch hier der Professor.«

Als die beiden gegangen waren, warf er seinen Computer an. Mehr als dreißig neue Mails waren seit gestern Nacht eingetrudelt, darunter eine von JEdgarH, eine von WarriorKahless und sieben von Roswell666. Dieser Niitaka hatte sich leider nicht mehr gemeldet. Manuel war es allerdings gelungen, herauszufinden, wo dessen IP-Server sich befand: In der Antarktis, was bedeutete, dass Niitaka Anonymität sehr, sehr wichtig war.

Roswell666 wusste auch nicht wesentlich mehr als Manuel, was ihn nicht davon abhielt, eine vermeintlich schlüssige Theorie zu entwerfen. Er wies Manuel darauf hin, dass die Quersumme aus den Flugnummern der Maschinen eine Jahreszahl ergab, für die ein französischer Wahrsager namens Nosferatu – oder war es Van Nostrum? – um 1650 den Weltuntergang vorausgesagt hatte.

Die Mail von WarriorKahless war etwas substanzieller. »LeiaOrgia«, schrieb er. »Zwischen dem 26. August und dem 11. September hat eine kleine Gruppe von Investoren an verschiedenen Börsen einige Millionen Aktien von 38 Firmen abgestoßen, und zwar allesamt solche, die nach dem Anschlag immens an Wert verloren haben – Fluggesellschaften, Reiseunternehmen oder Banken, die im World Trade Center ihren Sitz hatten. Die müssen Zillionen von Dollars verdient haben. Das FBI ermittelt zwar, aber die wissen offenbar nicht, wer dahintersteckt. Ist Top Secret.«

In den Wochen seit dem 11. September war Manuel von Verschwörungstheorien aller Art überschwemmt worden. Diesen Theorien zufolge steckte hinter dem Anschlag wahlweise die CIA, das Pentagon, der Mossad, Außerirdische oder aber es war eine weltumspannende Verschwörung, die sowohl die CIA, das Pentagon, den Mossad, das FBI, das NYPD, NORAD, das State Department, Männer mit schwarzen Hubschraubern und ultrageheimen Auftraggebern, die Exilkubaner, die Freimaurer und den Bruder des Präsidenten umfasste, der angeblich selbst ein Außerirdischer war.

Dass der Bruder des Präsidenten in Wirklichkeit ein Außerirdischer war, schien ihm noch die wahrscheinlichste der Theorien zu sein. Doch obwohl Manuel das alles recht abstrus fand, spürte er, wie ihn das Rätsel um den 11. September auf eine unheimliche Weise anzog. Außerdem war es das Aufregendste, das passiert war, seit er sich in der Wüste von Nevada niedergelassen hatte.

Natürlich war der Anschlag auf das World Trade Center zunächst ein Schock für ihn gewesen. Aber je mehr er darüber las – und er las alles, was er in die Finger bekommen konnte –, desto mehr Details fielen ihm auf, die ihn misstrauisch machten. Wie etwa die Air Force One. Er war sich hundertprozentig sicher, dass die Präsidentenmaschine am Tag des Anschlags in der Area 51 gelandet war. Er hatte das Foto, das seine Digitalkamera gemacht hatte, gleich an WarriorKahless geschickt, der seine Theorie bestätigt hatte. WarriorKahless hatte ihm sogar noch ein paar Details über die neuartigen Höhenleitwerke der Air Force One geliefert. Die seien modifiziert worden, um die Maschine im Notfall per Fernsteuerung auf den Boden holen zu können. Er hatte die Maschine allerdings zu einem Zeitpunkt gesehen, als der Präsident, *CNN* zufolge, irgendwo zwischen Florida und Nebraska unterwegs gewesen war. Allerdings gab es *CNN* zufolge auch keine Area 51. Oder NORAD – wie konnte das oberste Kommando für Luftabwehr nach dem ersten Einschlag in das World Trade Center mehr als eine Stunde lang nichts tun? Und verfügte das Pentagon wirklich über keinerlei Flugabwehrraketen? Und warum wussten die so schnell, wer hinter dem Anschlag steckte, und hatten sogar schon die Namen der Hintermänner? Und am Tag zuvor wussten die noch nichts? Ganz und gar nichts?

Er öffnete die E-Mail von JEdgarH. »Hi, LeiaOrgia«, schrieb er. »Du hast doch das Bin-Laden-Video gesehen, oder? Hier ist ein interessantes Detail: Osama Bin Laden arbeitete in den achtziger Jahren für die CIA. Genau zu der Zeit, als der Vater unseres Präsidenten Direktor der CIA war. Gleichzeitig war Bin Laden Agent für den ISI, den pakistanischen Geheimdienst. Der Attentäter, der das erste Flugzeug ins World Trade Center gesteuert hat, wurde ebenfalls vom ISI bezahlt. Und es gibt eine Untergruppe des ISI – die Ummah Tameer-e-Nau –, die Al-Quaida gerne mit Atomwaffen versorgen würde. Die Spur führt also nach Pakistan.«

Die Spur führt also nach Pakistan? War JEdgarH nicht ganz dicht? Er konnte wohl kaum nach Pakistan reisen, um dort geheimdienstliche Ermittlungen aufzunehmen. Außerdem war er sich gar nicht sicher, ob die Spur tatsächlich nach Pakistan führte. »Ich glaube«, schrieb Manuel, »die Spur führt auf die Area 51. Ich weiß jedenfalls, dass die Air Force hier in den letzten Wochen Testmanöver mit Abfangjägern geflogen ist. Die gleichen Jäger, die sich am 11. September nicht haben blicken lassen.«

* * *

Die Villa in Kennebunkport sah überaus idyllisch aus. Eine Idylle, wie sie sich nur mit sehr altem Geld erschaffen ließ. Meeresblick, weiß verputzte neoviktorianische Türmchen, hohe dunkelgrüne Bäume. Davor ein sonnenbeschienener Sandstrand, an dem sich glitzernde Wellen brachen. Einzig die Stimmung in der Villa war kalt, was vor allem am abwesenden Präsidenten lag, über den gerade geredet wurde. »Du bist viel zu hart zu ihm, Wilbur«, sagte Eleanor, dessen Mutter. »Er gibt sich doch solche Mühe.«

Der Vater des Präsidenten verzog das schmale, hagere Gesicht. Seine Frau sah dem Jungen immer alles nach. Verzogen hatte sie ihn, von Anfang an. Und jetzt war es zu spät. »Mühe?«, sagte er, seinen Hohn mühsam verbergend. »Eleanor, der Dritte Weltkrieg hat angefangen. Der Junge müsste jetzt Stärke zeigen. Haltung.« Er schnaubte. »Stattdessen taucht er ab.«

»Er hat doch eine so wunderschöne Rede im Fernsehen gehalten«, insistierte Eleanor. »Auf dieser Airbase in ... wo war das gleich noch mal?«

Harry H. Burton hüstelte. »Das war keine Airbase«, erklärte er. »Das war ein Bunker an einem geheimen Ort. Streng geheim!«

»Schöne Rede – wir kriegen die Leutchen, die das getan haben, garantiert?« Wilbur schüttelte den Kopf. »Warum war er nicht in Washington? Der Commander-In-Chief hat in seiner Burg zu sein, wenn der Feind angreift!«

»Das war nicht unbedingt seine Schuld«, warf Orinoko Oil ein. »Ich selbst habe ihm geraten, sich von Washington fernzuhalten und stattdessen an einen sicheren Ort zu fliegen. Es gab Drohungen ...«

Eleanor schüttelte ihren weißen Lockenkopf, fest entschlossen, Orinoko zu ignorieren. Zu ihrer Zeit hätte es das nicht gegeben – Schwarze im Wohnzimmer! Eleanor war im Süden aufgewachsen. Sie wandte sich an ihren Gatten. »Das Wichtigste ist doch wohl, dass unser Junge in Sicherheit ist.«

»Sicherheit – pah«, schnaubte Wilbur. »Als ich im Zweiten Weltkrieg Einsätze geflogen bin, hatte ich noch nicht einmal einen Schleudersitz!«

»Dir wäre es doch sowieso am liebsten gewesen«, Eleanors Ton wurde schärfer, »wenn Jeremiah Präsident geworden wäre.«

»Du redest mal wieder Unsinn«, sagte Wilbur gereizt. »Gerade du solltest doch ganz genau wissen, warum Jeremiah nicht Präsident werden kann. Wenn du damals bei seiner Geburt nicht ...«

Empört richtete Eleanor sich auf und warf Wilbur einen Blick zu, der jeden Hollywoodmogul getötet hätte. »Ich lasse mir diese Vorwürfe nicht länger bieten!«, rief sie und klang noch eine Spur schriller als sonst.

Nachdem Eleanor, türenschlagend, das Wohnzimmer verlassen hatte, wandte sich Wilbur wieder an Orinoko. Seine Stimme war nun so weich wie die Filz-Pantoffeln, die er trug. »Und wie geht es jetzt weiter? Was plant ihr in Washington?«

»Wolfstetter will, dass wir im Irak einmarschieren«, berichtete Orinoko. »Und ich glaube, Prince unterstützt ihn dabei. Obwohl, bei ihm weiß man nie.«

Wilbur schüttelte den Kopf. Er hatte Prince immer für eine falsche Schlange gehalten. Und Wolfstetter für schwer überschätzt. »Die haben doch beide keine Ahnung«, sagte er. »Saddam ist unser bester Mann. Bei dem sickert nie was durch. Nicht wie bei Pinochet oder diesem libanesischen Falangisten. Wie hieß der gleich wieder? Was sagt denn überhaupt Dewey dazu?«

»Drillson würde alles angreifen, was ihm vor die Flinte kommt«, spottete Burton. »Aber erst einmal hat er sich auf Afghanistan festgelegt. Ich glaube, als Nächstes ist die Innere Mongolei an der Reihe.«

»Aber Drillson glaubt«, fügte Orinoko hinzu, »Saddams Zeit sei vorbei. Er traut ihm nicht mehr über den Weg.«

Burton zuckte mit den Schultern. »Verlassen kann man sich auf keinen Araber«, sagte er. »Saddam ist wenigstens keiner dieser Vollverrückten wie Gaddafi. Oder diese hormongesteuerten saudischen Kronprinzen. Oder dieser jemenitische König ...?«

»Wenn Dewey Saddam nicht traut, sollten wir das ernst nehmen«, unterbrach ihn Wilbur. »Dewey macht seinen Job gut. Er ist bloß zu direkt für diese Weicheier, die heute in Washington das Sagen haben. Er ist ein ehrlicher alter Knochen. Rauhe Schale, harter Kern. So einer ist mir viel lieber als all diese Schleimer.«

Als sich Wilbur zurücklehnte, zeichnete sich auf seinem herben Gesicht ein unerwartet verträumter Zug ab. »Wisst ihr noch damals, als ich noch CIA-Direktor war?«, fragte er Orinoko und Burton. »Wie wir in Bagdad waren – ihr beide, Dewey und ich?« Burton warf einen Blick auf seine Uhr. Orinoko nickte ergeben. Sie kannte alle seine Anekdoten.

»Wie Burton den Deal mit der Pipeline verhandelt hat und erst dachte, Saddam wolle das Gas durch die Pipeline leiten? Und dann sagte: ›Wieso brauchen Sie denn einen Sechs-Fuß-Querschnitt für die paar Kubikmeter Giftgas?‹?«

Orinoko kicherte pflichtschuldig. »Man sollte meinen, dass unser lieber Harry Gas von Öl unterscheiden kann«, sagte sie.

»Kann ich auch«, knurrte der. »Und im Gegensatz zu dir kenne ich auch den Unterschied zwischen einer Pipeline und einer Wäscheleine.«

»Na, Dewey hat den Deal dann ja klargezogen«, beschwichtigte Wilbur.

»Mit einem hat Drillson allerdings recht«, bugsierte Orinoko das Gespräch in die Gegenwart zurück. »Saddam wird alt. Und unzuverlässig. Ich glaube, er trinkt auch zu viel.«

Wilbur nickte und seufzte. »Das stimmt«, sagte er. »Der Alkohol war immer seine größte Schwäche. Ich werde mich doch noch einmal mit Dewey beraten müssen.«

* * *

Jason Gilligan starrte auf das ausgefranste Blatt Papier wie Kenneth Starr auf Monica Lewinskys Brüste. Das war er. Der Beweis. Schwarz auf weiß. Frisch ausgegraben im Handelsregister von Dallas, 1977. Dem gleichen Jahr übrigens, in dem die gleichnamige Fernsehserie anlief, aber das war wohl eher Zufall. Obwohl, um Öl ging es hier auch. Um Öl und um Grundbesitz. Ein freier Journalist aus Texas hatte es ihm zugefaxt. Der konnte wohl den Präsidenten nicht leiden.

Der Präsident war damals noch kein peinlicher, erfolgloser Präsident gewesen, sondern ein peinlicher, erfolgloser Geschäftsmann. Bis zu jenem Tag im Jahr 1977, an dem ein Multimillionär aus Saudi-Arabien, der weitläufig mit dem Vater des Präsidenten bekannt war – und dessen Familie die größte Hoch- und Tiefbaufirma im Mittleren Osten gehörte –, ein paar Millionen Dollar springen ließ. Der saudische Multimillionär steckte seine Millionen in die bis dato vollkommen erfolglose Ölfirma des späteren Präsidenten, was nicht nur den Grundstein zu dessen sagenhaftem Reichtum, sondern auch der Beginn einer freundschaftlichen Geschäftsbeziehung war, die offenbar noch immer anhielt.

Dies allein wäre noch nicht weiter bemerkenswert gewesen. Was daraus eine Story machte, war der Name des Millionärs: Abdul Al-Bandar. Der Cousin von Mohammed Al-Bandar und der Onkel zweiten Grades von Osama Bin Laden, dem meistgesuchten Terroristen in der Geschichte der USA. Aus dieser Geschäftsbeziehung war ein Konzern erwachsen, der alles unter einem Dach vereinte. Er förderte Öl, spürte Gasvorkommen auf, verarbeitete Rohöl zu Benzin oder Kunststoff, produzierte Strom, baute Brücken, Flughäfen und Pipelines und entwickelte Waffen. Die neueste Entwicklung war eine plutoniumbetriebene, hypersonare Superdrohne, die die Fernsteuerungstechnologie der Predator IV mit den Tarnfähigkeiten des Golfbombers verband und die auf einem Radarschirm jedes beliebige Flugobjekt simulieren konnte. Sie konnte sogar selbsttätig Ziele anhand ihres genetischen Codes ermitteln und eliminieren. Allein die Entwicklung des Prototyps kostete bereits elf Milliarden Dollar. Der Konzern versuchte gerade, die neue Wunderwaffe an das Pentagon zu verkaufen. Jetzt, nach dem

Anschlag auf das World Trade Center, könne die U.S. Army sie doch wirklich gut gebrauchen.

Und das war noch längst nicht alles. Der Präsident und Abdul Al-Bandar verbrachten ihre Sommer regelmäßig gemeinsam auf der Ranch des Präsidenten in der Nähe von Dallas. Beim Barbecue und Pferderennen. Das Pferd des Präsidenten hieß Atta. Meistens ließen sie es gewinnen.

Es war eine wunderbare Geschichte, aber Gilligan fürchtete, dass der Chefredakteur sie abblocken und ihm eine belanglose Story aufs Auge drücken würde.

Jason seufzte. Dann packte er seine Unterlagen zusammen und brach auf. Er war schon fast an der Tür, als Elisabeth den Kopf aus der Küche steckte.

»Du gehst aber heute spät in die Redaktion, Schatz«, sagte sie. »Gerade jetzt solltest du dich wirklich mehr bemühen. Du weißt doch, dass die Büroleiterstelle in Los Angeles nächstes Jahr frei wird. Und du willst doch einen guten Eindruck machen, oder?«

Als Jason im Büro ankam, lag auf seinem Schreibtisch die aktuelle Ausgabe des *Wall Street Journal*, auf deren Titelseite ein Artikel gelb angestrichen war. Kein gutes Zeichen. Außerdem hatte der Chefredakteur angerufen, wie das rot blinkende Lämpchen an seiner Telefonanlage verriet. Ein geradezu böses Omen. Er griff nach dem *Journal* und las die angestrichene Geschichte:

»Mohammed Al-Bandar, Bin Laden und die Familie des Präsidenten in gemeinsamer Öl- und Baufirma/Superdrohne für Kabul soll elf Milliarden kosten.«

Der Tag war gelaufen. Da konnte er sich auch gleich beim Chefredakteur melden. Der war in keiner guten Stimmung. »Jason, Jason«, sagte er, und Gilligan konnte sein Kopfschütteln durch das Telefon förmlich hören. »Jason, warum haben wir die Geschichte mit den Bin Ladens und der Superdrohne nicht? Ich dachte, Sie seien Spezialist für Landesverteidigung? Warum muss ich die bei der Konkurrenz lesen?«

Weil du Depp lieber ein Lobhudel-Portrait über Benito Giovanni drucken wolltest, dachte Jason, schluckte es aber lieber herunter. »Wir hatten … äh, ich hatte … gleich nach dem 11. September … ich hatte doch vorgeschlagen, und Sie hatten, äh, Sie hatten gesagt, wegen Patriotismus und so …«

»Jason, das ist genau das, was ich meine«, sagte der Chefredakteur. »Wir müssen ganz vorne dabei sein mit unseren Geschichten. Immer die Ersten. Kritisch und unerschrocken. Sonst lesen uns die jungen Leute nicht. Sie sind doch noch am Puls der Zeit, oder?«

»Ja äh, ja … natürlich.« Innerlich fluchte Jason. Dieser Vollidiot. »Wissen Sie, ich bin an der Geschichte schon ganz nah dran. Heute Nachmittag habe ich einen Termin mit einem Informanten aus dem Sicherheitsapparat, der uns garantiert mehr sagen kann, als das *Wall Street Journal* weiß.«

Er legte auf. Das war knapp. Aber er hatte noch ein Ass im Ärmel. Vor ein paar Jahren hatte er schon einmal versucht, eine Story über Waffengeschäfte zu schreiben. Zu der Zeit, als Bin Laden verdächtigt wurde, hinter mehreren Anschlägen auf US-Botschaften zu stecken. Daher kannte er einen FBI-Mann, der in Saudi-Arabien ermittelt hatte und mehr wusste als jeder andere. Der hatte ihm schon damals angeboten, ihn mit Material zu versorgen. Er hätte das Angebot auch angenommen, wenn er nicht zu beschäftigt gewesen wäre mit Monica Lewinskys Zigarre.

O'Hara hieß der Mann. Und er war nicht mehr beim FBI. Da hatte es kürzlich, nach irgendwelchen Ermittlungen in Saudi-Arabien, Ärger gegeben, was wiederum für Ärger in Washington gesorgt hatte. Aber Gilligan hatte noch O'Haras Privatnummer. Genauer gesagt die Nummer von einer seiner Freundinnen in New York.

Er ließ es sechs Mal klingeln. Als er schon hatte auflegen wollen, hob jemand ab. »Hallo«, sagte eine weibliche Stimme.

»Jason Gilligan«, sagte er. »Kann ich bitte Ihren … kann ich bitte Mister O'Hara sprechen?«

»Wie bitte?«, flüsterte die Stimme. Sie klang nach zu viel Whiskey und Zigaretten. Und zu vielen Tränen. »Das ist ein schlechter Scherz.«

Gilligan begann zu schwitzen. »Es tut mir wirklich sehr leid, dass ich Sie störe«, antwortete er. »Es ist beruflich. Wenn er nicht mehr bei Ihnen wohnt, könnten Sie mir vielleicht seine neue Nummer geben?«

Einige Sekunden herrschte Schweigen. Dann ein Räuspern. »Er ist tot«, sagte die weibliche Stimme. »Er ist im World Trade Center umgekommen. Wussten Sie das nicht?«

DIE SCHÖNE UND DAS BIEST

Es war alles eine Frage der Haltung. Die Haltung bestimmte, was die Welt über einen dachte. Dass ihm das nicht schon viel früher aufgefallen war! Wer Haltung hat, dem folgen die Menschen. Zu dem sehen sie auf. Bewundern ihn. So einfach war das. Eigentlich, dachte der Präsident, hätte ich das schon längst selbst erkennen können.

Der Präsident stand im Schlafzimmer und lächelte sein Spiegelbild an. Dann drehte er sich vor dem Spiegel hin und her und wippte ein bisschen in den Knien. Gut sah er aus. Sehr gut sogar. Er hatte eben Haltung. Seit Albert Rave sein persönlicher Berater war, ging es ihm noch besser. Viel besser. So viel er wusste, hatte Dewey Drillson das eingefädelt. Eine solche Menschenkenntnis hätte er dem alten Drillson gar nicht zugetraut. Dabei war Albert erst seit ein paar Wochen im Weißen Haus. Aber er war unglaublich effektiv und talentiert. Mit zwei, drei Blicken hatte Albert begriffen, wer er wirklich war und wie er sich verkaufen sollte.

Der Präsident drehte sich noch einmal. Schick sah sie aus, die Uniform. Wenn er damals schon gewusst hätte, wie gut ihm Uniformen standen, hätte er sich nicht vor dem Vietnamkrieg gedrückt. Na, wahrscheinlich schon, aber er hätte versucht, zunächst einmal ein paar öffentliche Auftritte in voller Montur hinzulegen. Dann hätte er sich irgendwohin versetzen lassen, wo es ruhig zuging. Okinawa oder so. Japanerinnen flachlegen und Reiswein saufen. Ob die wohl auch Bier hatten auf diesen japanischen Inseln oder bloß Reiswein?

Von seinem Bierkonsum war Albert übrigens nicht sonderlich begeistert. Er sagte, es verderbe die Haltung und sei proletarisch. Gerade in diesen Zeiten bräuchten die Menschen einen Präsidenten, der sich über sie erhob, elitär erscheine und so. Albert hatte ihm sogar schon etwas viel Besseres als Bier besorgt. Alkoholfrei zwar, aber trotzdem stimulierend. Eine Art Super-Gesundheitscocktail. Eine streng geheime Mischung aus Vitaminen, Mineralien, Nährstoffen, Steroiden und Enzymtransmittern. Enzymtransmitter waren – Albert hatte es ihm erklärt – Eiweißbausteine, die sich an seine Gehirnzellen anlagerten. Sie verbanden die Gehirnzellen miteinander, wodurch sich deren Leistung um das Achtzehnfache steigerte. Mindestens.

Er reckte sich noch einmal vor dem Spiegel und schob die Brust nach vorne. Dann die Hüfte. Blitzschnell griff er nach einem imaginären Colt an seiner Hüfte, zog, zielte und schoss auf sein Spiegelbild. Er traf, grinste und steckte den imaginären Colt wieder ein.

Orinoko war natürlich ein bisschen verschnupft gewesen. Wo war sie eigentlich? Er hatte sie schon seit Tagen nicht mehr gesehen. Aber eigentlich hatte er im Moment auch gar keine Zeit für sie. Albert hatte ein volles Programm für ihn geplant.

Leider würde er Sport treiben müssen. Aber nur ein wenig, hatte Albert ihn beruhigt. Vielleicht ab und zu einen Baseball werfen oder einen Korb. Und das auch nur, wenn die Kameras liefen. Doch jetzt, wo er jeden Morgen ein bis zwei Gläser von diesem Vitamingetränk mit den Enzymtransmittern trank, machte ihm Sport gar nicht mehr so viel aus. Ganz im Gegenteil. Neulich war er vom Ostflügel des Weißen Hauses bis in den Westflügel gelaufen und es hatte ihm sogar Spaß gemacht.

Eine völlig neue Energie durchströmte ihn. Nein, nicht einfach nur Energie. Erregung. Er fand es unglaublich erregend, sich selbst im Spiegel zu betrachten. Sich, den mächtigsten Mann der Welt, in einer maßgeschneiderten Uniform, in der er wahnsinnig gut aussah. Die Uniform begann, im Schritt ein wenig zu spannen. Er griff sich in die Hose und sorgte dafür, dass seine eingeklemmte Männlichkeit sich frei entfalten konnte. Halb unbewusst fing er an, sich mit der rechten Hand zu reiben.

Er würde es allen zeigen, die gedacht hatten, er sei dumm. Ein Schwächling. Ein Feigling. Einer, der es nur der Protektion seines

Vaters und der Krankheit seines Bruders zu verdanken hatte, dass er im Weißen Haus saß. Aber nun war ihm die Chance des Jahrtausends in den Schoß gefallen. Albert hatte ganz recht. Er würde sie alle zur Strecke bringen. Einen nach dem anderen. Zuerst diesen Osama-Terroristen – ganz klar! Dann all diese Araber dort unten, angefangen mit diesem – wie hieß er gleich wieder? – Mustafa? Mubarak? Musharraf? Dann die Demokraten. Diese Amerikahasser. Schwulenliebchen. Linken Spinner. Überhaupt alle, die gegen ihn waren. Diese sogenannten Künstler und Intellektuellen. Die Pressefritzen. Die vor allen Dingen. Mit denen würde er den Boden aufwischen. Dieses ganze verlotterte, arrogante, hochnäsige Pack.

Die Erregung des Präsidenten hatte ihren Höhepunkt erreicht. Er brauchte keinen von denen. Im Grunde nicht einmal Orinoko. Er brauchte nur sich. Und vielleicht Albert. Damit kam er, im hohen Bogen. Der Spiegel wurde so trüb wie Raves Pressetexte.

* * *

Noch so eine Katastrophe und ich erhänge mich, dachte Linda, als sie den Hörer wieder auflegte. Die First Lady konnte kaum glauben, was sie gerade gehört hatte.

Die Zwillinge. Seit Betty und Wilma auf dem College waren, hörten die schlechten Nachrichten nicht auf. Die beiden hübschen, drallen Siebzehnjährigen hatten nichts von der strengen Moral ihrer Großmutter geerbt. Oder von der melancholischen Grübelei ihrer Mutter. Nicht einmal die Faulheit ihres Vaters hatten sie geerbt, denn sie waren Tag und Nacht auf Achse. Ein Leben auf der Überholspur.

Gestern hatten sich die Zwillinge ein Auto geliehen – Linda hoffte, dass es geliehen war –, ein japanisches Auto noch dazu, aber das war jetzt egal. Einen Subaru SUV. Damit hatten sie auf dem Santa Monica Freeway einen anderen Wagen gerammt und waren dann im Verkehrschaos verschwunden. Linda war nicht ganz klar, was die beiden auf dem Santa Monica Freeway zu suchen hatten, aber sie wusste, wie der

Secret Service sie erwischt hatte. Nämlich mittels einer Wanze, die am Unterboden des SUV klebte. Sie wurden erst so spät gefasst, dass kein nennenswerter Alkoholpegel mehr im Blut nachgewiesen werden konnte. Doch das war nur ein schwacher Trost.

Linda hatte das Gefühl, dass sie nun ganz dringend selbst einen Drink brauchte. Oder zwei. Leider konnte sie als First Lady nicht einfach so in eine Bar gehen. Aber es gab noch eine andere Möglichkeit.

Sie ging zu ihrem Schreibtisch. In der obersten Schublade lag die Visitenkarte, die sie sich in den letzten Monaten immer wieder angesehen hatte. Vor allem die handschriftlichen Worte auf der Rückseite.

»Rufen Sie mich an, wenn Sie Hilfe brauchen. Jederzeit.«

Heute, entschied Linda, war der Tag. Sie griff nach dem Telefonhörer. Eine Viertelstunde später war sie verabredet. Im Hinterzimmer des *Café des Artistes* im North-West-District von Washington, D. C. Mit Tom Powder, dem Außenminister.

»Es ist so nett, endlich mal ein freundliches Gesicht in Washington zu sehen«, sagte Powder. Er war eine stattliche Erscheinung, groß, kräftig, aber nicht dick, und sehr männlich. Er hatte zwar eine dunkle Haut, aber feine, fast kaukasische Züge, die durch die randlose Brille noch unterstrichen wurden.

Powder sah mindestens so besorgt aus wie sie, stellte Linda rasch fest. Er bestellte eine Flasche französischen Weißwein und zwei Gläser, legte die Brille vor sich auf den Holztisch und sah ihr in die Augen. Tiefe braune Augen hatte er, in denen sie ertrinken wollte. »Wissen Sie«, sagte er, »es ist nicht einfach, in diesen Wochen Außenminister zu sein.«

Sie nickte. Ihre dunklen Locken hatte sie zu einem dicken Pferdeschwanz gebunden, der beim Nicken mitwippte, was ihr etwas Mädchenhaftes verlieh. »Seit dem 11. September ist es wohl für uns alle nicht einfach.«

»Es ist nicht nur dieser Terroranschlag«, sagte er. »Das war nur ein Vorgeschmack auf das, was noch kommen wird. Das Problem ist das

Weiße Haus. All diese Berater, Lobbyisten und Unterstaatssekretäre, die insgeheim den Kurs der Politik beeinflussen. Man weiß überhaupt nicht, wer wirklich das Sagen hat. Was ... was denkt der Präsident eigentlich, was jetzt geschehen soll?«

Linda seufzte. Ob sie ihm die Wahrheit sagen sollte? Seit seine Berater ihn in die Mangel nahmen, trank der Präsident nur noch acht statt zehn Bier am Abend und stand dafür schon um elf Uhr vormittags auf statt um halb eins? »Der Präsident äußert sich auch mir gegenüber eher zurückhaltend«, sagte sie stattdessen.

Powder nickte. »Mir gegenüber auch«, sagte er. »Aber Sie sehen den Präsidenten doch zumindest häufiger, oder?«

Sie zögerte. »Er hat natürlich viel zu tun«, sagte sie. »Und er redet auch nicht gerne über große Politik.« Das zumindest war nicht gelogen.

»Kennen Sie eine Organisation, die sich ›Neues Amerikanisches Jahrtausend‹ nennt? Die sitzen hier in Washington, an der K Street. Ich habe mir vor ein paar Tagen deren Grundsatzpapier besorgt, und das liest sich wie der sichere Weg in den Dritten Weltkrieg. Hat der Präsident die vielleicht mal erwähnt?« Er klang noch etwas besorgter.

Linda schüttelte den Kopf. »Er, äh ... er liest auch nicht sonderlich viel«, gestand sie. Ob sie erwähnen sollte, dass das Einzige, was er überhaupt las, Bierflaschen-Etiketten und Baseball-Ergebnisse waren?

Als Powder ihr das erwähnte Grundsatzpapier über den Tisch reichte, griff sie nur zögerlich danach. Sie hatte gehofft, über ihre privaten Probleme reden zu können und weniger über Politik. Im Grunde ihres Herzens langweilte sie Politik. Eine der ganz wenigen Gemeinsamkeiten zwischen ihr und dem Präsidenten.

Aber das Papier war letztlich doch noch beunruhigender als der Crash der Zwillinge. Darin war von der »größten Bedrohung seit dem Ende des Kalten Krieges, die von der Golfregion ausgeht« zu lesen, weshalb die USA eine »substanziell erhöhte Militärpräsenz am Golf« brauche, sonst könne man nicht »unsere vitalen Interessen schützen«. Und dazu wiederum benötigten die USA »mindestens fünfzehn, wenn nicht zwanzig Milliarden Dollar mehr an Militärausgaben jedes Jahr«.

Und dann kam der entscheidende Satz: »Dieser Prozess der Transformation wird wahrscheinlich sehr lange dauern, es sei denn, ein katastrophales und katalysierendes Ereignis tritt ein – ein neues Pearl Harbor.«

Als Linda sah, wer das Papier unterschrieben hatte, lief ihr ein Schauer über den Rücken. Es waren Lucius Prince, Doktor Henry Wolfstetter, Dewey Drillson, Harold H. Burton, Joseph Brisbane und Jeremiah, der Bruder des Präsidenten.

Am beunruhigendsten aber war das Datum: Der 11. September 2000. Genau ein Jahr vor den Anschlägen auf das World Trade Center und das Pentagon.

Linda sah Powder ein wenig ratlos an. »Das kann natürlich Zufall sein«, sagte sie.

»Sicher«, sagte er und sah ihr noch einmal intensiv in die Augen. »Aber das ist noch nicht alles«, fuhr er fort. »Dieser Anschlag auf das World Trade Center – wissen Sie eigentlich, was dabei noch alles zerstört worden ist?«

Sie überlegte. »Lag nicht das New Yorker Büro des FBI im World Trade Center?«, fragte sie. Irgendwo hatte sie das gelesen. Oder gehört.

Er nickte. »Das auch«, sagte er. »Aber das ist nicht das Wichtigste. Die Börsenaufsicht war dort. Jedenfalls die Abteilung, die Kartellermittlungen gegen Ölunternehmen führt.«

»Kartellermittlungen?«, fragte sie zerstreut.

»Ja«, antwortete er. »Kartellermittlungen und auch Ermittlungen wegen Betrugs. Und noch erstaunlicher ist, dass auch die Reste des World Trade Centers, all diese Tonnen von Stahlträgern, spurlos verschwunden …« Er geriet ins Stocken, als er bemerkte, wie bedrückt sie aussah, und griff nach ihrer Hand. »Ich bin wirklich zu egoistisch«, entschuldigte er sich. »Ich rede die ganze Zeit und Sie haben noch nicht einmal bestellt! Wie wäre es mit Gnocchi? Und dann reden wir erst mal über Ihre Sorgen.«

* * *

Es gab nur eine Möglichkeit, der Einsamkeit in der Wüste Nevadas zu entkommen, und das war die Flucht in die digitale Zwischenwelt des World Wide Web. Seit dem frühen Nachmittag saß Manuel Goldstein schon vor seinem Computer und suchte nach Antworten. Die grauschwarze Katze räkelte sich unterdessen in der Hängematte hinter ihm und der Fernseher lief stumm nebenher. *CNN*. Manuel konnte das Kriegsgeschrei von *FUC* nicht ertragen.

Allerdings überschlug sich auch *CNN* seit dem 11. September vor Patriotismus. Der Sender hatte sich in nur vier Wochen vom Slogan »America under Attack« über »God Bless America« bis hin zu »America Strikes Back« vorgearbeitet. Auf dem Bildschirm war eine unnatürlich hell gefärbte Blondine zu sehen. Sie hatte unglaublich weiße Zähne und trug, wie derzeit alle Moderatoren auf allen Kanälen, ein rot-weiß-blaues Fähnchen am Revers. Mannshohe Fahnen in den Nationalfarben standen auch hinter ihr im Studio.

Manuel versuchte gerade, mehr über den Anschlag auf das World Trade Center herauszufinden. Es lief zäh. Sehr zäh. Vor allem deshalb, weil er seine Erkenntnisse und Theorien immer gleich an JEdgarH weiterleitete, der sie umgehend in der Luft zerriss. In den ersten anderthalb Stunden war er auf diversen Websites aus dem Mittleren und Fernen Osten herumgesurft, von der *Asia Times* bis zu *Al Jazeera.net* – die es leider nur auf Arabisch gab –, bis er eine interessante neue Seite entdeckte, die ebenfalls aus dem arabisch-pakistanischen Raum stammte, aber wenigstens auf Englisch verfasst war. Dort ging es um die Flugzeugentführer. Laut FBI neunzehn Männer, allesamt mit arabischen Namen. Doch warum, fragte die Website, standen diese neunzehn Namen nicht auf den Passagierlisten der Fluggesellschaften, die das FBI veröffentlicht hatte? Und warum waren die vier Flüge nur zu einem Viertel ausgelastet gewesen?

Die Website hatte sogar Fotos der neunzehn Entführer gepostet. Nicht die bekannten Fahndungsfotos des FBI, sondern allem Anschein nach Privataufnahmen. Das Erstaunliche daran war, dass einige der Fotos in den Tagen nach dem 11. September aufgenommen worden waren. Das jedenfalls behauptete die Website, die einen der Männer mit einer auf den 20. September datierten Zeitung abgebildet hatte. Ein anderer vermeintlicher Entführer stand sogar vor dem brennenden World Trade Center und grinste in die Kamera. Er hatte einen dieser komplizierten arabischen Namen, die sich Manuel sowieso nie merken konnte. Er klickte ein Fenster weiter und landete wieder beim FBI und dem Fahndungsplakat. Kein Zweifel, es war der gleiche Mann.

»Klar, der tote Entführer turnt ausgerechnet vor dem World Trade Center herum – hast du schon mal was von Fotomontage gehört?«, mailte JEdgarH zurück. »Außerdem, sehen denn nicht alle Araber irgendwie gleich aus?«

Manuel streckte dem Computerbildschirm die Zunge heraus. Dann würde er eben eine seriösere Quelle suchen: Die Websites der *Washington Post* und des *Boston Globe*. Die Entführer waren von Washington und Boston aus gestartet und Reporter beider Zeitungen hatten mit Angestellten der Flughäfen und mit Passagieren anderer Flüge gesprochen. Einige von ihnen konnten sich an die Entführer oder zumindest an eine Gruppe arabisch aussehender Männer erinnern, wenn auch eher vage. Plötzlich überkam Manuel ein Geistesblitz. Er rief die Website des *Miami Herald* auf – schließlich hatten die Entführer auf einer Flugschule in Florida ihr Handwerk gelernt. Und tatsächlich hatte der *Herald* mit den Betreibern der Flugschule geredet. Die allerdings hatten die Entführer in ganz anderer Erinnerung als die Passagiere in Boston. Oder das FBI. Viele der Beschreibungen waren komplett gegensätzlich.

Die Flugschule brauchte er laut *Miami Herald* jedenfalls nicht mehr zu besuchen. Das FBI war bereits dort gewesen und hatte alle Unterlagen mitgenommen. Noch am Nachmittag des 11. September. In einer Cessna, die dem Bruder des Präsidenten gehörte.

Manuel kopierte die Links in die nächste E-Mail an JEdgarH und schickte sie sofort ab. Es dauerte nur wenige Minuten, bis die Antwort kam. »Lies doch mal Beschreibungen verschiedener Zeugen vom gleichen Autounfall«, schlug JEdgarH vor. »Du würdest dich wundern, wie viele Menschen einen Porsche nicht von einem Mazda Miata unterscheiden können.«

Es wurde langsam dunkel. Die Katze war wach geworden und putzte sich. Irgendwie war Manuel auf eine Seite geraten, die dem israelischen Geheimdienst nahezustehen schien. Oder war es der KGB? Waren das hebräische oder kyrillische Buchstaben am oberen Rand? Immerhin war der Text im Browserfenster auf Englisch: Alle Entführer hatten vor dem Abflug ihre Rechnungen in Florida beglichen. Mit Kreditkarten, die auf ihre Klarnamen liefen. Danach hatten sie den Todesflug gebucht, wobei einige Entführer vor ihrem Todesflug noch ein Miles-und-More-Konto eröffnet hatten.

Die Tasche eines Entführers war im Flughafen von Boston hängengeblieben. Darin waren ein Abschiedsbrief an seine Freundin und Fluganleitungen gefunden worden. Warum ließ ein Entführer seinen Abschiedsbrief in einer Tasche, die eigentlich an Bord eines Flugzeugs hätte gelangen sollen, das wiederum zerschellen sollte? Und wenn er Fluganleitungen brauchte – warum nahm er sie nicht mit ins Handgepäck? Und überhaupt: Waren all diese Spuren nicht viel zu auffällig?

»Vielleicht waren diese Anleitungen bloß Kopien und die Originale waren im Handgepäck«, schlug JEdgarH vor. »Und für den Brief an die Freundin gibt's auch eine Erklärung: Vielleicht hat der Entführer kalte Füße bekommen und wollte ihn dann doch nicht abschicken. Was die Bezahlung mit Kreditkarte angeht – vielleicht wollten sie einfach kein Risiko eingehen, von der Polizei als Zechpreller aufgehalten zu werden. Wenn sie tot sind, kann's ihnen doch egal sein, ob noch Geld von ihrem Konto abgeht.«

»Ich hasse JEdgarH«, sagte Manuel zu seiner Katze, die ihn ihrerseits abschätzig ansah. Oder war sie bloß hungrig? Aber er hatte doch noch ein Ass im Ärmel, oder? »Der Pass«, mailte er. »Zu den angeblichen Beweisstücken, die das FBI vorgelegt hat, gehört ein völlig unversehrter Pass eines Attentäters, der am World Trade Center gefunden worden sein soll, während von den beiden Maschinen nichts mehr übriggeblieben ist. Wie kann das sein?«

»Wo hast du das her?«, fragte JEdgarH prompt.

»Aus dem Internet natürlich!«, mailte er zurück.

»Keine weiteren Fragen, Euer Ehren«, spottete JEdgarH.

Die Katze versuchte nun, auf die Tastatur zu klettern, aber Manuel packte sie am Genick und setzte sie wieder auf den Boden. Neben dem Computer vertrockneten Cornflakes in einer Schale mit ein wenig Milch. So schnell gab Manuel nicht auf. Er gab die Stichworte »9-11«, »CIA«, »Knowlegde« und den Namen eines vermeintlichen Entführers ein und landete, über mehrere Umwege, auf der Website der Polizei von Los Angeles. Nein, die Site gab nur vor, zur Polizei von Los Angeles zu gehören. Tatsächlich wurde sie von jemandem betrieben, der sich mit dem Polizeiapparat von L. A. offenbar gut auskannte.

An der Randleiste war ein gutes Dutzend von Polizeioffizieren abgebildet. Daneben war aufgeführt, welche Art von Drogen sie in welcher Menge konsumierten und wo sie den Stoff beschlagnahmten.

»Na gut«, gestand JEdgarH ein. »Das klingt plausibel. Aber was sagt uns das?«

Auf der Website war ein interner Report des Immigration and Naturalization Service hochgeladen worden, in dem es darum ging, wie die Flugzeugentführer überhaupt in die USA gekommen waren. Nicht nur hatten alle diese Araber über Visa verfügt – und dies teilweise schon seit mehreren Jahren – der Haupttäter hatte sogar zwei Visa. Und zwei verschiedene Pässe.

»Na und?«, mailte JEdgarH. »Es ist nicht verboten, zwei Pässe zu besitzen.«

Die Website behauptete weiter, fünf der Entführer hätten bereits seit Jahren für die CIA gearbeitet. Daher die Visa. Wie so oft gab es allerdings keine Quelle. Das brauchte er also gar nicht erst an JEdgarH weiterzuleiten. Manuel holte Luft und stand nun endlich auf. Der Bildschirm schwankte ein wenig. Oder schwankte er selbst? Sein Blick fiel auf den stummen Fernsehbildschirm, auf dem noch immer *CNN* lief. Doch statt einer gefärbten Blondine war nun ein grauhaariger Uniformträger zu sehen. Der Präsident.

CNN schien mit der Ankunft des Präsidenten die Anzahl der Fahnen im Studio verdoppelt zu haben. Der Präsident sprach wie immer stockend und starrte dabei mit glasigen Augen an der Kamera vorbei ins Leere, als habe er nicht alle Steine auf der Schleuder. Vermutlich stand dort eine barbusige Blondine, die Schilder mit seinem Text hochhielt. In Großbuchstaben.

»Wir werden die Terroristen strecken, äh, zur Strecke bringen, einen nach dem anderen«, sagte der Präsident. »Als Erstes Osama Bin Laden, tot oder lebendig. Dann all jene, die nicht für uns sind. Denn wer nicht für uns ist, ist gegen uns.« Dann machte er eine Kunstpause. »Auf unsere Haltung kommt es an. Denn wir ...«, noch eine Kunstpause, »haben ein kataly ... katastrisch, äh, katalysch... wir haben das neue Pearl Harbor erlebt. Das Pearl Harbor unserer Generation.«

STRATEGISCHER EINFLUSS

Jason Gilligan konnte gerade noch seine Arme vor das Gesicht reißen, bevor sich der Kollege über ihn warf, ihn samt seinem Schreibtischsessel umriss und ihm die Post aus der Hand schlug. Der Angriff kam so unerwartet, dass Gilligan nicht einmal Zeit hatte, sich zu wehren oder sich wenigstens irgendwo festzuhalten. Er schnappte hörbar nach Luft, während sein Stuhl an der Teppichleiste hängenblieb und umkippte, woraufhin Gilligan mit dem Hinterkopf auf den Boden aufschlug. Der Kollege, der ihn angesprungen hatte, rollte über ihn hinweg und blieb halb benommen neben ihm liegen, während sich das Dutzend Briefe, das er gerade noch in der Hand gehalten hatte, im Raum verstreute.

Gilligan stöhnte und versuchte, sich hochzustemmen. Nicht so einfach, wenn man fast fünfzig war und so unsportlich wie Woody Allen. »Kannst du mir mal sagen, was das sollte?«, fragte er und hoffte, dass der Chefredakteur nicht ausgerechnet jetzt hereinkam.

Sein Kollege stöhnte auch. »Mensch, Jason«, sagte er. »Liest du denn keine Agenturmeldungen? Die Post ist verseucht.«

Jason starrte den Kollegen an, als sei der einer dieser Geisteskranken, die in der Reagan-Ära aus Kostengründen auf die Straße gesetzt wurden. Ein Gedanke, der ihm allerdings nicht zum ersten Mal kam. »Verseucht?«, fragte er. Ihm wurde bewusst, dass er wie ein Papagei klang. Er setzte sich auf. »Was ist passiert?«

Seit dem 11. September durchlebte Gilligan schwere Wochen. Er war oft nervös und unruhig, manchmal geradezu panisch. Er litt unter dem erdrückenden Gefühl, ausgeliefert zu sein. Gleichzeitig hatte er ein schlechtes Gewissen, weil er nie genug tat. Und so wechselte er zwischen Phasen bleiernen Vor-sich-hin-Starrens und Phasen hektischer Aktivität, in denen er ganze Abende und halbe Nächte im Büro verbrachte. Elisabeth beschwerte sich dann, weil sie ihn kaum sah. Wenn er nichts tat, beschwerte sie sich allerdings auch darüber, dass es mit seiner Karriere nicht so recht vorwärtsging. Inzwischen ließ ihn wenigstens sein Chefredakteur über die Verbindungen der arabischen Ölindustrie und der amerikanischen Rüstungsindustrie recherchieren. Ob er den Artikel am Ende selbst schreiben dürfte, würde man sehen. Wahrscheinlich nicht.

Vor dem gut gemeinten Angriff des Kollegen war er gerade dabei gewesen, einer Story nachzugehen: Was war mit dem Stahl aus den Trümmern des World Trade Centers passiert? Er hatte den Artikel seiner Kollegin Esther gelesen, die für eine Fachzeitschrift für Biochemie arbeitete und die er von der Columbia School of Journalism kannte. Esther wiederum kannte die Angestellten der New Yorker Umweltbehörde, die gleich nach dem Anschlag die Stahlreste des World Trade Centers untersucht hatten und denen etwas Merkwürdiges aufgefallen war: Die Stahlträger, die den tonnenschweren Türmen ihre Stabilität gaben, waren geschmolzen. Und zwar alle, bis hinunter in den Keller, obwohl es ja nur in den oberen Stockwerken gebrannt hatte. Der geschmolzene Stahl enthielt Reste einer chemischen Trägersubstanz, die nicht auf dem freien Markt erhältlich war. Leider wollte niemand aus der Umweltbehörde mit Jason reden. Offenbar waren die betreffenden Mitarbeiter nach Esthers Artikel alle von ganz oben eingeschüchtert worden. Gilligan hatte sogar schon überlegt, einen Antrag unter Berufung auf den Freedom of Information Act zu stellen, um die Unglücksstelle selbst begehen zu dürfen.

»Anthrax«, sagte sein Kollege gerade und rieb sich den Kopf. »Terroristen verschicken Briefe mit Anthrax. Das ist so ein feines weißes Pulver, das aussieht wie Gries und einmal eingeatmet absolut tödlich ist. Heute hat es eine Zeitung in Florida erwischt. Zwei Tote. Und kurz darauf das New Yorker Fernsehstudio von ABC.«

Gilligan suchte bereits nach Esthers Nummer. Er war blass geworden. »Drei tote Journalisten?«

Der Kollege nickte. »Mindestens.«

Ausgerechnet jetzt. In New York und Washington lagen die Nerven noch blank. Vor allem seine. »Und woher kommt dieses Anthrax?«, fragte er seine Kollegen.

»Keine Ahnung«, antwortete er. »Ich jedenfalls würde meine Briefe erst mal nicht mehr selbst aufmachen. Wofür gibt es Praktikanten?«

Die Briefe mit Schwung im Raum zu verstreuen war vermutlich auch nicht so gut, dachte Gilligan. Er konnte sich vage daran erinnern, dass die USA Anthrax zum Zwecke der biologischen Kriegsführung produziert hatten, aber die Produktion wurde bereits Ende der sechziger Jahre eingestellt. Galt als zu gefährlich. Oder hatten die Vereinigten Staaten dieses Teufelszeug etwa exportiert? Und jetzt kam es zurück?

Gerade als Gilligan Esthers Nummer gefunden hatte, fiel ihm auf, wie still es plötzlich geworden war. Als er aufsah, stand neben ihm der Chefredakteur.

»Ich möchte Sie über die neuesten Sicherheitsvorkehrungen informieren«, sagte der Chefredakteur und hob eine breite weiße Rolle mit Isolierband hoch. »Falls es zu einer neuerlichen Terrorattacke kommt, müssen wir gewappnet sein.« Er zog ein Stück Isolierband von der Rolle und klebte es an den Fensterrahmen. »Vor allem müssen Sie darauf achten, dass die Fenster luftdicht sind«, erklärte er. »Sonst hilft es nicht.«

Gilligan hielt diese Sicherheitsvorkehrungen für genauso hilfreich wie die Gummirutschen in Flugzeugen, die sich in Rettungsfloße verwandeln sollen. Er hatte noch nie von jemandem gehört, der nach einem Flugzeugabsturz durch ein Gummifloß gerettet worden war.

Nachdem der Chefredakteur jedem Redakteur eine Rolle Isolierband auf den Schreibtisch gelegt hatte, wandte er sich zum Gehen. Kurz vor der Tür drehte er sich noch einmal um. »Übrigens«, sagte er. »Ich muss Ihnen etwas Trauriges mitteilen. Es hat einen weiteren Todesfall unter Journalisten aufgrund einer Anthrax-Attacke gegeben. Die Biowaffenexpertin Esther Meier. Ich bitte Sie alle, größtmögliche Vorsicht walten zu lassen, wenn Sie Ihre Post öffnen.«

Jason Gilligan fühlte, wie eine unheimliche Kälte seine Brust emporkroch. Wenn es nicht so verrückt geklungen hätte, hätte er geglaubt, er sei verflucht. Noch während er den Chefredakteur entgeistert anstarrte, stürmte ein Trupp Männer in weißen Schutzanzügen und mit geschlossenem Visier in die Redaktion. Mit einer langen Zange fingen sie an, seine Briefe aufzusammeln und in einen luftdicht verschließbaren Container zu packen.

* * *

»Läuft doch gut, oder?«, fragte Lucius Prince. Die Frage war rhetorisch gemeint. Prince, Verteidigungsminister Dewey Drillson und sein Vize Doktor Henry Wolfstetter saßen im Clubraum der Defiant Foundation. Wie immer gab es Rotwein und auf einem Tischchen stand ein Tablett mit Horsd'œuvres. Muscheln in Blätterteig mit Sojasprossen, winzig kleine geröstete Frühkartoffeln mit Kaviar, Ravioli, gefüllt mit Carpaccio vom Perlhuhn und Wachtelspießchen an Weintrauben. Prince war es gelungen, die Küche zu Höchstleistungen anzuspornen. Auf dem Fernseher war der siegreiche Einmarsch der U. S.-Truppen in Afghanistan zu sehen.

Der Sender *FUC* inszenierte den Kriegsbeginn wie Leni Riefenstahl den Einmarsch der Sportler ins Olympiastadion 1936. Allerdings in Farbe. Rote, weiße und blaue Luftballons schwebten auf dem Bildschirm nach oben und an beiden Bildrändern wehte die amerikanische Fahne. Untermalt von einem Chor, der »God Bless America« sang. Der Moderator war in einen rot-weiß-blau-gestreiften Panzer montiert worden. In Wirklichkeit saß er im *FUC*-Studio in New York vor einem Green Screen und las vom Teleprompter ab. Der Einmarsch in Afghanistan lief, dem Moderator zufolge, großartig.

Zu sehen war allerdings nicht der echte Einmarsch, sondern eine Generalprobe, die extra für *FUC* abgehalten wurde. Der Sender wollte vorbereitet sein, wenn der Krieg tatsächlich begann, was für nächste Woche geplant war. Die U. S. Army stand schon in Usbekistan, Tadschikistan und einem Land, das Drillson schlicht »Feindistan« nannte, weil er sich den Namen nicht merken konnte.

Prince nahm sich gerade einen Hähnchenflügel, als der Kommunikationsdirektor Albert Rave im Türrahmen auftauchte. Rave schien ungewohnt besorgt. »Wir müssen den Präsidenten besser coachen«, sagte er. »Er hat sich schon wieder im Fernsehen versprochen. Ist der ein Legastheniker?«

»Legastheniker? Nee, er kann bloß nicht lesen und schreiben«, sagte Prince und grinste. »Aber dafür hat er es doch eigentlich ganz gut hingekriegt, oder?«

Drillson schüttelte grimmig den Kopf. »Albert hat recht«, sagte er. »Wir müssen besser werden. Wir haben noch viel zu viel schlechte Presse. All diese liberalen Arschlöcher überall. Nicht jeder ist so auf Zack wie *FUC.*«

Als sei er auf die Sekunde bestellt, platzte der letzte Mann herein, laut und fröhlich wie immer. Joe Brisbane von *FUC*. Brisbane war ein abgebrühter, schwammiger und blonder Australier in seinen Fünfzigern, der seit zehn Jahren in Washington lebte und zu seiner eigenen Überraschung seit einiger Zeit den Posten des Nachrichtenchefs der *Featurenews Universal Corporation* innehatte.

»Na, wie findet ihr unser neues Logo?«, fragte Brisbane und deutete auf den Fernseher.

»Wenn man all die digitalen Luftballons platzen lassen würde, fände man es ganz leicht«, sagte Prince. Enthusiasmus war nicht seine Stärke.

Brisbane entkorkte ungefragt eine weitere Flasche Rotwein und nahm sich einen Hummerwürfel. »Verglichen mit *CNN* und Konsorten sind wir doch spitze, oder etwa nicht?«

»Das ist genau das Problem«, sagte Drillson, »Sender wie *CNN* und … äh …«

»*MSNBC!*«, half Rave aus.

»... MS – egal, solchen Sendern, und erst recht einigen Zeitungen, ist noch nicht klar, wo es jetzt langgeht. Haben Sie die Geschichte vorgestern im *Journal* gelesen? Al-Quaida sollen Atomwaffen vom pakistanischen ISI angeboten worden sein? Mit dem Wissen der CIA? Wie konnte so was bloß gedruckt werden?«

»Ist die Presse denn nicht durch die Anthrax-Anschläge hinreichend eingeschüchtert?«, fragte Prince. »Wo kam das eigentlich her?«

Alle sahen sich an. »Die CIA und das FBI untersuchen das noch«, antwortete Drillson.

»Wir sollten den Zeitungen klarmachen, dass Bin Laden hinter den Anthrax-Anschlägen steckt«, schlug Rave vor. »Das dürfte doch kein Problem sein, oder?«

»Besser wäre noch, man würde es Saddam Hussein anhängen«, sagte Wolfstetter. »In Afghanistan sind wir ja praktisch schon. Und der Irak hatte sogar mal ein Biowaffen-Programm.«

»Ja, von uns gekauft«, sagte Drillson und verzog den Mund. »Davon müssten wir eigentlich noch die Quittungen haben. Die brauchen wir der Presse bloß zu präsentieren.« Er nahm sich ein Stück Entenleber-Parfait mit Feldsalat.

»So meinte ich das natürlich nicht«, sagte Wolfstetter schnell.

»Das war ein Scherz«, versicherte Drillson gelassen. Der kleine Professor hatte wirklich überhaupt keinen Sinn für Humor.

»Wir brauchen eine Doppelstrategie«, erklärte Wolfstetter. »Wir müssen die Öffentlichkeit für die Gefahren durch arabische Terroristen sensibilisieren und dafür brauchen wir die Medien. Die müssen über Anschläge, Massenvernichtungswaffen, Grausamkeiten berichten ...«

»Dieses Ding im letzten Golfkrieg, mit den Brutkastenbabys, das war genial«, fiel ihm Brisbane bewundernd ins Wort.

»... und wir müssen eine Heldengeschichte inszenieren«, Wolfstetter mochte es nicht, unterbrochen zu werden. »Zum Beispiel von den tapferen Passagieren, die über Pennsylvania verhindert haben, dass die Boeing ins Weiße Haus fliegt.«

»Wie wäre es«, fragte Brisbane, »wenn wir die Frauenrechte in Afghanistan zu unserem Thema machen?« Er nahm sich eine der Kartoffelwaffeln mit Meerrettichhäubchen und stopfte sie in seinen Mund.

Die anderen sahen ihn an, als drehe er jetzt endgültig durch, aber Rave sprang ihm bei. »Wir führen Krieg gegen Frauenunterdrückung, das ist gut«, sagte er. »Das ist sehr gut. Das zieht vor allem bei weiblichen Wählern, die sonst eher gegen Krieg sind.«

»Genau!« Auch Prince schien nun zu begreifen. »Und das ist einfach zu inszenieren. Wir brauchen dazu bloß ein paar Exil-Afghaninnen in Burkas, die im Fernsehen erzählen, wie sie eingesperrt und verprügelt wurden. Das zieht«, erklärte er.

»Ein Spielfilm wäre auch eine gute Idee.« Brisbane war in seinem Element. »Die Heldin könnte ein afghanisches Mädchen mit Kulleraugen sein, die mit ihrem kleinen Bruder und einem Kätzchen in Kabul lebt und deren innigster Wunsch es ist, Tierärztin zu werden. Aber die bösen Taliban ...«

»Oder eine Fernsehserie«, unterbrach ihn Prince. »Unsere Jungs in Afghanistan. So was wie Star Trek, multikulti und mit viel Technikgeschwätz, das keiner versteht ...«

»Film oder Fernsehen dauern viel zu lange«, wand Rave ein. »Die Taliban haben wir in acht Wochen durch. Jetzt ist erst einmal wichtig, dass es keine Bilder von toten Amerikanern gibt und dass das Ganze einen humanitären Anstrich bekommt. Wir könnten Lebensmittelpakete abwerfen, wie damals während der Luftbrücke in Berlin.«

»Während der Luftbrücke wurden keine Lebensmittelpakete abgeworfen«, bemerkte Wolfstetter trocken. »Die wurden ordentlich ausgeladen und verteilt.«

»Woher soll ich das wissen?«, fragte Rave ein wenig gereizt. »Ich bin Public-Relations-Fachmann und kein Historiker.«

»Es wäre ganz hilfreich, wenn sich Bin Laden noch einmal melden könnte«, sagte Brisbane. »Er könnte in seinem nächsten Video vielleicht darauf hinweisen, dass Saddam ihm die Anthrax-Sporen geliefert hat. Oder so.«

Wolfstetter schüttelte den Kopf. »Sie denken alle nur von jetzt auf gleich«, sagte er. »Wir brauchen eine langfristige Strategie. Und dafür brauchen wir die richtige Infrastruktur. Eine schnelle Truppe aus vertrauenswürdigen Mitarbeitern, die die CIA an die Kandare nimmt und die richtige Art von PR macht. Nicht zu viele Leute, sonst plaudert noch wer. Ein knappes Dutzend reicht. Wir nennen das ...«

»Amt für Desinformation?«, fragte Prince und grinste.

»Seien Sie nicht immer so zynisch, Lucius«, tadelte Wolfstetter. »Wie wäre es mit Amt für Strategischen Einfluss?«

»Gute Idee«, sagte Rave. »Es müsste eine Schnittstelle zwischen Pentagon, CIA und Defiant Foundation sein. Die müssen Journalisten mit Infos füttern, Chefredakteure massieren, Websites bauen, die so aussehen wie von Oppositionellen im Mittleren Osten, Dokumente herstellen und so platzieren, dass Journalisten sie leicht finden, Wissenschaftler engagieren, die die richtigen Gutachten liefern, und so weiter. Psychologische Kriegsführung halt. Ruhig auch ein paar Schöngeister dazu holen und veranlassen, dass die ein paar offene Briefe publizieren oder so.«

Prince nickte beeindruckt. »Sehr gut«, sagte er. »Wir brauchen auch ein paar Leute bei der Presse, auf die wir uns verlassen können. Vor allem bei der *Times* und bei der *Post*. Einen Hardliner und ein Weichei, das zögerlich tut, sonst ist es zu auffällig. Und wenn irgendwas von der Beweislage her zu dünn ist, sollten wir es in ausländischen Medien lancieren.« Er holte Luft. »Aber am wichtigsten sind Bilder. Bilder von Gefolterten zum Beispiel. Am besten von Kindern. Bilder von toten Kindern kommen immer gut. Die müssen aber diesmal wirklich echt aussehen. Pannen können wir uns keine mehr leisten.«

Drillson beugte sich vor. »Es gab doch in den achtziger Jahren diesen Giftgasangriff auf die Kurden im Nordirak«, sagte er. »Wen hat die CIA damals dafür verantwortlich gemacht? Den Iran?«

Wolfstetter nickte. Er begriff, worauf sein Chef hinauswollte. »Diesen Angriff sollten wir schnell ausschlachten, bevor Burton sein Veto einlegen kann«, sagte er. »Dafür war ab sofort der Irak verantwortlich. Ist die CIA biegbar genug, um das hinzukriegen?«

»Sind die Demokraten Schlappschwänze?«, fragte Drillson. Alle kicherten.

»Apropos Demokraten«, sagte Wolfstetter, wobei er nach einem Dörrpflaumenspieß mit Serranoschinken griff. »Der Patriot Act steht nächste Woche im Kongress zur Verabschiedung an. Ein paar Demokraten zicken noch rum.«

»Das wird sich geben«, beschwichtigte Prince. »Laut *CNN* hat deren Sprecher heute auch einen Anthrax-Brief bekommen.« Und als ihn alle ansahen: »Er lebt allerdings noch.«

»Wir brauchen außerdem ein Logo«, warf Rave ein. »Eines, das den Kampf gegen den Terror symbolisiert. Was Sci-Fi-mäßiges. Vielleicht ein Colorcode mit Alarmfarben, roter Alarm, gelber Alarm, orangener Alarm ...«

»Rosa Alarm, wenn unser Freund Albert Rave den Raum betritt«, spottete Drillson. Wieder kicherten alle. Außer Rave natürlich.

»Das Wichtigste überhaupt ist ein positives Image«, sagte Rave unbeirrt. »Wir müssen vermitteln, dass wir auf der Siegerstraße sind, dann folgen uns alle von selbst.« Er drehte sich zu Brisbane um. »Wie hoch sind die Einschaltquoten von *FUC*?«

»Schwer zu sagen, in dieser Präzision«, sagte Brisbane und entkorkte die dritte Flasche Wein. Seine Wangen waren so rot wie die gegrillten Langusten auf dem Tablett. »Das hängt davon ab, von welcher Sendung wir reden. Und natürlich auch von der Nachrichtenlage ...«

»Mehr oder weniger als eine Million?«, schnitt Drillson ihm das Wort ab.

»Eher weniger«, räumte Brisbane kleinlaut ein.

»Das müssen wir ändern«, sagte Rave. »*FUC* muss mehr Erfolg haben. Dann werden die anderen Sender schon auf euren Nachrichten-Stil aufspringen.«

»Wir tun ja, was wir können«, sagte Brisbane. »Wir haben neulich erst einen zweiten Hubschrauber für unser New Yorker Büro ...«

Mit einer Handbewegung brachte Rave ihn zum Schweigen. »Wer ermittelt denn die Einschaltquoten? Das ist doch eine private Gesellschaft, oder?«

Brisbane nickte. Rave wandte sich an die anderen. »Denen müssen wir klarmachen, dass ihre Zahlen unpatriotisch sind. Vielleicht fördern wir auch positive Verstärkung. Wir sollten ein paar Aufträge für Umfragen vergeben oder so.«

»Die Idee ist gut, aber das sollten wir machen, nicht das Weiße Haus«, sagte Prince. »Die Defiant Foundation, meine ich. Wenn Sie oder das Pentagon das finanzieren, fällt das auf. Wir haben noch reichlich Geld von Al-Bandar.«

»Über Werbung lässt sich sicherlich auch etwas machen«, sagte Rave und griff bereits nach dem dritten Shrimp im Nudelkörbchen, einer Komposition aus Muschelnudeln und Engelshaar. »Wir sollten den Rüstungsfirmen, die Aufträge von uns erhalten, nahelegen, nur bei patriotischen Sendern Werbung zu schalten.«

»Ok, die Marschrichtung ist klar«, sagte Drillson und ballte leicht die Faust. »Afghanistan ist verkauft. Jetzt geht es um den Irak oder den Iran. Syrien, Libyen und Saudi-Arabien sollten wir auch nicht aus den Augen verlieren. Henry, Sie stellen ein Dossier über Massenvernichtungswaffen zusammen und geben das gleich an Joe weiter. Sobald wir festgelegt haben, welches Land wir uns als Nächstes vornehmen, sorgt er dafür, dass *FUC* eine Dokumentation produziert.« Schnell schnappte er sich die letzte Scheibe gegrillten Truthahn mit Knoblauch-Mayonnaise.

Prince guckte der Scheibe neidisch hinterher. Dann erst merkte er, was Drillson gesagt hatte. Syrien, Libyen, Saudi-Arabien?

»Was ist jetzt mit meinem Spielfilm?«, fragte Brisbane. Er klang ein wenig enttäuscht.

»Sie können so viele Spielfilme machen, wie Sie wollen, Joe«, sagte Wolfstetter großzügig. »Die Medien sind schließlich unabhängig.«

* * *

Luellas Garderobe befand sich im Keller des *Moulin Noir* und war nur über einen verwinkelten Gang zu erreichen. Sie grenzte an die Bar, in der die Kunden hinterher noch ein Glas tranken und vielleicht noch ein bisschen plauderten. Oder telefonierten, denn auch das Münztelefon hing in der Bar, gleich neben dem Zigarettenautomaten. Luellas Garderobe und die Bar waren nur durch eine sehr dünne Wand getrennt. Gleich am ersten Tag, nachdem sie ihren Posten im *Moulin Noir* bezogen hatte, hatte sie die Wand zur Bar vorsichtig ausgehöhlt bis nur noch die Tapete auf der anderen Seite übrig war, und hatte dann eine dicke Scheibe Styropor in die Aushöhlung eingesetzt. Nun musste sie nur noch diese Scheibe herausnehmen, dann konnte sie hören, was an der Bar besprochen wurde. Allein auf ihre Fähigkeit, sich dumm zu stellen und im rechten Augenblick »Yes, Sir« zu sagen, mochte sie sich dann doch nicht verlassen.

Sie hatte in den letzten Monaten ein beachtliches Talent entwickelt, verschiedene Stimmen zu erkennen und zuzuordnen. Doch wer der Mann war, dem sie gerade lauschte, fand sie einfach nicht heraus. Er redete nicht in normaler Lautstärke, sondern flüsterte auf eine flache, emotionslose Art, die seiner Stimme jeglichen Charakter nahm. Da sie niemanden hören konnte, der ihm antwortete, nahm sie an, dass er in ein Mobiltelefon sprach – leider, denn auch das Münztelefon hatte sie über eine Leitung an der Rückseite bereits angezapft.

Der Mann war, das konnte sie hören, höchst zufrieden mit sich selbst. »Wir haben unser Ziel erreicht«, sagte der Unbekannte. »Die Demokraten trauen sich vor Panik kaum noch aus ihren Wohnungen, geschweige denn ins Kapitol. Und die Presse bettelt die Regierung auf Knien an, härter gegen Terroristen durchzugreifen.« Eine halbe Minute Schweigen.

»Darüber war ich selbst überrascht. Auf den Briefen standen schließlich Warnungen, die doch irgendwer vor dem Öffnen hätte sehen müssen. Aufs Personal kann man sich heute eben auch nicht mehr verlassen«, ergänzte er spöttisch.

Erneut Schweigen. Luella wagte kaum, zu atmen. Das war das erste wirklich große Ding, dem sie auf die Spur kam, seit sie hier auf der Lauer lag.

»Ja, sicher, wir haben nur solche Stränge verwendet«, sagte der Unbekannte. »An irgendwelchen Viechern, was weiß ich. Ich bin Fachmann für schmutzige Tricks und kein Biowaffenexperte.«

Schweigen.

»Ja, ja, selbstverständlich. Der Kreis der Mitwisser ist streng begrenzt. Nur eine Handvoll Spezialisten. Und USAMRIID verdächtigt sowieso niemand. Die Zeitungen schreiben alle über Saddam und den Irak.«

USAMRIID, das U. S. Army Medical Research Institute of Infectious Diseases, forschte über ansteckende Krankheiten. Wie Anthrax. Natürlich hatten sie deshalb auch Anthrax-Stämme in ihren Laboren.

»Ja, die CIA und das FBI untersuchen das, aber die finden nie etwas heraus, das garantiere ich Ihnen. Und selbst wenn irgendein Journalist zurückverfolgen könnte, woher wir das Zeug haben, hätten wir noch immer ein oder zwei falsche Spuren in petto, auf die wir zurückgreifen könnten.«

Schweigen.

»Gut. Aber so viele von denen gibt es auch wieder nicht, als dass wir die nicht unter Kontrolle bekämen. Werfen Sie doch mal ein Auge auf diesen russischen Biowaffenexperten. Diesen Überläufer. Dem traue ich nicht.«

Schweigen. Dann hechelte der Unbekannte. Luella begriff, dass das ein lautloses Lachen war. »Keine Sorge. Wir haben noch mehr davon. Genug für alle.«

Gleich war das Gespräch vorbei. Luella brauchte genau dreißig Sekunden, um ihren seidenen Kimono überzuwerfen und hinüber in die Bar zu schlüpfen. Wo war bloß der Mann mit der leisen Stimme? Die Bar war leer. Abgesehen von dem Mexikaner, der die Drinks mixte.

»Pedro«, sagte sie. »War hier gerade noch jemand, der telefoniert hat?«

Der Barkeeper sah sie schulterzuckend an. »No, Lady.« Genau in dem Augenblick setzte ein irrsinniger Lärm ein.

Er kam vom Fernseher über der Theke. Auf dem Bildschirm tanzten rot-weiß-blaue Ballons und im Hintergrund rollten Panzer. Ein Chor sang »God Bless America« und der Moderator überschlug sich vor Begeisterung. Der Einmarsch in Afghanistan hatte begonnen. Diesmal wirklich.

FÜR EINE HANDVOLL DOLLAR

Dem Präsidenten war bitterkalt und er hatte schlechte Laune. So hatte er sich seinen großen Triumph nicht vorgestellt. Zum ersten Mal seit dem 11. September – zum ersten Mal, seit er Präsident war – war er nach New York gekommen. Die Stadt, die er so heldenhaft gegen die Angriffe der Terroristen verteidigt hatte. Aber wo waren bloß alle? Warum stand er ganz allein in der schneidenden Kälte, die New York im Januar auszeichnet, mitten im Yankee Stadion vor fünfzehntausend leeren Plätzen und versuchte, einen kleinen weißen Ball zu treffen? Und warum traf er diesen blöden Ball nicht? Der Präsident fluchte. Dann nahm er einen Schluck von seinem Fitnessdrink. Sofort wurde ihm wärmer und seine Laune besserte sich merklich. Noch einmal schwang er den Baseballschläger, lockerer diesmal, aus der Hüfte. Endlich traf er den Ball.

Die beiden Männer am Rande des Spielfelds sahen sich an und schüttelten den Kopf. Der größere, im grau-weiß gestreiften Dress, war ein Spieler der Yankees, der kleinere war Albert Rave. Albert flüsterte kurz mit dem Yankee und schlenderte dann zum Präsidenten hinüber. »Wissen Sie was, Mister President«, sagte er. »Es wäre besser, Sie würden den Ball werfen, anstatt ihn zu schlagen. Das kommt besser.« Der Präsident lächelte. Albert war immer so nett zu ihm. Ganz anders als die anderen in seinem Team.

Dann nahm der Präsident noch einen Schluck seines Fitnessdrinks, den er seit Neuestem immer bei sich trug. Noch mehr Wärme durchströmte ihn. Das wäre doch gelacht. Er hatte bestimmt keine Angst vor ein paar New Yorker Feuerwehrmännern. Wobei auch Bürgermeister Benito Giovanni kommen würde und vor dem hatte er schon ein bisschen Angst. Der guckte ihn immer so streng von der Seite an. Dabei hatte er doch gerade seinen ersten Krieg gewonnen. Ärgerlich nur, dass dieser Osama Bin Laden aus Tora Bora entkommen war. Wie konnte das nur passieren? Obwohl, Dewey Drillson hatte ihm erklärt, dass sei nicht weiter schlimm. Den werde man schon finden. Der Präsident griff nach dem Ball, holte weit aus und warf ihn in Richtung des Yankees, der immer noch am Spielfeldrand stand. Der Yankee streckte seine rechte Hand mit dem dicken brauen Lederhandschuh aus und fing den Ball ganz lässig auf. »Sie wollen den doch nicht im Ernst so auftreten lassen?«, fragte der Yankee. »In dieser albernen Jacke?«

Der Präsident beschloss, das zu überhören. Wie viele dieser Taliban hatten sie eigentlich schon gefangen? Und wieso machten sie sich eigentlich solche Umstände? Früher wurden solche Banditen einfach erschossen. Jedenfalls in Texas. Kurzer Prozess, zack-zack. Und Araber gab es ja weiß Gott genug. Er nahm noch einen weiteren Schluck und warf den Ball mit aller Kraft. Voll aus der Schulter. Der Yankee fing ihn wieder. »Gut, gut«, sagte der Yankee wenig überzeugend. »Aber ist das wirklich der beste Platz für den Wurf?« Der Präsident wollte gerade nicken, als er merkte, dass der Yankee mit Albert sprach.

»Sie haben recht«, antwortete Albert. »Sie müssen da oben stehen.« Er zeigte auf den kleinen Hügel in der Mitte des Spielfelds. »Von dort aus ist es einfacher, Schwung zu holen. Außerdem sieht es besser aus«, erklärte er dem Präsidenten.

Der Präsident drehte sich zu dem Hügel um. Dort stand ein Mann in einer dunkelblauen Uniform und mit einer dunkelblauen Mütze. Die Mütze sah versengt aus. Die Haare auch. Es war ein Feuerwehrmann. Bildete er sich das nur ein oder sah ihn der Feuerwehrmann unfreundlich an?

Der Präsident blickte hilfesuchend zu Albert. Wie kam ein Feuerwehrmann überhaupt an seinen Leibwächtern vorbei? »Sie werden den Ball schon richtig werfen«, sagte Albert ermutigend. »Kommen Sie, nehmen

Sie noch einen Schluck.« Der Präsident wandte sich wieder dem Hügel zu. Der Feuerwehrmann war weg. Wie vom Erdboden verschluckt.

An diesem Abend stand der Präsident im Yankee Stadion, wo ihm mehr als fünfzehntausend Zuschauer, darunter eintausendfünfhundert Feuerwehrmänner, dabei zusahen, wie er mit aller Kraft den kleinen weißen Ball warf. Er trug eine kugelsichere Weste, die ihm bis über die Hüften reichte, einen Gesichtsschutz wie beim Eishockey – man wusste ja nie – und dazu eine dunkelblaue Windjacke mit dem Emblem der New Yorker Feuerwehr. Die hatte Albert ihm besorgt. Und eine Mütze der Yankees. Die Yankees waren in New York verhasst, weil sie so arrogant waren, aber das wusste der Präsident nicht.

In der Ehrenloge saßen Rave, Giovanni, der Chef der Feuerwehr und der Besitzer der Yankees. Sie rauchten Zigarren und beobachteten, wie der Präsident warf. Der Wurf wurde auf eine Leinwand im Stadion übertragen, so dass auch die Zuschauer auf den hinteren Rängen jede Bewegung des Präsidenten mitbekamen. Und zu Hause vor dem Fernseher natürlich auch. Da der Präsident auf einem Hügel stand, wirkte er viel größer, als er tatsächlich war. Donnernde Orchestermusik schallte aus den Stadionlautsprechern. Wagners *Götterdämmerung*, aber auch das wusste der Präsident nicht.

Der kleine weiße Ball flog aus seiner Hand auf den Yankee zu, der sich mitten auf dem Spielfeld postiert hatte. Genau in dem Moment, als Siegfried in sein Schwert fiel, fing der Yankee den Ball. Der Präsident grinste dümmlich, aber das konnte das Publikum wegen des Eishockeyvisiers nicht erkennen. Dann drehte er sich in die Kamera und hob den Daumen. Fünfzehntausend Menschen rasteten vor Begeisterung aus.

Rave beobachtete die tobende Menge. »Das ist ja wie bei einer Nazi-Kundgebung«, murmelte er leise.

»Was?«, fragte Giovanni.

»Schon gut«, winkte Rave ab. Er warf einen Blick auf die Nachfüllflasche, die er neben seinem Sessel abgestellt hatte. Darin war noch genug von dem Fitnessdrink, um den Präsidenten wieder wohlgelaunt nach Washington zu schaffen. Ansonsten war der Abend gelaufen. Er musste den Präsidenten jetzt nur noch vom Spielfeld holen, bevor der etwas sagte, was ein Fernsehreporter aufnehmen konnte.

* * *

»Dieser verfluchte Bastard!« Prince hatte heute überhaupt keine gute Laune. »Wenn ich könnte, würde ich ihn mit Fußtritten in den Hintern von Anchorage bis nach Abu Dhabi treiben. Uns so reinzulegen!«

Ihm gegenüber saß ein feixender Mann mit olivfarbenem Teint, einem weißen Anzug und einer überteuert wirkenden Rolex am Handgelenk: Achmed Abul Abbas Al Gossarah, der langjährige Partner von Muhammed Al-Bandar. »Beruhige dich doch, Lucius«, sagte er. »Bis jetzt ist doch alles ganz prima gelaufen am Hindukusch. Im Großen und Ganzen jedenfalls.«

Prince verzog sein Gesicht, so als habe ihm der Kellner versehentlich Lambrusco eingeschenkt. »Ja, so lange bis dieser Vollidiot Harry Burton seinen früheren Chefmanager zum Präsidenten von Afghanistan befördert hat.«

»Aus seiner Sicht ist das doch gar nicht so idiotisch«, sagte Al Gossarah, bemühte sich dann aber, etwas weniger zu grinsen, als Princes Gesichtsausdruck immer aufgebrachter wurde. »Im Ernst, warum ist das so schlimm? Ihr Amerikaner kontrolliert doch sowieso ganz Afghanistan. Na gut, vielleicht nicht ganz Afghanistan, aber Kabul und alle drei Pipelines. Ob jetzt eine Marionette von Burton oder ein Fuzzi vom Pentagon im Präsidentenpalast sitzt, kann dir doch völlig egal sein.«

Al Gossarah hatte recht, aber Prince gab das ungern zu. Es stimmte auch nicht so ganz. Es wäre wesentlich leichter gewesen, einen Fuzzi aus dem Pentagon loszuwerden. Burtons Hilfssheriff abzuservieren, würde hingegen richtig viel Geld kosten. Oder Blut. Er winkte dem Kellner zu. »Noch einen Beaujolais.«

Ein Wunder, dass sie in dieser Kellerbar überhaupt Beaujolais hatten. Die Bar wirkte so, als käme Tony Soprano gleich um die Ecke.

Aber er hatte sich mit Achmed unbedingt an einem Ort treffen wollen, wo er garantiert von niemandem gesehen wurde, der ihn kannte. Und das war in Washington nicht einfach. Prince seufzte. »Ich frage mich, ob Drillson davon gewusst hat. Manchmal glaube ich, der steckt mit Burton unter einer Decke.«

»Ehrlich gesagt traue ich Wolfstetter noch viel weniger«, sagte Al Gossarah und kippte seinen zweiten Whiskey hinunter. »Gegen den wirkt Kissinger wie eine treue Seele. Aber genug von Politik – können wir wieder zum eigentlichen Geschäft kommen?«

Prince nickte. »Es sieht gut aus für den Deal, Achmed«, sagte er. »Sehr gut sogar. Die sind fällig. Schulden bis tief in den Milliardenbereich, Konkurs müsste in den nächsten Wochen angemeldet werden, wenn alles korrekt zugeht. Weiß ich vom Geschäftsführer persönlich. Wir müssen nur rechtzeitig zuschlagen, bevor die Presse davon Wind bekommt.«

Al Gossarah zog die Augenbrauen hoch. »Ok«, sagte er. »Aber wir wollen keine echten Schulden übernehmen. Die müssen natürlich vorher weg.«

»Aber bitte«, sagte Prince. »Das haben wir doch immer so geregelt. Kreative Buchführung, du weißt schon.«

»Was hängt denn noch alles dran?«, fragte Al Gossarah. »Am wichtigsten sind uns natürlich Expansionsmöglichkeiten und internationale Distribution.«

»Keine Sorge«, beruhigte ihn Prince. »Besser kannst du es nicht treffen. Der Laden ist vertikal wie horizontal vollkommen durchstrukturiert. Dein Auftraggeber wird zufrieden sein.«

Der Araber guckte noch ein bisschen interessierter. »Und wie weit ist die Umstellung auf digitales Breitbandkabel schon fortgeschritten?«

»Im Prinzip haben wir das im Griff«, sagte Prince. »Da muss ich nur meine Kontakte zum Pentagon noch ein bisschen spielen lassen. Aber wofür habe ich die?«

»Vergiss nicht, dass meine Auftraggeber immer treue Alliierte der USA waren«, frotzelte Achmed. »Auch, wenn es manchmal nicht ganz so aussieht.«

»Fünfzehn Prozent Provision, wie immer?«, fragte Prince.

»Zehn Prozent«, sagte sein Geschäftspartner. »Bei den Summen, die wir einsetzen, ist das auch schon ganz ordentlich. Fünfzehn Prozent allerhöchstens, wenn das volle internationale Glasfaserpotential mitgeht. Und Content natürlich, das versteht sich von selbst.«

»Der Irak bekommt demnächst ein völlig neues Netz mit amerikanischen Standards«, versprach Prince. »Das wäre schon mal eine potenzielle Expansionsmöglichkeit.«

»Sag mir Bescheid, wenn es wirklich so weit ist«, gab Al Gossarah zurück. »Einen Vorschuss gibt es nicht. Und denke daran, dass wir nur über reelle Preise verhandeln. Sonst stellen wir die Provision auf Pauschalzahlung um.«

»Mach mal halblang«, antwortete Prince. »Habe ich euch jemals übers Ohr gehauen?«

Sein Gegenüber grinste. »Versucht ja, geschafft nein«, sagte er. »Außer damals, als sie wegen der Steuersache hinter mir her waren. Wenn ich mich recht entsinne, hätten sie mich sogar beinahe in den Knast gesteckt, weil irgendein Helferlein im Senat der Staatsanwaltschaft Kopien aus meinen Geschäftsakten hat zukommen lassen. Du weißt nicht zufällig, wer ...«

»Das war nicht ich!«, protestierte Prince und hob die Hände. »Es ist mir wirklich ein völliges Rätsel, wer das gewesen sein könnte. Vollkommen unerklärlich. Der Senator und ich haben damals eine umfassende Untersuchung eingeleitet, und ...«

»Klar warst das nicht du«, unterbrach ihn Al Gossarah. »Du würdest deinen Freunden doch niemals ein Messer in den Rücken stecken. Höchstens in die Brust.« Dann winkte er dem Kellner. »Noch einen Whiskey. On the Rocks.«

»Sag mal«, fragte Prince, »wo wohnst du jetzt eigentlich?«

»In einem Land, wo dein Geheimdienst sich nicht so einfach einmischen kann«, sagte Al Gossarah und grinste. »Mit wunderbaren hohen Bergen und tiefblauen Seen.« Dann kippte er das Glas hinunter, kaum dass der Kellner es gebracht hatte. Als er aufstand, sah er Prince noch ein paar Sekunden eindringlich an. »Übrigens«, sagte er, »habt ihr einen Spion in den eigenen Reihen. Im Pentagon. Und zwar ziemlich weit oben.«

* * *

Jason Gilligan stockte der Atem, als er den schwarzen Mercedes auf sich zurasen sah. Mitten auf der K Street. Das Auto hatte getönte Scheiben. Kein Fahrer war erkennbar. Er hatte das Gefühl, als geschehe das alles in Zeitlupe, und gleichzeitig war er unfähig, wegzurennen. Erst ein grauenvoll dumpfer Schlag riss ihn aus dieser Starre. Als er begriff, dass er angefahren worden war, wurde ihm schwarz vor Augen.

Erst vor wenigen Minuten war Gilligan aus dem Redaktionshaus gestürmt, geschockt von der Agenturmeldung, die er gelesen hatte. Ein Reporter war in Pakistan entführt worden. Es war genau der Reporter gewesen, der ihm in den letzten Wochen und Monaten immer eine Nasenlänge voraus gewesen war. Gilligan hatte die Nachricht auf seinem Bildschirm gelesen und sofort das Gefühl gehabt, er bekomme keine Luft mehr. Nur raus hier! Das Letzte, was er hörte, war das Quietschen der Bremsen.

Als er wieder zu sich kam, war er im Himmel. Er lag auf dem Rücken, über sich weiße Wölkchen, die am blauen Horizont schwammen. Eine wunderschöne Frau mit langen, schlanken Fingern hielt seine Hand. Die schönste Frau, die er gesehen hatte, seit er in Washington lebte. Sie hatte braune Augen, halblange schwarze Haare und die Figur einer römischen Göttin: schmale Taille, geschwungene Hüften, schwingende Brüste und eine sanfte, bronzefarbene Haut. Als sie sich über ihn beugte, bemerkte er eine auffallende Tätowierung oberhalb ihrer linken Brust. Eine kleine rote, gewundene Schlange, deren Kopf sich in einen Pfeil verwandelte. Er versuchte, sich aufzurichten. Ein scharfer Schmerz schoss in seinen Rücken. Nein, er war wohl doch nicht im Himmel. Ganz im Gegenteil.

»Waschischpaschtt?«, fragte er.

»Oh, Gott sei Dank! Sie sind wieder bei sich«, sagte die Frau. Er merkte erst jetzt, wie bestürzt sie ihn ansah. »Ich habe Sie überhaupt nicht gesehen, bis Sie plötzlich direkt vor meiner Kühlerhaube aufgetaucht sind. Sie müssen auf die Straße gelaufen sein, ohne zu gucken.«

»Wa... wa...« Er umklammerte ihre Hand. »Was?«

Auf sie gestützt, schaffte er es endlich, sich aufzurichten. Auch sein Kopf schmerzte. Sehr sogar. »Was ... wer?«, stammelte er.

»Mein Name ist Sabrina Smith«, sagte die Frau mit einem Akzent, den er nicht einordnen konnte. Sie betrachtete ihn nun schon ein bisschen weniger besorgt. »Waren Sie zufällig in der Gegend oder arbeiten Sie hier?«

Er schüttelte den Kopf, hörte aber mitten in der Bewegung auf, weil es noch immer schmerzte. »Nein.« Er stöhnte. »Meine Redaktion ist hier in der Nähe. Ich war ... ich habe einen Spaziergang ... ich war durcheinander.«

Jetzt lächelte sie. Ganz dezent. »Das Gefühl habe ich auch«, sagte sie. »Soll ich Sie ins Krankenhaus fahren? Oder in Ihre Redaktion?«

»Nein, nein«, sagte er hastig. Das fehlte ihm gerade noch. »Es geht ... es geht mir gut.«

»Es geht Ihnen überhaupt nicht gut«, sagte sie stirnrunzelnd. »Das sehe ich doch.«

Sie einigten sich darauf, dass sie ein paar Straßen weiter im *Cafe des Artistes* noch einen Kaffee trinken würden. Oder vielleicht ein Glas Zitronenlimonade mit Aspirin.

Nach einer Stunde wusste Sabrina Smith, oder wie auch immer ihr richtiger Name lautete, alles über Jason. Dass er bei einer der führenden Zeitungen der USA arbeitete, aber nicht so recht zufrieden war mit sich. Dass sein Chefredakteur ebenfalls nicht so recht zufrieden mit ihm war, aber sich sowieso lieber mit jüngeren Leuten umgab, die ihm nach dem Mund redeten. Dass er seiner Frau nichts recht machen konnte, weshalb er, ganz nebenbei, angefangen hatte, Kontakte per Internet zu suchen. Kontakte mit Frauen. Ganz harmlos natürlich. Er hatte keine dieser Frauen jemals getroffen. Das wäre unmoralisch und darum hatte er es auch nicht vor. Zumindest nicht sofort. Wobei sich in letzter Zeit eine Seelenverwandtschaft zwischen ihm und einer dieser Frauen entwickelt hatte. Ein Gleichklang, der zwar mehr intellektuell als spirituell oder gar sexuell war, aber er war eben auch eher ein intellektueller Mensch. Dabei war es ja auch gerade sein hochentwickeltes, intellektuelles Bewusstsein, das es ihm erlaubte, das Leiden verwandter Seelen mitzuerleben, wie etwa das des entführten Reporters, von dem er heute erfahren hatte ...

Sie unterbrach seinen Redefluss. »Es ist in Pakistan passiert, nicht wahr?«, fragte sie. »In einem Vorort von Karachi. Dieser Reporter war auf dem Weg zu einem Interview mit Mullah Al-Abbas, einem hochrangigen Offizier des ISI, der gerade geschasst worden war und der Verbindungen zu Al-Quaida haben soll. Und zur CIA. Oder auch nicht. Niemand weiß hier wirklich, wer mit gezinkten Karten spielt. Außer dem Reporter vermutlich. Aber das wird ihm jetzt auch nichts mehr nützen.«

Gilligan starrte sie mit offenem Mund an. »Woher wissen Sie das alles?«, fragte er. »Nicht mal ich kenne so viele Details. Und die Details, die ich kenne, sind bisher noch nicht veröffentlicht worden. Die können Sie also eigentlich gar nicht kennen.«

Sie zuckte mit den Schultern. »Sagen wir einfach, ich habe meine Quellen.« Dann zögerte sie ein paar Sekunden. »Vielleicht können Sie mir im Gegenzug auch ein bisschen was erzählen?«

»Äh, ja – vielleicht. Was wollen Sie denn wissen?«, fragte er verwirrt. Wer war diese Frau bloß? Erst jetzt fiel ihm auf, dass er die ganze Zeit nur von sich und seinem Leben erzählt hatte, sie aber nichts von sich. Rein gar nichts. Wo arbeitete sie noch gleich? In der Nähe?

»Wissen Sie, wo der Chef des pakistanischen Geheimdienstes am 11. September war?«, fragte sie.

Er starrte sie gespannt an. Dann begriff er, dass sie tatsächlich eine Antwort erwartete. »Nein, keine Ahnung«, sagte er. »Wo war er denn? Und warum ist das wichtig?«

»Es gibt Gerüchte, er sei in Washington gewesen«, sagte sie. »Er soll sich mit dem Chef der CIA getroffen haben. Und die CIA soll kurz vor dem Ende des Afghanistanfeldzugs mit dem ISI über die geplante

Flucht von Osama Bin Laden verhandelt haben. Von Afghanistan nach Pakistan, über das Höhlensystem von Tora Bora. Die wollen nämlich gar nicht, dass er gefasst wird. Er weiß zu viel. Und es könnte sein, dass auch dieser entführte Reporter zu viel wusste. Jedenfalls gibt es Kreise in D. C., die ihn loswerden wollten. Das wäre doch eine interessante Geschichte für Sie, oder etwa nicht?«

Eine sehr interessante Geschichte sogar, dachte Gilligan. Doch falls das Weiße Haus wirklich den Befehl gegeben hatte, den Journalisten zu entführen – was er für recht absurd hielt –, wäre es dann nicht ziemlich gefährlich, der Sache nachzugehen? »Wollen Sie damit sagen, dass die CIA Bin Laden beschützt?«, fragte er skeptisch.

»Vielleicht ist es ja umgekehrt«, sagte sie.

Sein Kopf fing wieder an, wehzutun. »Woher wissen Sie das alles?«, fragte er wieder. Er hatte die Frage doch gerade schon einmal gestellt, oder? Hatte sie ihm eigentlich eine Antwort gegeben?

Sie lächelte. »Ich weiß es einfach.«

Gilligan seufzte und gab auf. »Ich kann versuchen, mehr darüber herauszufinden«, versprach er, weniger deshalb, weil er ihr irgendetwas davon glaubte, sondern weil er hoffte, sie dann wiederzusehen. »Aber, selbst wenn sie stimmen würde, wie soll ich so eine Geschichte ohne Beweise veröffentlichen?«

»Ich verstehe«, sagte sie. »Ich werde sehen, was ich tun kann. Aber Sie dürfen niemandem erzählen, dass Sie mich kennen oder auch nur gesehen haben. Absolut niemandem. Mein Leben hängt davon ab. Und ihres.« Dann stand sie auf und lächelte ihn noch einmal an. Erst als sie schon verschwunden war, fiel ihm auf, dass sie ihm nichts hinterlassen hatte. Keine Adresse, keine Telefonnummer, nichts. Noch nicht einmal einen richtigen Namen. Nur die Serviette, mit der sie während des Gesprächs gespielt hatte.

Darauf stand etwas mit Kugelschreiber geschrieben. »Sheik Al-Sahhaf« konnte er entziffern. Ein arabischer Name. Er steckte die Serviette ein. Sie roch noch vage nach ihr. Nach Vanille und Rosenöl.

DER PLANET DER JAKOBINER

Der schwarze Stahlvogel tauchte am Horizont auf, schoss mit wahnsinniger Geschwindigkeit quer über den blauen Himmel, drehte sich kurz um seine eigene Achse, dann in einer Serie von Loopings nach unten, bis er fast den roten Wüstenboden streifte, nur um mit aufheulendem Motor noch einmal durchzustarten und sich querzulegen. Dann wurde er unsichtbar. Er erschien erst wieder, als er mitten in der Luft eine Vollbremsung hinlegte und dann fast vertikal hinter dem Stacheldrahtzaun aufsetzte. Es war ein atemberaubendes Manöver.

Der Vogel war so schwarz, dass Emmanuel Goldstein nichts erkennen konnte: keine Flugzeugkennung, keine Typenbezeichnung, keine Fenster im Rumpf, rein gar nichts. Auch nicht mit seinem Fernglas. Dabei war es ein gutes Fernglas. Tony und Tim hatten es ihm besorgt. Aus Armeekreisen, wie sie behaupteten.

Es war der erste Tag des neuen Jahres, der nicht so bitterkalt war, dass Armadillos an der Wand seines Trailers campierten und Wüstenspringmäuse in seiner Küche herumlungerten (seine Katze hatte Angst vor Wüstenspringmäusen). Manuel lag in der Frühlingssonne auf einem Hang, der vom majestätischen schneebedeckten Tikaboo Peak überragt wurde. Erst blinzelte er wegen der Sonne, dann vor Erstaunen, als er den schwarzen Stahlvogel entdeckte und Zeuge dieses unglaublichen Manövers wurde.

Die Feiertage hatte Manuel bei seinen Eltern in Santa Barbara verbracht. Zwar feierten seine Eltern weder Chanukka noch Weihnachten, aber er war froh gewesen, mal wieder in der Zivilisation gewesen zu sein und aufzutanken. Eigentlich mehr als froh. Tagelang war er auf einer Wolke des Glücks geschwebt, was vielleicht auch an den mondförmigen Schokoladenplätzchen lag, die seine Mutter ihm aus der Bäckerei mitgebracht hatte. Erst als seine Mutter zu Silvester einen Truthahn servierte, der aus Tofuwürfeln und Sojasprossen bestand, ließ seine Begeisterung allmählich nach.

Dafür hatte er ein richtig gutes Männergespräch mit seinem Vater geführt. Seitdem er in Astrophysik promovierte – zumindest glaubte sein Vater, er promoviere in Astrophysik, da Manuel es nicht übers Herz gebracht hatte, ihm zu sagen, dass sein eigentliches Fachgebiet Kunstgeschichte war –, begegnete er ihm mit ganz neuem Respekt. Sein Vater hatte einen großen Roman über die Milchstraße als Metapher für den Wettstreit der Philosophien geschrieben. In dem Roman seines Vaters gab es einen Planeten der Hegelianer, einen der Marxisten, einen der Kantianer, den schwarzen Stern der Jakobiner und das Heideggersche Meteoritenfeld im Orionnebel. Der Roman hatte noch keinen Verlag gefunden, aber die Hanfbäckerei von Manuels Mutter lief glücklicherweise gut genug, um die ganze Familie zu ernähren.

»Dein Laboratorium ist doch in der Nähe der Area 51, oder?«, fragte sein Vater. »Stimmt es, dass die Regierung dort die Technologie versteckt hält, die benutzt wurde, um den Flug PanAm 800 über New York abzuschießen?«

»Was auch immer die dort versteckt halten«, sagte Manuel, »mich lassen sie es garantiert nicht wissen.«

Sein Vater nickte verständnisvoll. »Natürlich nicht«, antwortete er und sah ihn nachdenklich an. »Ich glaube, dass wir uns der Apokalypse nähern. Ist dir klar, dass der Anschlag auf die Zwillingstürme in New York die Wiederholung der Zerstörung des Turmes von Babel ist? In doppelter Form?« Erst vergangene Woche hatte wieder ein Verlag den Roman seines Vaters abgelehnt.

»Vielleicht«, sagte Manuel, »solltest du deinen Agenten wechseln.«

»Vielleicht«, sagte sein Vater. Manuel war sich jedoch nicht sicher, ob es im Großraum Santa Barbara noch Literaturagenten gab, die sein

Vater noch nicht in Anspruch genommen hatte. Aber ein weiterer Versuch konnte wohl nicht schaden.

Kurz nach Neujahr hatte Manuel endlich Amy wiedergesehen. In einem dieser Strandcafés, die australischen Weißwein, französisches Weißbrot und koschere Austern servierten. Lange hatte er sich der Illusion hingegeben, alles sei noch so wie früher. Sie saßen auf der Veranda des Cafés unter Blütenranken. Das grüne Meer rollte an den hellen Sandstrand und die Infrarotstrahler in den Sonnenschirmen strahlten eine wohlige Wärme aus. Manuel verbrachte auch die Nacht bei Amy. Er hatte sich diese Nacht zuvor wochenlang ausgemalt.

Die Nacht verlief allerdings etwas anders als in seiner Vorstellung. Amy hatte festgestellt, dass er für den wichtigen und gefährlichen Aufklärungsjob, den er sich selbst aufgetragen hatte, nicht hinreichend gerüstet war. Deshalb hatte sie beschlossen, ihm das Hacken beizubringen. »Chomsky, Lenin, Marx, das ist von gestern«, sagte sie. »Du musst das System mit seinen eigenen Waffen schlagen. Kennst du die gängigen Verschlüsselungstechniken? Weißt du, was Internationale Data-Algorithmen sind? Oder wie du die Chiffrierungstechnologie des Pentagons unterläufst? Und kannst du mit einem Zufallsgenerator das Passwort einer Regierungs-Website knacken?«

Nach jeder ihrer Fragen, schüttelte er den Kopf, um keinen Raum für Missverständnisse zu lassen.

»Na, dann lass mich mal ans Keyboard«, sagte sie entschlossen und schob ihn weg. »Guck mir zu und lerne. Du wirst mir eines Tages noch dankbar sein.«

Nun war er wieder zurück in Rachel, Nevada. Manuel war fest entschlossen, Amy zu beweisen, dass er nicht der unreife Student war, für den sie ihn hielt. Obwohl er tief im Inneren wusste, dass er sich mehr um seine Doktorarbeit kümmern sollte, anstatt die tollkühnen Manöver schwarzer Stahlvögel zu beobachten und Verschwörungstheorien über das World Trade Center nachzugehen. Aber im Moment schien ihm das wichtiger. Als die Sonne im Zenit über dem Tikaboo Peak stand, gab er seinen gemütlichen Platz auf und ging wieder ins Haus, um seine E-Mails zu checken. WarriorKahless hatte ihm gemailt. Er wurde immer merkwürdiger, wie Manuel fand. WarriorKahless tat in letzter Zeit oft so, als wisse er etwas, was er nicht offen mitteilen konnte, von dem er aber hoffte, dass Manuel es irgendwie herausfinden würde. Manuel begann sich zu fragen, für wen WarriorKahless eigentlich arbeitete.

In seiner heutigen E-Mail wurde WarriorKahless endlich deutlicher. »LeiaOrgia«, schrieb er. »Ich habe einen Hinweis aus der Luftfahrtindustrie, der dir weiterhelfen wird. Die beiden Boeings können nicht per Handsteuerung ins World Trade Center geflogen sein. Die Entführer sind zu Entführten geworden. Es gibt ein geheimes Protokoll der Flugleitstelle in Boston, das in den Büros der CIA in Washington und New York zirkuliert. Darin heißt es, dass die Transponderkennung der Flugzeuge ein paar Sekunden lang abgeschaltet war. Als sie wieder eingeschaltet wurde, hatte sich die Kennung plötzlich geändert. Das kann nur bedeuten, dass eine Fernsteuerung von außen vorgenommen wurde.«

Ihm weiterhelfen? Wann genau hatte er WarriorKahless – wer auch immer sich hinter diesem Namen verbergen mochte – versprochen, den Anschlag auf das World Trade Center aufzuklären? Aber vielleicht war das ja wirklich ein wertvoller Hinweis. Nur, was zum Teufel war eine Transponderkennung?

»Eine Transponderkennung ist ein ständiges Funksignal. So etwas wie ein digitales Kennzeichen, mit der die Flugleitstelle den Kurs des Flugzeugs verfolgt«, erklärte WarriorKahless ungefragt. »Wenn sie sich ändert, hat ein zweiter Computer das Flugzeug übernommen, was wiederum nur per Fernsteuerung funktioniert. Ob ein Flugzeug über die Technologie zur Fernsteuerung verfügt, lässt sich übrigens an einer eher unauffälligen Markierung am Seitenleitwerk erkennen. Ein sehr dünner schwarzgrauer Streifen, in den die Buchstaben XXZ und eine Seriennummer eingeprägt sind.«

Manuel wurde schwindelig. Gegessen hatte er auch noch nichts. »Die beiden Boeings sind zerstört worden, wenn du dich erinnerst«, schrieb er an WarriorKahless. »Pulverisiert. Atomisiert. Die haben sich in zwei Feuerbälle verwandelt. Samt Seitenleitwerk. Woher willst du also wissen, ob sie eine entsprechende Markierung hatten?«

»Sie wurden nicht nur pulverisiert. Es ist auch unmöglich, ein scharfes Foto von einem der Flugzeuge in der Sekunde vor dem Anschlag zu bekommen«, mailte WarriorKahless prompt zurück. Auch diese Beweise wurden also vernichtet. Aber die wirklich interessante Frage ist doch: Von wo aus wurden die Flugzeuge ferngesteuert? Ich glaube, vom einzigen Hubschrauber, der pünktlich an der Unglücksstelle war. Einem Hubschrauber der *Featurenews Universal Corporation.*«

FUC! Denen traute Manuel in der Tat alles zu. »Es könnte auch Zufall sein, dass die als Erste vor Ort waren«, schrieb er zurück. »Aber dieses Protokoll der Flugleitstelle, das die CIA angeblich hat, kannst du mir das zumailen?« JEdgarH wäre bestimmt sehr zufrieden mit mir, dachte er. Ordentlich nachhaken und immer skeptisch bleiben. Traue niemandem!

»Diese Schwachköpfe von der CIA haben das Original ans Pentagon weitergereicht, ohne eine Kopie zu machen, und das Pentagon hält das Protokoll jetzt unter Verschluss«, mailte WarriorKahless zurück. »Aber es gibt Beweise in der Area 51. Du musst nur gucken, ob dort ein *FUC*-Hubschrauber steht. Vermutlich aber mit übermaltem Senderlogo.

Wenn's weiter nichts ist, dachte Manuel. Am besten mietete er eine MIG und flog damit über die Area. Eine MIG, die mit russischer Spionagetechnologie ausgestattet war. Und vorher musste er die zum UFO umlackieren, damit sie nicht so auffiel.

Aber vielleicht hatte WarriorKahless ja recht. Mit diesem Gedanken ging er nach draußen, stieg in seinen alten VW, steuerte das Auto an den Fuß des Tikaboo Peak und stieg den Berg hoch. Nach einer guten halben Stunde, schon ein wenig außer Atem, hatte er den Steilhang erreicht, von dem aus er die Area 51 sehen konnte. So gut es ging, zoomte Manuel das Militärgelände mit seinem Fernglas heran. Er war nicht wirklich überrascht, dass auf den beiden schwarzen Hubschraubern hinter dem Maschendrahtzaun kein *FUC*-Logo zu sehen war. Aber dafür bemerkte er etwas anderes: eine blonde Frau, deren Gesicht er aus der Entfernung allerdings nicht erkennen konnte. Sie trug ein rosafarbenes Kostüm. Es war äußerst selten, dass Zivilistinnen die Area besuchten. Äußerst ungewöhnlich. Aber leider war sie nicht genau zu erkennen. Er setzte das Fernglas ab und überlegte, ob Tony und Tim ein Besseres für ihn hatten.

Eine Stunde später parkte Manuel seinen Käfer vor dem *Spezialgeschäft für Extraterrestrisches.* Tony stand hinter der Theke und Tim war gerade dabei, neue DVDs mit einem großen grünen X darauf in die Regale zu räumen. »Die verbotene Folge von Akte X«, erklärte er auf Manuels fragenden Blick hin. »Das ist die, in der die CIA und das Pentagon ein Flugzeug per Fernsteuerung in das World Trade Center fliegen lassen.«

In solchen Momenten fragte sich Manuel immer, ob er nicht in Wirklichkeit auf einem der Planeten im Roman seines Vaters lebte. Dem Planeten jener Philosophen, die glaubten, alles, was geschieht, spiele sich nur in der eigenen Einbildung ab.

Manuel erkundigte sich nach einem besseren Fernglas, worauf Tony und Tim sich ansahen. Tony kratzte sich am Kopf. »Also, Manu…«, setzte er an.

»Es ist so«, half ihm Tim. »Das hier ist ein Laden für Touristen. Du weißt schon, Spinner, die nach Nevada kommen, UFOs sehen wollen und sich einbilden, dass sie dazu all das Zeug, die Pillen, die Nachtsichtgeräte und so weiter brauchen. Und mit denen machen wir unser Geld. Aber du bist … na irgendwie gehörst du doch inzwischen zu uns.«

Worauf zum Teufel wollte Tim hinaus? »Was Tim sagen will«, erklärte Tony, »ist Folgendes: Das Fernglas, das wir dir damals angedreht haben, war billig eingekaufter Schrott. Heute würden wir dir aber ein richtig gutes Fernglas besorgen. Weil du es bist. Auf fünfzig Meilen scharf. Mit einem Zertifikat vom FBI. Aber das kostet. Und das dauert auch ein bisschen. Das kann man nicht einfach so bestellen.«

»Was würde es denn kosten?«, wollte Manuel wissen.

»Vierhundert Mäuse«, sagte Tony. »Cash.«

Manuel sog die Luft ein. Vierhundert Dollar, das war doppelt so viel, wie sein Käfer wert war. »Ich rufe euch an«, sagte er.

Er bestellte das Fernglas zwei Tage später. Kurz nachdem *CNN* den Tod dieses Journalisten gemeldet hatte. Ein Reporter, der vor sechs Wochen in Pakistan entführt worden war und dabei gewesen sein soll, Verbindungen zwischen Al-Quaida und den Geheimdiensten aufzudecken, die in Pakistan operierten. So berichtete es CNN. Doch während die Lebensgeschichte des Journalisten immer wieder lief, fand das Detail mit den Geheimdienstverbindungen in der Berichterstattung rasch keine Erwähnung mehr.

* * *

Lucius Prince grummelte, denn er stand nicht gerne so früh auf. Draußen war es noch dunkel. Und kalt. Aber Dewey Drillson hatte – ganz der Verteidigungsminister – den Militärrhythmus offenbar im Blut. Und er, Prince, wurde gebraucht, wie immer. Er sah sich im kleinen Sitzungssaal des Pentagon um. Alle sahen übernächtigt aus. Außer Drillson natürlich, dessen Runzeln so frisch wirkten wie Biogemüse. Doktor Henry Wolfstetter saß zerknittert in seinem Sessel. Er trug eine Krawatte mit wild gestreiftem Muster, die vermutlich seine Ex-Frau gekauft und dann nach der Scheidung vergessen hatte, mitzunehmen. Harold H. Burton, der seinen massigen Körper auf der Couch geparkt hatte, konnte nur mit Mühe ein Gähnen unterdrücken. Albert Rave war in letzter Sekunde vom Weißen Haus hergeeilt, obwohl er eigentlich die morgendliche Pressekonferenz hatte vorbereiten wollen. In einer Ecke lehnte, schweigend, Orinoko Oil, wie immer im grauen Kostüm. Auch ein paar Generäle waren gekommen. Neben Harry Burton saß ein Mann mit dunklen Augen, tiefen Augenringen und einer Stirn, die so zerfurcht war wie die von Drillson. Und das, obwohl der Mann höchstens halb so alt sein konnte. Es war der Chef der CIA. Offenbar stand er auch nicht so gerne früh auf.

»Meine Herren, es ist so weit«, sagte Drillson in einem Ton, bei dem Burton versucht war, die Hacken zusammenzuschlagen, was er natürlich nicht tat. »Der Kriegsplan gegen den Irak ist ausgearbeitet.«

Wolfstetter nickte und sah dabei ein bisschen weniger besorgt aus als sonst. Prince warf ihm einen kurzen Blick zu und blätterte dann bemüht unauffällig in seinen Unterlagen. Nur Burton saß unbeweglich da, als interessiere ihn das alles nicht.

»Meine Herren«, sagte Drillson noch einmal und Prince begriff, dass er Wolfstetter meinte. Der kleine Professor stand auf, strich sein wirres Haar zurück, griff nach seinem Laserpointer und gab dem CIA-Chef einen Wink. Der drückte auf den Knopf des Projektors neben der Couch und ein Schaubild erschien an der Wand. Es war eine Karte des Irak. Auf der Karte waren giftgrüne Kreuze eingezeichnet, Blitze, kleine Totenköpfe und in der Mitte etwas, das aussah wie ein Piratenschiff. »Das ist die Atombombenfabrik von Bagdad«, erläuterte Wolfstetter. »Es ist nur eine Frage von Monaten, bis die Anlage operationsfähig ist.«

»Gutes Material«, sagte Rave. »Haben wir genügend von diesen Karten?«

»Aber sicher«, versicherte Wolfstetter. »Auf CD-Rom, online und in Print. Unsere Strategie ist die folgende: Wir bereiten zunächst einmal die Anklage gegen den Irak vor.«

»Gegen Saddam«, warf Rave ein. »Wir haben nichts gegen das irakische Volk.«

»Und nicht nur gegen den Irak«, sprach Wolfstetter weiter, als habe Rave nichts gesagt. »Wir haben eine Strategie für den gesamten Mittleren Osten entwickelt, die unseren Einfluss dort auf Jahrzehnte zementieren wird. Das nächste Schaubild ...«

Das nächste Schaubild zeigte ganz Asien bis zur koreanischen Halbinsel und Japan. Ein schwarzes Dreieck war darauf eingezeichnet. Bagdad – Teheran – Pjöngjang. Prince nahm mit Erleichterung zur Kenntnis, dass Saudi-Arabien nicht dazugehörte.

»Das ist die Achse des Bösen.« Rave war wieder an der Reihe. »Das Dreieck, in dem sich die Feinde Amerikas zusammengerottet haben.«

Drillson grinste. »Die werden wir zerquetschen wie die Kakerlaken.«

Rave nickte. »Wir haben schon eine Rede für den Präsidenten vorbereitet. Für seine Staatsadresse«, sagte er. »Er lernt sie gerade auswendig. Das hoffe ich jedenfalls.«

Die Achse des Bösen umfasste ein recht großes Gebiet. Halb Asien gehörte dazu und auch ein Stück von Russland. Ein ziemlich großes Stück von China ebenfalls.

»Achse … Achse des Bösen?«, fragte der CIA-Chef.

»Klar«, antwortete Prince, der wusste, worauf Wolfstetter und Rave hinauswollten. »Achse, so wie damals die Achse Hitler, Mussolini und … wie hieß dieser Japse noch mal?«

»Kawasaki?«, meinte Drillson. »Yamaha? Mitsubishi?«

»Das reicht«, sagte Burton, der Drillson noch nie witzig fand. »Wissen Sie eigentlich, wie viele wertvolle Ölförderanlagen sich in diesem Dreieck befinden?«

»Wir wissen alles«, sagte Drillson und gab dem CIA-Chef ein Zeichen. Der stand schwankend auf, legte ein dickes Aktenbündel auf den Tisch und setzte sich dann gleich wieder.

»Das ist der Beweis«, sagte Wolfstetter. Und als er die fragenden Blicke der anderen bemerkte: »Der Beweis, dass Saddam Hussein seit Jahren mit Osama Bin Laden kooperiert. Das sind Überwachungsprotokolle, Zeugenaussagen, Videodokumentationen und Fotos, die in den Trainingscamps von Al-Qaeda im Irak aufgenommen wurden …«

Burton war erstaunt. »Nicht schlecht«, sagte er anerkennend. »Kommt das von der CIA?«

»Nicht direkt«, räumte Wolfstetter ein. »Das kommt vom Amt für Strategischen Einfluss. Eine ganz neue Behörde zur psychologischen Kriegsführung. Wir haben schon eine Kopie an die *New York Times* gegeben und eine an die *Washington Post.*«

»Unsere Defiant Foundation hat außerdem gerade ein Gutachten beauftragt«, sekundierte Prince. »Wir weisen darin nach, dass Saddam auch die Attacke von 1993 auf das World Trade Center in Auftrag gegeben hat. Wir berufen uns auf die CIA.«

Der CIA-Chef, der kurz eingenickt war, schreckte nun auf. Prince grinste. Wolfstetter lehnte sich zurück und sah für ein paar Minuten beinahe zufrieden aus. Nur Burton runzelte immer noch die Stirn und wirkte unzufrieden.

Orinoko warf ihm einen Blick zu und räusperte sich. »Ich sehe auch die Gefahr, dass wir die Ölindustrie der ganzen Region auf Monate lahmlegen«, sagte sie. »Was, wenn dieser Waffeneinsatz die Öllieferungen unterbricht? Oder wenn Pipelines beschädigt werden? Oder vielleicht sogar Raffinerien?«

»Keine Sorge«, sagte Drillson. »Wir wissen genau, was wir tun. Das wird ein Spaziergang. Wir sind denen haushoch überlegen.«

»Die Iraker werden unsere Soldaten mit Blumen und Bonbons empfangen«, warf Wolfstetter ein. »Und die Vereinten Nationen haben wir so gut wie im Griff.« Er holte Luft. »Das Hauptproblem - außer dem ewigen Genöle von Powder natürlich - ist, dass die Franzosen ein Vetorecht haben. Die Russen übrigens auch. Und beide haben Öl- und Waffenkontrakte mit dem Irak. Das Letzte, was die wollen, ist, dass wir uns da einmischen. Deshalb ...«

»Keine Sorge! Die Froschfresser werden wie immer zu Kreuze kriechen«, unterbrach ihn ein ungehaltener Drillson. »Und die Russen kriegen wir schon in den Griff.«

»... deshalb haben wir einen Plan entwickelt, die Vereinten Nationen zu umspielen«, fuhr Wolfstetter unbeirrt fort. »Einen genialen Plan. Die Vereinten Nationen werden Druck auf den Irak ausüben und ihn zur Abrüstung zwingen. So wie damals nach Kuwait, mit Inspektoren. Das wird ein paar Monate dauern und diese Zeit benötigen wir ohnehin. Und sobald der Irak seine restlichen Waffen abgeliefert hat, marschieren wir ein. Gefahrlos. Was folgt, ist ein sicherer Sieg nach einem Blitzkrieg. Und die Laberköpfe am East River werden das Gefühl haben, dabei gewesen zu sein. Wenn auch nicht ganz bis zum Ende.«

Burton nickte beeindruckt. Vielleicht war der ganze Plan doch nicht so wahnsinnig, wie er sich anhörte. »Und sobald wir das Land besetzt haben, installieren wir Militärbasen hier, hier und hier«, ergänzte

Wolfstetter, wobei sein Laserpointer auf verschiedene Städte des Irak zeigte. »Das ist die Hauptverbindungsstraße zum Iran, dort ist die Grenze nach Jordanien und hier ist der Landweg nach Saudi-Arabien.«

Prince zuckte beim Stichwort Saudi-Arabien zusammen. »Können wir sicher sein, dass diese Pläne im Königreich keine Unruhe verursachen, die uns langfristig schadet?«, fragte er und sah den CIA-Chef an. »Wenn das saudische Herrscherhaus gestürzt würde, würde das dem Terrorismus neuen Auftrieb geben.«

Der CIA-Chef brauchte ein paar Sekunden, bis er merkte, dass er gemeint war. »Voll... vollkommen sicher«, sagte er. Irgendwie klang er seltsam.

»Und hier ist die Grenzverbindungsstraße in die Türkei«, Wolfstetter war mit dem Dozieren noch nicht fertig. »Wir haben hunderttausende von Truppen in der ganzen Region stationiert, fünfzig Kriegsschiffe sind im Golf, drei neue Satelliten wurden gestern mit dem Space Shuttle ins All gebracht. Wir haben alles unter Kontrolle.«

Drillson stand auf und hakte die Daumen in seinem Hosenbund unter, so als imitiere er einen alternden Cowboy. »Denen werden wir den Marsch blasen«, sagte er ein bisschen zu selbstzufrieden. Dann wandte er sich wieder an den CIA-Chef. »Und wie wahrscheinlich ist es, dass es Widerstand in der Golfregion gibt?«

»Voll... vollkommen unwahrscheinlich«, sagte der CIA-Chef. »Wir haben ... wir haben ...« Plötzlich kippte er um.

»Geben Sie dem Mann einen Schnaps«, sagte Drillson zu Wolfstetter. Er sah nicht sonderlich überrascht aus.

* * *

»Sherry?«, fragte der Vater des Präsidenten und schenkte sich zuerst selbst ein Glas ein. Seine Frau war nicht da. Das musste er feiern.

»Ja, gerne«, antwortete Harry Burton. Orinoko Oil nickte ebenfalls. Nur Drillson zögerte. »Ein Whiskey wäre mir lieber«, sagte er dann.

Wilbur griff zu einer der bunten Flaschen in der verspiegelten Hausbar. »Chivas?«, fragte er und schenkte Drillson ein halbes Wasserglas ein, ohne die Antwort abzuwarten. Immerhin kannte er ihn wirklich lange genug. »Und?«, fragte er dann. »Stehen die Einmarschpläne? Wie sieht der Zeitplan aus?«

»Voraussichtlich kurz nach Winteranfang, vielleicht ein paar Wochen später«, sagte Drillson. »Vor dem Sommer kriegen wir das nicht mehr hin, weil wir noch ein bisschen Vorbereitungszeit brauchen. Und ab Mai wird es zu heiß.«

»Ist das wirklich klug?«, fragte Wilbur.

Drillson nickte. »Saddam läuft überhaupt nicht mehr rund«, sagte er. »Er hat inzwischen tägliche Aussetzer. Und ich traue ihm schon lange nicht mehr. Wir sind sowieso sehr spät dran, und wenn wir den Laden nicht bald übernehmen, dann tun es die Iraner. Oder die Saudis. Wir tun ihm einen Gefallen, wirklich.«

»Ich finde«, sagte Orinoko, »wir sollten Saddam vorher rausholen. Das sind wir ihm schuldig. Vielleicht können wir ihn auch noch einmal gebrauchen.«

»Ich weiß nicht so recht«, sagte Drillson. »Der Mohr hat seine Schuldigkeit getan, der Mohr kann gehen. Den brauchen wir nicht mehr.«

Orinoko warf ihm einen verärgerten Blick zu. Mohrenwitze konnte sie gar nicht leiden.

»Heißt das nicht, der Afro-Amerikaner hat seine Schuldigkeit getan?«, scherzte Wilbur.

Burton war der Einzige, der ernst blieb. Er schüttelte den Kopf. »Das ist langfristig keine gute Strategie, um Freunde zu gewinnen«, erklärte er. »Außerdem weiß Saddam zu viel.«

»Erst recht ein Grund, ihn zu beseitigen«, gab Drillson zurück.

»Vielleicht läuft das nicht so glatt«, sagte Burton. »Vielleicht kriegen wir ihn nicht sofort zu fassen und er hat irgendwo noch Unterlagen versteckt, die irgendwer finden könnte. Irgendwelche Dokumente, Kontoauszüge, Schecks, aus denen hervorgeht ...«

»Das ihm nicht nur die CIA, sondern auch ihre Ölfirma ein Gehalt zahlt?«, warf Orinoko trocken ein.

»Unentgeltlich arbeiten Sie auch nicht gerade«, gab Burton zurück. »Im Mittleren Osten können Sie kein Öl fördern, ohne irgendwelche Araber zu bestechen. Ohne Bakschisch kriegen Sie da keinen halben Liter aus dem Boden gefördert. In Texas übrigens auch nicht.«

»Harry hat recht«, sagte Drillson. Es klang allerdings, als bedauere er es. »Wir müssen Saddam da rechtzeitig rausholen. Außerdem muss er uns vor dem Einmarsch Zutritt zum Präsidentenpalast gewähren, damit wir alles, was unschön aussieht, vorher wegschaffen können. Und vor allem brauchen wir sein Schuldgeständnis, was das World Trade Center angeht. In welche Länder könnten wir ihn denn verfrachten?«

»Saudi-Arabien«, sagte Burton. »Libyen. Die Schweiz, Costa Rica. Oder Israel. Wobei Israel schwierig ist. Da müssten wir ihm ein paar kosmetische Operationen verpassen, bevor ihn irgendein übereifriger Journalist wiedererkennt. Aber ansonsten hätte er eine große Karriere beim Likud vor sich. Georgien …«

»Georgien?«, fragte Orinoko.

»Er könnte am Nationaltheater von Tiflis Väterchen Stalin spielen«, sagte Burton. »Die suchen jemanden, der überzeugend wirkt und ein paar Spielzeiten bleibt.«

Orinoko kam aus dem Staunen nicht heraus. »Kann er denn russisch?«, fragte sie.

»Aber sicher«, sagte Wilbur stolz. »Unsere Ausbildung. Noch aus der Zeit, als die CIA noch was auf dem Kasten hatte und noch nicht von Alkoholikern geleitet wurde. Saddam kann Russisch, Englisch, Spanisch, Hebräisch …«

»Wie wäre es mit Graceland«, schlug Wilbur vor. Dann wurde er wieder ernst. »Nein, ich weiß, was wir mit ihm machen«, sagte er. »Er wird …«

Ein Krachen unterbrach ihn. Drillson hatte mit dem Ellbogen die Whiskeyflasche heruntergefegt. Alle sahen ihn an. »Tschuldigung«, brummte er. Er sah plötzlich uralt aus.

HOLLYWOOD SQUARES

Jason Gilligan erschrak so sehr, dass er fast das Bierglas vom Tresen gefegt hätte. Vor ihm stand die schöne Sabrina Smith. Oder wie auch immer sie hieß. Wo war sie so plötzlich hergekommen? Sie musste sich angeschlichen haben wie eine Katze auf der Pirsch nach einem Singvogel, dachte er. Ein etwas ungutes Gefühl kroch in ihm hoch. War er hier der Singvogel? War es Zufall gewesen, dass sie ihn mit dem Auto angefahren hatte?

Sie lächelte spöttisch. »Ich sehe«, sagte sie und musterte ihn dabei, »Sie haben sich von dem kleinen Unfall gut erholt.«

Sie sah anders aus, als Gilligan sie in Erinnerung hatte. Sie trug ein bordeauxrotes Kostüm mit schwarzen Litzen und schwarzen Knöpfen. Es war hochgeschlossen, so dass er die kleine rote Schlange, ihre Tätowierung, nicht sehen konnte. Und auch nicht viel von ihrer bronzefarbenen Haut. Ihre schwarzen Haare trug sie hochgesteckt und über ihrer linken Schulter baumelte eine Handtasche aus grauem Wildleder. Unter dem rechten Arm klemmte ein dicker grauer Aktenordner. Sie sah aus wie eine der vielen Assistentinnen oder Sekretärinnen, die für eines der Konsulate in Washington arbeiteten.

Gilligan hatte gerade einen Lunch mit seinem Chefredakteur hinter sich. Eine seltene und hochgeschätzte Ehre, selbst vor dem Hintergrund, dass er den Chefredakteur für einen Vollidioten hielt. Sie waren in einem französischen Restaurant im Northwest District gewesen, auf dessen Speisekarte Vorspeisen wie »Escargot a la Vin Verde« standen, die der Chefredakteur wie »Asscargott« aussprach und die so viel kosteten wie ein T-Bone-Steak bei Dallas Barbecue. Der Chefredakteur hatte ihm einen Vortrag darüber gehalten, welche Geschichten er von ihm erwartete, jetzt, da der Krieg gegen den Irak beschlossene Sache sei. Welche Massenvernichtungswaffen hat Saddam Hussein? Woher hat Hussein seine Massenvernichtungswaffen? Und wo sind Husseins Massenvernichtungswaffen eigentlich abgeblieben? Nach Ansicht des Chefredakteurs waren genau das die brennenden Fragen. Er habe nämlich neulich mit Lucius Prince zu Mittag gegessen und der habe ihn darauf aufmerksam gemacht, dass diese Massenvernichtungswaffen ein großes Problem für die Sicherheit der USA darstellten.

So gegen ein Uhr hatte der Chefredakteur das dritte Glas Wein ausgetrunken, seine fleckige Serviette zerknüllt und war gegangen, während Gilligan noch blieb, um zu versuchen, dem Zigarettenautomaten eine Packung Marlboro zu entlocken. Als er wieder aufsah, stand Sabrina vor ihm. Erst war er froh, dass der Chefredakteur sie nicht gesehen hatte – je weniger der über sein Privatleben wusste, desto besser –, aber dann wurde ihm klar, dass sie ihren Auftritt genau abgepasst hatte.

»Cappuccino?«, fragte sie und lächelte erneut. Ihr Lächeln verschlug ihm kurzzeitig die Sprache und so nickte er bloß stumm. Sie schwang sich auf einen Barhocker und blinzelte ihm zu. Unter diesem Kostüm verbarg sich ein Vulkan, dachte Gilligan. Er seufzte. Was für eine verunglückte Metapher. Kein Wunder, dass er eine Schreibblockade hatte.

»Ich haben Ihnen doch gesagt«, sagte sie und sah wieder wie eine Katze aus, »ich liefere Ihnen Beweise.« Sie deutete auf den Ordner. Gilligan griff danach und als sie nickte, fing er an, darin zu blättern. Gleich die erste Seite ließ ihn stocken.

»Pentagon« stand auf dem ersten Blatt. Darunter, in einer kleineren Schrift: »Amt für Strategischen Einfluss«. Gilligan berichtete schon häufiger über das Pentagon, aber von diesem Amt hatte er noch nie etwas gehört. »Woher haben Sie denn das?«, fragte er.

Wieder lächelte sie. »Habe ich gefunden«, antwortete sie. »Oder sagen wir mal, den Ordner hat einer unserer Besucher versehentlich liegen gelassen.«

Einer unserer Besucher? Gilligan wusste, dass es keinen Zweck hatte, sie danach zu fragen. Er blätterte den Ordner durch. Er war gefüllt mit Kopien von Rechnungen, Überweisungen, Bareinzahlungen, handschriftlichen Quittungen, Faxen und Schmierzetteln. Sie waren zurückdatiert bis ins Jahr 1993.

»Hier«, sagte Sabrina und tippte mit dem Zeigefinger auf eines der Blätter. »Das dürfte Sie interessieren.« Sie war wieder ernst geworden, ganz die Businessfrau. Wenn er wenigstens heraushören könnte, was für einen Akzent sie eigentlich hatte.

Sie deutete auf die Kopie eines Schecks von der Hongkong and Shanghai Bank, der von deren Filiale in Washington, D. C., ausgestellt wurde. Über 100 000 Dollar vom 1. September 2001. Gilligan pfiff ganz leicht durch die Zähne. Das Geld stammte von einem gewissen Sheik Al-Sahhaf, der gerade in Pakistan vor Gericht stand. Er sollte für den Tod dieses Journalisten verantwortlich sein, dessen enthauptete Leiche vor ein paar Wochen in Karachi gefunden worden war. Aber noch interessanter war der Empfänger des Schecks. Es handelte sich um den Mann, der laut CIA den Anschlag auf das World Trade Center geplant haben sollte. Der Chefpilot der Flugzeugentführer.

Das merkwürdigste an der ganzen Sache aber war, dass die US-Regierung bisher noch keinen Auslieferungsantrag für diesen Sheik Al-Sahhaf gestellt hatte. Das mochte damit zusammenhängen, dass Al-Sahhaf ein hohes Tier beim pakistanischen Geheimdienst ISI war, dem langen Arm der CIA in Pakistan.

»Es wird noch besser«, sagte Sabrina und bedeutete ihm, weiterzublättern. »Wissen Sie, was das bedeutet?« Sie meinte ein Fax von einer Privatklinik in Dubai. Eine Rechnung, die sich auf 4 573 Dollar und 50 Cents belief. Dubai war einer dieser superreichen Ministaaten im Golf, denen in letzter Zeit niemand in Amerika mehr so recht traute. Außer der Regierung natürlich. Bezahlt worden war die Rechnung von der CIA.

Ausgestellt wurde sie am 11. Juli 2001. Zwei Monate vor dem Anschlag auf das World Trade Center. Der Patient war Osama Bin Laden.

Das war unglaublich. Gilligan sah auf. »Mein Gott«, sagte er, »woher haben Sie das?«

»Sie wollten doch Beweise, oder?«, fragte sie. »Hier sind sie.«

Er schüttelte ungläubig den Kopf. »Und warum geben Sie das mir?«

Sie sah ihn an, als sei er etwas schwer von Begriff. Und das war er wohl auch. »Weil Sie Journalist sind. So etwas muss an die Öffentlichkeit.«

Er blätterte weiter. Der Ordner war voll mit Rechnungen, die entweder die CIA oder dubiose Organisationen im Auftrag der Agency bezahlt hatten. Und die Empfänger saßen in Pakistan, Saudi-Arabien, Algerien, Jemen oder Libanon. Ganz am Schluss stieß er auf eine Rechnung aus dem Jahr 1993, die ihn erneut schaudern ließ. 1500 Pfund Urea Nitrat, 2840 Dollar. Urea Nitrat war ein Bestandteil von Dünger – das Zeug, mit dem arabische Terroristen damals versucht hatten, das World Trade Center in die Luft zu sprengen. Angeheftet war die Rechnung für einen Mietwagen.

Gilligan dachte ein paar Sekunden nach und blätterte noch einmal zurück zu der 100 000-Dollar-Überweisung. Sheik Al-Sahhaf. Warum kam ihm der Name so bekannt vor, abgesehen von diesem aktuellen Prozess in Pakistan?

Plötzlich fiel es ihm ein. Es war der Name, den Sabrina in dem kleinen Café auf eine Serviette gekritzelt hatte. »Woher kannten Sie denn …«, fing er an und stockte, als er aufsah. Sie war weg. Einfach weg. Nur den Ordner hatte sie ihm netterweise dagelassen. Aber, wie schon beim letzten Mal, weder ihren richtigen Namen noch ihre Telefonnummer.

Als Gilligan eine Viertelstunde später in der Redaktion auftauchte, war er so aufgekratzt, dass er nicht einmal den musternden Blick des Chefredakteurs bemerkte. Er warf sich voller jugendlichem Elan auf seinen Drehstuhl, schwenkte den Ordner und rief: »Wir haben eine

Geschichte! Damit können wir ganz groß rauskommen.« Seit Wochen hatte er sich nicht mehr so gut gefühlt.

»Zeigen Sie mal her«, sagte der Chefredakteur und klappte den Ordner auf. Gleich am Anfang stutzte er. »Amt für Strategischen Einfluss – was soll denn das sein?«

»Keine Ahnung«, wäre die ehrliche Antwort gewesen, aber Gilligan hatte das Gefühl, dass sie seine Position innerhalb der Hackordnung nicht unbedingt stärken würde. »Das ist eine neue Behörde. Eine Unterabteilung des Pentagon, die die CIA überwachen soll«, erklärte er. »Mit einem eigenen Etat und eigenen Aufgaben.« Das klang plausibel.

Sein Chefredakteur zog die Augenbrauen hoch. »Na gut, dann machen Sie mal«, sagte er. »Aber das muss wirklich ordentlich recherchiert sein.« Es klang eher so, als solle er keinen Ärger machen. Dabei wusste Gilligan, dass sein Chefredakteur der Erste wäre, der mit der Geschichte prahlen würde, falls sie groß herauskam.

»Übrigens«, sagte der Chefredakteur und zwinkerte ihm zu, »ich wusste gar nicht, dass Sie Luella kennen. Ich glaube, wir zahlen Ihnen ein bisschen zu viel.«

Gilligan starrte den Chefredakteur verwirrt an. Luella? Dann dämmerte es ihm. Sabrina. Der Chefredakteur musste sie beide doch zusammen gesehen haben. Luella? Sollte das ihr richtiger Name sein?

Sicherheitshalber lächelte er seinen Chef überlegen an. »Es gibt vieles, was Sie nicht über mich wissen.« Erst als der Chefredakteur gegangen war, geriet er erneut ins Grübeln. Wir zahlen Ihnen zu viel? Was zum Teufel sollte das bedeuten?

Er nahm sich vor, beim nächsten Mal herauszufinden, wer Sabrina eigentlich war. Oder Luella. Er hoffte nur, dass es ein nächstes Mal gab. Und er hoffte, dass seine Frau Elisabeth von dem nächsten Mal nichts mitbekam.

Dann wandte er sich wieder seinem Computer zu. Seit Neuestem gab es noch eine andere Frau neben Elisabeth. Eine Frau, zu der er in den letzten Monaten über das Internet eine Beziehung entwickelt hatte. Keine richtige Beziehung eigentlich. Es war mehr ein Austausch von Ideen. Eine virtuelle Brieffreundschaft. Aber eine seiner wertvolleren Brieffreundschaften. Die geheimnisvolle Frau arbeitete für den Apparat. Für das Militär oder die Feds. Sie durfte ihm nicht sagen, für welchen Geheimdienst sie tätig war, aber sie verfügte über Informationen, an die Normalsterbliche nicht herankamen. Und eines wusste er: Sie würde sich sehr dafür interessieren, was Sabrina ihm gegeben hatte. Oder Luella. Oder wie auch immer sie hieß.

* * *

Dewey Drillson hatte Harold H. Burton noch nie so aufgeregt erlebt. Jetzt, wo er darüber nachdachte, hatte er ihn eigentlich überhaupt noch niemals aufgeregt erlebt. Und erst recht nicht in einem derart aufgelösten Zustand. Der Vizepräsident war vor wenigen Minuten krawattenlos und schwitzend ins Dienstzimmer des Verteidigungsministers gestürmt, hatte wilde Blicke um sich geworfen und die Tür hinter sich zugeschmettert. Lucius Prince saß in einem der grauen Sessel und sah ihn erstaunt an. Neben Prince stand Doktor Henry Wolfstetter. Auf Drillsons Schreibtisch lag eine große Schachtel mit Satellitenfotos von der Golfregion. Der Pentagon-Chef beugte sich gerade vor, um sie sich genauer anzusehen, und machte dabei ein extrem missmutiges Gesicht. »Alles Mist«, brummte er. »Vollkommener Schrott. Wer hat das bloß fabriziert?«

Burton holte tief Luft, wischte sich über die nasse Stirn und wandte sich dann an Prince. »Lucius«, sagte er, und es war ihm anzumerken, wie sehr er sich quälen musste, höflich zu sein. »Könnten Sie uns ein wenig Privatsphäre gewähren?«

Kaum war die Tür hinter Prince ins Schloss gefallen, schob Burton einen der dicken weichen Sessel davor. Es war ein ungewohnter Anblick, dem Ölmillionär bei körperlicher Arbeit zuzusehen, dachte Drillson. Dann drehte sich Burton zu Drillson und Wolfstetter um.

»Osama Bin Laden ist gefasst worden«, sagte er. »Von der Polizei. In Los Angeles.«

Drillsons Gelassenheit war im Nu verflogen. Er schoss hoch. »Was?!«, bellte er.

Wolfstetter traute seinen Ohren nicht. Von der Polizei? »Welche Polizei?«, fragte er.

Vor Aufregung völlig erschöpft, ließ sich Burton in den grauen Sessel fallen, in dem gerade noch Prince gelümmelt hatte. »Das LAPD. natürlich«, antwortete er. Das Los Angeles Police Department. »Sie haben ihn erwischt, als er in einer Boutique in Santa Monica Klamotten klauen wollte. Im Wert von 14 850 Dollar. Er hatte ein Spezialgerät dabei, das die Elektronik in den Sicherheitsetiketten neutralisiert. Von der CIA. Auch geklaut. Das hat bloß leider nicht funktioniert. Dann haben die Verkäuferinnen die Polizei geholt und die hat ihn festgenommen.« Burton schwieg. »Was machen wir jetzt?«

»14 850 Dollar für Klamotten?!« Drillson war entsetzt. »Was hat er eingesackt? Ein mit Diamanten besetztes Ballkleid? Ist er vielleicht ein Transvestit?«

»Osama Bin Laden hat Klamotten in einer Edelboutique geklaut?« Wolfstetter war fassungslos. »In Santa Monica? Wie kommt er überhaupt nach Santa Monica? Er sollte doch in Pakistan sein. In Peshawar.«

»In Peshawar?«, fragte Drillson. »Ich dachte, der sei in Dubai?«

Burton sah ein, dass er jetzt mit der Wahrheit herausrücken musste. »Osama Bin Laden«, sagte er, »ist tot. Erschossen im Afghanistankrieg, so um 1988. Von einer etwas übereifrigen Eingreiftruppe der Marines, die dachten, er sei ein Spion für die Sowjetunion.«

»Den Verdacht hatte ich, ehrlich gesagt, damals auch«, bemerkte Drillson. »Ich war mir nie völlig sicher, ob er wirklich auf unserer Seite steht.«

»Wer ist denn dann der Mann, von dem man annimmt, es sei Osama Bin Laden?«, fragte Wolfstetter, der langsam begriff, was passiert war.

»Ein Schauspieler«, antwortete Burton. »Deshalb wohnt er auch in Santa Monica. Er heißt Joshua Lopez. Ein Drittel Hispano, ein Drittel Indianer, ein Drittel Jude. Hatte bisher nur zwei Rollen. Als Sekretär von Murphy Brown und als klingonischer Rebell in *Star Trek V*. Ist also ein völlig unverbrauchtes Gesicht. Ideal für uns. Wir haben ihn 1992 engagiert, als sich abzeichnete, dass wir ihn benötigen würden.«

»Jude, ich wusste es doch gleich«, sagte Drillson. »Diese Nase …« Er schwieg, als Wolfstetter ihn empört ansah.

»Mein Gott«, sagte Wolfstetter. »Und der spielt immer dann für uns den Bin Laden, wenn wir ihn brauchen? Das heißt, diese ganzen Videos wurden in Hollywood gedreht und nicht in Karachi?«

»Islamabad«, korrigierte ihn Drillson.

»Nicht direkt in Hollywood, aber, äh, in einem Bundesstaat ganz in der Nähe«, erklärte Burton. »Jose hat die USA in den letzten neun Jahren nicht verlassen. Einmal wollten wir ihn nach Jeddah ausfliegen, damit er eine Rede an seine arabischen Brüder hält, aber er hat sich geweigert. Flugangst.«

»Und er kann Arabisch?«, fragte Wolfstetter.

»Nee«, räumte Burton ein. »Auf diesen Videobändern spricht er Klingonisch. Wir haben aber letztlich ein arabisches Voiceover beauftragt, damit es echter wirkt.«

»Und was tun wir jetzt?«, wollte Drillson wissen. Er hatte sich wieder halbwegs gefangen.

»Als Erstes feuern wir ihn«, sagte Burton. »Und zwar achtkantig. Gewerkschaft hin oder her. Da kann Jack Valenti auf dem Hollywood Boulevard nackt Purzelbäume schlagen! So was Unprofessionelles! Ich hätte gute Lust, ihn liquidieren zu lassen. Zum Glück hatte er weder Bart noch Perücke an, sonst hätten ihn die Bullen womöglich noch erkannt. Und wir brauchen einen neuen Osama.«

Wolfstetter nickte, immer noch völlig erschüttert. »Was ist, wenn er plaudert?«

Burton zuckte mit den Schultern. »Plaudern? Bei wem? Was denn? Bestenfalls landet er dann in der Betty-Ford-Klinik.«

»Das Wichtigste ist jetzt, so schnell wie möglich Ersatz zu finden«, sagte Drillson, der schon wieder anfing, Befehle zu geben. »Sollen wir Brisbane fragen, ob er einen brauchbaren Nachwuchs-Schauspieler hat?«

»Begeistert bin ich nicht davon«, antwortete Burton. »Aber das ist die einzige Möglichkeit, die ich im Moment sehe. Wir können ja schlecht zu einem offenen Casting einladen. Aber kein Wort. Vor allem nicht zu unserem Mossad-Falken.« Er deutete mit dem Kinn in Richtung Tür. Dann erhob er sich und schob ächzend den Sessel wieder zur Seite.

Gerade noch rechtzeitig, bevor die Tür sich öffnete, konnte Prince sich in eine Ecke verdrücken. Burton hatte ihn nicht gesehen. Er wartete noch ein paar Minuten, ob auch Wolfstetter aus dem Chefzimmer kommen würde. Als das nicht geschah, trippelte Prince leise zum Aufzug. Unten angekommen, griff er zu seinem Mobiltelefon und wählte eine unglaublich lange Nummer.

»Ich bin es«, sagte er. »Ihr müsst etwas für mich überprüfen. Könnt ihr noch an die Märtyrergräber von Kandahar herankommen?«

* * *

Als Jason Gilligan das Gesicht von Albert Rave sah, wusste er, dass er ins Schwarze getroffen hatte. Der Kommunikationsdirektor des Weißen Hauses war leichenblass. Allerdings war nicht klar zu erkennen, ob aus Angst oder aus Wut. Auf der täglichen Pressekonferenz des Weißen Hauses saß Gilligan auf seinem gewohnten Platz, während seine Kollegen einen respektvollen Halbkreis um ihn formten. Mit einigem Abstand, denn es war noch nicht klar, ob er einen neuen Skandal im Watergate-Format aufdecken würde oder ein journalistischer Paria war, der mit gefälschten Dokumenten handelte. Aus diesem Grund hielten sie sich alle Optionen offen. Niemand wollte sich in Zeiten wie diesen von Raves Informationsfluss abschneiden lassen.

Die ganze aufregende Geschichte hatte Gilligan leider nicht schreiben können, weil das Pentagon bis zuletzt gemauert hatte. Es gebe kein solches Amt für Strategischen Einfluss, hatten sie gesagt. Diese so genannten Rechnungen, die er habe, seien Fälschungen. Mit der Bank von Dubai habe das Pentagon nichts zu tun. Und falls ein Terrorist wie Sheik Al-Sahhaf wirklich zu einem der Flugzeugentführer Kontakt gehabt habe, beweise das nur, wie international verzweigt die Terrornetzwerke heutzutage seien. Im Übrigen sitze Al-Sahhaf in Pakistan in Haft. Was wolle er mehr?

Gilligans Zeitung hatte die Geschichte über internationale Terroristen und ihre dubiosen Geldquellen trotzdem gedruckt. Sogar auf Seite eins. Allerdings mit vielen »Vielleichts«, offenen Fragen und »Was-wäre-Wenns«. Aber auch so erregte die Geschichte mehr als genug Aufsehen. Vor allem bei Rave.

Der Kommunikationsdirektor musterte Gilligan erst empört und entschied sich dann für eine verächtliche Miene. »Bevor wir mit dem heutigen Briefing anfangen«, verkündigte er wie von der Kanzel herab, »will ich noch eines sagen. In diesen Zeiten, in denen wir von Terrorismus bedroht sind wie niemals zuvor, müssen Amerikaner aufpassen, was sie sagen, was sie schreiben und was sie tun. Sonst unterstützen sie den Feind und riskieren das Leben anderer Amerikaner.«

Als Gilligan die Pressekonferenz verließ, dachte er, er habe das Schlimmste hinter sich. Doch weit gefehlt. In der Redaktion dröhnte der Fernseher auf voller Lautstärke. *FUC*. Das war ungewöhnlich, denn sonst lief dort nur *CNN*. Und zwar ohne Ton. Er brauchte nur wenige Sekunden, um zu bemerken, dass der Bericht, der gerade gesendet wurde, von ihm handelte.

»... und dies schon während seiner Anfangsjahre an der Columbia University«, sagte der Sprecher. Er sah ein altes schwarz-weißes Bild von sich, mit langen Haaren und Vollbart, auf dem er ein T-Shirt mit dem Bild des großen Führers Ho Chi Minh trug. Er hatte sich bei zwei anderen langhaarigen Studenten eingehakt, was nötig war, weil die Polizei ihn an den Schultern packte, um ihn vom Campus zu schleifen. »Und dann«, sagte der Sprecher, »schloss sich Gilligan dem ›Internationalen Solidaritätskomitee zur Unterstützung Kubas‹ an. In dieser Zeit rauchte er regelmäßig Marihuana und nahm Kommilitonen zufolge auch LSD.«

Alle Kollegen im Raum starrten ihn an. Manche von ihnen unverhohlen, manche vorsichtig und manche mitleidig. Er klammerte sich an seinem Kugelschreiber fest und tat so, als bemerke er es nicht. Als Nächstes wurde ein dicklicher, blonder Mann Anfang fünfzig im Fernsehen gezeigt, an den sich Gilligan beim besten Willen nicht erinnern konnte. »Oh, ja«, sagte der Mann. »Jason war mir damals schon suspekt. Ich wusste immer, dass er ein verdammter Kommunist ist. Ich habe ihn kennengelernt, als er Unterschriften für die Wahlkampagne von McGovern sammelte. Natürlich habe ich nicht unterschrieben.«

Als dann auch noch eine Fotokopie seiner FBI-Akte ins Bild kam, ertrug Gilligan es nicht mehr. Doch bevor er den Raum verlassen konnte, hatte sich der Chefredakteur schon vor ihm aufgebaut. »Jason, Jason, Jason«, sagte er so sanft wie ein Irrenarzt, kurz bevor er Elektroschocks verabreicht. »Kommen Sie doch mal mit in mein Büro.«

Gilligan folgte ihm brav. Er hatte ein extrem flaues Gefühl im Magen, aber er wusste, dass er keine Fehler gemacht hatte. Außer dem riesengroßen Fehler, die Geschichte überhaupt geschrieben zu haben. Die würde ihn nun vermutlich die Karriere kosten.

Kaum hatte er sich gesetzt, stellte sich heraus, dass dem Chefredakteur die ganze Sache nicht weniger unangenehm war als ihm. »Wissen Sie«, sagte er und klopfte Gilligan beruhigend auf die Schulter, »diese Aufregung wird sich bestimmt wieder legen. Solange die nicht mit dem Anwalt kommen und eine Richtigstellung durchsetzen, ist nichts verloren. Wir haben keinen Fehler gemacht.« Er seufzte. »Aber Sie sollten in den nächsten Wochen ein etwas niedrigeres Profil zeigen. Lassen Sie es etwas ruhiger angehen. Vielleicht beschäftigen Sie sich mehr mit Hintergrundthemen. Nichts Politisches. Wir brauchen denen ja keine Angriffsfläche zu bieten, nicht wahr? Und wir wollen ganz sicher nicht, dass sich so eine Aufregung wiederholt.«

Der Chefredakteur schwieg ein paar Sekunden und sah ihm dann ins Gesicht. »Am besten, Sie nehmen sich ein paar Tage frei. Von mir aus auch ein paar Wochen. Nach der harten Arbeit haben Sie es sich sowieso verdient.«

Gilligan atmete erleichtert aus. Das hätte schlimmer ausgehen können. Er setzte an, so schnell wie möglich den Raum zu verlassen, als der Chefredakteur ihn noch einmal zurückrief.

»Und, Jason«, sagte er, »falls die doch noch mit dem Anwalt kommen, lasse ich es Sie umgehend wissen. Also, falls Sie wegfahren, hinterlassen Sie bitte ihre Mobilnummer bei meiner Sekretärin.«

THE LONE GUNMEN

Das *Spezialgeschäft für Extraterrestrisches* in Rachel, Nevada, sah aus, als sei die komplette Besatzung einer fliegenden Untertasse hindurchgetrampelt, die von einem Planeten mit achtfacher Erdschwerkraft stammte. Die Regale lagen umgekippt auf dem Boden. Ein paar Dutzend DVDs mit der Autopsie des Roswell-Aliens waren auf dem neonfarbigen Vinylboden verstreut. Der Arm der lebensgroßen Pappfigur von Captain James Tiberius Kirk war abgeknickt und die Notrationen für Schiffbrüchige auf Weltraummission lagen aufgerissen und zerbröselt zwischen leeren Vitrinen, in denen bis an diesem Morgen noch Röntgenbrillen, Infrarotsender und Schutzwesten gegen Alphastrahlen gewesen waren. Auch der Schrank mit den halbautomatischen Gewehren war leer.

Aber vermutlich waren die Besucher keine Außerirdischen gewesen. Es sei denn, man hielt Washington, D. C., für eine Besatzungsmacht von einem fremden Stern; eine Ansicht, die in dieser Gegend relativ weit verbreitet war.

Emmanuel Goldstein starrte das Chaos mehrere Minuten lang mit offenem Mund an, trat dann vorsichtig durch die Tür und watete durch einen Berg aus mondsteinfarbigen Schokoriegeln zur Kasse. Tim war nicht da. Tony stand mit finsterem Blick hinter dem Tresen. Er sah zum Fürchten aus. »Was ist denn hier passiert?«, fragte Manuel.

»Die Feds«, antwortete Tony, mit der Miene eines klingonischen Schiffszahnarztes, kurz bevor er den Bohrer ansetzt. »Das FBI und die National Guard.« Dann brach es aus ihm heraus. »Diese Hurensöhne, diese Drecksäcke, diese verfickten …« Er ballte beide Fäuste. »Sind heute Morgen gekommen. Sogar mit Durchsuchungsbefehl. Sonst treten sie eigentlich bloß die Tür ein.«

Manuel war immer noch fassungslos. »Was haben die denn gesucht?«

»Alles Mögliche«, sagte Tony. »Sie haben alle Nachtsichtgeräte, Ferngläser und Spurenleser beschlagnahmt. Alles, was benutzt werden könnte, um die Area auszukundschaften. Und sie haben alle Kopien des Akte-X-Videos mitgenommen.«

»Das Akte-X-Video?«, fragte Manuel.

»Die Folge, in der das Flugzeug beinahe ins World Trade Center fliegt«, erläuterte Tony. »Die stehe auf dem Index, haben sie gesagt.« Er schüttelte den Kopf. »Zwölf Kopien! Weißt du, was die im Einkauf kosten?«

Manuel mochte es kaum glauben. Plötzlich fuhr er zusammen. »Mein Gott«, sagte er. »Mein Fernglas! Das sollte doch heute geliefert werden! Deswegen bin ich hier!«

Jetzt grinste Tony endlich wieder. »Keine Sorge. So dumm sind wir auch wieder nicht«, sagte er. »Komm mal mit.«

Manuel folgte ihm zu einem Hügel aus Sweatshirts mit dem Aufdruck »Roswell 1947 – Dallas 1963 – New York City 2001«, die Tony beiseiteschob. Dann kniete er sich hin, zog einen Schraubenzieher aus seiner Hosentasche und klopfte auf den Boden. Und noch einmal. Ein paar Minuten passierte gar nichts. Dann ächzte der Boden und zwei der hölzernen Dielen klappten nach oben. In der Luke stand Tim.

»Sind die Feds weg?«, fragte er.

Tony nickte. »Klar«, sagte er. »Alles ok?«

»Wenn ich eines von diesen verdammten Arschlöchern erwische …«, knurrte Tim, »dann …« Dann wuchtete er sich hoch. Mit der linken Hand umklammerte er ein militärgrünes Fernglas mit schwarzen Schutzkappen vor den Linsen. Als Manuel es ihm abnahm, merkte er erst, wie schwer es war.

»So, und jetzt die Pumpguns«, sagte Tim.

Manuel schielte runter in den Keller. Dort lagen, sauber aufgereiht, die besseren Stücke des extraterrestrischen Waffenlagers. »Wieso haben die Hunde dich eigentlich nicht erschnüffelt?«, fragte er Tim. »Die hatten doch Hunde, oder?«

»Ich war nicht hier.« Tim grinste. »Von hier aus führt ein Gang nach - ist ja egal.« Er kletterte wieder herunter und fing an, die Maschinengewehre zu Tony hochzureichen.

Manuel merkte erst jetzt, wie sehr er zitterte. Wenn Tony und Tim ins Visier des FBI geraten waren, dann stand auch er garantiert unter Beobachtung. Die riesige Satellitenschüssel auf dem Dach seines Trailers war nicht zu übersehen.

Nachdenklich guckte er den beiden zu, wie sie schwitzend die halbautomatischen Waffen hochwuchteten. Seine Eltern hatten ihm beigebracht, nie wegzulaufen. »Wir sind fünftausend Jahre lang fortgerannt«, hatte sein Vater ihm erklärt. »Jetzt ist Schluss. Vor uns ist nur noch der Pazifik.« Dann hatte er ihm den Arm um die Schulter gelegt. »Ethel und Julius Rosenberg«, hatte er gesagt, »sind auch nicht weggelaufen.«

Manuel wurde in Thousand Oaks geboren, einer Kleinstadt im südlichen Kalifornien. In der Grundschule war er das einzige jüdische Kind gewesen. Ein fröhliches Kind. Bis Arnold Martensen in seine Klasse kam. Arnold kam aus Idaho, war einen Kopf größer als Manuel und er erzählte allen, Juden hätten Hörner.

Manuel tat so, als interessiere ihn das nicht. Bis Arnold und zwei andere Jungen ihn nach dem Unterricht abpassten, weil sie seine Hörner sehen wollten. Das war, begriff er, der Moment, vor dem ihn sein Vater gewarnt hatte. Wenn er jetzt weglief, konnte er eben so gut ins offene Meer rennen. Er würde kämpfen wie die Rosenbergs. Er ging auf Arnold los und boxte ihm mit aller Kraft in den Bauch.

Er kam erst wieder zu sich, als er im Mount Sinai Hospital in Los Angeles lag, mit sechs Stichen auf der Stirn. Erst eine Woche später wurde er entlassen. Arnold war von der Schule verwiesen worden und die anderen Kinder hielten nun respektvollen Abstand. Vielleicht hatten sie auch bloß Angst vor seinen Hörnern. In den Sommerferien zogen die Goldsteins nach Santa Barbara.

Während er Tony und Tim beim Arbeiten zusah, fühlte er sich wie damals, als er Arnold vor dem Schultor herumlungern sah. Allerdings wusste er inzwischen, dass Julius und Ethel Rosenberg auf dem elektrischen Stuhl gelandet waren.

»Als das FBI das ganze Zeug mitgenommen hat«, sagte Manuel, »haben die das eigentlich quittiert? Oder irgendeinen Hinweis auf ihre Identität dagelassen?«

Tony ließ die Uzi sinken, die er gerade in den Schrank stellen wollte, und sah ihn verblüfft an. »Tatsächlich hat mir einer der Männer seine Visitenkarte gegeben«, sagte er. »Wieso?«

»Ich dachte mehr an so etwas wie einen Dienstausweis«, erklärte Manuel. »Noch besser wäre eine Kreditkarte, aber die haben ja wohl nichts bezahlt.«

Tim räusperte sich. »Das Kartenlesegerät«, sagte er. Manuel sah ihn fragend an. »Wir haben einen Magnetleser, der alle Kreditkarten scannt, die sich im Umkreis von zehn bis zwölf Fuß befinden.«

Manuel wollte lieber nicht wissen, wofür die Brüder dieses Gerät brauchten. »Guckt doch mal nach, was das Ding in den letzten Stunden gespeichert hat«, drängte er.

Tony ging zum Tresen und öffnete eine fast unsichtbare Schublade direkt unter der Kasse. Er griff hinein, zog einen Chip heraus und gab ihn Manuel. »Du kannst den doch mit deinem Computer auslesen, oder?«, fragte er. Tony sah langsam zufriedener aus. Manuel würde das schon machen. Auf den Professor war Verlass. Auch wenn er manchmal ein bisschen verrückt wirkte.

* * *

Ihre Hände waren unbeschreiblich schön. Lange Finger mit zarten Muskeln und sanfter weißer Haut. Ovale, rosafarbene Nägel mit hellen Halbmonden. Die Hände einer Fee. Tom Powder musste sich anstrengen, sich auf das zu konzentrieren, was er sagen wollte, so sehr bezauberten ihn ihre Hände. Und das durfte nicht sein. Sie war die Frau eines anderen. Des Präsidenten sogar. Er sollte sie überhaupt nicht anstarren. Er war hier, um mit ihr zu reden. Nur deshalb hatte er sie in dieses kleine Restaurant gebeten, das ein gutes Stück von Foggy Bottom entfernt lag, in einer abgelegenen Seitenstraße. Abgelegen genug, so dass keiner sie hier sehen konnte. Er traute niemandem mehr. Abgesehen von ihr. Obwohl er nicht einmal genau wusste, warum. Er kannte sie schließlich kaum.

Wieder sah er sie an und musste der Versuchung widerstehen, ihre schmetterlingsgleichen Hände in die seinen zu nehmen. Dann wich sein Lächeln der dunklen Miene, die er in letzter Zeit oft an den Tag legte. »Die Lage ist ernst«, sagte er zu ihr. »Sehr ernst sogar. Diese Wahnsinnigen im Pentagon sind dabei, einen Flächenbrand zu entfachen. Den Dritten Weltkrieg. Irak, Iran, Korea – es geht um die ganze asiatische Landmasse. China, Japan ... Ich bin mir nicht sicher, ob der Präsident weiß, welche Ausmaße das noch annehmen wird.«

Linda sieht so traurig aus, dachte er. Warum bloß? »Ich bin mir nicht sicher, was der Präsident überhaupt weiß«, sagte sie. »Oder was er eigentlich will. Ich habe in letzter Zeit immer häufiger das Gefühl, dass ich mit einem Fremden verheiratet bin.«

»Wolfstetter führt eine Liste mit allen uns feindlichen Ländern«, sagte Powder. »Sechzig Länder stehen auf der Liste, und ... « Er unterbrach seinen Satz, als der Kellner kam. Wer wusste schon, für wen der in Wirklichkeit noch arbeitete. Der Kellner brachte Lammnüsschen mit Schalotten für ihn und einen Krabbencocktail mit Avocadocreme für Linda. Linda nahm eine der rosafarbenen Krabben mit ihren schlanken Fingern, dippte sie in die grüne Avocadocreme und steckte sie zwischen ihre dunkelroten Lippen. Der Anblick machte ihn schwach.

»Mit ist noch nicht einmal klar, wann das alles angefangen hat«, sagte Linda. »Aber wenn ich zurückdenke, dann muss es irgendwie mit seinem neuen Berater zu tun haben, mit diesem Albert Rave.« Sie verzog das Gesicht. Dann lächelte sie wieder, als ihr Blick auf

Powder fiel. Er sah so stattlich aus. Sie wünschte, sie könnte sich an ihn anlehnen und alle Sorgen vergessen. Aber das ging natürlich nicht.

»Und die innenpolitische Lage ist noch viel dramatischer«, nahm er angestrengt den Faden wieder auf. Bloß nicht von ihrem Anblick ablenken lassen. »Jetzt, wo Benito Giovanni nicht mehr Bürgermeister von New York ist, arbeitet er als Sicherheitsberater für das Weiße Haus. Er hat ein gigantisches Überwachungsprogramm für ganz Washington ausarbeiten lassen. Wenn Sie wüssten, was er alles kontrolliert! Die Mall und das Regierungsviertel wurden natürlich als Erstes flächendeckend mit Kameras ausgestattet. Als Nächstes sind New York, Chicago und Los Angeles dran.« Er schnitt ein Lammnüsschen an. Er merkte erst jetzt, wie hungrig er war.

Sie nickte. »Am Anfang dachte ich, mit diesem Rave würde es endlich besser«, sagte sie. »Das ging ohnehin nicht mehr so weiter mit der ewigen Sauferei. Gesundheitlich war er am Ende. Als er mit dem Joggen anfing, war ich zunächst erleichtert. Aber er wird immer merkwürdiger und merkwürdiger. Und dauernd trinkt er dieses rosa Zeug. So eine Art Vitamingetränk, das er palettenweise in einem Kühlschrank direkt neben dem Bett lagert. Er ist zwar jetzt nicht mehr andauernd betrunken, aber ganz normal ist er auch nicht.« Sie seufzte. »Es ist manchmal fast so, als ob er von Stimmen in seinem Kopf kontrolliert würde. Und ich sehe ihn kaum noch.«

Powder nickte und nahm tröstend ihre Hand in seine. Ganz kurz nur. Dann griff er wieder nach Messer und Gabel und zerteilte das nächste Lammnüsschen. Aber sie hatte es geschehen lassen und sogar gelächelt. »Und das ist noch nicht einmal das Schlimmste«, sagte er und lenkte das Gespräch wieder in eine andere Richtung. »Es gibt ein neues Amt, das sie Amt für Strategischen Einfluss nennen. Die haben Computerprogramme, mit deren Hilfe sie digitale Profile jedes Amerikaners erstellen können, mit Kreditkartenabrechnung, Krankenstand und allen anderen Infos. Sie können sogar private E-Mails nach Stichworten durchsuchen und alles herausfiltern, was ihnen verdächtig erscheint. Weiß der Präsident eigentlich über all das Bescheid?«

»Ich weiß es nicht«, sagte Linda und dippte die nächste Krabbe in die Avocadocreme. »Er spricht manchmal im Schlaf«, fügte sie hinzu. »Aber da nuschelt er bloß. Das ist kaum zu verstehen. Sowieso schlafe ich inzwischen meist auf der Couch, weil ...«

»Und wussten Sie, dass Giovanni geheime Pläne für Internierungslager hat ausarbeiten lassen?«, fuhr Powder unbeirrt fort. Er hatte nun aufgehört, zu essen. »In Alaska und in North Dakota. Und, ich glaube, in Nevada. Und zwar nicht bloß für Ausländer, sondern auch für Amerikaner. Die Blaupausen liegen schon seit einem Jahr fertig in der Schublade. Es gab sie also schon vor dem 11. September. Wenn es darauf ankommt, könnten diese Lager in vier Wochen hochgezogen werden. Lager für eine halbe Million Dissidenten. Mindestens. Er hat sogar einen Trupp Navajo-Bauarbeiter engagiert, die darauf spezialisiert sind, Holzbohlen in vereiste Böden zu rammen. Indianer, die Lager für Amerikaner bauen! Ist das nicht ironisch?«

Linda nickte. »Und seit Neuestem lässt Rave ihn andauernd Ansprachen proben!« Nun war auch sie mit dem Essen fertig. »Rave hat im Ostflügel sogar ein eigenes Fernsehstudio einrichten lassen, eine Attrappe natürlich. Und die Reden lassen sie ihn auswendig lernen. Früher haben sie Tafeln hinter der Kamera hochgehalten, von denen er abgelesen hat. Aber damit waren sie nicht mehr zufrieden. Was ist er? Ein dressierter Zirkusaffe oder der Präsident?«

»Ich habe mir überlegt, das mit den Lagern der Presse zu stecken. Aber ich weiß nicht, an wen ich diese brisante Information weitergeben soll«, fuhr Powder fort. »Außerdem muss ich aufpassen - ich stehe bei denen sowieso auf der Abschussliste. Mir ist neulich ein Journalist aufgefallen, der eine interessante Geschichte über dieses Amt für Strategischen Einfluss geschrieben hat. Gilligan heißt der. Aber er ist plötzlich weg. Seit ein paar Wochen nun schon. Jedenfalls liest man nichts mehr von ihm und ans Telefon geht er auch nicht. Und einfach so in der Redaktion anrufen, das will ich nicht. Das wäre zu auffällig.«

»Es klingt vielleicht verrückt«, sagte sie und sah ihm nun direkt in die Augen, »aber ich habe manchmal das Gefühl, als ob ich in einem Film mitspiele, ohne es zu wissen. Sie wissen schon, einer dieser gruseligen Science-Fiction-Filme, in denen alle Charaktere schon tot sind oder von einem anderen Stern kommen. Ohne dass die normalen Menschen etwas davon mitkriegen ... hört sich das sehr verrückt an?«

Er lächelte mitfühlend, aber war sich nicht ganz sicher, wovon sie eigentlich sprach. Dann schob er den Teller zurück. »Fragen Sie den Präsidenten doch mal, was er von all diesen Dingen weiß«, sagte er. »Aber ganz unauffällig.«

Als sie aufstand, hätte er einfach nur die Hand ausstrecken müssen, um sie zu umarmen, aber er tat es nicht. Sie stand ruhig da, wartete ein paar Sekunden ab, lächelte noch einmal und drückte dabei ihre Handtasche an die Brust. »Wir sollten in Verbindung bleiben«, sagte sie.

»Unbedingt«, antwortete er. Er nahm ihre Hand in seine und küsste ihre Fingerspitzen. Noch Stunden später wurde ihm ganz schwindelig, wenn er daran dachte.

* * *

Manuel Goldstein starrte auf den Bildschirm seines Computers, auf dem unendlich viele grüne Zahlenreihen durcheinanderliefen. Er hatte beschlossen, heute das neue Programm auszuprobieren, das Amy ihm geschickt hatte. Bisher hatte er noch gezögert. Was, wenn das FBI ihn aufspürte? Oder die NASA?

Aber das war eine Gelegenheit, vor der er nicht fliehen durfte. Die Kreditkarten, die einige Bundesbehörden an ihre Mitarbeiter ausgaben, waren codiert. Das hatte Amy ihm erklärt. Mit der richtigen Zahlenkombination konnte er in die Datenbank des entsprechenden Mitarbeiters einbrechen und von dort aus in den Zentralrechner gelangen. Zumindest gelangte er an die Vorgänge, zu denen der Betreffende Zugang hatte. Der besagte Code sollte der Behörde ermöglichen, zu überprüfen, ob ein Angestellter dienstliches Geld für private Zwecke missbrauchte. Diese Form der Überwachung stellte eine Sicherheitslücke dar und es war wahrscheinlich nur eine Frage der Zeit, bis das FBI das merkte. Solange es diese Lücke gab, musste er sie also nutzen.

Amys Programm glich eine 16-stellige, ständig wechselnde Zahlenkombination so lange mit der ebenfalls 16-stelligen Kreditkartennummer ab, bis die beiden Konstellationen zusammenpassten. Aber selbst mit Manuels schnellem G4 dauerte das einige Minuten. Er nahm sich eine der grauen Tassen und schenkte sich einen Kaffee ein. Dann setzte er sich wieder vor den Computer und wartete ab.

Noch während er den ersten Schluck nahm, hörten die grünlich blinkenden Zahlenkombinationen auf, durcheinanderzulaufen. Eine 16-stellige Nummer blieb auf dem Bildschirm stehen.

»Access granted«, stand darunter.

Manuel wusste, dass er jetzt nur wenige Minuten Zeit hatte, bis er entdeckt würde. Das FBI hatte garantiert ein Sicherheitsprogramm, das unautorisierte Zugriffe registrierte. Der Kreditkarteninhaber hieß Jeremiah Smith. Special Agent Smith, FBI, zuständig für innere Sicherheit, zugeteilt zur Area 51. Wobei das FBI natürlich nicht »Area 51« schrieb, sondern »Groom Lake Military Facility«, den offiziellen Namen der Militärbasis.

Was tat Special Agent Smith so den ganzen Tag? Zuletzt hatte er einen Bericht über Tony und Tim verfasst, den Manuel überflog. »... zeigen diese Beispiele, dass zwar hinreichend verdächtiges Verhalten der Natchez-Brüder zu beobachten ist, im Vordergrund scheint jedoch das kommerzielle Interesse ...«

Digital angeheftet an die Akte Natchez war eine Datei, die den Titel »Besucher im Spezialgeschäft für Extraterrestrisches« trug. Manuel öffnete sie und gleich der erste Name auf der Liste war seiner.

»Emmanuel Goldstein«, fing der Bericht an, »ist an der University of Berkeley, CA, immatrikuliert, hält sich aber im Graubereich der Groom Lake Military Facility auf. Es wird vermutet, dass er Aufzeichnungen über die Aktivitäten dort anfertigt. Zu welchem Zweck, hat sich noch nicht restlos erschlossen. Es ist nicht auszuschließen, dass er für eine ausländische Regierung spioniert. Wahrscheinlich für einen Geheimdienst der ehemaligen Sowjetunion oder Kuba. Wir empfehlen ...«

Die glaubten, er sei ein kubanischer Spion? Manuel holte kopfschüttelnd Luft und blickte auf die Uhr. Schon elf Minuten war er nun im Zentralrechner des FBI und konnte jeden Moment rausfliegen. Er überlegte eine Sekunde und klickte ein paar Seiten weiter bis ans Ende seiner Akte. Dort wurden weitere »Kontaktpersonen« aufgeführt.

»Goldstein hält per Internet Kontakt zu Personen, die ihm Informationen liefern und mit denen er sein Vorgehen abspricht«, hieß es da. »Darunter ist auch ein Individuum mit dem Usernamen WarriorKahless, der das World Trade Center im Rahmen ...«

Schlagartig wurde sein Bildschirm schwarz. Erst nach einigen Sekunden begann er wieder zu flimmern und vor Manuels Augen erschienen die Worte »Access denied«.

Das war's. Er war aus dem System geflogen. Nun war die Kreditkartennummer gesperrt. Es hatte keinen Sinn, es noch einmal zu versuchen. Das würde ihn nur noch mehr gefährden.

Ihm wurde ein wenig unbehaglich beim Gedanken, dass das FBI womöglich doch das Signal zurückverfolgen könnte, trotz Firewall und wechselnder IP-Adresse. Zur Sicherheit zog er auch noch das Ethernet-Kabel aus dem Computer, obwohl das bei einem abgeschalteten Gerät nicht viel Sinn machte. Dann beschloss er, nach draußen zu gehen. Bald würde es dunkel werden und er wollte doch noch einmal das neue Fernglas ausprobieren.

Um überhaupt etwas sehen zu können, musste er ein gutes Stück den Hang des Tikaboo Peak hochklettern. Er hatte schon ein paar Mal versucht, mit dem neuen Fernglas einen Blick auf das Militärgelände zu erhaschen, und tatsächlich lieferte es, wie von den Natchez-Brüdern versprochen, gestochen scharfe Bilder. Nur hatte sich in den letzten Tagen in der Area nicht viel Bemerkenswertes abgespielt. Das einzig halbwegs Interessante, das er hatte beobachten können, waren die fensterlosen Janet-Boeings gewesen, die Arbeiter aus Las Vegas in die Area brachten. Ihre Zahl schien sich in den letzten Monaten mindestens verdoppelt zu haben.

Aber heute war es anders. Er sah Menschen in Uniform zwischen den Hangars stehen und gestikulieren. Dazu eine blonde Frau, die sich ein wenig abseits hielt. Sie schien zu rauchen und trug einen dunkelblauen Hosenanzug. Manuel war sich sicher, dass es sich um die gleiche Frau handelte, die er schon vor einigen Wochen gesehen hatte. Wenn er nur endlich ihr Gesicht sehen könnte!

Er drehte das Fernglas noch ein klein wenig schärfer. »Dreh dich um, Mädel«, flüsterte er dabei. Sie rührte sich nicht. Sie stand eine volle Minute einfach so da, ihr Gesicht dem Hangar zugewandt, und rauchte. Erst als sie ihre Zigarette auf dem Boden austrat, tat sie ihm den Gefallen und wandte sich in seine Richtung.

Manuel glaubte, sein Herz müsse stehenbleiben. Das war nicht möglich. Es war die Fernsehmoderatorin. Eine sehr blonde, sehr prominente, sehr konservative Fernsehmoderatorin, die in dem Flugzeug gesessen hatte, das ins Pentagon gerast war. In den Medien hatte es damals viele Geschichten über sie gegeben. Auch deshalb, weil ihr Ehemann Wahlkampfmanager des Präsidenten in Florida gewesen war. Ihr Bild hatte sich bei Manuel eingeprägt und bei Millionen von anderen Amerikanern natürlich auch.

Manuels Herz raste. Wieso war sie hier? Er ließ das schwere Fernglas für eine Sekunde sinken. Als er es wieder ansetzte, war sie weg.

Er ließ seinen Blick langsam über die Area wandern. Da war sie wieder! Sie schlenderte auf einen der Hangars zu, blieb kurz stehen und nahm wieder einen Zug von einer Zigarette. Dann sah Manuel wieder diesen vollkommen schwarzen, fensterlosen Jet, dessen unglaubliche Flugmanöver er schon im Winter beobachtet hatte. Langsam und ruckartig rollte der schwarze Vogel aus dem Hangar heraus und blieb auf dem Rollfeld stehen. Die blonde Moderatorin trat ihre Zigarette aus. Aus dem schwarzen Nichts glitt eine Tür auf und eine Treppe wurde wie von Geisterhand heruntergelassen. Die Moderatorin betrat die Treppe und verschwand in dem Jet.

Manuel wartete noch eine Stunde, aber es geschah nichts mehr. Als er im Trailer ankam, war es bereits dunkel. Er klemmte das Ethernet-Kabel wieder an und schrieb eine Nachricht an JEdgarH.

»Melde dich bei mir. Ich muss unbedingt mit dir reden.«

EINE WUNDERBARE FREUNDSCHAFT

Der Eiffelturm! Der Jardin des Tuileries! Sacré-Cœur, gleich dort, im Herzen von Montmartre! Die Seine, die wie ein gewundenes Band durch die Stadt floss. Lucius Prince sah aus dem Fenster der Boeing 767, die zum Landeanflug auf den Flughafen Charles de Gaulle ansetzte, und grunzte leise. Auf seinem Klapptischchen stand ein Glas Bordeaux. In der Business Class wurden die Getränke in Kristallgläsern serviert, selbst bei American Airlines. Was für eine wunderbare Stadt! Nur schade, dass so viele Franzosen hier wohnten.

»Noch ein Bier!«, rief sein Sitznachbar der Stewardess zu und drehte sich zu ihm um. »Ist es nicht klasse, dass die hier Fosters haben?«, sagte er zu Prince. »Siehst du, deshalb fliege ich nicht Air France.«

Prince seufzte. Joe Brisbane hatte wirklich überhaupt keine Kultur. Als ob sie den *FUC*-Senderchef erst vorgestern aus dem australischen Busch gezogen hätten. Vermutlich hatten sie das auch. Warum wohnten sie bloß im gleichen Hotel? Er musste seiner Sekretärin unbedingt sagen, dass die das nächste Mal das Ritz Carlton buchen solle. Wer stieg schon freiwillig im Four Seasons ab? Er sah auf die Uhr. Ob er noch Zeit für ein weiteres Glas Bordeaux hatte?

Als Lucius Prince am Abend aus dem Aufzug des Four Seasons trat, sah er aus wie aus dem Ei gepellt. Ein maßgeschneiderter italienischer Anzug über dem fülligen Leib, ein weißes Hemd und eine hellblaue Seidenkrawatte mit der goldblauen Lilie der französischen Könige. Das Letzte, was er hier wollte, war, als Amerikaner aufzufallen.

Der Hotelpage brachte ihn an den reservierten Tisch, an dem die anderen schon saßen: Brisbane, dessen ohnehin rötliches Gesicht nach einem Nachmittag in Paris die Farbe australischen Wüstensandes angenommen hatte, ein mittelgroßer, vollschlanker Araber im weißen Kaftan und dem traditionellen arabischen Kopfputz, und ein kleiner, gedrungener Chinese im schwarzen Anzug mit randloser Brille. Und, wie immer in seinem weißen Anzug und mit überdimensionierter Rolex am Handgelenk, Achmed Al Gossarah, Princes alter Geschäftspartner, den er zuletzt in jener dubiosen Kellerbar in Washington getroffen hatte. Der Kellner hatte bereits einen Champagnerkühler und vier Champagnergläser auf den Tisch gestellt. Nur der Chinese trank Mineralwasser.

»Hallo Lucius«, sagte Achmed und zwinkerte ihm zu. »Wie geht's denn deinem Freund Harry Burton? Immer noch im Ölgeschäft?«

Prince verzog das Gesicht. Mit Achmeds Humor hatte er noch nie viel anfangen können. Der andere Araber lächelte höflich. »Lassen Sie uns erst einmal anstoßen, bevor wir zum Geschäftlichen kommen«, sagte er.

Achmed grinste. Ebenso Brisbane, wobei sich Prince nicht ganz sicher war, ob der überhaupt begriff, worum es ging. Der Araber bedeutete dem Kellner, die Champagnerflasche zu entkorken. Der Chinese blieb noch immer unbewegt. Er rückte seinen Krawattenknoten zurecht und wandte sich an Prince. »Bitte vergessen Sie nicht«, sagte er. »Alle Beteiligten legen Wert darauf, dass das Geschäft möglichst diskret abgewickelt wird.«

»Das wissen wir«, antwortete Prince. »Warum, glauben Sie, treffen wir uns hier anstatt in Washington?«

Der Araber im Kaftan lächelte noch etwas breiter und hob beide Hände. »Ich schlage vor, dass wir erst einmal mit dem Vorspeisenteller beginnen«, sagte er. »Und wie wäre es mit einem guten Weißwein? Chardonnay?«

Prince nickte. Er bekam sofort bessere Laune. »Das rohe Lamm bitte hauchdünn geschnitten«, sagte er zum Kellner. »Und nicht zu viel Thymian.«

»Und meine Pommes dafür etwas dicker geschnitten«, sagte Brisbane. Prince seufzte.

Achmed sah Brisbane zweifelnd an. »Sind sie wirklich autorisiert für Mister Turnover zu sprechen?«, fragte er. »Sie wissen doch, um welche Größenordnung es bei dem Transfer geht.« Lachlan Turnover, der australische Medienmogul, war der Besitzer der *FUC*-Film- und Fernsehfamilie, der *Featurenews Universal Corporation* Filmproduktion in Hollywood, von drei Dutzend Zeitungen in den USA, Großbritannien und Australien und ungefähr der Hälfte eines den Globus umspannenden Satellitennetzes, dessen Zentrale in Hongkong saß. Damit war er auch Brisbanes allmächtiger Chef. Es hieß sogar, Turnover habe einmal die *BBC* kaufen wollen, und nur dem Einspruch von Queen Mum sei es zu verdanken gewesen, dass die Übernahme gescheitert sei.

»Na, hören Sie mal«, sagte Brisbane zu Achmed und klang fast ein bisschen beleidigt. »Natürlich bin ich dazu autorisiert. Sonst wäre ich ja wohl nicht hier, oder?«

Der Araber legte dem Australier besänftigend die Hand auf die Schulter. »Wir haben vollstes Vertrauen zu Ihnen, mein Freund«, sagte er. »Mein guter Freund Abdullah will nur auf Nummer sicher gehen.«

»Achmed«, korrigierte der andere, ein wenig ungehalten. »Wir planen eine wirklich große Transaktion«, erklärte er. »Das muss diskret und professionell gehandhabt werden. Die institutionellen Investoren haben wir schon auf unserer Seite. Jetzt müssen wir nur noch die kartellrechtlichen Probleme klären. Und natürlich die juristischen.«

»Juristische Probleme?«, fragte der Araber, in dessen Stimme sich nun zum ersten Mal eine leichte Spur von Befremden mischte.

»Nun ja«, sagte Prince und zuckte mit den Schultern. »Strenggenommen verstößt es gegen das US-Recht, wenn ein Großkonzern mit dieser Art von Zukunftstechnologie und Input in den Informationssektor ins Ausland verkauft wird. Das könnte auch politische Folgen haben. Denken Sie nur an den Ärger um die plutoniumbetriebene, hypersonare Superdrohne, die wir ...«

»Ist das nicht diese Drohne, die die Fernsteuerungstechnologie der Predator IV mit den Tarnfähigkeiten des Golfbombers verbindet?«, fragte Brisbane.

»Ins Ausland verkauft? So würde ich das nicht nennen«, warf der Chinese ein. »Ich würde eher von einem Transfer unter steuerrechtlichen Maßgaben reden.«

Prince grinste. »Wenigstens ist diesmal der Iran nicht involviert«, sagte er. »Oder Nicaragua.« Dann wurde er wieder ernst. »Wie auch immer«, sagte er. »Wenn unsere ultraliberale Presse davon Wind bekommt, gibt es wieder Ärger. Großen Ärger. Deshalb stimme ich Ihnen zu, Diskretion ist wichtig. Und was die politischen Folgen angeht, dafür bin ich ja da. Ich bin mir sicher, dass unser Verteidigungsminister, mein sehr guter Freund Dewey Drillson, diesen Transfer ähnlich beurteilen wird wie ich.«

»Für irgendetwas«, sagte Achmed zu Prince und klang nun ziemlich spitz, »musst du deine Millionenprovision ja bekommen.«

Der Araber lächelte nun wieder sein vereinnahmendes Lächeln und griff nach der Flasche mit dem Chardonnay. Der dritten. »Darf ich nachschenken?«, fragte er. Dann wandte er sich an Prince. »Wo wir gerade von Sicherheit reden«, sagte er. »Es gibt große Besorgnis, dass es zwischen unserem Land und den Vereinigten Staaten zu Missverständnissen kommen könnte. Dieses andauernde Gerede von einem Krieg gegen den Irak beunruhigt die Bevölkerung und sogar das Königshaus.«

»Und?«, fragte Prince und zog die dicken grauen Augenbrauen hoch. Diese saudischen Prinzen hatten Nervenkostüme wie Gummibärchen.

»Wir möchten – unser Herrscherhaus möchte anlässlich dieses zukunftsweisenden Geschäfts unsere amerikanischen Freunde daran erinnern, wie tief unsere traditionelle Freundschaft geht. Und wir würden uns wünschen, dass sich auch die amerikanische Presse das zu Herzen nimmt. Erst recht das Fernsehen. Vom Pentagon oder dem Weißem Haus ganz zu schweigen.«

»Na, hören Sie mal«, polterte Brisbane los. »Immerhin waren die Entführer vom 11. September Araber. Da dürfen wir doch wohl als unabhängige …«

Prince legte seine feiste, gepflegte Hand auf die von Brisbane und übte gerade genug Druck aus, dass der seinen Redefluss unterbrach. Dieser Australier hatte das Taktgefühl eines Buschkänguruhs. »Ich verstehe«, sagte Prince. »Ich versichere Ihnen, dass ich mein Möglichstes tun werde, um alle Missverständnisse zu beheben.«

»Du bekommst trotzdem nur zehn Prozent«, warf Achmed ein. Prince tauschte mit dem Araber einen schnellen Blick aus. Nicht alle Transaktionen wurden protokolliert.

»Ich bin mir ganz sicher«, sagte der Chinese, dass auch Mister Turnover unsere langjährige geschäftliche Verbundenheit am Herzen liegt.«

Brisbane blickte irritiert vom Chinesen herüber zu Prince, sagte aber nichts mehr. Prince lehnte sich zufrieden zurück. Er würde noch ein bisschen in Paris bleiben, beschloss er. Im Hochsommer war in Washington ohnehin nichts los.

* * *

Paris im Hochsommer war die Hölle. Jason Gilligan seufzte. Was hatte er sich bloß dabei gedacht, hierherzufahren? Hupende Autos, verrauchte Cafés, unfreundliche Kellner, trockene Croissants, klebriger Asphalt, salmonellenhaltiges Speiseeis, keine funktionierende Klimaanlage im Hotel und eine drückende Hitze Tag und Nacht. Warum war er nicht am Mittelmeer geblieben?

Bei seiner Zeitung hatte sich alles wieder einigermaßen eingerenkt. Die Aufregung über seinen Artikel über das Amt für Strategischen Einfluss und die fragwürdigen Zahlungen der CIA an diverse arabische Empfänger hatte sich gelegt. Zwar hatte der Chefeinpeitscher der Republikaner im Senat sich telefonisch bei seinem Chefredakteur beschwert, Gilligan sei nicht nur unseriös, sondern auch unpatriotisch, aber der Chefredakteur hatte sich erstaunlicherweise vor ihn gestellt. Ansonsten hatte der Bericht keine weiteren Konsequenzen in Washington gehabt. Niemand war gefeuert, versetzt oder wenigstens degradiert worden. Immerhin hatte sein Chefredakteur ihm einen richtig langen Sonderurlaub bewilligt.

Deshalb saß er nun im glühenden August in einem Café an den Champs-Élysées und trank Milchkaffee. Langsam fing Jason an, sich zu entspannen. Er winkte dem Kellner zu und ließ sich noch ein vertrocknetes Croissant bringen.

Elisabeth war nicht mitgeflogen. Sie könne nicht weg aus Washington, hatte sie gesagt. Der Verlag, bei dem sie arbeitete, gab eine neue Reihe heraus. Dazu müsse sie auch im Sommer Gespräche mit Autoren führen, Manuskripte lesen, Termine mit Publizisten absprechen und so fort. Es klang so, als wolle sie sagen: »Wenigstens einer von uns hat eine Karriere.« Einerseits beunruhigte es ihn, dass sie ihn offenbar abgeschrieben hatte, aber tief in seinem Inneren hatte er gar nichts dagegen, mal ohne sie zu verreisen.

Vielleicht war das auch ein Wink des Schicksals. Eigentlich hatte er mit Elisabeth schon seit langer Zeit nur noch wenig gemeinsam. Vielleicht wollte das Schicksal ihm zeigen, dass auch noch ein anderes Leben möglich war. Mit anderen Frauen. Er grinste. Wenn das Schicksal es ernst meinte, sollte es ihm eine hübsche, junge Pariserin vorbeischicken. Eine wunderhübsche Frau wie – er setzte die riesige Kaffeetasse ab und sah sich amüsiert um – diese da drüben. Plötzlich fror er ein. Sabrina. Luella. Wie auch immer sie hieß. Sie saß an einem Tisch, keine zwanzig Fuß von ihm entfernt.

Kein Zweifel, das war sie. Er hatte sie sofort erkannt, obwohl sie ganz anders aussah als noch beim letzten Mal. Sie trug einen schwarzen Minirock, rote Stöckelschuhe und ihre Haare waren zur linken Seite gekämmt. Ihr Spaghettiträger-Top gab den Blick auf die Tätowierung frei, die rote Schlange. Sie saß vor einer Säule, halb verdeckt durch eine riesige Pflanzenschale, und hielt eine Zeitung vor ihr Gesicht.

Er überlegte, ob er zu ihrem Tisch gehen und sie begrüßen sollte. Hatte sie ihn vielleicht sogar gesehen? Er musterte sie über seine Kaffeetasse hinweg, aber sie sah nicht zu ihm herüber. Stattdessen starrte sie, halb verborgen hinter der aktuellen Ausgabe von *Le Monde*, zu einem Tisch ein paar Meter entfernt von ihr. Einem Tisch, den er von seinem Platz aus leider nicht sehen konnte. Offensichtlich war sie selbst gerade dabei, jemanden zu observieren. Sie sah sehr ernst aus. Angestrengt sogar. Was tat sie da bloß?

Die Erkenntnis traf Jason so plötzlich wie ein Blitz. Sabrina war eine Spionin! Das hätte er sich gleich denken können. Sie hatte tatsächlich etwas Mata-Hari-artiges an sich. Was nun? Sollte er sie seinerseits bespitzeln? Er merkte, dass sein Herz ein wenig zu aufgeregt schlug, als dass es sich noch gesund anfühlte. Für solche Abenteuer war er nicht geschaffen.

Doch die Versuchung war zu groß. So stand er möglichst unauffällig auf und schlenderte langsam, im großen Bogen, auf die Säule zu, die sie im Rücken hatte. Dann baute er sich hinter der Säule auf, so dass er in die gleiche Richtung starren konnte wie sie.

Sie beobachtete einen Tisch, auf dem zwei Espressotassen standen, zwei Wassergläser, zwei Weingläser, eine Flasche Weißwein und ein Serviettenhalter. An dem Tisch saß Lucius Prince. Der Fürst der Finsternis.

Gilligan musste an sich halten, um nicht laut zu quieken. Das darf nicht wahr sein, dachte er. Wobei ihn weniger überraschte, dass Prince Urlaub in Paris machte – der Washingtoner Strippenzieher tat zwar so, als sei er ein Franzosenfresser, hatte aber ein Ferienhaus in der Provence –, sondern dass Sabrina ihm nachspionierte.

Wobei, Urlaub schien Prince hier nicht zu machen. Das wurde Gilligan in dem Moment klar, als der zweite Mann an den Tisch zurückkehrte.

Der zweite Mann war Achmed Abul Abbas Al Gossarah. Gilligan stockte der Atem. Al Gossarah war ein international operierender Geschäftsmann, der mit Drogen, Schwarzgeld und Waffen handelte. Von der einfachen

Kalaschnikow bis hin zu Cruise-Missiles, die mit atomaren Sprengköpfen bestückt waren. Die meisten seiner Kunden lebten in arabischen Ländern – und in Israel –, Achmed selbst hatte ein Chalet in der Schweiz. Außer an den Waffen verdiente Achmed auch an der Kapitalbeschaffung für die Deals, die er vermittelte. Und das nicht schlecht.

Gerade beugte sich Prince vor und sagte etwas zu Achmed. Der lachte breit, hob das Weißweinglas, prostete Prince zu und trank das Glas in einem Zug halbleer. Dann lachte er wieder und antwortete. Leider konnte Gilligan nicht hören, was er sagte. Aber Sabrina konnte das Gespräch vermutlich hören. Sie trug einen hautfarbenen Stöpsel im Ohr und ein unauffälliges Kabel führte zu einem Gerät, das auf ihrem Tisch lag. Das Gerät selbst sah aus wie eine Schachtel Gitanes, war aber wahrscheinlich ein Richtmikrofon. Wie aufregend! Sie war nicht nur eine Spionin, sie war sogar eine professionelle Spionin!

Wenn er sich näher ranschleichen konnte, würde er vielleicht auch etwas von dem Gespräch aufschnappen, dachte Jason. Er tat einen vorsichtigen Schritt vorwärts. Und noch einen. Ganz langsam schaffte er es, sich bis zu der großen Topfpflanze vorzuarbeiten, die hinter Sabrina stand. Von dort aus konnte er Princes Stimme zwar hören, aber er war noch immer schwer zu verstehen. Jason beugte sich noch ein wenig vor. »... offenbar die Reißleine gezogen«, hörte er Prince sagen. »Ich hätte ihm gar nicht zugetraut, dass er so brutal sein kann – gleich die Kehle durchschneiden zu lassen? Vor laufender Kamera?«

Sein Gesprächspartner zuckte gleichgültig mit den Schultern. »Du musst das verstehen. Er war kurz davor, herauszufinden, wo der Schutt vom World Trade Center gelandet ist. Und zwar nicht nur der Schutt, sondern, was noch wichtiger ist ...«

Jason wurde schwindelig. Der Schutt des World Trade Centers? Wovon redeten die da bloß? Er trat noch einen Schritt nach vorne, rutschte auf einer Espressopfütze aus und schlug der Länge nach hin. Im Fallen griff er nach einem der Palmenblätter und riss die ganze Topfpalme mit sich. Es schepperte so laut, dass die Autos auf den Champs-Élysées stehenblieben. Das ganze Café starrte ihn an.

Auch Sabrina war hochgeschnellt und hatte sich zu ihm umgedreht. Ganz langsam schüttelte sie den Kopf. »Du Vollidiot«, zischte sie.

Jason hatte das ungute Gefühl, dass sie damit recht hatte.

* * *

Jason Gilligan saß in seinem Hotelzimmer, den Knöchel mit einer nasskalten Bandage umwickelt, und stöhnte. Vor ihm standen ein Krug mit Eiswasser und Claudette. Ihr richtiger Name sei Claudette, hatte sie ihm gesagt. Claudette Betancour. Nicht Luella, nicht Sabrina. Claudette. Sie war Französin. Sagte sie. »Was hast du dir bloß dabei gedacht«, fauchte sie ihn an. »Ich war so kurz davor, ihn an den Eiern zu haben. Genau in dem Moment musstest du ihn mit deiner Tollpatschigkeit verjagen. Wer denkst du, wer du bist? Jerry Lewis? Sei bloß froh, dass du unter der Palme gelandet bist, so dass er dich nicht gesehen hat.«

»Es tut mir leid«, sagte er noch einmal kleinlaut. »Es tut mir wirklich leid.« Noch immer ganz aufgewühlt, sah er sie an. Dennoch war er nun fest entschlossen, endlich herauszufinden, was hier eigentlich gespielt wurde. »Aber warum bist du überhaupt in Paris? Warum beobachtest du Prince? Das ist doch bestimmt kein Zufall, oder?«

»Nein, du Meisterdetektiv, das ist kein Zufall. Ich bin auf Prince angesetzt worden. Und auf Al Gossarah natürlich auch.«

»Angesetzt?«, fragte er. »Auf Prince?« Er wünschte sich, dass er wenigstens etwas weniger ahnungslos klingen würde.

Claudette seufzte und setzte sich neben ihn auf das Bett, wobei ihr Minirock ein Stück hochrutschte. Sie hatte lange, schlanke, olivfarbene Beine, die in zarten Fesseln endeten. Der Anblick half ihm nicht gerade dabei, sich zu konzentrieren. »Tut mir leid«, sagte Jason noch einmal. »Bitte, erklär's mir.«

Sie biss sich auf die Lippen und starrte eine halbe Minute auf ihre Stilettos. Dann hob sie den Kopf und sah ihm direkt ins Gesicht. »Na gut, bevor du noch mehr Unheil anrichtest, erzähle ich es dir lieber«, sagte sie. »Ich arbeite für das Deuxième Bureau.«

Er starrte sie verständnislos an. »Für die Défense et Sécurité du Territoire«, sagte sie und fügte ungeduldig hinzu: »Für den französischen Auslandsgeheimdienst.«

»Was?«, fragte er. Seine Welt fühlte sich immer noch an, als stünde sie auf dem Kopf.

»Ich bin im Auftrag des Bureaus in Washington stationiert und soll die Bewegungen einer Gruppe neokonservativer Politiker und Lobbyisten beobachten, die den Präsidenten beeinflussen«, erklärte sie. »Wir glauben, dass da ein paar Dinger gelaufen sind, die ganz und gar nicht koscher sind. Und wir glauben, dass die Ereignisse am 11. September damit zu tun haben. Irgendwie sind denen ihre eigenen Deals um die Ohren geflogen. Wir wissen nur leider nicht wie.« Und dann ergänzte sie mit vorwurfsvollem Blick: »Und dank dir haben sich Prince und Abdullah vorzeitig aus dem Staub gemacht.«

»Achmed«, korrigierte Jason sie geistesabwesend. Das war eine Nummer, die definitiv zu groß für ihn war. Aber jetzt war es zu spät, noch auszusteigen. Er steckte zu tief drin. Viel zu tief.

»Worüber haben die beiden überhaupt geredet?«, fragte er. »Den paar Worten nach zu urteilen, die ich aufschnappen konnte, ging es um jemanden, der getötet wurde, weil er zu viel über den Schutt des World Trade Centers wusste.« Er holte Luft. »Ich glaube, die haben von dem Journalisten geredet, der in Pakistan umgebracht wurde.«

Claudette sah ihn scharf an. »Keine Ahnung«, antwortete sie und fügte ein wenig milder hinzu: »Vielleicht.« Dann stand sie auf und schaute zu ihm herunter. Ihr Minirock endete ungefähr auf seiner Augenhöhe. Er versuchte, woanders hinzusehen, aber das schien vollkommen unmöglich zu sein. Sie streckte die Hand nach ihm aus und hob sein Kinn sanft an, so dass er ihr in die Augen sehen musste. »Ich muss mich wirklich darauf verlassen können, dass du niemandem erzählst, wer ich bin und was ich tue«, sagte sie.

Er nickte schwach. Kein Problem. Die ganze Geschichte hätte ihm ohnehin niemand geglaubt.

Zum ersten Mal, seit sie in diesem Hotelzimmer waren, lächelte sie nun über das ganze Gesicht. »Weißt du, vielleicht ist das gar nicht so schlecht. Wir könnten zumindest ab und zu zusammenarbeiten. Deine Zeitung hat doch bestimmt Zugriff auf amerikanische Geheimdienstarchive, die Ausländern verschlossen sind, oder?«

Wieder nickte er. Ihm fiel der Aktenordner ein, den sie ihm gegeben hatte. Die Papiere darin waren, trotz aller Dementis von Rave, echt gewesen. Wo hatte sie den eigentlich her? Er stand auf und sah ihr in die Augen. Braune Augen mit grünen Pünktchen. Sie war fast so groß wie er, merkte er. »Soll ich unsere Dokumentation mal bitten, eine Akte Lucius Prince zusammenzustellen?«, fragte er.

»Liegen euch denn Informationen vor, die ihr nicht in der Zeitung veröffentlicht?«, wollte sie wissen.

Er musste grinsen. »Und ob«, antwortete er. »Wusstest du zum Beispiel, dass Prince schon mal gefeuert wurde, weil das FBI ihn verdächtigt hatte, ein israelischer Spion zu sein?«

»Nicht schlecht«, sagte sie. »Kannst du auch eine Akte Achmed Ziegenbart zusammenstellen? Ich schicke dir eine Liste mit all seinen Aliassen.« Sie lächelte wieder und kam seinem Gesicht dabei ganz nahe.

Ganz langsam streckte er die Hand aus, bis seine Fingerspitzen ihre Wangen berührten. Sie sah ihn noch immer an, aber nun war ihr Blick ernst. Eine Sekunde später lag sie in seinen Armen. Er spürte ihre Hüften, ihren flachen Bauch, ihre Brüste. »Claudette«, flüsterte er und presste sie an sich. Sie atmete ganz flach. Auch dann noch, als er ihr Ohrläppchen, ihre Wangen und ihre Lippen küsste. Gleichzeitig schob er die Hand unter ihre Bluse und registrierte, dass sie nichts darunter trug. Seine Finger tasteten sich zu ihrer Brust vor, bis sie ihre Brustwarze erreichten. Sie stöhnte. Dann schob sie beide Hände vor seine Brust und stieß ihn weg.

»Nicht«, sagte sie »Jason, nicht ... bitte. Es geht nicht. Du hast ja keine Ahnung, wer ich bin. Was ich sonst tue.«

Er sah sie verstört an. »Ich, äh ... entschuldige.«

Sie trat einen Schritt zurück. »Schon gut«, sagte sie. »Du kannst ja nicht wissen ...« Dann nahm sie ihre Leinenjacke vom Bett und drehte sich zur Tür um.

»Warte!«, rief er hinter ihr er. »Lass uns nicht so auseinandergehen. Sollen wir nicht noch etwas zusammen essen? Es gibt hier doch bestimmt ein Restaurant in der Nähe?«

Sie blieb stehen, drehte sich um und streichelte seine Wange kurz mit ihrer Hand. »Vielleicht ein anderes Mal«, sagte sie. »Ich habe noch zu tun. Ich rufe dich an.«

An diesem Abend blieb er noch lange wach. Bald schon überkam ihn wieder diese Unruhe. War es eigentlich legal, dem Geheimdienst eines befreundeten Landes Informationen zu liefern? War Frankreich ein befreundetes Land? Und was, wenn sie gar nicht für den französischen Geheimdienst arbeitete? Ihr leichter Akzent – war der wirklich französisch?

Er wälzte sich hin und her. Nein, dies war nicht die Zeit, um wegzurennen. Das hier war wichtig. Aber er wollte das alles nicht allein durchstehen. Wenn schon Claudette ihm nicht beistand, dann vielleicht eine andere Frau.

Die Frau, die er noch nie getroffen hatte.

Er knipste die Nachttischlampe an, stand auf und schaltete seinen Laptop ein. Dann wählte er sich ins Internet ein. »Ich muss dich unbedingt sehen«, schrieb er. »Und zwar nicht nur virtuell. In Person. Ganz real.«

Erstaunlicherweise dauerte es nur wenige Minuten, bis die Antwort kam. »Ich will dich auch sehen. Wie wäre es mit dem 11. September, um 8.44 Uhr, in New York. Bei *Starbucks*, Ecke Broadway und Reade Street? Ich bin mittelgroß, habe lange braune Haare und werde das aktuelle *Wall Street Journal* bei mir tragen.«

BREZELGATE

»Pass auf!«

Jason Gilligan fuhr zusammen. Der hünenhafte Polizist war aus dem Nichts vor ihm aufgetaucht. Oder schien es ihm nur so, weil er so unkonzentriert war? »Tschuldigung«, murmelte er. Der Bulle drehte sich abrupt um und war weg.

Ein nervöser Schleier der Erinnerung lag am Jahrestag des 11. September über New York City. Schon seit dem Vorabend wurde Ground Zero, die gewaltige Baugrube an der Südspitze von Manhattan, von einem Meer aus Kränzen, Blumen und Kerzen umringt. Polizisten waren überall. So viele Polizisten, dass es Jason unbehaglich wurde. Dazu tausende Feuerwehrmänner in Dunkelblau, die seit dem frühen Morgen darauf warteten, dass die Zeremonie begann.

Es war eine dumme Idee gewesen, sich ausgerechnet an diesem Morgen in Downtown zu verabreden, aber für derlei Überlegungen war es nun zu spät. Als sich Jason durch die Massen am Broadway gedrängelt und den *Starbucks* an der Reade Street erreicht hatte, war es kurz nach neun. Er war zwanzig Minuten zu spät.

Er blickte sich um, aber dort war keine Frau mit langen braunen Haaren. Zwei kichernde Mädchen saßen an einem der Fenster, aber beide waren blond und zu jung. Weiter hinten döste eine dicke schwarze Mama mit Walkman, den üblichen Pappbecher neben sich. Daneben saß eine Gruppe von Investmentbankern in dunklen Anzügen. Und noch ein einzelner Mann, vielleicht Ende zwanzig oder Anfang dreißig, mit einem Kaffee an einem Tisch weiter links. Vor ihm lag ein *Wall Street*

Journal. Der Mann hatte lange braune Haare, zu einem Pferdeschwanz zusammengebunden.

Jason starrte ihn ein paar Sekunden unschlüssig an, bis der junge Mann aufblickte. »Na, endlich«, sagte er.

Jason runzelte die Stirn. »Es klingt wahrscheinlich ziemlich verrückt«, sagte er, »aber du bist nicht zufällig LeiaOrgia, oder?«

Der Mann grinste und sah nun richtig begeistert aus. »Ja, und du – du bist doch der berühmte Journalist, der diese Story über das Amt für Strategischen Einfluss ausgegraben hat, oder? Der, den sie im Fernsehen so in die Mangel genommen haben?«

Jason nickte ein wenig gequält. »Ja, der bin ich.«

»Also bist du JEdgarH«, schlussfolgerte der junge Mann.

»Tja«, sagte Jason. »Wen hattest du dir denn vorgestellt?«

Der Mann stand auf und streckte ihm die Hand hin. »Hi«, sagte er. »Ich heiße Emmanuel Goldstein.« Er lächelte wieder. »Nenn mich Manuel. Obwohl ich eigentlich gehofft hatte, vor mir säße ein Superagent von der CIA oder so.«

Jason grinste. »Und ich hatte eigentlich gehofft, vor mir säße eine Prinzessin aus einer weit entfernten Galaxis in einem knappen goldenen Bikini und mit Haarschnecken.«

Eigentlich, fand Manuel, hätte er sich denken können, dass Jason Gilligan alias JEdgarH auch dann seine Theorien in der Luft zerreißen würde, wenn er ihm in Person gegenübersaß und nicht nur am Computer schrieb. Aber ein wenig schmerzte es ihn dennoch. Er gab sich schließlich solche Mühe.

»Was meinst du mit ›technisch nicht möglich‹?«, fragte Manuel. Vor ihm stand inzwischen der zweite Latte Macchiato und dazu ein Brownie mit Schokoladenstückchen. Ab und zu aus der Abgeschiedenheit der Wüste herauszukommen, tat ihm ganz gut.

»Also«, sagte Jason, »du glaubst wirklich, die Flugzeuge wurden von der Area 51 aus ferngesteuert? Wie soll denn das funktionieren? Die Area ist tausende von Meilen von New York entfernt!«

»Nicht von der Area 51 aus«, antwortete Manuel. »In der Area wurde nur die Technologie dafür entwickelt. Erinnerst du dich an den Tarnkappenbomber?«

»Ja, klar«, sagte Jason spitz. »Wie ich dir schon gesagt habe, bin ich bei meiner Zeitung der Experte für Waffentechnologie und Rüstungspolitik.«

»In der Area wird gerade etwas Ähnliches getestet«, erklärte Manuel. »Nur moderner und leistungsfähiger. Ich weiß das von WarriorKahless. Eine getarnte, unbemannte Drohne, die ferngesteuert wird und die mit hypersonarer Geschwindigkeit fliegt.«

»Alle Drohnen sind ferngesteuert«, bemerkte Jason amüsiert. »Und unbemannt. Deswegen heißen sie Drohnen. Und weißt du überhaupt, was hypersonar bedeutet?«

»Überschallgeschwindigkeit«, antwortete Manuel pikiert. Sah er etwa so aus wie ein Hinterwäldler? »Jedenfalls ist diese Superdrohne am Morgen des 11. September von der Area 51 nach New York gezischt, hat über den Twin Towers ein paar Schleifen gedreht – getarnt natürlich! – und dann im richtigen Augenblick ein Transpondersignal ausgesandt. Und das hat die beiden Flugzeuge gezwungen, ins World Trade Center zu fliegen. Gegen den Willen der Piloten. Dann ist die Drohne weiter nach Washington geflogen, wo genau das Gleiche passiert ist.«

»Mit Überschallgeschwindigkeit«, sagte Jason und schüttelte den Kopf. »Und die Araber an Bord waren in Wirklichkeit vom Mars? Und die Passagiere, die ihre Freunde angerufen haben, litten alle an Halluzinationen?«

Manuel gab nicht auf. »Also diese Geschichte mit den Telefonanrufen aus dem Flugzeug kurz vor dem Crash, die kann sowieso nicht stimmen«, sagte er. »In dieser Höhe gibt es nämlich keinen Empfang mehr. Ich hab' das ausprobiert, als ich von Las Vegas hierhergeflogen bin. Da kommt kein Signal mehr rein.«

Jason runzelte die Stirn. »Ist es nicht verboten, im Flugzeug sein Mobiltelefon zu benutzen?«, fragte er. »Und woher kamen dann die Aufzeichnungen? Hat die CIA die Mitschnitte heimlich anfertigen lassen?«

»Keine Ahnung«, sagte Manuel. »Vielleicht ist ja diese blonde Moderatorin, die ich gesehen habe, nicht die Einzige, die mit dem Pentagon kooperiert. Vielleicht ist das alles ein gigantisches Täuschungsmanöver. Aber eines weiß ich bestimmt: Die Flugmanöver dieser Boeings in New York und Washington, die hätte kein erfahrener Pilot hinbekommen, geschweige denn ein Flugschüler.«

Jason schüttelte erneut den Kopf. »So ganz nebenbei – das mit der Moderatorin glaube ich erst, wenn die live bei Letterman auftritt. Welche Beweise hast du denn noch?«

Manuel holte Luft. »Es gibt außerdem noch eine Markierung an den Boeings, die beweist, dass sie ferngesteuert werden können.«

»Welche Markierung?«, fragte Jason. »Die Markierung, von der dir dein Internetfreund erzählt hat? Roswell1947?«

»WarriorKahless«, korrigierte ihn Manuel. »Ich bin mir sicher, dass der für den militärisch-industriellen Komplex arbeitet. Denn er kennt sich wirklich aus.«

»Bis vor einer Stunde dachtest du auch, dass ich für den militärisch-industriellen Komplex arbeite«, antwortete Jason.

Manuel grinste. »Das tust du doch auch, oder?«, fragte er. Dann wurde er wieder ernst. »Dass ein Flugzeug über diese Fernsteuerungstechnologie verfügt, ist an einer Markierung am Seitenleitwerk zu erkennen. Ein dünner schwarzgrauer Streifen, in den eine Seriennummer und die Buchstaben XXZ eingeprägt sind.«

»Und diese Markierung hast du an einer der Boeings gesehen?«, fragte Jason.

»Nicht direkt«, gab Manuel zu. »Aber das müsste doch herauszufinden sein.«

Wieder schüttelte Jason den Kopf. »Selbst wenn das alles stimmt und du ein Flugzeug mit einer solchen Markierung in der Area 51 gesehen haben solltest, bewiese das lediglich, dass dort Fernsteuerungstechnologie für Flugzeuge entwickelt wird. Das heißt noch lange nicht, dass diese Technologie am 11. September in New York eingesetzt wurde.«

Jason lehnte sich zurück und holte tief Luft. »Ich sage dir jetzt mal, was ich glaube«, fing er an. »Ich glaube, dass eine Bande von Arabern die Flugzeuge ins World Trade Center geflogen hat. Verrückte Araber. Aber diese islamischen Terroristen galten in Washington bis gestern noch als Freiheitskämpfer. Und als solche haben sie ein bisschen zu intensiv mit ihren amerikanischen Freunden zusammengearbeitet. Vor allem mit Freunden aus dem Ölgeschäft, die heute in der Regierung sitzen. Und denen wiederum wäre es sehr peinlich, wenn das herauskäme. Deshalb werden nun im Internet aus anonymen Quellen diese Verschwörungstheorien gestreut. Das ist klassische CIA-Desinformationspolitik. Die setzen diese Gerüchte selbst in die Welt, um Leute wie uns von der richtigen Spur abzubringen.«

Manuel schmollte. »Aber wie erklärst du dir, dass zwei Stunden lang keine Luftabwehr in New York oder Washington aufgetaucht ist?«, fragte er, der Diskussion ein wenig müde geworden. Aber er wollte sich nicht so einfach geschlagen geben.

»Es kann gut sein, dass ...«, das Klingeln seines Mobiltelefons unterbrach den Journalisten. Er warf einen Blick auf das Display. Unbekannter Anrufer. »Hallo«, sagte er.

»Allo«, antwortete eine rauchige weibliche Stimme mit einem ganz leichten Akzent, der vermutlich französisch war. »Ich bin in New York und ich habe jemanden gefunden, mit dem du unbedingt reden solltest. Und bring deinen Freund von der Area 51 mit.«

Jason konnte Sabrinas überlegenes Lächeln förmlich sehen. Ach nein, sie hieß ja Claudette. »Was ... woher ...?«, stammelte er.

»First Avenue und zwölfte Straße«, unterbrach sie ihn. »Bis gleich.«

* * *

Albert Rave stieß zischend Luft aus. Das durfte nicht wahr sein. Der Präsident rührte sich nicht. Bewusstlos und blass lag er zwischen zwei Dutzend leerer Bierdosen auf dem Fußboden seines Schlafzimmers. Eine Dose hielt er mit der linken Hand umklammert, eine zweite war ihm zwischen die Beine gerollt. Sein Haar war wirr, der Gürtel gelöst. Er war nass. Und er roch auch so. Nach Bier und nach Pisse.

Rave richtete sich auf, betrachtete den eingenässten Präsidenten und fluchte innerlich. Er warf einen Blick auf seine Armbanduhr. Eine knappe halbe Stunde noch bis zur Fernsehansprache zur Erinnerung an den 11. September. Live, auf allen Kanälen. Hatte dieser Vollidiot etwa die ganze Nacht durchgesoffen?

»Was ist denn hier los?«, fragte es entgeistert aus Richtung der Tür. Orinoko Oil, ausgerechnet. Wo war die eigentlich gewesen, als sie auf den Präsidenten hätte aufpassen sollen?

»Was stehen Sie da rum und glotzen?«, fragte Rave gereizt. »Helfen Sie mir lieber, ihn wieder auf die Beine zu kriegen. Und zwar schnell!« Für einen Augenblick überlegte er, die First Lady zu suchen. Die machte sich in letzter Zeit ebenfalls ausgesprochen rar, dachte er.

Orinoko kniete sich neben ihn und gemeinsam wuchteten sie den schlaffen Körper des Präsidenten auf das rosaseidene Bett. Orinoko war fassungslos und schüttelte in einem fort den Kopf. »Das schaffen wir nie«, sagte sie. »Wir haben nur noch fünfundzwanzig Minuten bis zur Ansprache. Das schaffen wir nie.«

»Das schaffen wir«, knurrte Rave. Er knöpfte das Hemd des Präsidenten auf, streifte es ab und zog ihm dann die Hose herunter. Dann griff er sich den Sektkühler, der neben dem Bett stand. Der Kühler war voller Eiswürfel, zwischen denen drei kalte Bierdosen lagen. Rave kippte den Inhalt neben das Bett, füllte den Kühler unter dem Wasserhahn und kippte dem Präsidenten das kalte Wasser ins Gesicht.

Es dauerte ein paar Sekunden, dann blinzelte der Präsident. Ganz kurz. »Wwww... wasch ...«, nuschelte er. »Arrrrggsch.« Dann schloss er wieder die Augen.

»Wir schaffen es nicht«, sagte Orinoko erneut. Sie setzte sich in den Sessel und betrachtete kopfschüttelnd den Präsidenten, als sei der ein missglückter Tonaschenbecher aus dem Kunstunterricht. »Muss die Ansprache unbedingt live gesendet werden?«, fragte sie in den Raum hinein. »Wir haben doch meilenweise Bänder. Können wir nicht ein paar Aufzeichnungen so frisieren, dass keiner etwas merkt?«

»Klar. Und den Fernsehteams im Presseraum, die darauf warten, dass er in Person vor ihre Kameras tritt, schicken wir ein Hologramm«, knurrte Rave. »Großartige Idee.« Er schüttelte den Kopf. So schnell gab er nicht auf. Er stand auf, holte noch einen Kübel mit kaltem Wasser und schüttete ihn wieder mit Schwung über den Kopf des Präsidenten. Während der Präsident leise zu röcheln begann, ging Rave zum Kühlschrank, öffnete die Tür und betrachtete die aufgereihten Dosen mit dem Fitnessdrink. Mehr als zwanzig Dosen waren noch übrig. Nach einiger Überlegung nahm er eine von ihnen und riss sie auf.

Orinoko starrte ihn an. Dann merkte sie, dass sie nicht mehr gebraucht wurde. »Ich gehe mal zu den Fernsehfritzen«, sagte sie. »Ich erkläre denen, dass der Präsident spontan beschlossen hat, in den Minuten, in denen die Flugzeuge ins World Trade Center und ins Pentagon geflogen sind, eine Andacht in der Kapelle des Weißen Hauses zu halten. Dann gewinnen wir noch eine Stunde.«

Rave nickte. »Eine Stunde, das kriege ich hin«, antwortete er. Er packte den Präsidenten am Genick wie einen nassen jungen Hund, zog ihn hoch, setzte ihm die Dose mit dem Fitnessdrink an die Lippen und sorgte dafür, dass die rötliche Flüssigkeit die Kehle des Präsidenten hinunterlief.

»Das hätte auch schiefgehen können«, sagte Orinoko Oil anderthalb Stunden später. Sie saß mit Rave und Joe Brisbane auf der Ledercouch im Vorraum des Oval Office. Sie alle beobachteten den Präsidenten bei seinem Liveauftritt im Fernsehen. »Die Touristen ... äh Terroristen werden die Sicherheit ... mit Sicherheit Deckung suchen müssen«, sagte der Präsident gerade. Das lief nicht perfekt, aber gut genug. Rave tupfte sich die Stirn mit einem weißen Satintuch ab.

»Liest er wieder vom Teleprompter ab?«, fragte Brisbane.

Butler schüttelte den Kopf. »Nein, wir erproben gerade eine neue Technologie«, sagte er. »Achten Sie mal auf seine linke Ohrmuschel. Fällt ihnen etwas auf?«

Brisbane starrte den Bildschirm an und schüttelte dann den Kopf.

»Sehen Sie!«, sagte Rave triumphierend und kicherte. Jetzt, wo die Anspannung von ihm abgefallen war, wurde er ein wenig albern. »Stellen Sie sich vor, wir hätten ihn nicht wachgekriegt! Was hätten wir bloß der Presse erzählt?«

Orinoko war immer noch nicht nach Scherzen zumute. »Ich dachte, er trinkt nicht mehr«, sagte sie vorwurfsvoll zu Rave. »Das hatten Sie mir doch versprochen.«

Rave zuckte mit den Schultern. Die hatte gut reden. »Dachte ich auch«, antwortete er. »Aber keine Sorge, das passiert garantiert nicht noch einmal. Ab jetzt habe ich das im Griff.«

»Na, dass er besoffen auf dem Fußboden des präsidialen Schlafzimmers herumliegt, hätten Sie der Presse jedenfalls nicht erzählt«, sagte Brisbane und grinste breit in die Runde. »Sie hätten vielleicht … vielleicht … Sie hätten der Presse erzählen können, er habe sich an einer Brezel verschluckt.«

»An einer Brezel?«, fragte Orinoko und runzelte die Stirn.

Jetzt musste auch Rave grinsen. »Eine Brezel – keine schlechte Idee. Wir hätten sagen können, ein Stück von einer Brezel sei ihm in die Kehle geraten, als er gerade dabei war, mit seinem Hund ›Fang-die-Brezel‹ zu spielen. Dann bekam er keine Luft mehr und fiel bewusstlos um. Schuld daran sind natürlich die Demokraten.«

»Ja, und das Ganze nennen wir Brezelgate«, sagte Brisbane. »Wir könnten auch sagen, ein Unbekannter hätte die fehlenden Brezeln aufgegessen. Und dann lassen wir durchsickern, dass es Prince war.« Rotweintrinker, die sich für etwas Besseres hielten als Biertrinker, hatte Brisbane noch nie leiden können.

Orinoko schüttelte den Kopf. »Seien Sie mal lieber froh, dass die Wahrheit nicht rausgekommen ist«, sagte sie zu Rave. »Für so eine Albernheit hätte Nixon seinen Sprecher gefeuert.«

»Nixon«, antwortete Rave, »ist tot.«

»Wirklich?«, fragte Brisbane. »Ich könnte schwören, ich hätte ihn vor ein paar Tagen beim Stöbern im Oval Office gesehen.«

* * *

»Ein Guinness!«, rief Jason. »Und eine Portion Chicken Wings mit Pommes.«

»Und einen Cheeseburger«, fügte Manuel hinzu. Sie saßen in einer der vielen irischen Bars von New York, mit einem grünen Neon-Kleeblatt im Fenster, einem dunkel polierten Tresen, einer Batterie von Whiskeysorten und zwei Fernsehern. Auf beiden Geräten lief *FUC*. Im Bild war Benito Giovanni, der vor einem Jahr noch Bürgermeister von New York gewesen war. *FUC* hatte ihn als Kommentator für den Jahrestag engagiert. Das passte zu *FUC*, fand Jason.

»Da, wo ich wohne, gibt es nur eine einzige Bar und die haben kein dunkles Bier. Außerdem gehört die zwei wahnsinnigen Waffennarren«, erzählte Manuel. »Allerdings gibt es in unserer ganzen Gegend nur wahnsinnige Waffennarren.«

»Hier auch«, sagte Jason und hatte dabei Giovanni im Blick. »Bloß, in New York tragen die Uniform.«

Auf dem Bildschirm erschienen nun wieder die beiden gut gelaunten Moderatoren.

Manuel nahm sich eine Pommes von Jasons Teller, während er noch auf seinen Cheeseburger wartete. »Und Frauen«, fuhr er fort. »Frauen gibt es bei uns schon gar ...« In dem Moment ging die Tür auf und herein kam eine umwerfende Rothaarige in einem engen schwarzen Kleid. Ein stämmiger, dunkelblonder Mann mit einer schwarzen Mappe unter dem Arm folgte ihr. Sie blieb in der Mitte der Kneipe stehen, sah sich kurz um und steuerte direkt auf Jason zu.

»Wow«, sagte Manuel leise zu Jason. »Kennst du die etwa?«

Jason nickte unauffällig. »Hallo ... äh ... Claudette?«, sagte er. Seit wann hatte sie denn rote Haare? Und wer mochte der Kerl neben ihr sein?

Sie lächelte flüchtig und betont sachlich. »Das hier«, sagte sie und wies dabei auf ihren stämmigen Begleiter, »ist Kenny. Und diese beiden Herren«, erklärte sie Kenny, »sind Jason und Emmanuel. Sie können ihn Manuel nennen.«

»Emmanuel?«, fragte Kenny. »Wer nennt sein Kind denn Emmanuel?«

»Huh - was?«, sagte Manuel und guckte die rothaarige Frau staunend an. »Woher kennen Sie mich denn?«

»Das erkläre ich dir später«, sagte Jason und wandte sich an Kenny. »Und Sie sind ...?«

»Kenny ist professioneller Fotograf«, antwortete Claudette. »Er lebt in Westchester und ist wegen der Gedenkfeier für die Opfer der Anschläge auf das World Trade Center in der Stadt. Sein Bruder ist bei dem Anschlag umgekommen. Er hat ein paar sehr interessante Fotos dabei.«

Kenny räusperte sich und guckte die beiden Männer an. »Wer von Ihnen ist denn dieser Journalist, der sich mit der Rüstungsindustrie auskennt?«, fragte er.

»Das bin ich«, antwortete Jason. Hoffentlich war das keiner dieser Verrückten, die beweisen wollten, dass der Geist von Sitting Bull mit Hilfe von UFOs aus Ursa Minor Beta die Twin Towers in die Luft gesprengt hatte. Manuel reichte ihm bereits. Er stopfte den letzten Hähnchenflügel in sich hinein und spülte mit Guinness nach.

Kenny legte die schwarze Mappe auf den Tisch, schlug sie auf und zog ein stark vergrößertes, sehr, sehr grobkörniges Foto hervor. »Wissen Sie, was das ist?«

Auf dem Foto war ein schwarzer Jet zu sehen. Ein vollkommen schwarzer Jet, ohne Fenster, ohne Türen. Der Jet schien unbeweglich in der Luft über den intakten Zwillingstürmen des World Trade Centers zu stehen. Am unteren Bildrand stand in kleinen weißen Buchstaben: »New York, 09/11/2001, 8.43 am.«

»Oh mein Gott«, entfuhr es Jason.

»Was ist das?«, fragte Claudette.

Jason starrte das Foto an. Er traute seinen Augen nicht. Erst tischte ihm Manuel diese völlig unglaubliche Geschichte auf und dann wurde ihm prompt das passende Foto dazu geliefert. »Das kann nicht sein«, sagte er. »Das gibt's nicht. Das ist eine Fotomontage.«

»Na, hören Sie mal«, sagte Kenny empört. »Das habe ich selbst aufgenommen.« Er sah sich um. Das Schweigen am Tisch vermittelte ihm das Gefühl, als seien noch ein paar Erklärungen nötig. »Ich war an diesem Morgen mit meinem Bruder verabredet. Auf der Plaza des World Trade Centers. Und während ich auf ihn wartete, habe ich herumfotografiert. Es war ja ein schöner, sonniger Tag. Aber das da«, er zeigte auf den schwarzen Jet, »habe ich erst gesehen, als ich den Film entwickelt hatte. Ich muss genau die Zehntelsekunde erwischt haben, als das Ding vorbeiflog.«

»Was ist dieses Ding denn nun?«, fragte Claudette noch einmal ungeduldig.

Jason zog die Augenbrauen hoch. »Ich bin mir nicht hundertprozentig sicher«, antwortete er. »Aber ich glaube, es ist diese neue plutoniumbetriebene, hypersonare Superdrohne, die das Pentagon gerade entwickeln lässt. Die soll die Fernsteuerungstechnologie der Predator IV mit den Tarnfähigkeiten des Golfbombers verbinden. Aber das ist ein hochgeheimes Forschungsprojekt und solche Fotos dürfte es eigentlich gar nicht geben.«

Manuel, der das Foto ebenfalls anstarrte, ließ seine Pommes sinken. »Das ist«, sagte er, »das Flugzeug, das ich über der Area 51 gesehen habe. Ganz genau das gleiche.«

»Area 51?«, fragte Kenny verwundert. »Ich dachte, die gibt es nur in Sci-Fi-Filmen.«

»Das denken viele«, antwortete Manuel. Er ließ das Foto nicht aus den Augen. »Wenn das diese getarnte Superdrohne ist, warum ist sie dann auf dem Film zu sehen?«

»Getarnt für Radar, du Vollidiot«, sagte Jason. »Sonst hättest du sie ja auch über der Area nicht sehen können.«

»Ich habe sie auch nicht für die komplette Dauer des Flugmanövers gesehen«, erklärte Manuel. »Jedes Mal, wenn sie sich querlegte, wurde sie unsichtbar.«

Jason stöhnte. »Unsichtbare Flugzeuge gibt's nicht«, sagte er. Noch immer skeptisch, wandte er sich an den Fotografen. »Warum haben Sie das Foto nicht schon längst einer Zeitung angeboten? Oder dem Fernsehen? Das hätten sie doch für Tausende von Dollar verkaufen können?«

»Hab' ich versucht«, sagte Kenny. »Ich hab' einen Abzug an *Associated Press* geschickt. Daraufhin kriegte ich einen Anruf von einem Typ, der sagte, er sei AP-Redakteur. Wer ich überhaupt sei und was ich beim World Trade Center zu suchen gehabt hätte, wollte er wissen. Eine Stunde später kreuzten die Feds auf und haben alle Negative beschlagnahmt – oder zumindest dachten sie das. Ich bin ja nicht blöd. An die große Glocke hängen wollte ich das Ganze danach nicht mehr. Aber als ich vor ein paar Tagen zufällig Maureen getroffen habe« – er nickte Claudette zu – »und sie mir erzählte, dass sie für die *New York Times* arbeitet, dachte ich, das ist die Chance.«

Zufällig getroffen? Jason stöhnte innerlich auf. Sie hatte ihm erzählt, sie arbeite für die *New York Times*? Und seit wann nannte sie sich Maureen?

Manuel warf Jason einen triumphierenden Blick zu. »Haben Sie auch die beiden Boeings fotografiert?«, fragte er. »Vielleicht sogar, als sie in die Türme eingeschlagen sind?«

»Aber selbstverständlich«, sagte Kenny. »Was glauben Sie denn?« Sofort holte er das nächste Foto aus der Mappe. Ein graue, schwere Verkehrsmaschine flog auf einen der Twin Towers zu. »Solche Fotos sind aber schon veröffentlicht worden«, sagte er.

Fotos aus dieser Nähe hatte Manuel jedoch noch nicht gesehen. Er starrte auf das Heck der Maschine. War auf dem Bild vielleicht die ominöse Fernsteuerungs-Markierung zu erkennen? Das Foto war zu unscharf und zu grobkörnig.

»Ich muss gehen«, erklärte Kenny plötzlich. »Unsere Familie trifft sich in der St.-Pauls-Kirche zu einer Gedenkfeier. Ich lasse

Ihnen die Abzüge da«, sagte er zu Claudette. Oder hieß sie doch Maureen?

Als Kenny gegangen war, sahen sich alle drei schweigend an. Manuel fand als Erster die Sprache wieder. »Noch zwei Guinness«, sagte er zu einem der Kellner. »Die brauche ich jetzt dringend. Was trinkst du?«, fragte er Jason.

»Machen Sie drei daraus«, sagte Jason. Als er Claudettes Blick sah, rief er: »Vier! Und noch ein paar Fritten.«

»Mit Mayonnaise«, ergänzte Claudette und lehnte sich vor. »Sollten wir nicht versuchen, in die Area 51 zu gelangen und diese Superdrohne zu finden?«

»Großartiger Einfall«, sagte Jason. »Und wenn wir schon mal da sind, vielleicht können wir die Drohne vielleicht auch gleich demontieren und die einzelnen Teile nach Nordkorea verkaufen. Oder noch besser an den Irak. Die können so was im Moment wirklich gut gebrauchen. Zahlen die eigentlich noch mit Dollar?«

»Die Area 51 ist ein hochgeheimes, schwer bewachtes militärisches Sperrgebiet«, erklärte Manuel. »Wir kämen nicht einmal in die Nähe, ohne sofort von den Cammo Dudes festgenommen zu werden.« Als er Claudettes Blick sah, ergänzte er: »Von der Militärpolizei.« Ihm fiel ein, dass er noch immer nicht wusste, wer diese Frau eigentlich war. »Woher wissen Sie das alles eigentlich?«, fragte er. »Und woher kennen Sie mich? Arbeiten Sie wirklich für die *Times*?«

»So ähnlich«, antwortete Claudette. »Sagen wir mal, ich gebe mir genauso viel Mühe, wichtige Leute in Washington zufriedenzustellen, wie die Kollegen bei der *Times*.«

»Wie meinen Sie das, zufriedenzu…«, hakte Manuel nach, als er die plötzliche Unruhe hinter sich bemerkte. Alle drei drehten sich um. Der Präsident war im Fernsehen zu sehen. Auf *FUC*. Seine Rede wurde in den Nachrichten wiederholt.

»Wie erst jetzt bekannt wurde, hatte sich die Gedenkansprache des Präsidenten um eine Stunde verzögert, weil er sich an einer Brezel verschluckt hatte«, erklärte der Nachrichtensprecher. »Er wurde bewusstlos neben seinem Hund aufgefunden. Ein sofort herbeigerufener Arzt konnte ihn retten. Zur Stunde wird noch untersucht, ob es sich dabei um einen terroristischen Anschlag gehandelt haben könnte.«

»Was zum Teufel ...«, sagte Manuel und drehte sich zu der rothaarigen Frau um, von der er glaubte, dass sie Maureen hieß. Doch sie war weg.

WEAPONS OF MASS DISTRACTION

»Noch einen Whiskey?«, fragte Wilbur, der Vater des Präsidenten.

Dewey Drillson nickte. »Mach einen Doppelten daraus«, sagte er. »Den brauche ich jetzt unbedingt. Ich komme kaum noch bei der Defiant Foundation vorbei. Wir stecken bis über beide Ohren in Kriegsvorbereitungen und außerdem muss ich nebenbei noch diese Idiotentruppe beaufsichtigen, die sich Regierung nennt.«

»Irak schön und gut, aber wir dürfen nur wegen des bevorstehenden Einmarsches nicht Russland und China aus den Augen lassen«, sagte Orinoko Oil und runzelte die Stirn. »China wird bald mehr Öl verbrauchen als wir. Das wird den Weltmarkt für Öl vollkommen durcheinanderwirbeln.«

Wilbur warf ihr einen nachsichtigen Blick zu. Seit die Saudis einen Öltanker nach ihr benannt hatten, tat sie so, als habe sie Ahnung vom Ölgeschäft. Er lächelte. »Ja, Schatz«, sagte er. Dann zwinkerte er Drillson zu. »Apropos Idiotentruppe – stimmt es, was ich über diesen *FUC*-Fuzzi gehört habe? Diesen Brisbane?«

Drillson nickte grimmig. »Ich war gleich dagegen, ihn darum zu bitten, einen Ersatz-Osama zu engagieren«, erklärte er. »Das war wieder so eine typische Schnapsidee von Burton. Und sich dann noch so rauszureden ...«

»Ersatz-Osama?«, fragte Orinoko Oil. »Wieso brauchen wir einen Ersatz für Osama Bin Laden? Ich dachte, der sei in Pakistan untergetaucht?«

Drillson warf ihr einen gequälten Blick zu, sah aber ein, dass er sie aufklären musste. »Der Mann, den Sie für Osama Bin Laden halten, ist ein Schauspieler, der sich vom LAPD beim Ladendiebstahl hat schnappen lassen. Und unser Freund Brisbane – er dehnte das Wort Freund, damit es ironisch klang – hätte einen Ersatz besorgen sollen, den wir zum krönenden Abschluss des Irakkriegs präsentieren wollten.«

»Ein Schauspieler?«, fragte Orinoko erstaunt. »Woher …«

»Und das hat er nicht geschafft?«, fragte Wilbur.

»Doch, doch«, antwortete Drillson. »Geschafft hat er das schon. Nur hat sich dieser Schauspieler genau zwei Tage vor der Vertragsunterzeichnung für diese Kreuzigungs-Schmonzette abwerben lassen. Von diesem …?«

»Mel Gibson?« Orinoko konnte kaum fassen, was Drillson da erzählte.

Wilbur schüttelte den Kopf. »Zu meiner Zeit gab es so etwas nicht. Da herrschte bei der CIA noch Zucht und Ordnung.«

Der Verteidigungsminister nickte seufzend. »Ja, aber genug davon. Es geht jetzt um Wichtigeres. Der Einmarsch in den Irak steht an. Sind wir auf alles vorbereitet?«

Orinoko nickte. »Doktor Wolfstetter hat ein umfangreiches Dossier über Saddams Arsenal von Massenvernichtungswaffen angelegt«, sagte sie. »Anthraxfässer, Clusterbomben und Atomraketen, die innerhalb von 45 Minuten New York erreichen können. Oder war es London? Das verfüttern wir nach und nach an die Presse.«

»Und er kollaboriert mit Osama Bin Laden«, fügte Drillson hinzu. »Das ist wichtig. Noch besser – nachdem das mit Brisbanes Osama sowieso schiefgegangen ist, sollten wir Saddam gleich selbst als den Drahtzieher präsentieren, der das World Trade Center in die Luft gesprengt hat.« Er griff nach der Whiskeyflasche und schenkte sich und Wilbur noch zwei Gläser ein.

»Mit diesen Massenvernichtungswaffen, da müsst ihr aufpassen«, erklärte Wilbur. »Das könnt ihr nicht komplett frei erfinden. Irgendetwas muss nach dem Krieg ausgegraben werden. Und wenn es nur ein paar leere Cruise-Missile-Hüllen sind.«

»Wo denkst du hin!«, sagte Drillson. »Glaubst du, wir sind völlig bescheuert? Wir sind kurz davor, hundert ausrangierte Marschflugkörper nach Bagdad bringen zu lassen. Über Kuwait, über die grüne Grenze. Oder die gelbe Grenze, wie sie da unten wahrscheinlich heißt. Marschflugkörper bestückt mit Atomsprengköpfen. Keine echten Atomsprengköpfe natürlich, wir sind ja nicht wahnsinnig. Aber das fällt garantiert niemandem auf. Wir sagen einfach, die wurden vor der Flucht von Saddams Leibgarde unbrauchbar gemacht. Die werden kurz vor Kriegsausbruch unter Saddams Präsidentenpalast geparkt, und ihn nehmen wir bei dieser Gelegenheit auch gleich mit. Wir lassen bloß einen DVD-Rekorder mit ein paar von seinen Reden da.«

»Warum liefert ihr die Marschflugkörper erst so kurz vor Kriegsausbruch?«, fragte Wilbur. »Warum nicht gleich in den nächsten Tagen?«

»Weil ich nicht will, dass irgendwelche käsefressenden Kapitulationsäffchen, die um Saddam scharwenzeln, die schon vorher entdecken«, antwortete Drillson. »Ich bin mir ziemlich sicher, dass da ein paar von denen herumturnen. Außerdem traue ich Saddam nicht.«

»Sagtest du nicht, die Flugkörper würden vorher unbrauchbar gemacht?«, wollte Wilbur wissen. »Was soll er denn damit schon anstellen?«

»Er könnte immer noch ein paar von unseren Ölfeldern in Brand stecken«, sagte Orinoko. »Bei seinem Kokain-Konsum würde mich gar nichts mehr wundern.«

Drillson schüttelte den Kopf. Der Öltanker war ihr wirklich zu Kopf gestiegen. »Wir haben alles im Griff«, sagte er. »Wir haben einen totsicheren Plan. Die Atomraketen kommen Anfang März an, einen Tag später schlagen wir zu.«

»Und das mit dem Anthrax, wie wollt ihr das hinkriegen?«, fragte Wilbur.

»Das ist erst recht kein Problem«, antwortete Drillson. »Wir haben doch noch die Anthrax-Stränge von USAMRIID. Die müssen wir nur auf dem gleichen Weg rüberschaffen.«

»Usam-was?«, fragte Orinoko.

»USAMRIID. Das U. S. Army Medical Research Institute of Infectious Diseases«, knurrte Drillson.

»Ist das nicht gefährlich?«, fragte Wilbur.

»Nö«, sagte Drillson. »Wir nehmen nur ein paar winzige Flöckchen und bestäuben damit über zwei Dutzend Fässer mit Puderzucker. Und schon haben wir tonnenweise brandgefährliches Anthrax, genug um den ganzen Mittleren Osten zu vergiften.« Er grinste. »Leider nicht wirklich. Dafür haben wir aber Dokumente, die das alles belegen. Aus Interlaken, gerade frisch eingekauft. Oder war es Italien? Irgendwas mit I jedenfalls.«

Wilbur grinste nun auch, zog dann aber doch noch einmal die Stirn kraus. »Weiß eigentlich Harry Burton von diesem Plan?«, fragte er.

Drillson schüttelte den Kopf. »Dem sagen wir frühestens dann Bescheid, wenn unsere Panzer zweihundert Meter vor dem Präsidentenpalast stehen. Sonst gerät er noch in Panik und versucht, seine Ölanlagen demontieren und außer Landes schaffen zu lassen.«

* * *

»Warten Sie hier«, flüsterte Tom Powder Linda zu. Er wusste selbst nicht warum, hatte aber das Gefühl, es könnte gefährlich werden, wenn sie zu oft zusammen gesehen würden. Oder von den falschen Leuten. Er sah sich vorsichtig um. Die Bar des *Moulin Noir* im Keller dieses unauffälligen Brownstones in Georgetown war zwar nicht die allererste Adresse für eine Lady, aber das *Moulin Noir* verfügte über versteckte Winkel, verborgene Räume und verschwiegene Barkeeper. Powder musterte von der Tür aus das knappe Dutzend Gestalten im Anzug, das am Tresen saß. »Kommen Sie«, sagte er dann mit rauer Stimme zu ihr.

Linda blickte sich ebenfalls um, noch ängstlicher als der Außenminister. Die Bar war in ein dunkelrotes Licht getaucht, so dass die Gesichter der Anwesenden kaum zu erkennen waren. Jazzmusik hing in der von Zigarrenrauch angedickten Luft und eine glitzernde Kugel an der Decke drehte sich träge blitzend. In dem Fernseher über der Bar erschien gerade Drillsons verwittertes Gesicht. Der Ton war abgestellt. Hoffentlich marschieren wir nicht gerade in Kanada ein, dachte Linda.

Dann winkte Powder sie auch schon weiter und führte sie in einen Alkoven, der ebenfalls in rötliches Licht getaucht war. Nachdem Powder dem Kellner einen Zwanziger in die Hand gedrückt hatte, gehörte der Raum ganz ihnen. Ein kleiner Tisch, hinter einem Vorhang verborgen, und zwei Barhocker. Die Wand dahinter schien aus einer Art Metall oder aus grauem Milchglas zu bestehen. Der Barkeeper stellte zwei trockene Martinis vor sie hin und verschwand sofort wieder. Aus dem Lautsprecher kam Pink Floyds *Wish You Were Here*.

Ganz langsam nur fiel die Anspannung von ihm ab. »Und?«, fragte er lächelnd. Dann nahm er ihre Hand und küsste zart und ganz kurz nur ihre Fingerspitzen. »Wie geht es Ihnen?«

Sie lächelte ebenfalls, aber der sorgenvolle Ausdruck wollte nicht ganz weichen. »Es geht so«, antwortete sie und lächelte noch einmal. Fast verlegen diesmal. Dabei hatte er ihre Hand bereits losgelassen. Sie griff nach ihrem Martini.

»Was gibt's Neues an der Front?«, fragte er und sah ihr dabei tief in die Augen.

Wenig ladylike stürzte Linda ihren Martini herunter. Als habe er sie durch eine Glasscheibe beobachtet, tauchte der Kellner aus dem Nichts auf und stellte ihr einen neuen Drink hin. »Nicht viel«, sagte sie. »Ich sehe den ... äh ... meinen Mann gar nicht mehr so häufig. Albert Rave hat sich ein Gästezimmer im Weißen Haus eingerichtet, wo der Präsident nun immer öfter schläft. Auf der Couch.« Sie seufzte. »Aber das ist ja nicht so wichtig. Was gibt es bei Ihnen denn Neues?«

»Nicht viel Gutes«, sagte Powder, spießte die Olive aus seinem Martini auf einen Zahnstocher und drehte ihn zwischen seinen Fingern. »Sie haben vielleicht gehört, dass es diese Untersuchungskommission zu den Anschlägen am 11. September geben soll. Das hat der Kongress beschlossen.«

»Ja, und?«, fragte sie ein wenig zerstreut.

»Irgendetwas stimmt da nicht«, antwortete er. »Wir haben die Anweisung vom Weißen Haus bekommen, dass wir nicht vor dieser Kommission aussagen dürfen. Von Rave selbst unterschrieben. Wir dürfen denen noch nicht einmal Unterlagen zur Verfügung stellen. Das Pentagon übrigens auch nicht, wie unser Secret Service herausgefunden hat.« Das State Department hatte seinen eigenen Secret Service, weil noch kein Außenminister seit John Foster Dulles der CIA über den Weg getraut hatte.

»Tatsächlich?«, fragte Linda und sah sich um. »Wissen Sie«, fuhr sie fort, »im Grunde ist mir das ganz recht. Ich meine, wir hatten ja ohnehin schon Probleme. Und getrennte Schlafzimmer …«

»Was ich noch beunruhigender finde«, erklärte Powder, »ist die Besetzung dieser Kommission.« Er winkte dezent der grauen Milchglaswand zu und schon kamen die nächsten beiden Martinis. »Das fängt schon beim Vorsitzenden an. Wissen Sie, wer das werden sollte? Ronald Reagan.«

»Ronald Reagan?«, sagte Linda verwirrt und nahm noch einen Schluck. »Wie alt ist der inzwischen?« Langsam wurde ihr ein ganz klein wenig schwindelig. »Es ist nämlich …«, fing sie sich wieder, »also, ich habe Ihnen doch von diesem Fitnessdrink erzählt, oder? Dieses rosa Zeug, das wie flüssiges Marzipan schmeckt?«

Er nickte und nahm ebenfalls noch einen Schluck. »Aber was noch merkwürdiger ist: Reagan ist schon zurückgetreten, noch bevor er überhaupt angefangen hat.« Er seufzte. »Den Gerüchten zufolge sei er denen zu liberal gewesen.«

»Ich glaube«, fuhr Linda unbeirrt fort, »ich fürchte, also ich denke vielmehr, dass dieser Fitnessdrink keinen guten Einfluss auf den Präsidenten hat … Also für Sport oder dergleichen mag der Drink ja hilfreich sein, mit seinen Vitaminen oder was auch immer da drin ist. Aber ich als Frau, mir als Frau … Ich meine, eigentlich habe ich sowieso keine richtige Lust mehr …«

»Aber noch schlimmer sind die Gerüchte darüber, wer als neuer Vorsitzender für die Kommission gehandelt wird«, sagte Powder, ohne auf Lindas Ausführungen einzugehen. »Benito Giovanni. Dabei ist er einer von den Leuten, die die Kommission in die Zange nehmen sollte. Aber seit sich Giovanni nach dem Anschlag zum Volkshelden hat deklarieren lassen, traut sich keiner mehr, ihn zu kritisieren.«

»Tatsächlich?«, fragte Linda. Dann sah sie ihm ins Gesicht. »Wissen Sie, es ist nicht einfach, sich als First Lady mit diesen Dingen herumzuschlagen. Eigentlich sollte ich an solche Bedürfnisse nicht einmal denken. Und schon gar nicht darüber reden. Und ich wüsste auch gar nicht, mit wem – nein, nein, das geht alles nicht.«

Schlagartig merkte er, dass er nicht die leiseste Ahnung hatte, wovon sie eigentlich sprach. »Was für Bedürfnisse? Was meinen Sie?«

Sie wurde rot und schwieg für ein paar Minuten. Als sie sich wieder fing, war ihre Stimme fast nur noch ein Flüstern. »Ich meine ... ich glaube ... also, dieser Fitnessdrink und der Präsident ...« Sie brach ab.

Endlich begriff er, worauf sie hinauswollte. »Sie meinen, dass dieser Fitnessdrink ... also, dass der Präsident, seit er diesen Fitnessdrink trinkt, nicht mehr ... kann?«

Sie nickte. Ihre dunklen Augen wurden noch eine Spur dunkler. »Ja.«

In einer fließenden Bewegung stand er auf, zog sie hoch, umfing sie mit beiden Armen und küsste sie. Eine heiße Welle durchschoss seinen Körper. Was tat er da? Aber er konnte einfach nicht aufhören. Sie schloss die Augen und hielt sich an ihm fest. Erst als sein Mobiltelefon klingelte, ließ er sie los. »Powder«, sagte er. Seine Stimme klang noch rauer als sonst.

* * *

Der Lichterteppich erstreckte sich bis zum Horizont, wo die Silhouette des Eiffelturms die Nacht erleuchtete. Gleich daneben glitzerte das Chrysler Building wie eine Diamantenkette am Hals von RuPaul. Eine Sphinx, in weißes Licht getaucht, schimmerte neben einer schwarzen Pyramide, von deren Spitze ein einzelner Laserstrahl in den Himmel schoss. Ein Vulkan spuckte rotglühendes Feuer und ein Piratenschiff blinkte bunt auf. Willkommen in Las Vegas, dachte Manuel. Hoffentlich stand sein alter Käfer noch da, wo er ihn abgestellt hatte. Und hoffentlich konnte er die Parkgebühr bezahlen.

Als Manuel sich und seine Reisetasche durch die klimatisierte Halle des Großflughafens schob, fühlte er sich völlig erschöpft. Sein Hemd klebte. Seine Schuhe drückten. Es war ein langer Flug gewesen von New York. Noch dazu mit einem Zwischenstopp in Washington. Aber es hatte sich gelohnt. Zumindest hoffte er das. Nun musste er nur noch mit seinem Käfer weiter bis nach Rachel fahren, wo sein Bett auf ihn wartete.

Leider stand er nach seiner langen Reise vor noch mehr Rätseln, als er hatte lösen können.

Kenny, der irische Fotograf, dessen Bruder im World Trade Center umgekommen war, schien sich in Luft aufgelöst zu haben, und mit ihm auch die Spur zu der geheimnisvollen Superdrohne. Manuel hatte die Nummer angerufen, die auf der Rückseite der Fotos stand, aber der Anschluss existierte nicht mehr. Selbstredend war auch die Rothaarige mit dem fremdartigen Akzent spurlos verschwunden. Ob Jason mit seiner Skepsis doch recht gehabt hatte? Aber den schwarzen Jet gab es doch, er hatte ihn ja selbst gesehen.

Dafür hatte Manuel eine junge Frau kennengelernt, die bei dem Anschlag ihren Cousin verloren hatte. Bei einer Benefizveranstaltung für die Opfer des World Trade Centers, die von der *Village Voice* veranstaltet wurde. Die Veranstaltung fand in einer alten Schlachterei im Meatpacking District statt. Er war Tiffany – sie hieß wirklich Tiffany – aufgefallen, weil er ein buntgeblümtes Hemd trug, das vielleicht nach Venice Beach passte, aber nicht nach Manhattan. Denn hier trug man schwarz, wie sie ihm auf eine nette Art erklärt hatte.

Drei Bloody Marys später wusste er, wer das World Trade Center zerstört hatte. »Die Nazis haben kurz vor dem Ende des Zweiten Weltkriegs ein UFO gefunden, das in den Bergen notgelandet war«, hatte Tiffany ihm erklärt. »Und das hatte eine Zeitmaschine eingebaut. Sie haben das UFO gekapert und Sturmtruppen in die Zukunft geschickt, um Rache an Amerika zu nehmen. Und die steckten hinter dem Anschlag.«

Manuel fand die Geschichte nicht sonderlich logisch. Wenn die Nazis tatsächlich eine Zeitmaschine gehabt hätten, warum waren sie dann nicht in die Vergangenheit gereist, um ihre gröberen taktischen Fehler auszubügeln? Zum Beispiel hätten sie die jüdischen Wissenschaftler nicht vertreiben sollen, die die Atombombe erfunden haben. Aber vielleicht kamen die Nazis mit den Tastaturen auf dem UFO-Armaturenbrett nicht zurecht. Vielleicht waren die klingonisch. Er sollte seinem Vater die Geschichte erzählen. Vielleicht konnte der die in seinen Roman einbauen.

Manuel hatte die Nacht dann trotzdem in Tiffanys Bett verbracht. Sie fühlte sich sehr weich an. Mitten in der Nacht – so etwa gegen vier – schreckte sie auf und klammerte sich an ihm fest. »Nein«, flüsterte sie. »Nein … wo ist … nein!«

Kurz bevor Manuel das Geld ausgegangen war, war es ihm noch gelungen, einen von Jasons wertvolleren Kontakten zu erreichen. Einen Senator, dessen Wahlkreis in Minnesota lag. Dieser Senator war einer der ganz Wenigen in Washington, die sich noch trauten, den Präsidenten öffentlich zu kritisieren, hatte Jason ihm erzählt.

Daraufhin hatte Manuel tatsächlich seinen Rückflug nach Las Vegas umgebucht und einen Zwischenstopp in Washington eingelegt. Dort war er von einem Mitarbeiter des Senators empfangen worden, dem er eine Kopie des Fotos von dem schwarzen Jet gegeben hatte. Der Mitarbeiter war sehr freundlich gewesen, hatte jedoch gesagt, dass Rüstungspolitik eigentlich nicht der Schwerpunkt seines Senators sei, er sich aber darum kümmern würde. Dabei hatte er den gleichen Klang in der Stimme wie Manuel, als der am nächsten Morgen zu Tiffany gesagt hatte: »Ich rufe dich an.«

Als er gerade gehen wollte, war – wenn auch vermutlich nur zufällig – der Senator ins Zimmer gekommen. Er nahm seinem Mitarbeiter das Foto von dem Jet aus der Hand und sah es fast eine Minute lang an. »Junge, Junge«, murmelte er, blickte Manuel ins Gesicht und schüttelte dabei halb anerkennend, halb besorgt den Kopf. »Die Predator V«, sagte er dann. Wo haben Sie das denn her? Das ist streng geheim!«

Der Käfer stand tatsächlich noch auf dem Flughafenparkplatz von Las Vegas. Manuel stieg ein, drehte den Schlüssel um und fuhr den Strip entlang. Nicht nur war das ein Umweg, er mochte Las Vegas nicht einmal. Aber er wollte, er wusste selbst nicht wieso, noch ein bisschen in der Nähe der vielen Lichter bleiben. Doch schon bald ließ er die Glitzermeile hinter sich. Er fuhr auf der Interstate 93 an den Ruinen einer alten Indianerstadt vorbei, die beim Bau eines Stausees geflutet worden war. Dann bog er auf den Extraterrestrial Highway ein und kam an der Black Mailbox vorbei, wo die Untertassen-Süchtigen kampierten. Schließlich erreichte er Rachel. Die Area 51 war ruhig. Keine Testflüge, keine leuchtenden Kugeln, die durch die Nacht schossen, keine UFOs.

Er merkte bereits, dass etwas nicht stimmte, als er die Tür des Trailers aufschloss. Das Schloss fühlte sich anders an als sonst. Schwergängiger. Und es war still. Ungewöhnlich still. Zu still. Wo war die schwarzgraue Katze? Zwar hatte er das Fenster gekippt gelassen, denn er konnte sie ja schlecht vier Wochen lang einsperren, hatte aber erwartet, dass sie wie üblich sofort angerannt kam, um ihm an den Beinen hochzuspringen.

Als er das Licht einschaltete, erstarrte er. Im Inneren des Trailers herrschte absolutes Chaos. Seine Bücher lagen quer über den Fußboden verteilt, sein Schreibtisch war durchwühlt worden und alle Papiere flatterten unordentlich durcheinander. Als er genauer hinsah, merkte er, dass der Kasten mit seinen CD-Backups weg war.

»Verdammt«, fluchte Manuel. »Verdammt, verdammt.« Er trat mit aller Kraft an den Türrahmen. Zum Glück hatte er seinen Laptop mit nach New York genommen. Er versuchte, sich zu erinnern, was er auf den CDs abgespeichert hatte. Dann fiel ihm ein, dass er die digitale Kamera und die Satellitenschüssel auf dem Dach gelassen hatte. In plötzlicher Panik rannte er nach draußen und kletterte die Stahlleiter an der Seite des Trailers hinauf.

Erstaunlicherweise waren sowohl die Schüssel als auch die Kamera noch an ihrem Platz. Er richtete die Taschenlampe auf die Satellitenschüssel. Sie sah unverändert aus. Dann fing er an, die Schüssel und dann das Kabel, das von der Schüssel ins Innere des Trailers führte, abzutasten. Erst beim dritten Mal konnte er eine winzig kleine Beule am Kabel fühlen.

Hastig schwang sich Manuel wieder nach unten, holte ein Küchenmesser, kletterte wieder hoch, legte sich auf das Dach des Trailers und fing dann an – die Taschenlampe zwischen den Zähnen –, das Kabel an der verdickten Stelle vorsichtig aufzuschlitzen. Plötzlich fiel ihm ein winzig kleines, farbloses Teil entgegen, rutschte ihm durch die Finger und landete im rötlichen Wüstenstaub. Weg war es.

Manuel schüttelte den Kopf. »Verdammt, verdammt, verdammt«, flüsterte er wieder. Er hätte bis zum Morgen warten sollen. Er schloss die Augen und fing an zu zittern. In den ersten Minuten war er zu wütend gewesen, um Angst zu haben, jetzt aber begriff er langsam, was passiert war.

Er war zum Staatsfeind erklärt worden. Sie überwachten ihn und hatten sein Haus durchsucht. Und zwar so, dass er es merken sollte. Es war ein Warnschuss.

Das Blut wich aus seinen Beinen. Er kletterte wieder herunter, aber zitterte dabei so sehr, dass er fast abstürzte. Als er den Trailer betrat, schoss ihm die schwarzgraue Katze entgegen. Er griff nach ihr, als sei sie ein Rettungsring, und presste sie an seine Brust. Die Katze mauzte laut und ziemlich empört.

»Beruhige dich doch«, sagte er so, als redete er mit sich selbst. Die Katze mauzte noch immer, machte aber keinerlei Anstalten, sich aus seinem Griff zu lösen. Jetzt klingelte auch noch das Telefon. Es war ein Uhr nachts.

Tony Natchez war am Apparat. »Hey, Manuel«, sagte er. »Ich hab' deine Autoscheinwerfer gesehen. Falls du es noch nicht gemerkt hast, die Feds waren bei dir.«

DAS LITTLE A'LE'INN

Die beiden Fremden am Tresen des *Little A'Le'Inn* sahen nicht so aus, als ob sie gerne redeten. Der eine starrte seit einer halben Stunde finster auf sein Bier. Der andere kaute auf einem Streichholz herum und warf ab und an einen gelangweilten Blick in den Raum. Beide waren glattrasiert, hatten kurze dunkle Haare und die sonnengegerbte dunkle Haut von Indianern. Oder Mexikanern. Oder Arabern. Das *Little A'Le'Inn* in Rachel, Nevada, war die einzige Bar im Umkreis von fünfzig Meilen. Im Sommer war der Laden in dem unscheinbaren weißen Flachbau ein Treffpunkt von UFO-Süchtigen, die dem Verbleib des Roswell-Aliens nachspürten. An diesem kalten Winterabend aber war die Bar halbleer. Neben den beiden Fremden am Tresen saß einer der Cammo Dudes – allerdings in Zivil und nicht in Camouflage, da er Ausgang hatte. Weiter hinten saßen noch ein junges Pärchen aus Norwegen, das ein kiloschweres Fernrohr mitschleppte, sowie drei Cowboys in Jeans und Flanellhemden, die noch ein schnelles Bier trinken wollten. Und ein langhaariger, schlaksiger Mann, der nicht bemerkte, dass er es war, den einer der beiden Fremden unauffällig beobachtete. Das war Manuel Goldstein.

»Noch 'n Bier, Manuel?«, fragte Tony Natchez. Er stand hinter dem Tresen und half aus. Pat, die Barfrau, besuchte an diesem Abend ihren Mann im Krankenhaus. Tony war gerne hilfsbereit. Er hatte auch das Schild »Earthlings Welcome« mit dem großköpfigen Außerirdischen vor der Tür besorgt. Und die Fahne mit dem UFO auf dem Dach der Bar.

»Nein, danke«, sagte Manuel. »Mach mir die Rechnung.« Seitdem die Feds seinen Trailer durchsucht hatten, war er häufiger im *Little A'Le'Inn* als früher, aber er wollte das Trinken nicht zur Angewohnheit werden lassen. Außerdem wollte er heute Abend noch arbeiten. Draußen wehte ihm eine eiskalte Sturmbö ins Gesicht. Sie veranlasste ihn, die Lederjacke noch fester um sich zu zurren. Es war Vollmond und der schwarzblaue Winterhimmel glitzerte. Am Horizont stiegen nadelförmige Flugobjekte auf. Manuel hob sein Fernglas, aber sie waren schon in der Stratosphäre. Als er es absetzte, zerschnitt ein scharfer Klingelton die nächtliche Stille. Sein Satellitentelefon.

Tony hatte darauf bestanden, ihm dieses Telefon zu geben. Fast umsonst sogar. Sein Hass auf die Feds war offenbar noch stärker als seine Liebe zum Geld. Und normale Mobiltelefone funktionierten im militärischen Sperrgebiet nicht. Falls er in einem schwarzen Hubschrauber entführt werde, könne er wenigstens um Hilfe rufen, hatte Tony gesagt.

Am anderen Ende war Jason Gilligan, der aus Washington anrief. »Wie gehts?«, fragte er.

»Geht so«, antwortete Manuel. »Es ist saukalt. Ansonsten passiert hier nix Besonderes.«

Eine Sekunde herrschte Schweigen. »Hast du noch etwas gefunden? Noch eine Wanze oder so?«

»Nö«, sagte Manuel. »Ich habe sogar Tony gebeten, das Telefon samt Leitung auseinanderzunehmen, aber auch der hat nichts mehr gefunden. Und du? Hast du diesen Fotografen aus New York aufgetrieben? Diesen Kenny?«

»Leider nein«, antwortete Jason. »Der ist wie vom Erdboden verschluckt und es gibt auch keine Redaktion und keine Fotoagentur, die jemals von ihm gehört hat.«

Ein weiterer kalter Windstoß ließ Manuel schneller traben. »Und deine scharfe Agentenbraut mit dem russischen Akzent? Die hatte ihn doch angeschleppt. Frag die doch mal, wo er abgeblieben ist!«

Jason hüstelte. »Ich, äh ... ich kann sie nicht einfach anrufen. Sie meldet sich normalerweise bei mir. Oder auch nicht. Und sie hat einen französischen Akzent.«

»Das heißt, du hast ihre Nummer nicht?«, fragte Manuel.

Er konnte bis Nevada spüren, wie Jason sich wand. »Nein«, antwortete er endlich. »Und ihre Adresse habe ich auch nicht. Ich kenne nicht einmal die Stadt, in der sie wohnt. Und offengestanden bin ich mir auch nicht hundertprozentig sicher, wie sie wirklich heißt.«

»Aha«, sagte Manuel. »Aber ich bin der verrückte Verschwörungstheoretiker. Bist du nicht verheiratet?«

»Bist du nicht darauf angewiesen, dass ich deine Satellitentelefonrechnung bezahle?«, konterte Jason und holte Luft. »Ich habe auch gute Nachrichten«, fuhr er fort. »Eine meiner Quellen hat mir bestätigt, dass ein Prototyp dieser Superdrohne, der Predator V, tatsächlich in einem militärischen Sperrgebiet irgendwo im Südwesten der USA getestet wird. Nur einsatzreif soll der Prototyp noch nicht sein. Aber ich werde mich mit diesem Senator aus Minnesota treffen, sobald er nach Washington kommt. Vielleicht erfahre ich dann mehr darüber.«

Am nächsten Morgen wurde Manuel von heftigen Fußtritten gegen seine Halsbeuge geweckt – zum Glück kamen sie nur von der schwarzgrauen Katze. Sollte die Katze nicht langsam selbst für sich sorgen können? Manuel schielte auf die Uhr. Sieben Uhr früh! Noch während er zum Kühlschrank schlurfte, klingelte das Telefon.

Es war Tony Natchez. »Komm doch mal kurz im *Little A'Le'Inn* vorbei«, sagte Tony. »Sofort. Hier ist etwas angekommen, das dich bestimmt interessieren wird.«

Auf dem Tresen der Bar stand ein ziemlich schweres Paket. Ein Fedex-Bote hatte es abgegeben. Es kam aus London und der Absender lautete »Bletchley Park, Dienststelle 1268«. Das sagte Manuel nichts. Adressiert war es an einen gewissen Sheik Al-Sahhaf. Das sagte Manuel erst recht nichts.

»Mensch, Manuel«, sagte Tony. »Das ist dieser dunkelhäutige Typ, der dich gestern Abend die ganze Zeit von der Bar aus beobachtet hat.« Manuel fragte sich, woher Tony das wusste. »Der Name stand auf seiner Kreditkarte. Aber guck dir den Adressaufkleber mal genau an.«

Das Paket sollte an die »Groom Lake Military Facility« geliefert werden. Die Area 51. Manuel machte einen Schritt zurück. »Wieso hat Fedex das hier abgegeben?«, fragte er.

Tony zuckte mit den Schultern. »Keine Ahnung«, sagte er. »Ich glaube, das war ein Versehen. Oder vielleicht haben die Wachposten den Boten nicht in die Area gelassen. Sollen wir es aufmachen?«

Schon während Tony sein Taschenmesser vorsichtig entlang der Klebelinien durch den Karton zog, ahnte Manuel, dass das ein Fehler war. Aber es war zu spät. Das Paket enthielt Stücke von Stahlstreben. Rotgraugeflammte, seltsam verbogene Stahlstreben. Als seien sie einem unglaublich heißen Feuer ausgesetzt gewesen. An einigen Streben klebte eine dunkelgraue Masse, die wie verbrannter Beton aussah.

»Was ist denn das?«, fragte Tony. Er guckte die Stahlstreben unschlüssig an und begann dann, den Karton auszuräumen. Ganz unten lag ein Stück Pappe, auf dem in dicken, mit Filzstift gemalten Buchstaben stand: »World Trade Center«. Darunter stand in etwas kleineren Buchstaben: »Bagdad«.

Als er sich in seinem Käfer auf den Heimweg machte, grübelte Manuel über das merkwürdige Paket nach. Hoffentlich konnte Tony es wieder so zukleben, dass keiner es merkte, dachte er. Sonst gab es bestimmt Ärger. Es war noch früh am Tag. Manuel hatte das gute Fernglas und das Satellitentelefon dabei. Er beschloss, den Berghang hinaufzusteigen.

Als er hoch genug geklettert war, um die Hangars auf der Area sehen zu können, hatte die Sonne ihren höchsten Punkt erreicht. Wenigstens war es jetzt nicht mehr ganz so kalt. Manuel trug nun einen Daunenanorak. Das hier war nicht sein erster Winter in den Bergen von Nevada. Er hielt das Fernglas vor seine Augen und ließ den Blick zwischen den Hangars hin- und herwandern.

Er sah Flugzeuge, Soldaten und die üblichen Geheimdienstler. Dazu noch ein paar Cammo Dudes und allerlei Gerät. Die Sonne wanderte weiter und wieder kam der kalte Wind auf, der ihm gestern Nacht fast die Ohren abgefroren hätte. Gerade wollte er aufgeben, da erblickte er etwas Seltsames. Einen dunkelhäutigen Zivilisten mit kurzen dunklen Haaren. Er wirkte südländisch, aber das war in Nevada nicht ungewöhnlich. Manuel drückte das Fernglas fester vor seine Augen und drehte daran. Ob das der Mann war, den der gestern in der Bar gesehen hatte? Er versuchte, sich an dessen Aussehen zu erinnern. Er hätte aufmerksamer sein sollen.

Nach ein paar Minuten ließ er das Fernglas sinken. Der Mann könnte Araber oder auch Mexikaner sein. Oder Indianer. Manuel seufzte. Er beschloss, nach Hause zu gehen, sich aufzuwärmen und eine Mail an JEdgarH zu schicken. Nein, an Jason Gilligan. Und eine an Warrior-Kahless.

* * *

»Sie haben mich reingelegt!«

Tom Powder zitterte vor Wut, was sehr selten vorkam, denn eigentlich war er ein ausgeglichener Mensch. Vor allem in Gegenwart von Dewey Drillson verlor er normalerweise nicht seine Beherrschung. Aber das war zu viel.

»Saddam Hussein hat überhaupt keine Cruise-Missiles! Und Sie ...«, er keuchte, »und Sie ... ihretwegen habe ich mich vor den gesamten Vereinten Nationen blamiert.«

Drillson blieb so kühl wie ein Eiszapfen in der Antarktis. »Ich habe keine Ahnung, wovon Sie reden«, sagte er. »Natürlich hat Saddam massenweise Cruise-Missiles. Sogar mit atomaren Raketensprengköpfen. Das hat unser Geheimdienst mit hundertprozentiger Sicherheit herausgefunden.«

»Sie meinen«, sagte Powder und streckte sich ein bisschen, »Sie meinen dieses alberne Amt für Strategischen Einfluss.«

»Amt für Strategischen Einfluss?«, echote Doktor Henry Wolfstetter. Als er den gereizten Außenminister den Flur zum Ministerzimmer hatte entlangtraben hören, wie ein Nashorn mit posttraumatischem Stresssyndrom, beeilte er sich, seinem Chef zur Seite zu stehen. Und das Amt für Strategischen Einfluss war sein Baby. Das ging den Außenminister nichts an.

Powder ignorierte seinerseits den kleinen Brillenträger. »Also erstens«, sagte er zu Drillson, »hat die *BBC* noch am Tag meines Auftritts vor der UN ein Interview mit dem obersten Waffeninspektor gesendet, der behauptet, dass das alles nicht stimmt. Aber vor allem habe ich das hier!« Absichtlich ließ er mit lautem Krachen ein Dossier auf Drillsons Schreibtisch fallen, das die Aufschrift »Streng geheim« trug.

»Darf ich das überhaupt lesen?«, frotzelte der Pentagon-Chef, griff dann aber unter Powders bösem Blick doch nach dem Papierbündel. Es war ein Bericht des Bureau of Diplomatic Security, des Geheimdienstes des Auswärtigen Amtes, der Powder unterstand und dessen Agenten die CIA mindestens genauso hassten wie die Freudianer die Heideggerianer. Diesem Bericht zufolge war vor ein paar Tagen ein LKW-Konvoy an der Grenze von Saudi-Arabien zum Irak angehalten worden, der mehr als zehn Meter lange gebrauchte Stahlstreben transportierte. Auf jede der Stahlstreben waren in dicker roter Farbe die Worte »Cruise Missile« gepinselt worden. Nach Aushändigung eines kleineren Betrages durften die Fahrer dann wieder Gas geben.

»Mein Gott«, sagte Drillson mit gespielter Erschütterung, so dass selbst Wolfstetter die Ironie bemerkte. »Wer konnte ahnen, dass arabische Grenzer bestechlich sind …«

Wolfstetter, der über Drillsons Schulter mitgelesen hatte, sah allerdings tatsächlich betroffen aus. »Stahlstreben?«, fragte er. »Was, zum Teufel …«

Mit einer ruckartigen Bewegung nahm Powder sein Dossier wieder an sich. Dann richtete er sich auf und sah Drillson direkt ins Gesicht. »Das wird Konsequenzen haben«, sagte er. »Das verspreche ich Ihnen.«

Von der Tür her war ein Räuspern zu hören. »Wollen Sie uns etwa drohen?«, fragte Albert Rave, der, vom Lärm angelockt, nun ebenfalls aufgetaucht war.

Rave schob seinen dicklichen, kleinen Körper in den Raum und stellte sich zwischen Drillson und Powder, die beide einen guten Kopf größer waren als er. »Was haben Sie vor? Wollen Sie etwa einen zweiten Auftritt vor den Vereinten Nationen inszenieren und alles zurücknehmen?«, fragte er. »Sie wissen genauso gut wie ich, dass dies das Ende ihrer Karriere wäre. Und zwar für alle Zeiten.«

Powder war klar, dass Rave damit nicht ganz Unrecht hatte. Und er wusste auch, dass er sich nicht provozieren lassen durfte. »Überlassen Sie bitte mir, was ich tue«, gab er kühl zurück. »Aber eines kann ich ihnen zusichern: Ich werde den Präsidenten informieren. Vielleicht sollte er endlich erfahren, was seine Untergebenen hinter seinem Rücken treiben. Denn davon« – er deutete auf das Dossier, das er mit seinem linken Unterarm gegen seinen Körper drückte – »weiß er garantiert nichts.«

An der Tür drehte er sich noch einmal um. »Gebrauchte Stahlstreben«, sagte er. »Pffhht.«

Kaum war Powder gegangen, sahen sich Wolfstetter und Rave besorgt an. Wolfstetter, weil er immer besorgt dreinsah, und Rave, weil er ein Problem witterte, das Drilllson vermutlich noch gar nicht erkannt hatte. »Was machen wir, wenn er seine Drohung wahr macht?«, fragte Rave. »Dann könnten wir in der Patsche sitzen.«

»Na und«, antwortete Drillson. »Der Präsident kann sich doch kaum noch erinnern, wer unser Onkel Tom hier eigentlich ist. Meinen Sie, der glaubt ihm die Geschichte?«

Rave schüttelte ungeduldig den Kopf. »Vergessen Sie nicht, dass wir hier von unserem Präsidenten reden«, sagte er. »Sie kennen ihn doch. Der ist wie Jar Jar Binks auf Marihuana. Was machen wir, wenn sich der Präsident verplappert und auf einer Pressekonferenz erzählt, Saddam beziehe Cruise-Missiles aus Saudi-Arabien?«

»Jar Jar Binks?«, fragte Wolfstetter. Popkultur war nicht seine Stärke und Rave machte keine Anstalten, ihn aufzuklären.

Drillson zuckte mit den Schultern. »Das passiert schon nicht«, sagte er. »Und er gibt seine Pressekonferenzen ja auch nicht allein.« Dann drehte er sich zu Rave um. »Ich will, dass Powder besser überwacht wird«, erklärte er, wobei seine Stimme an Schärfe deutlich zulegte. »Es fehlte gerade noch, dass der jetzt aus der Reihe tanzt.«

* * *

Claudette Betancour stieß einen Seufzer der Erleichterung aus. Endlich eine heiße Spur. Es war sogar die erste wirklich heiße Spur seit Wochen. Zumindest hoffte sie das. Sie betrachtete den flimmernden Computerbildschirm und las die E-Mail noch einmal.

»Was du gesehen hast, stimmt vermutlich. Nach allem, was ich gehört habe, soll Sheik Al-Sahhaf tatsächlich in der Area gewesen sein. Wahrscheinlich arbeitet er für den pakistanischen Geheimdienst ISI, gilt aber als unsicherer Kantonist. Manche verdächtigen ihn, ein Doppelagent für den Irak zu sein. Bletchley Park, Dienststelle 1268, das muss irgendein Amt innerhalb des britischen Geheimdienstes sein. Aber was das für Metallstücke in diesem Paket waren und warum sie an diesen Al-Sahhaf geschickt wurden, das kann ich dir beim besten Willen nicht erklären. Und da stand wirklich ›World Trade Center‹ drauf? Und ›Bagdad‹?«

Die E-Mail stammte von einem gewissen WarriorKahless und wurde an eine gewisse LeiaOrgia geschickt, die sie wiederum an JEdgarH weitergeleitet hatte. Und Claudette hatte die E-Mail abgefangen. Denn hinter JEdgarH verbarg sich Jason Gilligan und dessen Passwort zu knacken, war ziemlich einfach gewesen. Hinter dem Usernamen LeiaOrgia wiederum verbarg sich vermutlich dieser Jung-Anarchist, der in dem Trailer nahe der Area 51 lebte. Nur wer WarriorKahless war, das hatte Claudette leider noch nicht herausfinden können.

Sie lehnte sich zurück, streckte sich auf ihrem Bett aus und verschränkte die Arme hinter ihrem Kopf. Diese amerikanischen Motelzimmer, die sie alle paar Wochen wechselte, sahen alle gleich aus. Zwei riesige Doppelbetten, ein Fernseher und ein Wandschrank. Eine kleine Ablage mit einer wackeligen Kaffeekanne, einem vorgepackten Beutel Kaffee, Milchpulver und Sweet'N Low. Dazu ein Buntdruck an der Wand – eine Landschaft oder Blumen – und eine einzige freie Steckdose, die meist so ungünstig unter dem Bett angebracht war, dass sie sich verrenken musste, um ihren Laptop einzustöpseln.

Claudette rollte sich auf die Seite, griff nach der Fernbedienung und knipste den Fernseher an. *BBC World*. Vor der Erdkugel mit der Friedenspalme, dem Wappen der Vereinten Nationen, sprach der Außenminister der USA. Ohne Ton. Er sah ein wenig verbittert aus. Sie lächelte. Das Hotelzimmer war zwar trostlos, aber wenigstens war sie nicht mehr in Washington. Viel länger hätte sie es nicht mehr ertragen, die alten Leiber nackter Politiker zu berühren. Obwohl das nicht der Grund dafür war, dass das Deuxième Bureau sie aus dem *Moulin Noir* abgezogen hatte. Es hatte Hinweise gegeben, sie stehe kurz vor der Enttarnung.

Claudette war es gewohnt, allein zu sein. Die Fremde. Die Außenseiterin. Sie war an den Hängen der savoyischen Alpen aufgewachsen, in einem kleinen, sehr konservativen Bauerndorf nahe der Schweizer Grenze. Ihre Mutter stammte aus Algerien, ihr Vater, ein Franzose, hatte beide verlassen, bevor Claudettes Erinnerung einsetzte. Sie hatte das Dorf gehasst. Den Schnee im Winter, die kalten Abende mit der Mutter, die demonstrativ und stumm vor sich hin litt, den protestantischen Pfarrer, der sie scharf im Auge behielt, wenn die Kollekte herumging, die Söhne der Bauern, die ihr »Negerin« nachriefen und die, seit sie zwölf war, versuchten, sie abzupassen und ihr unter das Hemd zu greifen. Bald darauf hatte ihre Mutter sie ins Lyceum nach Grenoble geschickt, in ein staatliches Internat. Dort war sie das Mädchen vom Lande gewesen, das gebrauchte Kleider trug, grauweiße Handtücher von der Caritas benutzte und mit angestrichenen Büchern aus der Leihbibliothek lernte. Aber sie war gut gewesen. Sehr gut sogar. Die Beste ihres Jahrgangs.

Als sich das zierliche junge Mädchen mit den ernsten Augen ein halbes Jahr vor dem Baccalauréat beim Deuxième Bureau bewarb, hatte es damit gerechnet, dass der Job hart sein würde und vielleicht sogar gefährlich, aber es hatte sich vorgestellt, dass die Gefahr darin bestehen würde, von feindlichen Agenten niedergeschossen zu werden oder in einem KGB-Gefängnis zu verschwinden.

In den USA absolvierte sie ihren ersten Auslandseinsatz und ihr wurde klar, dass ihr ein ganz anderer Aspekt am meisten zu schaffen machte. Es war ihr Privatleben, das unter ihrem Agentendasein zwischen Hotelzimmer und Flugzeug litt. Sie war Anfang dreißig, allein und auf unabsehbare Zeit nicht in der Lage, einem Mann zu erzählen, was sie in Wirklichkeit tat. Und falls sie es doch einmal erzählen sollte, konnte sie sich keinesfalls sicher sein, ob ein Mann es begreifen oder gar tolerieren würde. Erst recht kein Amerikaner. Auch nicht dieser Jason. Der konnte sich so verständnisvoll geben, wie er wollte.

Sie richtete sich wieder auf, stützte sich auf den Ellbogen, strich sich das schwarze Haar aus der Stirn und schaltete um. *FUC*. Wieder der Außenminister, aber auf diesem Sender sah er so aus, als trage er zwei Hörnchen auf der Stirn. Sheik Al-Sahhaf also. Sie wusste, dass Al-Sahhaf tatsächlich für den ISI arbeitete. Er war verdächtigt worden, diesen Journalisten in Pakistan umgebracht zu haben, war aber irgendwie wieder aus der Sache rausgekommen. Vielleicht war er unschuldig. Oder aber es lag daran, dass die CIA ihn womöglich ebenfalls bezahlte. Möglicherweise war er auch der Mann, der Geld an die Attentäter des World Trade Centers geschickt hatte. Beim pakistanischen Geheimdienst wusste man nie. Dort verwendete man häufig den gleichen Namen für verschiedene Männer oder gab einem Agenten mehrere Namen.

Mehr noch interessierte sie, wer eigentlich dieser WarriorKahless war. Sie hatte schon vergeblich versucht, seine IP-Adresse herauszufinden. Sein Server war sehr gut getarnt. Es würde wohl einfacher sein, mehr über diese Adresse in Bletchley Park herauszufinden. Das Deuxième Bureau hatte natürlich auch in London eine Niederlassung und man sollte sich dort darum kümmern, fand Claudette. Vielleicht fand sich dort auch jemand, der wusste, was es mit diesem geheimnisvollen Paket auf sich hatte. Verfärbte Metallstücke?

Sie stand auf, um zu duschen. Bevor sie den Laptop zuklappte, zögerte sie noch einen Moment. Es war nicht ganz fair, Jasons E-Mails anzuzapfen, ohne ihm Bescheid zu sagen. Und vielleicht konnte er ihr ja sogar helfen. Sie hockte sich im Schneidersitz auf das Bett, zog den Laptop zu sich heran und begann zu tippen.

»Hallo Jason – kannst du dich noch an deine Geschichte über Sheik Al-Sahhaf von vor ein paar Monaten erinnern, die du mir zu verdanken hattest?«

Wenige Minuten später kam die Antwort. »Du meinst, die Geschichte, wegen der ich fast gefeuert worden wäre? Ja klar! Wo bist du? Was machst du?«

Sie lächelte. »Ich bin bei der Arbeit. Könntest du versuchen, so viel wie irgend möglich über diesen Al-Sahhaf in Erfahrung zu bringen? Ich erkläre dir das alles später, versprochen.«

Die Antwort blinkte prompt auf. »Ich sehe mal zu, was ich tun kann. Ich muss nur ein bisschen aufpassen. Mein Chef glaubt inzwischen, ich arbeite zu wenig.«

Nach ein paar Minuten folgte noch eine zweite E-Mail, die unbeantwortet blieb: »Ich vermisse dich und muss dich fragen: Wie kann ich dich erreichen?«

Als Claudette aus der Dusche stieg, liefen die Nachrichten. Ein Bild von einem kleinen Flugzeug im Schnee war zu sehen. Hastig griff sie nach der Fernbedienung und drehte den Ton auf. »... seit langen Jahren Senator für den Staat Minnesota in Washington, ist tot«, sagte der Nachrichtensprecher. »Auch seine Frau und zwei seiner engsten Mitarbeiter sind bei dem Flugzeugabsturz ums Leben kommen. Vermutlich war schlechtes Wetter die Ursache. Möglicherweise liegt aber auch ein Pilotenfehler ...«

Es sollte bis zum Abend dauern, bis Claudette die nächste Nachricht von Jason bekam. »Dieser Sheik Al-Sahhaf hat angeblich nichts mit den Geheimdiensten zu tun. Es soll sich dabei um Missverständnisse und Verwechslungen handeln, melden meine Quellen. Mir wurde erzählt, dass er ein ganz gewöhnlicher arabischer Geschäftsmann sei. Wobei ich mir kaum vorstellen kann, dass das stimmt. Interessant ist: Er hat vor kurzem ein Joint Venture gegründet. Eine Agentur für die Privatisierung von Staatsbetrieben sowie für Ex- und Importe aller Art. Mit Sitz in Genf und Dubai. Sein Partner ist Achmed Abul Abbas Al Gossarah.«

MÄGEN, DIE IN DER HÖLLE RÖSTEN

Mit einem mörderisch lauten Knall brach die Hölle los. Bomben blitzten und Rauchwolken stiegen über Steintrümmern auf. Die Kamera fuhr auf eine Kolonne von Abrams-Panzern zu, die mit voller Geschwindigkeit eine Wüstenstraße entlangbretterten. Dumpfe Explosionen waren im Hintergrund zu hören. Eine Kaffeetasse flog vom Tisch und die heiße schwarze Brühe kippte auf den Teppich der Defiant Foundation. »Was ist denn im Irak los?«, entfuhr es Doktor Henry Wolfstetter.

Lucius Prince, der neben ihm saß, erstarrte mitten in der Bewegung. Gerade noch konnte er verhindern, dass er seinen Whiskey Sour ebenfalls verschüttete. Ungläubig starrte er den Fernsehbildschirm an, auf dem es rumste und knallte. »Ich glaube«, sagte er zu Wolfstetter, »wir marschieren gerade in Bagdad ein.«

»Das war doch erst für übermorgen geplant«, antwortete Wolfstetter und blickte auf den Bildschirm wie ein verirrter Hirsch auf ein Paar Autoscheinwerfer.

Prince nickte bloß. Stumm folgten seine Augen den Panzern, die auf seinem Lieblingssender *FUC* gen Bagdad rollten. Dann warf er dem Staatssekretär unauffällig einen Blick von der Seite zu. War er wirklich überrascht oder tat er nur so?

»Nach Informationen unserer Geheimdienste hat sich Saddam Hussein in diesem Gebäude aufgehalten«, sagte eine männliche Stimme im Fernsehen. »Deshalb wurde die erste Angriffswelle auf Bagdad vorgezogen. In wenigen Stunden werden wir wissen, ob Hussein tot ist. Dann wäre dieser Krieg schnell und unblutig zu Ende gegangen.«

Prince schüttelte den Kopf. »Bei der Strategiebesprechung heute im Pentagon war nicht von einem vorzeitigen Einmarsch die Rede gewesen«, sagte er und kippte seinen Whiskey Sour in einem Zug herunter.

»Sie waren heute bei der Strategiebesprechung im Pentagon?«, fragte Wolfstetter misstrauisch. »Ich habe Sie dort gar nicht gesehen.«

»Ich habe mir davon berichten lassen«, antwortete Prince ausweichend.

»Wo waren Sie denn stattdessen?«, fragte Wolfstetter und versuchte, möglichst desinteressiert zu klingen, was ihm jedoch nicht wirklich gelang. War etwa Prince für den vorzeitigen Einmarsch verantwortlich? Aber wie sollte das möglich sein?

»Ich hatte zu tun«, sagte Prince knapp. »Ich habe etwas besorgt. Übrigens etwas nicht Uninteressantes.« Dann griff er nach der Fernbedienung und zappte von *FUC* auf *CNN*. Dort war genau das Gleiche zu sehen. Rollende Panzer, rauchende Staubwolken und eine sonore Stimme aus dem Off. Dann kam der alberne irakische Informationsminister mit dem Barrett ins Bild. »Es gibt keine Panzer vor Bagdad«, erklärte er. »Wir sind dabei, die Amerikaner zu besiegen. Sie begehen Selbstmord an der Stadtmauer.«

Prince lächelte zufrieden. »Ich dachte, Sie seien jetzt ein bisschen glücklicher, wo es mit Ihrem Lieblingsfeind vorbei ist«, sagte er zu Wolfstetter.

»Bin ich auch«, antwortete der Staatssekretär. »Ich hätte nur gerne vorher gewusst, dass ...«, er wurde unterbrochen, als die Tür des Clubraums aufgestoßen wurde. Joe Brisbane stand im Türrahmen. Der *Featurenews*-Senderchef. Sein Gesicht war rot angelaufen. Er warf einen Blick auf den TV-Bildschirm.

»Saubere Arbeit«, fand er.

»Wie bitte?«, fragte Wolfstetter spitz. »Der Einmarschplan war doch ...« Dann hielt er inne. Brisbane sollte nicht mitbekommen, dass Drillson ihn offensichtlich nicht auf dem Laufenden hielt. »Hauptsache, es läuft alles nach Plan«, sagte er dann. Er klang ein wenig verwirrt, aber das tat er oft. Prince zappte derweil wieder von *CNN* auf *FUC* zurück. Immer noch das gleiche Bild.

»Ich habe gerade einen Anruf von unseren Leuten da unten in Bagdad bekommen«, sagte Brisbane. »Ich muss sagen, die Jungs von der U. S. Army lieben *FUC*. Wir haben vorhin den Probelauf gemacht, um den Einmarsch zu filmen, und die Army ist sofort darauf eingestiegen. Die haben kaum die Kameras gesehen und sind gleich drauflos marschiert.«

Prince traute seinen Ohren nicht. »Losmarschiert?«, fragte er. »Wollen Sie etwa sagen, *FUC* hat praktisch den Befehl zu diesem vorzeitigen Einmarsch gegeben?«

»Äh …«, stammelte Brisbane. »Wieso vorzeitig?« Dann begriff er, was gerade passiert war und dass ihm dies einigen Ärger mit dem Pentagon bereiten konnte. »Äh, ist das denn so wichtig? Heute oder morgen oder übermorgen? Die Hauptsache ist doch, dass der Schlag gesessen hat, oder nicht?«

»Das darf nicht wahr sein!« Wolfstetter war entsetzt hochgefahren. »Wenn der Verteidigungsminister das erfährt, können Sie bei *CNN* anheuern. Als Kabelträger.«

Prince grinste. »Er muss es ja nicht erfahren«, sagte er. »Übrigens, ich habe hier etwas für Sie beide.« Er zog eine Mappe aus seiner Aktentasche und warf sie auf den Couchtisch. »Unser Außenminister, dieser Nelson-Mandela-Verschnitt, trifft sich mit einer Agentin namens Sharona Eins.«

»Was?«, fragte Wolfstetter. »Das ist doch diese Superagentin vom Deuxième Bureau, hinter der die CIA seit Jahren her ist. Wie haben Sie die denn gekriegt? Sogar der MI5 hat sich an der bisher die Zähne ausgebissen!«

»Unser Amt für Strategischen Einfluss hat Powders Telefon angezapft«, sagte Prince lässig. »Dann haben wir ein Team mit Spezialkameras auf ihn angesetzt, das ihn unauffällig überwacht hat. Die Fotos sind im *Moulin Noir* aufgenommen worden, einem Nachtclub in Georgetown. Den kenne ich selbst natürlich nur vom Hörensagen.«

Brisbane grinste. »Natürlich«, sagte er.

»Wir wussten bereits, dass die Frösche irgendwo in D. C. einen geheimen Stützpunkt haben«, fuhr Prince fort. »Aber jetzt ist sie uns so gut wie ins Netz gegangen. Sobald sich die beiden das nächste Mal treffen, schnappt unsere Falle zu.«

Wolfstetter lehnte sich gespannt vor. »Sharona Eins«, sagte er. »Von der wussten wir doch bisher noch nicht einmal, wie sie aussieht.«

»Na, jetzt wissen wir es«, sagte Prince. »Auch Superagentinnen machen eben Fehler.« Dann blätterte er die Mappe auf. Brisbane und Wolfstetter beugten sich über das stark vergrößerte schwarz-weiße Foto. Darauf waren ein Mann und eine Frau zu sehen, die auf Barhockern saßen. Der Mann war dunkelhäutig und kräftig, die Frau weiß und schlank mit dunklen, halblangen Locken. Sie sah ihn an und hielt dabei ein Glas in der Hand. Ein Martiniglas. Genau wie der Mann. Das Foto war grobkörnig und der Raum, in dem es aufgenommen wurde, schien von einer Art Rauch erfüllt zu sein, so dass beide nur schwer zu erkennen waren. Brisbane beugte sich noch ein bisschen tiefer über das Bild und starrte mehrere Minuten lang das Gesicht der Frau an.

Dann richtete er sich auf. »Das soll Sharona Eins sein?«, fragte er. »Sind Sie sicher?«

»Absolut sicher«, antwortete Prince. »Das Foto kommt vom Büro für Strategischen Einfluss.«

»Das da«, erklärte Brisbane, »ist Linda. Die First Lady.«

Alle drei blickten sich wortlos an. Dann beugten sich Prince und Wolfstetter gleichzeitig über das Foto, wobei sie mit den Köpfen aneinanderstießen. »Aua!«, rief Wolfstetter. »Joe hat recht. Das ist Linda.«

Prince lehnte sich zurück und schüttelte den Kopf. »Verdammt, das gibt's doch nicht!«, entfuhr es ihm. »Glauben Sie, dass die First Lady eine Agentin ist? Und noch dazu für die Frösche?«

»Vielleicht«, antwortete Brisbane. »Sie spricht doch Französisch, oder nicht?«

Noch ein paar Sekunden herrschte Schweigen. »Nein«, warf Wolfstetter endlich ein. »Nein, das kann ich mir nicht vorstellen. Es muss sich um eine Verwechslung handeln. Dann ist uns Sharona Eins eben durch die Lappen gegangen. Aber wir haben etwas Besseres. Die First Lady und der Außenminister treffen sich in einem Etablissement wie dem *Moulin Noir*? Hinter dem Rücken des Präsidenten? Damit haben wir Powder in der Hand.«

Langsam nickte Prince. »Das stimmt«, sagte er. »Das können wir bestimmt noch gut gebrauchen.«

* * *

Die Masse auf dem Teller war das Schrecklichste, was Claudette Betancour jemals gesehen hatte. Nierenauflauf in Pfefferminzsoße mit dick geschnittenen Pommes Frites. So etwas essen Engländer also wirklich, dachte sie. So als könne er ihre Gedanken lesen, ließ der Mann, der ihr gegenübersaß, die Gabel sinken. »Wollen Sie wirklich nichts bestellen?«, fragte er. »Haben Sie denn keinen Hunger?«

»Vielleicht später«, antwortete sie. Der Mann war Wissenschaftler, sah aber eher aus wie die schlechte Kopie eines Geheimagenten aus einem Inspector-Clouseau-Film. Grauer Trenchcoat, dunkle Brille, die Mütze tief in die Stirn gezogen und dazu dünne graue Handschuhe. Er hielt die Gabel in der linken Hand. Ein Linkshänder, registrierte sie automatisch. Mit seiner anderen Hand umklammerte er eine Tasse mit lauwarmem Tee. Dabei bibberte er sichtlich, obwohl es gar nicht so kalt war. Allerdings herrschte jenes schmuddelige Nieselwetter, für das London zu allen Jahreszeiten berüchtigt war.

Ihr Kollege Derrida69 hatte es tatsächlich geschafft, diesen Wissenschaftler aufzutreiben. Er arbeitete in Bletchley Park, wo die Kryptologen des britischen Geheimdienstes MI5 und außerdem die Abteilung für schwarze Propaganda saßen. Ja, er könne ihr einiges erzählen, hatte er ihr am Telefon gesagt. An einem Münztelefon. Dabei hatte er nervös, aber bestimmt gewirkt, wie ein Mann, der sich wissentlich in Schwierigkeiten brachte, weil er nicht anders konnte. Es sei alles nicht so, wie die amerikanische Regierung es darstelle. Er wisse das aus erster Hand.

Claudette lächelte wieder, um ihm etwas von seiner Nervosität zu nehmen. Vergebens. »Also«, fragte sie, »was wissen Sie über die Anschläge und das World Trade Center?«

Anstatt gleich zu antworten, sah sich der Wissenschaftler ängstlich um. »Niemand kann uns hier sehen«, beruhigte sie ihn. »Unsere Leute haben das Restaurant vorher sorgfältig ausgecheckt. Hier ist garantiert keiner von Ihren Leuten.«

Er sah nicht sehr überzeugt aus. »Sie kennen unseren Geheimdienst nicht«, sagte er mit diesem britischen Akzent, den sie schon am Telefon so lustig gefunden hatte. »Wenn Sie wüssten ...«, er schwieg, als der Kellner kam, um Tee nachzuschenken.

»Danke«, sagte er dann. Der Keller nickte. »Darf ich der Dame auch etwas zu Essen bringen?«, fragte er. »Wie wäre es mit einem Chutney-Sandwich?«

»Was ist das?«, fragte Claudette.

»Ein Sandwich mit Cheddarkäse, Pressschinken und Rosinen, die in Essig eingelegt wurden«, erläuterte der Wissenschaftler. »Sehr schmackhaft.«

Sie hielt hörbar die Luft an. »Vielleicht ein andermal«, sagte sie.

Als der Kellner gegangen war, griff der Wissenschaftler nach seiner Aktentasche und zog einen Umschlag heraus. »Hier, das ist es«, sagte er. Der Umschlag war aus durchsichtigem Plastik und fest verschweißt. Darin lag ein Stück einer rötlich verfärbten, seltsam verbogenen Metallstrebe.

Sie starrte das Metallstück an. »Und«, fragte sie zweifelnd. »Was ist das?«

»Das«, sagte er, »ist ein Stück vom World Trade Center. Beziehungsweise ein Stück dessen, was vom WTC übriggeblieben ist.« Er stach mit der Gabel in eine Pommes und dippte sie in die Pfefferminzsoße. »Hmm«, sagte er. »Irgendwie fehlt etwas.« Dann schnappte er sich die Flasche mit der Worcestersauce.

Erst jetzt erkannte Claudette, dass an der Stahlstrebe dunkelgraue Reste einer festen Masse klebten. Die Masse sah aus wie Beton, der einem 800 Grad heißen Feuerball aus Kerosin ausgesetzt gewesen war. Und auch das Metall selbst sah so aus. »Oh mein Gott«, sagte Claudette. »Tatsächlich! Das ist Stahl, der extremen Temperaturen ausgesetzt wurde!«

Der Wissenschaftler nickte. »Genau«, erklärte er und schaufelte noch etwas Auflauf auf die Gabel. »Das ist einer der Stahlreste, die wir sicherstellen konnten.«

»Sicherstellen?« Sie sah ihn erstaunt an. »Wo haben Sie das denn her? Hat der MI5 das gefunden?«

»Psst«, flüsterte er und sah sich noch einmal vorsichtig um. »Nicht dieses Wort.« Er nahm noch einen Bissen und schob den Teller dann weg.

Wie aus dem Nichts tauchte der Kellner auf und nahm den halbleeren Teller an sich. »Wir haben heute auch Black Pudding auf der Karte«, sagte er zu Claudette. »Das ist ein Auflauf aus Hafergrütze, Schweineblut und ...«

»Bloß nicht«, entfuhr es ihr. »Merci beaucoup«, fügte sie rasch hinzu und lächelte. Dann wandte sie sich wieder an den Wissenschaftler. »Und was haben Sie damit zu tun?«

Er lächelte schüchtern. »Ich habe das zufällig bekommen«, sagte er. »Ich arbeite für die Abteilung unseres Geheimdienstes, die für irakische Massenvernichtungswaffen zuständig ist.«

Claudette zog ihre schmal gezupften Augenbrauen hoch. »Ich glaube«, sagte sie, »wenn der Irak Massenvernichtungswaffen hätte, wüsste unsere Regierung davon. Dann hätten wir dem Irak diese Waffen wahrscheinlich verkauft.«

»Oder wir«, antwortete der Wissenschaftler. »Aber darum geht es jetzt nicht. Wir sind nur damit betraut, das Projekt wissenschaftlich zu begleiten. Jedenfalls war ich neulich mit dem Kollegen verabredet, der für Pakistan zuständig ist, um einige Details des irakischen Nuklearprogramms durchzusprechen. Und dieser Kollege erzählte mir, dass der gesamte Schutt des World Trade Centers in ein Lager geschafft wurde, das fünf Meilen südlich des Hafens von Karachi liegt. Sie wissen schon, diese Hafenstadt in Pakistan.« Er zog ein Foto aus einem Umschlag und legte es auf den Tisch. Das Foto zeigte einen riesigen Hügel aus verbogenem Metallschutt, der hinter einem ziemlich hohen Stacheldrahtzaun aufgetürmt war. Dahinter konnte man die Silhouette einer Großstadt mit Hochhäusern, Kränen und Minaretten erkennen.

Sie warf einen Blick auf das Foto. »Natürlich kenne ich Karachi«, sagte sie. »Aber warum wird der Schutt gerade dort gelagert?«

»Das weiß ich auch nicht«, räumte er ein. »Aber ich weiß, dass unser Geheimdienst all seine Verbindungen hat spielen lassen, um wenigstens ein paar Proben dieses Schutts in die Hände zu bekommen. Aber wir sind monatelang noch nicht einmal in die Nähe der Halde gekommen. Und wir haben immerhin pakistanische ISI-Agenten auf unserer Gehaltsliste. Die wollten, dass garantiert niemand diesen Schutt findet.«

»Wer sind die?«, fragte Claudette und ihre Neugier wich langsam einem unbehaglichen Gefühl.

»Die Amerikaner natürlich«, antwortete ihr Gegenüber.

Die Amerikaner. So genau wollte sie es gar nicht wissen. »Wer hat dieses Foto denn gemacht? Ihr Kollege, der für Pakistan zuständig ist?«

Anstatt zu antworten, steckte er das Foto hastig wieder in den Umschlag und schob ihn ihr rasch zu, so als sei es heiße Ware. »Stecken Sie das schnell ein«, sagte er und blickte nervös zum Kücheneingang, aus dem der Kellner auf ihren Tisch zustrebte.

»Wollen Sie Nachtisch?«, fragte der Kellner. »Wir haben Gurkenauflauf mit Marmeladensoße.«

Der Wissenschaftler schüttelte den Kopf. »Danke«, sagte er. Als der Kellner endlich weg war, beugte er sich wieder zu Claudette vor. »Das Foto hat dieser entführte Journalist gemacht, dessen Leiche sie letztes Jahr in Karachi gefunden haben. Wie der das hinbekommen hat, ist mir allerdings wirklich ein vollkommenes Rätsel. Ich vermute, dass der es auch geschafft hat, diese Proben zu beschaffen.«

»Aber wie ist dann Ihr Geheimdienst an die Proben gelangt? Und warum sind die überhaupt wichtig?«, fragte Claudette.

»Auch das weiß ich leider nicht so genau, aber es wird noch merkwürdiger«, erklärte er. »Mein Kollege hat mir erzählt, dass wir eine Kiste mit diesen Metallstücken in die USA geschickt haben. Zum Militärgeheimdienst auf eine geheime Testbasis in der Wüste von Nevada oder so. Es ging um irgendeine Analyse, die wir nicht selbst machen können. Und irgendwo auf dem Weg ist die Kiste spurlos verschwunden. Das Metallding, das sie jetzt in der Hand halten, muss ich übrigens wieder zurückgeben. Wir haben nicht mehr so viele davon.«

»Könnten Sie nicht einfach ein paar neue Proben besorgen? Jetzt, wo Sie wissen, wo der Schutt liegt?«, fragte sie.

Er schüttelte den Kopf. »Nein«, sagte er. »Der Schutt ist weggebracht worden. Und zwar vollständig. Das ist bemerkenswert, denn es handelte sich immerhin um fast eine Million Tonnen Stahl und Beton. Aber ich habe nicht die leiseste Ahnung, wohin. Und ich glaube, mein Kollege auch nicht.«

Schon wieder stand der Kellner neben ihnen. »Vielleicht noch ein Glas gutes englisches Bier?«, fragte er. »Ich kann es ihnen auch aufwärmen.«

* * *

Die K Street in Washington, D. C., war in strahlendes Morgenlicht getaucht, aber die Stimmung von Lucius Prince, der gerade in Richtung Foggy Bottom marschierte, war bewölkt. Sharona Eins! So eine Pleite! Andererseits hatte Wolfstetter recht. Mit diesen Fotos war Powder erpressbar. Er überlegte. Wem musste er davon erzählen? Brisbane wusste bereits Bescheid, was hieß, die Sache geheim zu halten, war praktisch unmöglich. Wilbur vielleicht? Wobei Wilbur Linda mochte. Auch wenn Prince nicht begriff, wieso. Drillson? Ja, der musste es erfahren. Außerdem musste Prince sich ohnehin heute noch wegen des vorzeitigen Einmarsches von gestern mit Drillson treffen. Es wäre wohl besser, er ließe sich noch eine Erklärung dafür einfallen. Ob er Brisbane anschwärzen sollte?

Prince klappte sein Mobiltelefon auf und rief den Verteidigungsminister an. Keine Antwort. Im Pentagon war er offenbar nicht. Auf dem Handy hatte er mehr Erfolg. »Drillson«, knurrte es am anderen Ende.

»Wo sind Sie?«, fragte Prince. »Ich muss Ihnen unbedingt ein paar Fotos zeigen.«

»Im Weißen Haus«, brummte Drillson. »Im Vorraum der Präsidentensuite. Ich habe mit unserem regierenden Schwachkopf einen Termin und er kommt mal wieder nicht aus dem Bett. Wer ist eigentlich dafür verantwortlich, ihn auf Zack zu bringen? Sie?«

Prince seufzte, legte auf und tippte Albert Raves Nummer in sein Telefon. »Wo stecken Sie denn?«, knurrte Prince dessen Mailbox an. »Sie werden sofort im Weißen Haus gebraucht!« Dann winkte Prince ein Taxi herbei. »1600, Pennsylvania Avenue«, sagte er zum Fahrer. Hoffentlich war Linda nicht da. Zur Sicherheit versteckte er die Mappe mit den Fotos in der Ausgabe des Wall Street Journals, die er bei sich trug. Allerdings war die Gefahr, Linda zu begegnen, gering. Er hatte sie in den letzten Monaten kaum gesehen. Und jetzt wusste er ja auch, warum. Prince grinste.

Eine Viertelstunde später hastete er durch das Tor des Weißen Hauses, an den Sicherheitsbeamten vorbei und die Treppe zum ersten Stock hinauf. Drillson war nicht mehr im Vorraum. Dort war niemand mehr. Im ganzen ersten Stock war es unnatürlich still. Prince stieß die Tür zum Schlafzimmer des Präsidenten auf. Dort stand der Verteidigungsminister und beugte sich über ein dunkles Bündel, das verkrümmt auf dem Bett lag. Der Präsident. Prince hüstelte.

Als Drillson sich aufrichtete, bemerkte Prince, dass der Pentagon-Chef aschfahl war. Er blickte auf das dunkle Bündel Präsident auf dem Bett, dann auf Drillson, dann wieder auf das Bündel. »Was ist denn mit ihm?«, fragte Prince und fluchte innerlich. Rave hatte ihm Stein und Bein geschworen, dass der Präsident nicht mehr trank.

»Er ist tot«, sagte Drillson.

»Tot?«, echote Prince. »Was?« Er spürte, wie seine Beine unter ihm nachzugeben drohten. »Tot? Aber warum? Wieso?«

Drillson schüttelte, noch immer ganz weiß im Gesicht, den Kopf. »Er ist tot«, wiederholte er.

»Tot? Wer? Saddam?« Prince drehte sich um. Im Türrahmen stand Albert Rave und lugte erstaunt in den Raum.

»Nein«, antwortete Drillson in einer ungewöhnlich flachen, fast lautlosen Tonlage. »Nicht Saddam.«

Rave schob seinen rundlichen Körper durch die Tür, griff sich den toten Präsidenten und zog ihn hoch wie eine Marionette, deren Fäden abgeschnitten wurden. Eine dünne, rosafarbene Flüssigkeit lief aus dem Mundwinkel des Präsidenten. Seine rechte Hand umklammerte eine Dose des Fitnessdrinks. Rave ließ den toten Präsidenten fallen wie eine heiße Kartoffel.

Drillson kniete sich neben das dunkle Bündel und entriss der toten Faust des Präsidenten die Dose. »Was ist denn das für ein Zeug?«, fragte er und sah Rave scharf an.

»Was ... wovon reden Sie?«, fragte Rave. Doch als Drillsons Gesichtsfarbe von Weiß zu Rot wechselte, wurde ihm klar, dass er nicht so tun konnte, als wisse er von nichts. »Das ist ein Aufbaumittel, das unsere Ärzte speziell für den Metabolismus des Präsidenten entwickelt haben«, sagte Rave. »Ein hochwirksames Präparat auf Amphetamin- und Methylenedioxidbasis mit einer Beimischung konzentrierter liquider MDMAs und XTCs.« Er blickte besorgt auf den toten Präsidenten herunter. »Vielleicht haben wir die Dosis doch ein ganz kleines bisschen zu hoch ...«

Eines musste man Drillson lassen, dachte Prince: Wenn es darum ging, auf den Punkt zu kommen, verlor er keine Zeit. Drillson federte auf die Beine, machte einen schnellen Schritt auf Rave zu, packte ihn mit beiden Händen am Revers, zerrte seinen plumpen Körper hoch und knallte seinen Kopf mit ganzer Kraft gegen die Wand.

»WAS ...«

BÄÄMM!

»... IST DAS ...«

BÄÄMM!

»... FÜR EIN ...«

BÄÄMM!

»... ZEUG?«

BÄÄMM!

Dann ließ er den überrumpelten Rave los. Der stand eine Sekunde lang mit zitternden Knien und aufgerissenen Augen da und starrte Drillson verängstigt an. Als der Anstalten machte, ihn wieder zu packen, riss Rave die Arme vors Gesicht und taumelte ein paar Schritte zurück. »Speed«, sagte er schnell. »Das ist Speed. In flüssiger Form.«

»Wie? Was«? Prince, der Drillson bislang nur stumm und bewundernd zugesehen hatte, sog hörbar die Luft ein.

»Sie haben mich doch gehört«, brummte Rave. »Speed, Ecstasy, Crystal Meth, nennen Sie es, wie Sie wollen. Unseren Wissenschaftlern ist es gelungen, das Zeug zu verflüssigen und mit Vitaminen und Glucose anzureichern. Ich glaube, es ist auch eine Spur Kokain drin. Kann ich wissen, dass der Idiot das literweise säuft?«

»Sie haben dem Präsidenten hochkonzentriertes Rauschgift ...«, fing Prince an.

Drillson brachte ihn mit einer einzigen Handbewegung zum Schweigen. »Das ist jetzt nicht wichtig«, sagte er. »Wichtig ist die Frage: Was machen wir jetzt? Und wir finden besser schnell eine Antwort, bevor Linda hier auftaucht. Oder gar Burton.«

Alle sahen sich an. »Oh mein Gott!«, entfuhr es Rave. »Harry Burton! Laut Verfassung wird Burton jetzt Präsident der Vereinigten Staaten. Er ist immerhin der Vizepräsident!«

»Auf gar keinen Fall«, sagte Prince entsetzt. »Da muss doch was zu machen sein! Könnte nicht stattdessen sein Bruder Präsident werden?«

»Das geht nicht«, antwortete Drillson. »Selbst wenn es rechtlich möglich wäre, er hat doch diese ... Sie wissen doch ...« Er und Rave wechselten einen kurzen Blick.

»Vielleicht ist da tatsächlich etwas zu machen«, sagte Drillson dann. »Und ich hätte sogar eine Lösung. Die funktioniert aber nur, wenn absolut gar nichts nach draußen durchsickert. Niemand darf davon erfahren. Noch nicht einmal Sie.«

PURPUR-ALARM

Als der Kampfflieger auf dem Flugzeugträger aufsetzte, brach die Hälfte der Redaktion in Beifall aus. Die andere Hälfte stöhnte. »Und jetzt«, sagte der Nachrichtensprecher, »tritt der Präsident vor seine Truppen und händigt den tapferen Kämpfern ihre Medaillen aus.« Mit einem Tusch lief ein viriler, drahtiger Präsident, der jünger aussah als je zuvor, federnden Schrittes die Gangway herunter und grinste in die Kamera. »Mission accomplished« stand auf einem riesigen Transparent, das hinter ihm wehte.

Der Präsident sah gut aus, fand Jason. Erstaunlich gut sogar. In den letzten paar Monaten war der Präsident praktisch abgetaucht gewesen. Albert Rave hatte der Presse mitgeteilt, dass der Präsident sich dringend auf seiner Ranch erholen müsse. Ganz allein, ohne Reporter und ohne seine Mitarbeiter. Sogar ohne seine Frau Linda. Er leide unter Erschöpfungszuständen, weil er zu viel gearbeitet habe. Des Krieges wegen. Aber der Klatsch unter den Kollegen in Washington lautete, dass der Präsident schon vor geraumer Zeit wieder angefangen hatte, zu trinken, und dass Rave ihm endlich die radikale Entziehungskur verordnet hatte, die schon seit Brezelgate fällig war. Doch in welcher Klinik der Präsident auch gesteckt haben mochte, er wirkte wie ein neuer Mensch.

»Würde die Kamera einen Schwenk machen, sähe man, dass der Flugzeugträger nur dreihundert Meter von der Küste entfernt ist«, sagte Jason. »Da hätte er auch in einem Gummiboot rüberpaddeln können.«

»Mensch, Jason«, sagte ein Kollege, der allerdings nur mit Mühe ein Grinsen unterdrückte. »In einem Gummiboot? Das ist doch viel zu gefährlich. Woher willst du denn wissen, ob er überhaupt schwimmen kann?« Jason grinste nun ebenfalls. Die Militärband im Fernsehen drehte voll auf und spielte *Born in the USA*. Fast hätte Jason das Klingeln seines eigenen Telefons überhört.

Hastig nahm er den Hörer ab. »Gilligan«, sagte er.

»Hör zu«, sagte eine ihm wohlbekannte rauchige Frauenstimme mit einem ganz leichten Akzent. »Ich habe eine Geschichte für dich. Unglaublich interessant. Das könnte der Wendepunkt für deine Karriere sein.«

»Claudette«, sagte er überrascht. »Wo hast du denn die ganze Zeit gesteckt? Ich habe mir schon Sorgen gemacht. Geht es dir gut? Ich muss dich unbedingt etwas fragen ...«

»Mit geht's gut«, unterbrach sie ihn. »Ich rufe aus London an.« Sie holte hörbar Luft. »Wir haben hier einen Wissenschaftler aufgetrieben, der für die britische Regierung an einem geheimen Programm arbeitet. Und dieser Wissenschaftler hat Beweise, wonach die Trümmer des World Trade Centers nach Pakistan gebracht wurden. Nach Karachi.«

»Was?«, fragte Jason. Ihm wurde plötzlich ganz anders.

»Ja«, sagte Claudette. »Der Stahl und der Betonschutt. Immerhin eine knappe Million Tonnen. Das alles wurde auf eine Hochsicherheitsmüllkippe ...«

Plötzlich schwieg sie. Gilligan drückte den Telefonhörer dichter an sein Ohr, hörte aber nur, wie sie zischend die Luft einzog. »Was ...«, fing er an.

»Schschsch«, zischte sie. »Hörst du das in der Leitung?«

Er schüttelte den Kopf. Dann fiel ihm ein, dass sie ihn ja nicht sehen konnte. »Nein«, flüsterte er. »Ich höre nichts.«

»Gut«, flüsterte sie, was wenig Sinn machte, falls sie wirklich abgehört wurden. »Und ich habe eine Ahnung, warum dieser Journalist damals getötet wurde. Der hat nämlich ...«

Dann hörte Jason im Hintergrund einen Knall, der Claudette unterbrach. Es klang, als sei eine Tür eingetreten worden. »Was war das?«, fragte Jason und presste den Telefonhörer so fest ans Ohr, dass es schmerzte. Sie sagte nichts. Stattdessen konnte er eine dumpfe männliche Stimme hören, die in bellendem Befehlston anordnete: »Nehmen Sie sofort die Hände hoch! Und keine Tricks!« War das britisches Englisch? Ihm fiel ein, dass sie vorhin von London gesprochen hatte. Wahrscheinlich war sie dort. Er merkte plötzlich, dass er schwitzte. Was war da nur los? War sie in Gefahr?

Inzwischen war nicht einmal mehr ihr Atmen zu hören. Offenbar hatte sie den Telefonhörer beiseitegelegt. Dafür hörte er wieder die männliche Stimme: Oder war es eine andere? »Bewegen Sie sich nicht, Mademoiselle Rosenblum. Oder ist es ihnen lieber, wenn wir Sie Sharona Eins nennen?«

Rosenblum? Sharona Eins? Jason schwitzte immer mehr. Dann hörte er wieder Claudettes Stimme. Jetzt weit entfernt, wie durch einen Nebel. »Hiermit gebe ich zu Protokoll, dass ich im Londoner West End, im Hyatt Hotel, Zimmer 1210 von zwei ...«

»Verflucht«, sagte eine der beiden männlichen Stimmen. »Halt dein verdammtes Maul.« Es knackte laut. Dann waren die Stimmen weg.

Für ein paar Minuten stand Jason wie erstarrt da. Wilde Gedanken schossen ihm durch den Kopf. Was war mit Claudette passiert? Was war mit den Trümmern des World Trade Centers? Und was sollte er jetzt tun? Er sah sich um. Keiner seiner Kollegen hatte Notiz von seinem Telefonat genommen. Aber er konnte dies nicht einfach auf sich beruhen lassen. Diesmal nicht.

Jason holte tief Luft. Er würde nach London fliegen. Er würde Claudette finden. Und sie retten. Noch heute. Dann zögerte er für ein paar Sekunden. Er hatte keinen Urlaub mehr. Ob er einen Dienstreiseantrag einreichen sollte? Aber wie sollte er den begründen? Er griff nach dem Hörer. »Geben Sie mir British Airways«, sagte er.

* * *

»Lassen Sie mich noch einmal betonen, wie zufrieden wir damit sind, wie schnell die Befreiung des Irak vonstatten gegangen ist«, sagte der Präsident. »Unsere Truppen haben in nur wenigen Monaten Bagdad eingenommen und von dort aus das ganze Land befreit. Das alles war nur möglich dank der Mitarbeit und Hilfe unserer Medien und braven Journalisten, die in das Heer eingebettet waren. Dafür möchte ich Ihnen allen noch einmal ausdrücklich danken.«

Der Präsident stand hinter seinem Pult im Presseraum des Weißen Hauses und gab die erste Pressekonferenz seit dem Beginn des Irakkrieges, der nun offensichtlich für beendet erklärt war. Er wirkte ganz anders als sonst, fand Lucius Prince. Selbstsicherer, souveräner, gesünder. Sogar sein Stammeln gehörte offenbar der Vergangenheit an.

Prince stand links vom Präsidenten, während Rave sich an dessen rechter Seite aufgebaut hatte, gleich neben Verteidigungsminister Dewey Drillson. Der allerdings sah besorgt aus, fand Prince. Ob der Krieg vielleicht doch nicht so gut gelaufen war, wie der Präsident es behauptete? Wundern würde es ihn nicht. Der Vormarsch der U. S. Army war ein bisschen zu schnell gegangen, als dass es noch glaubwürdig sein konnte. Und anscheinend wurde hier und dort auch noch geschossen. Einzig Raves rundes, glattes Gesicht verriet keinerlei Emotion. Aber das tat es ohnehin selten. »Wir haben sogar schon die ersten Massenvernichtungswaffen von einem Satelliten im All aus geortet«, fuhr der Präsident fort. »Bald werden wir die ersten Waffenlager ausheben können.« Dann sah er sich um. »Ja, bitte?«

Der Korrespondent von *Newsweek* meldete sich als Erster. »Könnten Sie bitte ein bisschen spezifischer werden, Mister President?«, fragte der Journalist. »Was für Massenvernichtungswaffen waren auf den Satellitenbildern denn zu erkennen?«

Der Präsident grinste und drehte sich zu Drillson. »Eine Frage für dich, Dewey.«

Drillson nickte grimmig und doch selbstbewusst. »Wir gehen davon aus, dass Saddam Hussein über eine größere Menge an Cruise-Missiles verfügt hat, die jederzeit mit Atomsprengköpfen hätten bestückt werden können«, sagte er. »Aber wir überwachen jetzt den gesamten Luftraum des Irak. Für unsere Truppen besteht keinerlei Gefahr.«

»Warum entdecken wir die erst jetzt?«, fragte der *Newsweek*-Journalist. »Wir wissen doch schon seit Jahren, dass Saddam darüber verfügt.«

»Daran können Sie sehen, wie hochentwickelt das Waffenprogramm des Irak war«, antwortete Drillson. »Aber das waren jetzt genug Fragen zu diesem Komplex. Andere Journalisten sollten auch mal zu Wort kommen. Ja, Joe? Was ist Ihr Anliegen?«

FUC-Senderchef Joseph Brisbane war zu diesem besonderen Anlass persönlich zum Briefing ins Weiße Haus gekommen. »Unsere eingebetteten Reporter haben berichtet, dass unsere Jungs von der *Featurenews Universal Corporation* in Basra von einer jubelnden Menschenmenge begrüßt worden sind«, sagte Brisbane. »Lieber Mister President, können Sie uns davon vielleicht etwas ausführlicher berichten?«

»Selbstverständlich«, sagte der Präsident. »Also, als die Fifth Airborne in Basra ...«

Während der Präsident antwortete, wurde er von Lucius Prince gemustert, der nur eine Armlänge von ihm entfernt stand. Erstaunlich, wie eloquent der Präsident diese Frage beantwortete. Beziehungsweise der Mann, den Amerika für den Präsidenten hielt. Der Tag vor zwei Monaten, an dem sie die Leiche des echten Präsidenten gefunden hatten, schien ihm wie ein verschwommener Albtraum und ewig lang her. Drillson hatte ihm nicht erzählt, woher dieser neue Präsident kam. Und Rave behauptete sogar, der Präsident sei überhaupt nicht tot gewesen. Er habe bloß einen Herzstillstand erlitten und sei in die geheime Regierungsklinik in den Bunkeranlagen von Pentagon City eingewiesen und dann reanimiert worden. Warum das Ganze zwei Monate gedauert hatte, konnte er allerdings nicht so recht erklären. Zwar war es Rave gelungen, die Abwesenheit des Präsidenten mit Hilfe alter Aufnahmen und fingierter Presseerklärungen zu überspielen, doch irgendwann war es in Washington schließlich doch aufgefallen, dass der oberste Kriegsherr nicht mehr öffentlich auftrat. Es hatte die üblichen Gerüchte gegeben, dass er wieder trank, aber die Zeitungen hatten nichts dergleichen berichtet. Das Fernsehen schon gar nicht. Und dann war ER im Weißen Haus aufgetaucht, der Mann, der wie der Präsident aussah, wie der Präsident redete und sich auch so benahm, als sei er der Präsident. Bloß eine viel bessere Version.

»Natürlich gehen wir davon aus, dass wir das Anthrax-Labor in Bagdad finden«, bellte Drillson. »Unser Geheimdienst hat es meines Wissens sogar schon lokalisiert.« Prince ließ seine Augen den präsidialen Rücken hochwandern. Gerade wollte er sich wieder den Journalisten zuwenden, als sein Blick an einer winzigen Anomalie haften blieb. Irgendetwas war anders. Etwas, das nur in diesem gleißenden Kameralicht zu erkennen war. Prince hüstelte, trat noch ein wenig näher an den Präsidenten heran und wartete, bis dieser sich wieder zu Drillson umdrehte. Dann betrachtete er den Nacken des Präsidenten etwas genauer.

Wenige Millimeter unter dem Haaransatz schien eine Narbe zu sein. Eine sehr kleine, sehr schmale Narbe, die in dem Licht der Scheinwerfer leicht silbrig schimmerte. Sie war nur für denjenigen zu erkennen, der ganz dicht hinter dem Präsidenten stand und ganz genau hinsah.

Während Drillson sich in Ausführungen über die plutoniumbetriebenen U-Boote des Irak verlor, fuhr sich der Präsident durch die Frisur. Nun wurde die Anomalie von Haaren bedeckt. Schade, dachte Prince und trat einen Schritt zurück. Vielleicht war es auch gar nichts. Vielleicht war es einfach nur eine Narbe, die der Präsident immer schon gehabt hatte.

»Die nächste Frage bitte«, sagte der Präsident, lächelte und nickte dem Korrespondenten des *Wall Street Journal* zu.

* * *

»Jason?« Obwohl die Stimme sanft klang, fuhr Gilligan zusammen. Er hatte nicht gehört, dass der Chefredakteur den Raum betreten hatte.

Geschweige denn, dass er im Washingtoner Büro an der K Street vorbeischaute, wo die Korrespondenten der Zeitung saßen, die aus dem Weißen Haus berichteten. Dass sich der Chefredakteur anschlich, war kein gutes Zeichen. »Jason, kommen Sie doch bitte mit«, sagte der Chefredakteur.

Jason war so müde, dass er sich kaum auf den Beinen halten konnte. Er hatte zehn Tage in England verbracht und dort nur stundenweise geschlafen. Zuerst hatte er sich im Hyatt im Londoner Westend einquartiert, wo Claudette gewohnt hatte. Aber nein, eine Ms. Betancour habe hier nicht übernachtet, hatte ihm der Manager versichert. Er hatte es mit »Sabrina Smith« versucht, ebenfalls ohne Erfolg. Wer wusste schon, welchen Namen sie dort benutzt hatte. Ein Foto von ihr besaß er leider nicht. Er hatte Claudette auch dem Hotelpersonal beschrieben, aber niemand konnte sich an sie erinnern. Und an einen Polizeieinsatz, bei dem ein Gast des Hotels verhaftet worden wäre, schon gar nicht.

Als Nächstes hatte er bei der Londoner Polizei nachgefragt und außerdem beim britischen Geheimdienst – dies mit Hilfe eines Kollegen, der für den *Guardian* schrieb und sich mit den Finessen des MI5 und des MI6 auskannte. Ebenfalls ohne Ergebnis. Die französische Botschaft in London hatte steif und fest behauptet, das so genannte Deuxième Bureau sei bereits kurz nach dem Zweiten Weltkrieg aufgelöst worden. In seiner Verzweiflung hatte Jason versucht, eine Aufzeichnung des Telefongesprächs zu bekommen, das sie zuletzt mit ihm geführt hatte, aber eine sehr, sehr schlechtgelaunte Angestellte der Telefongesellschaft hatte ihm bedeutet, seit Maggie Thatcher die Gesellschaft privatisiert habe, sei so etwas nicht mehr möglich. Jedenfalls nicht für Normalsterbliche. Zuletzt hatte er bloß noch gehofft, in dem kleinen Pub gegenüber vom Hyatt jemanden zu finden, der sich an Claudette erinnern konnte, aber das hatte nur seine Leber strapaziert. Gestern hatte er schließlich aufgegeben. Aber er war erst kurz vor Mitternacht in Washington angekommen, weil das Bodenpersonal bei British Airways gestreikt hatte. Wo war eigentlich Maggie Thatcher, wenn man sie brauchte?

Eigentlich hatte Jason geglaubt, nun sei sowieso alles egal, aber er merkte doch, wie sich ein mulmiges Gefühl in seiner Magengrube einstellte, als er den Chefredakteur dabei beobachtete, wie er umständlich einen Stuhl vor seinem Schreibtisch freiräumte. »Jason«, sagte der Chefredakteur schließlich. »Sie waren doch diese Woche auf der Pressekonferenz des Präsidenten, wo Verteidigungsminister Drillson über die irakischen Massenvernichtungswaffen berichtet hat, nicht wahr?«

Jason nickte. Er hatte den Bericht im Hyatt geschrieben, basierend auf Agenturnachrichten und der Berichterstattung von *BBC World*, und ihn per E-Mail in die Redaktion geschickt. Das, was Drillson behauptete, war vollkommener Unsinn, das war ihm auch von London aus klar gewesen. Nie im Leben hatte der Irak derart hochentwickelte Waffensysteme. Woher auch? Deren Haupteinkaufsquelle waren die Russen und die hatten nur schrottige MIGs.

»Nun ja«, sagte der Chefredakteur. »Es gibt da ein kleines Problem.« Er hob ein Bündel Zeitungen auf, die auf seinem Schreibtisch lagen. »Schauen Sie sich doch mal diese Schlagzeilen an.«

Die oberste Zeitung war die *Washington Times.* »Saddam Hussein hat Cruise-Missiles mit Atomsprengköpfen« lautete die Schlagzeile. Darunter war in kleinerer Schrift zu lesen: »Pentagon überwacht irakische Massenvernichtungswaffen mit Hilfe von Satelliten im Weltall«.

»Wissen Sie, Jason«, sagte der Chefredakteur. »Ich war sehr geduldig mit Ihnen. Ich habe mich nicht beschwert, als Sie letzten Sommer diese Auszeit genommen haben. Ebenso wenig über diese abstrusen Geschichten über Pakistan oder die CIA. Aber das ...« Er schüttelte den Kopf, »... dass wir als einzige Zeitung diese Schlagzeile nicht gebracht haben, gerade jetzt, wo der Krieg siegreich zu Ende gegangen ist. Und es ist ja nicht das erste Mal, dass Sie so etwas versäumen. Während unsere Kollegen da unten im Irak so erstklassiges Material liefern. Erst letzte Woche gab es einen Bericht über den Fund von Anthrax-Fässern im Palast von Saddam Hussein.«

»Ich glaube«, antwortete Jason und spürte dabei selbst, wie lahm er klang, »ich glaube einfach, dass die Beweise, die das Pentagon vorgelegt hat, nicht stichhaltig sind.«

»Was mich noch mehr wundert«, fuhr der Chefredakteur fort. »Sie hatten doch einen Bericht über diese Drohne geschrieben. Sie wissen schon, diese ...«

»... die plutoniumbetriebene, hypersonare Superdrohne, die die Fernsteuerungs-Technologie der Predator IV mit den Tarnfähigkeiten des Golfbombers verbindet?«, fragte Jason. Er hatte geschrieben, die Drohne werde von der Air Force bereits in geheimer Mission eingesetzt. Im Irak und möglicherweise sogar im Inland. Es war ein Testballon gewesen. Er wollte sehen, wie das Pentagon reagierte.

»Und Sie haben geschrieben«, sagte der Chefredakteur, »dass Drillson sich geweigert habe, sicherheitsrelevante Entwicklungen im Rüstungssektor zu kommentieren?«

Jason nickte. Jetzt begann er, wirklich Unheil zu ahnen.

»Wann haben Sie ihn denn genau befragt?«, wollte der Chefredakteur wissen. »War das auf der gleichen Pressekonferenz, bei der er über die Massenvernichtungswaffen geredet hat?«

»Ich ... ich glaube schon«, stammelte Jason. »Ich meine aber, dass es mehr so am Rande war. Nicht vor allen Kollegen oder während der Fernsehübertragung.«

»Und Sie waren ganz sicher bei dieser Pressekonferenz?« Der Chefredakteur ließ nicht locker.

Jason begann schon wieder, zu schwitzen. Ob sein Chef das sah? »Sicherlich«, sagte Jason. Dann fiel ihm ein, dass er einfach hätte sagen sollen, er habe Drillson angerufen. Wer konnte schon ahnen, dass dieser Vollidiot von Präsident seine erste und einzige Pressekonferenz im Quartal ausgerechnet in der Woche abhielt, die er in London verbrachte?

»Wissen Sie«, sagte der Chefredakteur und klang nun so betont freundlich, dass Jason am liebsten aus dem Fenster gesprungen wäre, »es ist nur komisch, dass Sie dort niemand gesehen hat. Mister Rave nicht und Mister Prince, mit dem ich gestern Lunch hatte, auch nicht. Und diese Superdrohne, sagt Prince, gäbe es gar nicht.«

Diese Ratten. »Ich musste … äh … etwas früher gehen«, stotterte Jason.

»Wenn Sie früher gegangen sind, wie konnten Sie dann mit Drillson am Rande der PK noch reden?« Der Chefredakteur hatte ihn eingekreist wie die Schlange das Kaninchen.

Jason stand auf. »Gut«, erklärte er. »Ich war nicht dort. Ich habe im Moment ein paar familiäre Probleme und deshalb keine Zeit. Aber ich muss auch nicht die Pressekonferenzen des Weißen Hauses besuchen, nur um mich von Drillson anlügen zu lassen. So verstehe ich meinen Job nicht.«

»Familiäre Probleme?«, fragte der Chefredakteur, nun gruselig nett. »Mit Elisabeth?«

Als Jason nickte, wusste er bereits, dass dies sein letzter, endgültiger Fehler war. Elisabeth und sein Chefredakteur kannten sich noch aus Yale.

»Elisabeth«, sagte sein Chef, »hat mir erzählt, Sie seien nach London geflogen. Um ein paar Tage Urlaub zu machen und auszuspannen.« Er lehnte sich in seinem Schreibtischsessel zurück, verschränkte die Arme hinter seinem Kopf und sah Jason für eine halbe Minute kommentarlos an. »Jason«, sagte er schließlich. »Sie arbeiten nun schon sehr lange für uns und ich will nicht aus diesem einen Vorfall …« Er hielt inne und schüttelte den Kopf. »Gut, ich will das nicht dramatisieren. Und ich möchte auch Elisabeth nicht brüskieren. Gibt es vielleicht ein Ressort, in dem Sie sich wohler fühlen würden und dem Sie auch eher gewachsen wären? Vielleicht Gesundheit? Wissenschaft? Oder verstehen Sie etwas von Erziehung?«

Jason spürte, wie alles Blut aus seinem Gesicht wich. Er stand auf. »Wenn Sie meinen Artikeln über Rüstungspolitik nicht mehr trauen«, sagte er, »dann sollte ich vielleicht die Redaktion verlassen.«

Der Chefredakteur blickte ihn kühl an. »Ja«, sagte er. »Das sollten Sie.«

SUPER SOLDIERS

Ein scharfer Schnitt mit dem Skalpell und die Augen des aufgedunsenen Endfünfzigers füllten sich mit Tränen. »Aua«, sagte er.

Der Schönheitschirurg im weißen Kittel zog die Augenbrauen hoch. »Wenn Sie stillhalten«, sagte er, »tut es auch nicht so weh.« Gleich hinter dem Chirurgen bot ein Panoramafenster den Blick auf die schönste Schweizer Bergwelt. Weiße Gipfel, blauer Himmel, dunkelgrüner Wald. Doch dafür hatte der Endfünfziger mit den schwarzen Haaren und dem Bartschatten ganz offensichtlich keine Augen. Er konnte die Berge auch gar nicht sehen. Er lag auf einer dunkelroten Ledercouch, während sich der Chirurg über ihn beugte. »Als Erstes«, sagte der Chirurg, »muss ich Ihre Tränensäcke wegoperieren. Danach kommen vier Backenzähne raus.«

»Aua«, sagte der Endfünfziger noch einmal. »Warum kriege ich keine Narkose?«

»Ich habe Ihnen doch schon drei Spritzen zur örtlichen Betäubung gegeben«, antwortete der Chirurg. »Das muss erst einmal reichen. Vollnarkose ist immer ein medizinisches Risiko. Was glauben Sie, was mir meine Auftraggeber erzählen, wenn Sie tot sind?«

Der Endfünfziger zuckte mit den Schultern. »Wahrscheinlich ist denen das ganz recht«, sagte er. »Der Einzige, der mich bisher besucht hat, ist Wilbur.«

»Schscht«, zischte der Schönheitschirurg. »Keine Namen. Das will ich gar nicht wissen. Und jetzt machen Sie die Augen zu und entspannen Sie sich.«

»Was für ein großes Baby«, sagte Dewey Drillson, der knapp fünftausend Meilen entfernt im Pentagon ebenso ungehalten war wie der Schweizer Schönheitschirurg. Er gab Doktor Henry Wolfstetter einen Wink, das Video zu stoppen. »Dabei haben wir ihm doch extra einen Privatflug nach Winterthur spendiert. Kann mir noch mal jemand erklären, warum wir ihn nicht an Ort und Stelle haben erschießen lassen?«

Vizepräsident Harry Burton zog die Augenbrauen hoch. »Weil Sie persönlich den Befehl gegeben haben, ihn rauszuschaffen«, erinnerte er den Verteidigungsminister. »Und zwar, weil wir ihn noch brauchen. Wir müssen die Fernsehbilder von seiner Festnahme ausstrahlen lassen. Und später dann natürlich auch die Aufnahmen vom Kriegsverbrecher-Prozess. Vor allem aber brauchen wir ihn im Zusammenhang mit den Anschlägen auf das World Trade Center.«

»Wenn wir ihn so umarbeiten lassen, dass ihn am Ende keiner mehr erkennt, können wir ihn aber auch nicht mehr abfilmen lassen«, bemerkte Drillson.

»Das ist alles geregelt«, antwortete Burton. »Doktor Wolfstetter hat diese Wochen genutzt, um genügend Bilder für die nächsten paar Jahre anfertigen zu lassen. Und zur Not haben wir noch zwei von den Doubles. Vor allem aber brauchen wir ihn, um der Welt den Verantwortlichen für die Angriffe auf das World Trade Center präsentieren zu können. Ich habe einen genialen Plan ausgearbeitet, der ...«

Wolfstetter, der heute selbst für seine Verhältnisse unglücklich aussah, räusperte sich vernehmlich. »Mit Ihrem Plan gibt es leider ein kleines Problem«, unterbrach er den Vizepräsidenten. »Wir haben ...« Er schwieg, als es an der Tür des Konferenzraumes klopfte. Alle sahen sich an. Konnte das Prince sein? Oder gar Powder? Geistesgegenwärtig drückte Wolfstetter auf die Fernbedienung und der Bildschirm schaltete auf *CNN* um. Oder war es *FUC*? Irgendwie waren die Sender einander so ähnlich geworden.

»Guten Morgen, meine Herren«, sagte eine gutgelaunte Stimme aus Richtung der Tür. Es war der Präsident. Neben ihm stand Albert Rave, so wie nahezu immer in letzter Zeit. »Hat die Operation Gänseflug funktioniert?« Burton verzog kaum merkbar das Gesicht. Er hatte sich immer noch nicht daran gewöhnt, wie agil der Präsident plötzlich war. Womit fütterte Rave ihn bloß neuerdings?

Drillson stieß die Hacken zusammen und nickte. »Jawohl«, sagte er. Nur Wolfstetter sah noch etwas bedrückter aus als zuvor.

»Gut, gut«, sagte der Präsident aufgeräumt. »Das Wichtigste, an dem wir jetzt arbeiten müssen, ist, weiterhin den Irak mit den Anschlägen auf das World Trade Center in Verbindung zu bringen. Unser Amt für Strategischen Einfluss hat zwar schon exzellente Arbeit geleistet und Beweise vorgelegt, doch leider hat die Presse einige davon unschön zerpflückt. Aber nun haben wir Saddam, den Oberschurken, ja in Gewahrsam. Was war denn nun Ihre geniale Idee, lieber Harry?«

Wolfstetter hüstelte. »Ähm, Mister President«, sagte er. »Wie ich gerade erklärte, ist da leider ein Problem aufgetreten.« Er drückte erneut auf die Fernbedienung und das Video startete von vorne. Der dunkelhaarige Endfünfziger wurde, schmutzig und erschöpft, aus einem Erdloch gezogen. Ein Arzt mit Gummihandschuhen untersuchte ihn. Dann stand er mit dunklem Bartschatten, finsterem Blick und Handschellen in einem Gerichtssaal, umringt von Männern im Kaftan und Männern in Uniformen der U. S. Army. Nach einem Schnitt erschien ein agiler Mittvierziger, der grinsend in die Kamera sah. »Das waren schlechte Nachrichten«, sagte er. »Aber es gibt auch gute Nachrichten. Fünfzehn Minuten ersparen Ihnen fünfzehn Prozent bei ihrer Autoversicherung.«

»Wie kommt denn das da rein?«, fragte der Präsident.

»Keine Ahnung«, sagte Wolfstetter und spulte rasch vor. »Vielleicht Corporate Sponsoring?« Sekunden später war auf dem Video wieder der Endfünfziger zu sehen. Er lag auf der roten Ledercouch vor dem Schweizer Alpenpanorama. Seine Haare waren nun lang und halbwegs glatt und auch seine Gesichtshaut war geglättet. Die Tränensäcke waren weg und die Wangen deutlich schmaler. Das ganze Gesicht war schmaler. Er trug einen langen schwarzgrauen Bart, der wie angeklebt wirkte. Nur die Augen hielt er geschlossen. Er sah aus wie eine verunglückte Kopie von Osama Bin Laden.

»Oh, mein Gott«, sagte Drillson zu Burton. »Das ist also ihr genialer Plan? Saddam Hussein in Osama Bin Laden zu verwandeln? Ich dachte, wir wollten ihn als Saddam gestehen lassen, die Anschläge auf das World Trade Center verübt zu haben?«

»Ich fand, das hier wäre glaubwürdiger«, sagte Burton gequält.

Drillson schüttelte den Kopf. Er war sich noch nicht ganz sicher, ob das Ganze ein genialer Plan oder der nackte Wahnsinn war. »Sie hätten mir wenigstens Bescheid sagen können«, knurrte er. »Aber wo ist nun das Problem?«, wollte er von Wolfstetter wissen.

»Das Problem«, sagte Wolfstetter, »ist, dass er die Fettabsaugung nicht überlebt hat.«

Selbst in seinem neuen, agilen Zustand brauchte der Präsident ein paar Sekunden, um diese Information zu verarbeiten. »Sie meinen, er ist tot?«

Wolfstetter zuckte traurig mit den Schultern und nickte. »Er hat auf eine Vollnarkose bestanden«, erklärte er. »Da besteht immer ein gewisses Risiko.«

Das durfte nicht wahr sein, dachte Drillson. Und es war der Beweis, dass er wirklich ausschließlich von Idioten umgeben war. »Erzählen Sie mir gerade, dass Saddam den Löffel abgegeben hat, noch bevor er ein Geständnis ablegen konnte und die Operation zu Ende war?«, fauchte er in die Richtung von Burton und Wolfstetter.

Burton verzog den Mund. »Und wenn wir ihn als toten Osama vorführen?«, schlug er vor.

»Reden Sie keinen Unsinn«, sagte Drillson gleichbleibend scharf. »Sieht er etwa aus wie Osama? Eher sieht er aus wie ein schlecht gealterter Michael Jackson.« Dann wandte er sich an Wolfstetter. »Aber wir haben doch noch die Doubles, oder?«

Wolfstetters Gesicht sah nun so zerfurcht aus wie das von Liza Minelli ohne Make-up. »Ja, aber die können wir für einen Auftritt als Osama wirklich nicht nutzen«, sagte er. »Dafür brauchen wir einen Vollprofi und keinen von der Straße geholten Puerto-Ricaner.«

Erstaunlicherweise war es der Präsident, der die entscheidende Frage stellte. »Wie präsentieren wir nun einen Schuldigen für die Anschläge auf das World Trade Center?«

Alle sahen sich ratlos an. Drillson begriff, dass er etwas sagen musste. »Vielleicht könnten wir einen Oppositionellen finden, der gegen Saddam aussagt?«

»Ich weiß nicht«, entgegnete Rave. »Von denen wurden auch schon zwei oder drei von der Presse auseinandergenommen. Aber ich habe da noch etwas.« Er zog ein Bündel aus seiner Aktentasche. »Vielleicht lässt sich das erst mal verwenden.«

* * *

»Oh ja«, stöhnte Linda. »Oh mein Gott, halt mich fest!« Tom Powders Finger streichelten zärtlich ihren flachen Bauch und ihre Hüften. Dann zog er sie in seine Arme und sie schloss die Augen. Es war wunderbar, die warme Haut eines Mannes auf der ihren zu spüren! Nun legte er sich auf sie, heftig atmend. Er war so weit. Und sie auch. Schon lange. »Ja!«, sie stöhnte noch einmal und schrie nun fast. »Jetzt!« Er griff ihre Handgelenke, zog sie über ihren Kopf und küsste ihr Gesicht, ihre Wangen, ihre Halsbeuge und ihre Schultern. Noch während er sie küsste, drang er in sie ein. Ihrer beider Begierde, ließ ihre Körper verschmelzen. Das Gefühl war so intensiv, dass sie beinahe ohnmächtig wurde.

Als es vorbei war, rollte Tom Powder sich völlig erschöpft auf den Rücken. Er brauchte einige Zeit, bis er sich aufrichten und auf den Ellbogen stützen konnte. Dann streckte er seine Hand aus und streichelte Linda ganz langsam. »Geht es dir gut?«, fragte er.

Sie lächelte und schob sich ein wenig näher an ihn heran. »Natürlich«, antwortete sie.

»Ich bin noch immer besorgt, dass uns irgendwer hier erwischen könnte«, flüsterte Powder in ihr Ohr. »Es ist ein Wunder, dass es so lange gut gegangen ist. Das hier ist immerhin das Schlafzimmer des Weißen Hauses.«

Linda zuckte mit den Schultern. »Ich glaube, dem Präsidenten ist das inzwischen egal«, sagte sie. »Außerdem ist er gar nicht in Washington. Er ist in den Irak geflogen. Zur Truppenbetreuung, glaube ich.«

»Findest du nicht auch, dass der Präsident seit ein paar Monaten irgendwie verändert wirkt?«, fragte er. »Aufgeräumter, agiler? Beinahe so, als sei er mit zusätzlichen Gehirnzellen gefüttert worden?«

Sie nickte. Dabei hielt sie ihre Augen geschlossen. Am liebsten wäre sie für immer so liegengeblieben. Wenn doch nur der Präsident nicht wäre.

Powder gab nicht auf. »Sind dir vielleicht andere Angewohnheiten bei ihm aufgefallen?«, fragte er.

Sie öffnete die Augen, richtete sich auf und dachte nach. »Diesen komischen Fitnessdrink trinkt er jedenfalls zum Glück nicht mehr«, sagte sie. »Aber jetzt, wo ich darüber nachdenke, ist mir wirklich etwas aufgefallen. Ich weiß nicht, ob es wichtig ist, aber Rave hat so eine Art Metalldetektor in allen Räumen des Weißen Hauses installieren lassen. Und ich glaube, auch im Pentagon und der Air Force One. Da drüben an der Tür ist einer, siehst du?«

»Metalldetektoren?«, fragte Powder.

Sie nickte. »Das sagt jedenfalls Rave. Für mich sehen die aber mehr aus wie ... ich weiß nicht, wie Langwellenempfänger? Oder vielleicht Radargeräte?«

Nun lächelte er, ein ganz klein wenig. »Vielleicht will Rave den Präsidenten wegbeamen lassen, wenn er ihn nicht mehr braucht.« Er rutsche wieder ein paar Zentimeter näher an sie heran. »Er ist doch mit der Air Force One im Irak, oder?«

»Ich glaube schon«, sagte sie. »Was ist da unten eigentlich los? Läuft da wirklich alles so glatt, wie *FUC* und *CNN* behaupten?«

Powder schüttelte den Kopf. »Wenn du wüsstest«, sagte er. »Da unten ist der Teufel los. Aufständische überall und unseren Jungs fliegen täglich die Kugeln um die Ohren. Das wird noch böse enden.«

Sie seufzte. »Und Saddam Hussein? Warum haben wir den noch nicht gefangen?«

»Keine Ahnung«, antwortete er. »Aber das ist wohl nur noch eine Frage der Zeit.« Er vergrub sein Gesicht in ihrer Armbeuge. »Mach dir keine Sorgen«, flüsterte er. »Alles wird gut.«

»Ach, mir ist noch etwas aufgefallen«, sagte sie. »Er hat im Nacken plötzlich so eine komische Narbe. Eine dünne, zickzackförmige Narbe. Und Jeremiah, mein Schwager, hat jetzt auch so eine. Glaubst du, dass ...« Sie verstummte, als sie ein Geräusch von der Tür zum Vorraum hörte. Auch Powder schrak zusammen und drehte sich auf die Seite, so dass er die Tür sehen konnte. Nichts.

Vorsichtshalber ließ er sie nun los, küsste sie flüchtig auf die Wange und richtete sich auf. »Warte«, sagte er. Er schlich leise zur Tür und stieß sie plötzlich und heftig auf. Vor der Tür war auch nichts. Vielleicht hatten sie sich getäuscht. Er wollte sich schon wieder zu ihr in das rosaseidene Bett legen, da bemerkte er, dass das Geräusch offenbar aus dem Kasten bei der Tür kam, auf den Linda noch vor ein paar Minuten gedeutet hatte. An dem Kasten war ein metallener Griff, an dem er – nach kurzem Zögern – zog.

Mit lautem Brummen sprang der Kasten auf. Darin waren allerlei Drähte, rotierende Metallscheiben, blinkende Lichter und dünne Leitungen. Der Kasten brummte noch einmal laut und wurde dann still. Powder fühlte einen merkwürdigen ziehenden Schmerz in seinem Nacken. So, als ergreife ihn eine riesige unsichtbare Hand und versuche, ihn auf die Beine zu stellen.

Wieder das Geräusch. Es war doch nicht von dem Kasten gekommen, sondern von der Tür. Powder stieß sie auf und konnte gerade noch an der gegenüberliegenden Tür, die ins Treppenhaus führte, einen Schatten erkennen.

Er überlegte ein paar Sekunden, was er tun sollte – er war schließlich immer noch nackt – dann trat er in den Vorraum. Keine Spur eines Eindringlings zu sehen. Oder? Plötzlich sah er auf dem Teppich zwischen den beiden Plüschsesseln und dem Beistelltischchen etwas blitzen. Er trat näher heran und hob den Gegenstand auf.

Es war ein Manschettenknopf. Der Knopf war aus Silber mit einer Einlage aus Lapislazuli. »Linda!«, rief Powder. »Linda – ich glaube, ich habe etwas Interessantes gefunden. Wo sind denn die Manschettenknöpfe deines Mannes? Ich muss etwas vergleichen!«

Linda antwortete nicht. Als er wieder ins Schlafzimmer trat, führte sie gerade ein Telefonat. Sie klang kühl und unaufgeregt. »Weißt du was, Wilma«, sagte sie, »und das kannst du Betty auch gleich erzählen. Macht doch, was ihr wollt. Mir ist es egal.«

* * *

Der Saal war voll bis auf den letzten Platz. Männer mit Zottelbärten. Junge Frauen mit T-Shirts, auf denen Sprüche wie »My Bush Would Be A Better President« oder »The CIA Knew« standen. Alte Frauen mit dicken Brillen und ACLU-Mitgliedskarten. Frauen im Sari. Junge Anwälte in Jeans, die so taten, als seien sie cool. Dunkelhäutige Männer mit weißen Häkelkäppchen auf dem Kopf, die unbehaglich dreinschauten. Kleinkinder mit Bandanas. Hunde mit Bandanas. Der eine Feuerwehrmann, der sich als Zeuge für das »Forum für Wahrheit und gegen die Verschwörung der Regierung« zur Verfügung gestellt hatte. Und überall Verkäufer. In dem alten Opernsaal in Manhattan hatten sich alle die getroffen, die sich nicht mit den offiziellen Erklärungen abfinden mochten. Mitten unter den mehr als tausend Skeptikern saß ein junger Mann in schwarzen Jeans und grünem Sweatshirt, auf dem »Groom Lake« stand. Die langen braunen Haare hatte er zu einem Pferdeschwanz gebunden. Manuel Goldstein aus Rachel, Nevada.

Manuel hockte angespannt auf der vordersten Kante des Sitzes. Er war ein wenig müde nach der langen Anreise. Er kam mit einem Billigflieger und hatte in Atlanta umsteigen müssen. Außerdem war er nicht mehr daran gewöhnt, inmitten von so vielen Leuten zu stecken, die alle durcheinanderredeten und sich per Ellbogen ihren Weg bahnten. Und er war nervös, weil er befürchtete, vielleicht beobachtet werden zu können.

Die Feds waren nicht wieder bei seinem Trailer aufgetaucht. Er hatte allerdings auch keine geheimnisvollen schwarzen Vögel mehr am Himmel gesehen. Der Krieg hatte sich über alles gelegt wie ein lähmendes Gift. In Washington behauptete man inzwischen, Saddam Hussein stecke hinter dem Anschlag auf das World Trade Center. Aber das taten sie wohl nur, weil sie Bin Laden nicht fangen konnten.

Bevor er nach New York geflogen war, hatte er Jason angerufen und war ziemlich schockiert gewesen, als der ihm erzählt hatte, er sei gefeuert worden. Er hoffe aber, bald etwas anderes zu finden. Dabei hatte Jason allerdings nicht sehr hoffnungsvoll geklungen. Aber er werde nach New York kommen. Er habe Neuigkeiten über Claudette. Allerdings keine guten Neuigkeiten. Manuel sah sich um, konnte Jason aber nirgends erspähen. In der ersten Pause würde er ihn noch einmal anrufen.

Manuel war auf der Konferenz, weil es – wie er hoffte – eine neue Spur gab. WarriorKahless hatte sich wieder bei ihm gemeldet. Besser gesagt, hatte er Manuel förmlich mit E-Mails bombardiert. Er solle unbedingt nach New York fahren. Wenn das, was er im Geheimdienstapparat gehört habe, stimme – und er sei sich sicher, dass es stimme –, werde Manuel dort einen wichtigen Informanten treffen, hatte WarriorKahless geschrieben. Einen, der ihm helfen werde, das Rätsel um das World Trade Center zu lösen. Er dürfe aber nicht mehr verraten, sonst gefährde er das Leben dieses Informanten. Manuel hatte nach längerer Überlegung beschlossen, WarriorKahless zu vertrauen. Er hätte nur gerne gewusst, auf wen er hier eigentlich wartete.

Vorne auf der Bühne hatte gerade die Punkrockband *Rosie O'Donnell & The Dead Goldfish* ihren Auftritt beendet. Nun sprach ein junger Mann von der Columbia University vor einer Videoleinwand über einen mysteriösen Blitz, der schon Millisekunden vor dem Aufprall der beiden Flugzeuge an der Fassade der Twin Towers zu sehen gewesen sei. Das beweise, dass die Flamme nicht vom Kerosin stammen könne. Manuel gähnte. Er glaubte nicht, dass jemand, der eine halbe Stunde brauchte, um einen Videoprojektor zum Laufen zu bringen, hinreichend qualifiziert war, komplizierte technische Vorgänge zu beurteilen. Erst als der nächste Redner angekündigt wurde, schreckte er auf. Ein politischer Flüchtling aus Pakistan. War das der Überraschungsgast, den Warrior-Kahless gemeint hatte? Manuel starrte den Mann auf der Bühne an, der offenbar nicht erkannt werden wollte. Er trug ein Bandana über dem Mund und der Nase. Nur seine Augen waren zu sehen.

»Nennt mich Ali«, sagte der Mann. »Ich habe für den ISI, den pakistanischen Geheimdienst, gearbeitet. Wir haben das Grenzgebiet zu Afghanistan bewacht und die Pipelines und die Ölanlagen vor Saboteuren geschützt. Es war gefährlich, aber wir wurden gut bezahlt. Doppelt sogar, von unserer Regierung und von einem Mann, der Chef einer amerikanischen Ölfirma war. Wir haben dessen Namen nie erfahren, aber ich habe ihn einmal von weitem auf einem Parkplatz gesehen, als er von einer Limousine abgeholt wurde. Er war mindestens sechzig Jahre alt, ziemlich feist und er hatte eine Glatze mit einem Kranz weißer Haare. Er sah aus wie euer Vizepräsident. Wie Harold H. Burton.«

Burton! Manuel unterdrückte einen Pfiff. Konnte das wahr sein? Allerdings traf die Beschreibung auf jeden zweiten Amerikaner dieses Alters zu. »Wir waren dreißig, vierzig Männer, alle jung und durchtrainiert«, sagte Ali. »Bis eines Tages die Hälfte von uns nicht mehr zur Arbeit kam. Ich habe sie erst wieder im Fernsehen gesehen. Auf Steckbriefen nach dem Anschlag auf das World Trade Center. Nur den vermeintlichen Anführer, den kannte keiner von uns.«

Nach dem Vortrag – zur Auflockerung spielte die palästinensische Folkloregruppe *Eternal Dschihad* Lieder gegen den Krieg – rannte Manuel hinter dem Pakistani her, der seinerseits versuchte, so schnell wie möglich von der Bühne zu gelangen. »Warten Sie!«, rief Manuel ihm nach. Manuel erwischte den Mann gerade noch am Hinterausgang des Saales. Der Mann kam ihm irgendwoher vage bekannt vor.

»Keine Sorge, ich arbeite nicht für die Feds«, sagte Manuel. »Bitte, hören Sie mir zu. Ich recherchiere gemeinsam mit einem Freund, der für eine große amerikanische Zeitung schreibt, über die wahren Hintergründe des Anschlags auf das World Trade Center. Ich fand

Ihren Vortrag sehr interessant. Können Sie noch ein paar mehr Details nennen?« Er hatte eigentlich »Beweise« sagen wollen, aber das traute er sich nicht.

»Sind Sie auch Journalist?«, fragte der Pakistani.

Manuel überlegte kurz. Student der Kunstgeschichte klang nicht so beeindruckend. »Ich bin Hacker«, sagte er. »Ich verstehe etwas von Computern.« Und dann, in einem ebenso verzweifelten wie tollkühnen Versuch, das Vertrauen seines Gegenübers zu gewinnen: »Ich soll Sie von WarriorKahless grüßen.«

Das war das Zauberwort. Der Blick des Pakistanis öffnete sich. Er sah sich kurz um und zog einen Gegenstand aus seiner Tasche. »Vielleicht hilft Ihnen das«, sagte er und drückte Manuel ein Stück Metall in die Hand. »Aus Karachi. Das soll aus dem Computer eines amerikanischen Journalisten stammen, der ermordet wurde.« Dann drehte er sich um und ging. Manuel schob das Metallstück unter sein T-Shirt und drückte sich durch die Tür wieder in den Opernsaal.

Lange hielt es ihn nicht mehr in seinem Sessel. Als er auf die West 34th Street trat, um in die U-Bahn zu steigen, blickte er sich vorsichtig um. Er sah niemanden, der ihn beobachtete. Aber vielleicht waren sie auch einfach nur zu gut.

Im Hotelzimmer angekommen, zog Manuel das Metallstück unter seinem T-Shirt hervor und legte es auf den wackeligen Tisch. Es war die Festplatte eines Computers. Er griff nach seinem Laptop, schraubte die Rückseite auf und klappte sie hoch. Er grunzte erleichtert. Gott sei Dank, die Festplatte passte in seinen Mac.

Es war nicht einfach, sie zu installieren, aber Manuel verstand etwas von diesen Dingen. Nachdem er sie angeschlossen hatte, öffnete er das Festplattenverzeichnis auf seinem Bildschirm. Dann klickte er auf den ersten Ordner. Darin waren achtzehn Dateien mit arabisch klingenden Namen. Er öffnete die erste von ihnen, die »Atta.pdf« hieß, und eine Art Steckbrief eines Mannes erschien auf dem Schirm. Vielmehr schien es eine Art Lebenslauf zu sein. In der Datei war penibel aufgelistet, wie der Mann hieß, wie alt er war und was er wo und wann getan hatte.

Dazu ein großformatiges Foto des Mannes. Es war der vermeintliche Anführer der Attentäter.

Die übrigen Dateien waren gleich aufgebaut. Es waren die achtzehn Flugzeugentführer, kein Zweifel. Manuel öffnete den nächsten Ordner mit Bilddateien im jpeg-Format. Als er das erste Bild anklickte, füllte es den ganzen Bildschirm seines Laptops aus. Es war das Cockpit eines Flugzeugs mit allen Anzeigen und Instrumenten. Das Cockpit einer Boeing 767.

Manuel wurde langsam schwindelig. Der nächste Ordner enthielt nur Audio-Dateien. Vielleicht hatte der tote Journalist – falls das überhaupt wirklich dessen Festplatte war – seine Interviews digital abgespeichert. Aber die Dateien klangen nicht nach Interviews. Als Erstes hörte Manuel einen entsetzten, unterdrückten Schrei und dann eine weibliche Stimme. »Oh Gott, sie haben ... sie haben ... es sind Entführer, mindestens drei. Sie haben das Flugzeug übernommen.« Wieder war ein paar Sekunden nur Schluchzen zu hören, dann noch einmal die Frauenstimme, während das Getöse im Hintergrund anschwoll. »Sie ... sie haben, sie haben Teppichmesser. Ich habe Angst. BITTE tu etwas. Ruf das FBI, die CIA, irgendwen.« Wieder Schluchzen. »Kannst du mich noch hören? Die Verbindung ist so schlecht ... Oh Gott, sie kommen, sie ...«

Das Fenster auf seinem Computer schloss sich wieder. Manuel warf einen Blick auf die Uhr. Ein Uhr nachts. Egal. Er griff zu dem elfenbeinfarbenen Telefonhörer neben seinem Bett und wählte eine Mobilnummer. Am anderen Ende meldete sich eine schläfrige Stimme. »Gilligan«, sagte die Stimme. »Wer ist denn da?«

»Jason, ich bin es, Manuel«, sagte er. »Bist du in New York? Du musst sofort kommen. Sofort. Ich habe etwas Unglaubliches entdeckt. Ich habe ... nein, ich kann es dir nicht am Telefon sagen. Das wäre viel zu gefährlich. Komm hierher. 129 West 81st Street, Hotel Kramer.

Als er sich zurücklehnte, durchfuhr es ihn wie ein Blitz. Er wusste, woher er den Pakistani kannte, der ihm die Festplatte gegeben hatte. Das war einer der beiden Männer, die er im Winter gesehen hatte. Im *Little A'Le'Inn.*

Eine halbe Stunde später klopfte ein übermüdeter und genervter Jason Gilligan an die Zimmertür im Hotel Kramer. Niemand antwortete. Er klopfte noch einmal. Wieder nichts. War Manuel etwa eingeschlafen? Er überlegte kurz und drückte die Klinke herunter. Die Tür war nicht abgeschlossen. Als sich seine Augen an das dunkle Zimmer gewöhnt hatten, erkannte er einen Körper auf dem Bett. Einen jungen Mann mit Pferdeschwanz und nacktem Oberkörper. Er lag auf dem Bauch und hatte einen großen dunkelroten Fleck zwischen den Schulterblättern. Und er rührte sich nicht.

Jasons zitternde Finger fanden den Lichtschalter. Er spurtete zum Bett, packte Manuel an den Schultern und schüttelte ihn. »Manuel!«, rief er. »Mein Gott, Manuel, wach auf!«

Manuel bewegte sich nicht. Er atmete nicht einmal. Seine rechte Hand hielt das Kabel eines Laptops umklammert. Aber Jason sah keinen Laptop. Als er den schlaffen Körper herumdrehte, konnte er nur mit Mühe einen Aufschrei unterdrücken. Manuels Gesicht war blutverschmiert. Auf seiner nackten Brust prangte eine Wunde, die aussah wie das Einschussloch eines Revolvers.

MEIN NAME IST GILLIGAN. JASON GILLIGAN

Es war vorbei. Jason Gilligan kauerte auf dem Sessel in dem kleinen New Yorker Studio, das ihm ein Freund überlassen hatte, der den Sommer in den Hamptons verbrachte. Mit beiden Händen umklammerte er ein Rotweinglas, das er seit einer Ewigkeit anstarrte. Das dritte Glas an diesem Abend. Nein, er brauchte sich keine Vorwürfe zu machen. Er hatte alles versucht. Alles. Für ein paar wilde Gerüchte hatte er seine Stelle verloren, seine Karriere ruiniert, sich zum Gespött in Washington gemacht und seine Ehe mit Elisabeth war auch so gut wie beendet. Ausgezogen war er bereits.

Mit einem raschen Zug trank er das Glas leer, schenkte sich nach und prostete seinem Spiegelbild in der Fensterscheibe zu. Auf all die Menschen, die seit dem Anschlag auf das World Trade Center unter mysteriösen Umständen getötet, verschleppt oder brutal überfallen wurden. Wie Manuel. Er hätte Manuel stoppen sollen, statt ihn in seiner Paranoia noch zu bestärken. Und das Schlimmste war, dass all seine Anstrengungen umsonst gewesen waren. All die Nächte, die er mit schmerzendem Rücken am Computer verbracht hatte, und die Tage, in denen er sich an Verschwörungstheorien aufgerieben hatte. Wer auch immer hinter dem Anschlag steckte, er würde es sicherlich nicht herausfinden. Und wenn doch, würde er es vermutlich nicht überleben. Es war Zeit, dass er aufgab. Höchste Zeit.

Jason seufzte und schenkte sich noch etwas Rotwein nach. Er hatte noch ein letztes Mal von Washington aus versucht, herauszufinden, was mit Claudette passiert war. Die CIA – so viel hatte er immerhin erfahren – war schon seit Jahren hinter einer Agentin her, die »Sharona Eins« hieß und von der vermutet wurde, sie spioniere sowohl für den französischen Geheimdienst als auch für einen Dienst im Mittleren Osten. Sie hatte, den Schilderungen zufolge, eine auffällige Tätowierung. Eine rote Schlange, deren Kopf ein Pfeil war. Und sie sollte in D. C. im verdeckten Einsatz sein. Aber sie sei seit ein paar Wochen abgetaucht, gaben ihm seine Quellen zu verstehen. Die CIA vermutete, sie befinde sich in Syrien oder im Jemen. Mehr hatte Jason nicht herausgefunden. Und wo sie war, wusste er auch nicht.

Er hatte die letzten Wochen versucht, einen neuen Job zu finden, aber auch dies vergebens. Bei allen Zeitungen, bei denen er nachgefragt hatte, war ihm bedeutet worden, er sei zu »kontrovers«. Rave hatte wohl dafür gesorgt, dass sein Ruf gründlich ruiniert worden war. Oder war es Prince? Den wenigen linken Zeitungen, denen er nicht zu kontrovers war, war er zu alt und zu gesetzt. Und zu teuer.

Vor allem aber hatte sich das Bild von Manuels reglosem, zerschundenem Körper in seine Netzhaut eingebrannt. Es war ein Wunder, dass sein Freund diesen Angriff überlebt hatte. Nun lag Manuel vor ihm auf der Couch. In eine Decke gehüllt, mit geschlossenen Augen und einem dicken Verband um den Kopf. Zwei Tage lang war er bewusstlos gewesen. Erst letzte Woche war er das erste Mal aufgewacht, verstört und panisch. Der Arzt in dem New Yorker Krankenhaus, wo er mitten in der Nacht mit dem Halbtoten auf dem Rücksitz aufgetaucht war, hatte ihn sehr skeptisch angesehen, als er gesagt hatte, sein Freund sei in einem Hotel von Unbekannten überfallen worden. Erst hinterher dämmerte ihm, dass der Arzt sie vermutlich für ein schwules Sado-Maso-Pärchen hielt, aber das war ihm herzlich egal.

Manuel hatte in seinen wenigen wachen Stunden – der Arzt hatte ihm genug Pillen verschrieben, um das gesamte Gorillagehege im Zoo der Bronx zu sedieren – ein paar verwirrte Sätze über einen pakistanischen Geheimagenten und eine geheimnisvolle Festplatte von sich gegeben und mehrmals nach seinem Computer gefragt. Aber so recht hatte Jason sich noch nicht zusammenreimen können, was passiert war. Zumal Manuel auch keine Erinnerung an den eigentlichen Überfall zu haben schien. Er wusste nur, dass er sehr beunruhigt war. Manuel hätte tot sein können.

Im Schlaf stöhnte Manuel leise. »Ganz ruhig«, flüsterte Jason, setzte sich neben ihn und drückte seine Hand. Mit der anderen Hand griff er nach der Fernbedienung. *BBC World*. Die Hauptnachrichten waren schon vorbei. Gerade liefen die letzten Kurzmeldungen.

»... sie wurde im Austausch gegen zwei britische Topspione freigelassen«, sagte die Nachrichtensprecherin. »Paris betonte, dass es sich um ein rein freundschaftliches ...« Eingeblendet wurden zwei Männer im Anzug, die sich eine Zeitung vor das Gesicht hielten und ein Pariser Gefängnis verließen. Er wollte gerade auf *CNN* oder *FUC* umschalten, als das Telefon klingelte.

»Salut«, sagte eine weibliche Stimme. »Hast du mich vermisst?«

Jason schoss hoch und hätte dabei fast die halbleere Rotweinflasche umgekippt. »Claudette!«, rief er. »Wo bist du? Oh mein Gott – ich habe mir solche Sorgen um dich gemacht! Wenn du nur wüsstest, was ich hier durchgemacht habe! Wo steckst du?!«

»In Dublin«, erklärte sie. »Das ist eine lange Geschichte. Aber ich habe gute Neuigkeiten. Es gibt endlich eine heiße Spur. Wir müssen unbedingt miteinander reden.«

»Eine heiße Spur?«, fragte er. Das sollte die gute Nachricht sein? Er hatte sich inzwischen an so vielen heißen Spuren verbrannt, dass es ihm für den Rest seines Lebens langte. »Wo warst du denn bloß? Warum hast du mich nicht eher angerufen?«

»Da, wo sie mich hingebracht haben, durfte ich nur einen einzigen Telefonanruf machen, und den habe ich auf unseren Bürochef in London verwendet«, sagte sie trocken. »Natürlich musste er sich danach eine neue Nummer zulegen. Aber Schwamm drüber.«

Er versuchte zu lächeln, aber es ging schief. »Du bist nicht die Einzige, die mir graue Haare verschafft«, sagte er. »Manuel ist überfallen worden.«

»Ich weiß«, sagte sie. »Die CIA hat den Pakistani vermutlich beschatten lassen. Klassischer Anfängerfehler. Aber mach dir keine

Sorgen. Ich habe jemanden kennengelernt, der uns weiterhelfen wird. Mehr kann ich am Telefon nicht sagen, aber ich lande morgen in New York, JFK, 4.15 Uhr.«

Was sie gerade gesagt hatte, hallte in Jasons Ohren noch lange nach. Die CIA hat den Pakistani vermutlich beschatten lassen? Welchen Pakistani? Woher wusste sie, was Manuel passiert war? Und was hatte sie jetzt vor?

Er konnte ihr Lächeln förmlich durch den Telefonhörer spüren. »Wir unternehmen einen kleinen Ausflug«, sagte sie. »Ins Traumland.«

* * *

Harold H. Burton saß extrem indigniert in einem grauen Ledersessel im Sitzungssaal des Pentagon. »Wir brauchen ziemlich dringend einen Publicityerfolg in diesem Scheißland«, wetterte er. »Oder wenigstens in Afghanistan. Da ist gestern der Innenminister bei einem Treffen mit Taliban-Führern von irgendwelchen Rebellen erschossen worden. So geht das nicht weiter.«

Sofort traf ihn ein böser Blick von Dewey Drillson. »Wozu braucht Afghanistan überhaupt einen Innenminister?«, fragte er. »Das erledigen wir doch nebenbei!«

»Für Verhandlungen mit Taliban-Führern?«, warf Orinoko Oil ein. »Ich dachte, die Taliban gebe es nicht mehr?«

Lucius Prince, der seinen schweren Körper an Drillsons Eichenholzschreibtisch gelehnt hatte, richtete sich auf. »Brisbane hat mir neulich etwas vorgeschlagen«, sagte er. »Wie wäre es, wenn wir die Geschichte einer jungen, blonden Soldatin produzieren, die bei einem heldenhaften Einsatz gefangengenommen wird, dabei ein Dutzend Iraker erschießt und dann von unseren Truppen genauso heldenhaft befreit wird?« Er grinste. »Joe sagte, er habe sogar schon die ideale Besetzung, falls die Geschichte verfilmt würde. Die Zwillingstöchter des Präsidenten.«

Burton zog den Mund schief. »Das ist das Dümmste, was ich jemals gehört habe.«

»Wieso?«, fragte Orinoko. »Ich finde die Idee gar nicht schlecht. Das ist eine Story, die multimedial vermarktbar ist. Als Film, Fernsehnachricht, Zeitungsartikel, Buch ...«

»Die Geschichte ist ja okay«, lenkte Burton ein. »Aber Wilma und Betty? Was will *20th Century FUC* denn drehen? Linda Lovelace im Hindukusch? Na gut, von mir aus. Aber viel wichtiger ist, dass wir schleunigst dieses Dossier veröffentlichen, das Albert hat anfertigen lassen. Das mit den Beweisen dafür, dass Saddam das World Trade Center in die Luft gejagt hat. Die Verhörprotokolle, der Briefwechsel zwischen Osama und Saddam und die Pilotenuniformen. Wo hat er die eigentlich her?«

Drillson schüttelte den Kopf. »Schwachsinn«, knurrte er. »Wozu derart erstklassiges Material an den Irak verschwenden? Den haben wir im Griff. Wir sollten diese Beweise gegen den Iran einsetzen, da nützen sie uns viel mehr. Oder wenigstens gegen Syrien.«

»Den Irak haben wir im Griff?«, höhnte Burton. »Sie haben den Irak ungefähr so im Griff, wie Ronald Reagan seine Nancy im Griff hatte. Wessen Idee war es eigentlich, dort einzumarschieren?«

»Wenn Sie sich darum gekümmert hätten, beim Kongress mehr Geld für das Militär locker zu machen, anstatt Milliarden für Ihren Ölkonzern abzustauben, dann hätten wir diese Probleme gar nicht erst«, giftete Drillson zurück.

»Sie hätten halt nicht bis zur letzten Minute damit warten sollen, ihre falschen Cruise-Missiles zu verladen!« Wenn Burton in Schwung kam, war er nur noch schwer zu stoppen. »Dann könnten Sie jetzt wenigstens ein paar Massenvernichtungswaffen vorzeigen.«

»Ach ja?«, blaffte Drillson. »Und wessen bescheuerte Idee war es eigentlich gewesen, zwei Tage zu früh loszuballern?«

»Meine jedenfalls nicht«, ätzte Burton. »Das letzte Mal, als ich mich erkundigt habe, unterstand das Heer noch dem Pentagon. Aber vielleicht wird es ja inzwischen vom Umweltministerium aus kommandiert?«

Orinoko hob beschwichtigend beide Hände. »Bitte, meine Herren, hören Sie doch auf, sich zu streiten«, sagte sie. »Lassen Sie uns lieber darüber beraten, wann wir die Gefangennahme von Saddam im Fernsehen zeigen. Sie wissen schon, das Video, in dem ihn unsere Jungs aus diesem Erdloch ziehen. Das bringt doch schon mal Publicity.«

»Aber auch nur, falls das Pentagon nicht aus Versehen die Videobänder gelöscht hat«, zischelte Burton. Bevor Drillson zurückbeißen konnte, flog die Tür auf. Herein stolperte ein aufgewühlter Doktor Henry Wolfstetter.

»Ich habe Neuigkeiten«, sagte er.

»Gute Neuigkeiten oder schlechte Neuigkeiten?«, fragte Burton. »Und falls es schlechte sein sollten, gibt es in diesem Saftladen wenigstens etwas zu trinken?«

»Hinter den beiden grünen Aktenordnern da drüben ist eine Flasche Whiskey versteckt«, sagte Wolfstetter, der Drillsons erbosten Blick nicht bemerkte. »Ich weiß nicht – Neuigkeiten eben. Der Präsident will Benito Giovanni, den früheren New Yorker Bürgermeister, ins Kabinett holen. Das hat er gerade der Presse erzählt.«

Burton schnaufte empört. »Ohne das mit uns abzusprechen?«

Wolfstetter musterte kurz Drillson, der weit weniger empört aussah. Offenbar war er bereits vorab informiert worden. »Ich habe aber auch gehört«, fügte der Pentagon-Vize hinzu, »dass möglicherweise einer von uns gehen muss.«

»Welcher Funktion soll Giovanni denn nachkommen?«, fragte Orinoko vorsichtig.

»Das ist noch ein bisschen unklar«, erläuterte Wolfstetter. »Vielleicht wird er Sicherheitsberater. Oder er bekommt eine Stelle im Verteidigungsministerium. Oder aber er wird der Chef einer neuen Superbehörde, die CIA, NSA, FBI und den Secret Service vereint.«

»Wissen Sie«, sagte Burton, »diese neue Gangart des Präsidenten ... Entscheidungen zu treffen, ohne dass wir eingeweiht werden ...«

»Rave wusste Bescheid«, sagte Wolfstetter. »Er hatte die Pressekonferenz vorbereitet.« Er steckte zwei Finger in den Mund und fuhr sich mit der feuchten Hand durch die Haare, um sie zu glätten. Dann sah er sich um. »Wir brauchen eine Doppelstrategie«, sagte er. »Zuerst müssen wir herausfinden, was der Präsident mit dieser Ernennung im Schilde führt. Und außerdem muss der Krieg erfolgreicher für uns laufen. Viel erfolgreicher. Lucius, ihr Freund Abdullah ...«

»Achmed«, entgegnete Prince. »Was ist mit ihm?«

»Könnte ihm nicht eine Taktik einfallen, wie man den Widerstand im Irak kanalisieren könnte? Er hat doch Kontakte in der Region. Wie kriegen wir es hin, dass die sich da unten mehr miteinander beschäftigen als mit unseren Truppen?«

»Oder aber«, warf Drillson ein, »könnte Ihr Abdullah nicht als iranischer Counterspion agieren? Das wäre noch praktischer.«

»Achmed«, sagte Prince noch einmal. Dann dachte er kurz nach. »Soweit ich weiß, ist mein Freund gerade in Moskau«, sagte er. »Er wickelt dort ein Ölgeschäft ab und ich könnte mich dort unauffällig mit ihm treffen.«

Burton räusperte sich. »Ich fahre nächste Woche nach Riad, zum Hochzeitsbankett eines der saudischen Kronprinzen«, erklärte er. »Bei der Gelegenheit werde ich mal die langfristige Strategie am Golf ansprechen.«

»Zu welchem der Kronprinzen?«, fragte Drillson. »Ist es ...« Er wurde jäh von Wagners *Ritt der Walküren* unterbrochen. Sein Mobiltelefon.

»Ja«, bellte er. Während er zuhörte, bekam sein faltiges Gesicht noch ein paar Falten mehr. »Das war der CIA-Chef«, sagte er, nachdem er aufgelegt hatte. »Auf *BBC* läuft ein Bericht über irakische Massenvernichtungswaffen. Die haben einen verrückten britischen Wissenschaftler aufgetrieben, der sagt, das hätten alles die Geheimdienste erfunden.« Er streckte sich. »Holt mir mal den britischen Premier ans Telefon, aber zack-zack.«

Eine halbe Stunde später waren Drillson und Wolfstetter allein. »Was machen wir mit dieser *BBC*-Geschichte?«, fragte Wolfstetter.

Drillson zuckte mit den Schultern. »Ich werde dem Premier nachdrücklich klarmachen, dass wir derlei Behauptungen nicht dulden«, sagte er. »Was sonst?«

»Und wenn er sich weigert, die *BBC* zurückzupfeifen?« Wolfstetter sah noch immer besorgt aus. »Er hat sich in letzter Zeit sehr eigenwillig verhalten.«

»Das kommt nicht mehr vor«, sagte Drillson und zog ein Foto aus seiner Tasche, das den britischen Premierminister zeigte. Mit zwei nackten minderjährigen Jungen.

* * *

Carmine's am oberen Broadway war eines dieser italienischen Familienrestaurants, das keiner hungrig verließ. Auf dem weißgedeckten Tisch, der halb versteckt hinter einer Säule lag, stand eine große Schüssel mit Spaghetti Carbonara, Ravioli mit Wildpilzen und Linguini mit Fleischbällchen in Tomatensoße. Daneben gab es geröstete Brotsticks und zwei Flaschen mit dunkelrotem Chianti. »Iss doch noch etwas«, sagte Jason. »Du siehst immer noch so aus, als würdest du gleich umfallen.«

Manuel nickte. »Noch ein bisschen Rotwein wäre auch nicht schlecht«, sagte er.

»Für mich auch«, bat Claudette und zerteilte dabei eine Ravioli mit der Gabel. »Wisst ihr eigentlich, was man in einem britischen Militärgefängnis serviert bekommt?« Sie lächelte, strich die langen blonden Haare zurück und sah Jason aus ungewohnt tiefblauen Augen an. Er lächelte zurück. Sie wirkte unglaublich fremd. Fast hätte er sie nicht mehr erkannt. Aber sie sah fast noch aufregender aus als zuvor.

»Was soll ich erst sagen?«, entgegnete Manuel. »Ich wäre beinahe tot gewesen. Und mein Laptop ist weg. Das war ein Powerbook aus Titan.«

»Wie hast du es dann geschafft, die Dateien mit den Biografien der Flugzeugentführer sicherzustellen?«, fragte Claudette. »Und das Foto des Cockpits?«

»Die habe ich im Internet gesichert«, antwortete Manuel. »Gleich nachdem ich die Dateien geöffnet hatte, habe ich Kopien per Mail an meinen Server geschickt. Leider nicht von allen Dateien. Die Audiodateien waren zu groß.«

»Leider nützt uns das nicht viel«, sagte Jason resigniert. »Wir haben jetzt ein paar arabische Lebensläufe und ein Foto von einem Boeing-Cockpit abgespeichert, na und? Ohne die Festplatte, auf der sie gespeichert waren, können wir nicht beweisen, woher sie stammen. Wir können sie ebenso gut selbst gebastelt haben.«

»Mich interessiert jetzt natürlich am meisten, wem ich den Überfall zu verdanken habe«, sagte Manuel und brach sich ein Stück Knoblauchbrot ab, um es in die Tomatensauce zu tunken.

»Der CIA, denke ich«, antwortete Claudette. »Dein Pakistani ist entweder von denen überwacht worden oder er war ein Agent, der dich in eine Falle gelockt hat. Oder aber diese Festplatte ist eine aufwendig inszenierte falsche Spur. Aber wer würde sich schon so viel Mühe machen, nur um einen blutigen Laien zu täuschen?«

Manuel grinste. »Danke«, sagte er. »Und was sollen wir blutigen Laien jetzt deiner Meinung nach tun?« Er griff nach der Schüssel und fing an, sich Nudeln auf den Teller zu häufen. »Ah«, sagte er zu Jason. »Gib mir mal den Parmesan.«

Claudette musterte die beiden Männer für ein paar Sekunden. »Ich kann dir genau sagen, was wir jetzt machen«, erklärte sie. »Wir machen einen kleinen Ausflug in die Area 51. Dort ist diese schwarze Superdrohne und die ist der Schlüssel zu allem.«

Manuel hätte fast die Nudeln wieder ausgespuckt. »Hatte ich dir nicht schon das letzte Mal ausdrücklich erklärt, dass das nicht geht? Das ist ein militärisches Sperrgebiet. Da kommen wir nicht mal in die Nähe!«

Claudette lächelte mit dieser französischen Überheblichkeit, die Amerikaner so sehr mochten. »Nicht wir«, sagte sie. »Ich gehe. Ich bin schließlich der Profi.« Sie streckte die Hand nach einer der Chianti-Flaschen aus. »Und ich weiß selbst, dass die Area schwer bewacht ist. Aber das spielt keine Rolle. Ich habe dort einen Kontaktmann.«

»Einen Kontaktmann?!«, echote Manuel und ließ die Gabel mit den Spaghetti fallen.

Sie nickte. »Ich habe in diesem Militärgefängnis einen IRA-Mann kennengelernt und die IRA hat gute Verbindungen zu den hiesigen Geheimdiensten, weil da viele Amerikaner irischer Abstammung arbeiten. Und die wiederum mögen uns, weil sie die Engländer hassen.« Sie holte Luft. »Jedenfalls haben sie einen Kontaktmann in der Area 51, der mir einen Dienstausweis und eine Uniform besorgen und dafür sorgen kann, dass ich auf die Liste der Leute gerate, die von den Wachen eingelassen werden.«

Jason schüttelte den Kopf. »Das klingt noch immer saugefährlich«, warnte er. Das blonde Haar verlieh ihr eine Zartheit, die ihn wider besseres Wissen verleitete, sie beschützen zu wollen. »Das könnte eine Falle sein!«

»Garantiert nicht«, sagte sie. »Unser Washingtoner Büro hat seine Unterlagen gecheckt. Den Mann gibt es wirklich. Und er arbeitet auch wirklich für die IRA.«

Manuel sah sie noch immer halb ungläubig, halb fasziniert an. »Aber was genau suchst du dort eigentlich?«, fragte er.

Claudette schob ihren Teller zurück. »Wir wissen bereits, dass es Verbindungen zwischen den USA und den vermeintlichen Attentätern gibt. Die Schnittstelle ist der ISI in Pakistan, der sowohl mit der CIA als auch mit islamischen Fundamentalisten kollaboriert. Einer der beiden Geheimdienste hat die Attentäter mit falschen Biografien und Pässen versorgt. Und außerdem auch mit Anleitungen, wie man eine Boeing fliegt. Wir wissen auch, dass die Aktion minutiös durchgeplant wurde. Bis hin zu den telefonischen Hilferufen der Passagiere. Das heißt, der Anschlag auf das World Trade Center war ein mit amerikanischer Beteiligung inszenierter Betrug. Das Ziel war es, eine Begründung für den Irakkrieg zu finden.«

»Nette Theorie«, sagte Jason. »Aber wenn das Pentagon oder die CIA das Ganze inszeniert haben, warum waren die Attentäter dann Saudis und nicht Iraker? Oder Iraner?«

»Das ist das Einzige, was ich nicht verstehe«, räumte sie ein. »Aber meine Theorie würde immerhin erklären, warum die Identität einzelner

Entführer so unklar ist. Wahrscheinlich haben sie mehrere falsche Pässe von real existierenden Arabern benutzt.«

»Es kommt ja bisweilen vor, dass sich verrückte religiöse Fundamentalisten selbst in die Luft jagen«, wand Manuel ein. »Aber seit wann setzen sich bezahlte Agenten im Auftrag eines Geheimdienstes ans Steuer eines Flugzeuges und fliegen wissentlich in den Tod?«

»Die Attentäter wussten nicht, dass es eine Selbstmordmission ist«, sagte Claudette. »Die dachten, es gehe lediglich um eine Entführung. Und um sie reinzulegen, wurde eben diese schwarze Drohne genutzt. Die ist von Nevada nach New York geflogen und hat ein Funksignal ausgesandt, das die Transponderkennung der Boeings abgeschaltet hat. Dann hat die Drohne deren Steuerung übernommen und die Flugzeuge in die Türme rasen lassen. Wir haben das Foto doch selbst gesehen.«

»Was das Foto angeht«, sagte Manuel, »wo ist eigentlich dieser Kenny, der Fotograf, abgeblieben? Der ist nämlich wie vom Erdboden verschluckt und sein Telefon ist auch abgeschaltet.«

»Warum sein Telefon abgeschaltet ist, weiß ich nicht«, sagte Claudette. »Aber ich kann dir sagen, wo er ist. Ich habe ihn in dem Knast gesehen, in den sie mich gesteckt hatten. Die Briten haben ihn hochgenommen, als er seine Familie in Belfast besucht hat.«

»Das ermuntert mich nicht gerade«, sagte Manuel. »Einfach so festgenommen?«

Claudette nickte. Nun räusperte sich Jason. »Ich halte dich noch immer für wahnsinnig«, sagte er. »Aber wenn du deine verrückte Theorie beweisen willst, dann brauchst du auf alle Fälle den Flugschreiber der Predator V.«

»Weil der dieses Funksignal aufgezeichnet haben müsste?« Manuel begriff, worauf Jason hinauswollte. »Das wäre der Beweis für die Fernsteuerung der Flugzeuge?«

»Nicht nur das Funksignal«, sagte Jason. »Alles. Bei der Predator V ist der Flugschreiber an eine digitale Kamera gekoppelt, die den Flugweg nach New York und darüber hinaus den gesamten Einsatz aufgezeichnet haben müsste. Natürlich nur, falls unsere Vermutung wirklich zutrifft.« Dann sah er Claudette tief in die Augen. »Selbst wenn du es schaffst, in die Area 51 zu gelangen, was sowieso höchst unwahrscheinlich ist, wie willst du diese Drohne überhaupt finden? Weißt du eigentlich, wie riesig die Area ist? Und wie willst du den Flugschreiber ausbauen?«

Claudette sah ihn an. Er spürte, wie angespannt sie war. »Dafür brauche ich eure Hilfe«, gestand sie. »Deshalb bin ich hier. Ich brauche die detaillierten Pläne, die Manuel von der Area angefertigt hat, und ich brauche außerdem eine Blaupause dieser Drohne, damit ich den Flugschreiber lokalisieren kann. Du schaffst es doch, die zu organisieren, oder Jason?«

Jason spürte die nackte Panik an seinem Rücken hochkriechen. »Claudette«, sagte er. »Es ist viel zu gefährlich, so etwas allein zu machen. Sollte nicht wenigstens noch ein weiterer Agent aus eurem Washingtoner Büro mit dir in die Area gehen?«

Sie wich seinem Blick aus. »Ich bin …«, sagte sie und sah zum ersten Mal etwas weniger selbstsicher aus, »… ich bin gewissermaßen auf eigene Faust hier. Meine Regierung hat mich als aufgeflogene Agentin eingestuft. Man glaubt, ich sei gerade in D. C. und packe meine Sachen.« Sie lächelte dezent. »Übrigens heiße ich jetzt Claire Montgomery.«

»Claire Montgomery!«, rief Jason. Irgendwer musste hier die Stimme der Vernunft sein und das war offenbar er. »Ich sage jetzt, was wir tun. Wir gehen alle zusammen in die Area. Du schaffst das nicht allein. Und ich weiß zumindest in der Theorie, wie man einen Flugschreiber ausbaut.«

Claudette sah ihn mit großen Augen und sichtlich gerührt an. »Danke«, flüsterte sie. Sie streckte ihre Hand aus und streichelte seine Wange. »Danke. Das ist lieb gemeint, geht aber nicht. Es ist zu gefährlich.«

Als Jason weitersprach, wusste er, dass er diese Worte einmal bereuen würde, aber er konnte nicht anders. »Wir sind zusammen in diese Situation geraten und wir stehen das zusammen durch«, sagte er. »Wir kommen mit. Ohne Wenn und Aber.«

Claudette lehnte sich zurück. Alle Sanftheit verschwand aus ihrem Blick, als sie die beiden Männer musterte. »Gut«, sagte sie schließlich. »Wir machen es so. Aber nur du und ich. Ohne Manuel. Erstens brauchen wir ihn in der Nähe der Area, damit er Paris alarmieren kann, falls etwas passiert. Und außerdem: Wenn sie dich festnehmen, wird dich dein Ex-Chef schon irgendwie rausholen. So ein Kaliber wie dich können sie nicht ewig festhalten. Aber Manuel würden sie in einem Stahlbunker zweihundert Meter unter der Erde verrotten lassen.«

Manuel schluckte. Wie unangenehm. »Das heißt, ich sitze mit meinem Satelliten-Telefon im Trailer und überwache fortlaufend, wo ihr seid? Und wenn ihr euch länger als, sagen wir, sechs Stunden nicht meldet, dann rufe ich bei Jacques Chirac an?«

»So ungefähr«, antwortete Jason. Dann fiel ihm noch etwas ein, das er Claudette unbedingt hatte fragen wollen. »Bevor du verhaftet wurdest, sagtest du mir, dass du die Trümmer des World Trade Centers gefunden hast. Was hat es damit auf sich? Und was hat es mit diesem Journalisten zu tun?«

»Ich glaube«, sagte sie, »dass die Trümmer in den Irak geschafft wurden. Zu welchem Zweck ist mir allerdings auch nicht ganz klar. Und ich glaube, dass dieser Journalist das ebenfalls herausgefunden hat. Darum ist er jetzt tot. Aber dafür muss ich mich noch mal mit meinem britischen Wissenschaftler in Verbindung setzen.«

»Britischer Wissenschaftler?«, fragte Manuel. »Hoffentlich ist das nicht der ...«

»Der was?«, fragte sie. Manuels Ton gefiel ihr überhaupt nicht.

»Hoffentlich ist das nicht der Wissenschaftler, den sie vor ein paar Tagen in einem Wald in England gefunden haben«, sagte Jason. »Tot. Er hat sich umgebracht. Zumindest behaupten das die britischen Medien. Er habe sich die Schlagader am linken Handgelenk aufgeschlitzt.«

Claudette erstarrte. »Am linken Handgelenk?«, fragte sie heiser. »Das kann nicht sein. Der Wissenschaftler, mit dem ich mich getroffen habe, war Linkshänder.«

TRAUMLAND

»Diese Verhaftung«, sagte die kühle, blonde Nachrichtensprecherin auf *CNN*, »ist ganz offenbar der Schlüssel zu einem der größten Spionageskandale in der Geschichte der USA.« Dem Mann, der zu ihren Worten von gleich vier Militärpolizisten auf einmal abgeführt wurde, waren die Kameras sichtlich unangenehm. Er versuchte, die Hände hochzuhalten, um sein Gesicht zu verdecken. Die Haut des Mannes war olivfarben, er hatte kurze schwarze Haare, trug einen weißen italienischen Anzug und eine auffällige Rolex. Und jetzt Handschellen. »Die Kontakte von Achmed Abul Abbas Al Gossarah, dem bekannten Schweizer Waffenhändler iranischer Herkunft, sollen bis in Washingtoner Regierungskreise reichen«, fuhr die kühle Blonde fort. »Aber es geht nicht nur um Spionage. Derzeit wird untersucht, inwiefern Al Gossarah auch geschäftlich in den USA tätig war. Der New Yorker Generalstaatsanwalt ermittelt bereits.«

»Jason!«, rief Manuel, der von seiner Hängematte aus den Fernseher betrachtete. »Wo steckst du denn? Kennst du den Typ, der da verhaftet wird? Das scheint ein echt großes Ding zu sein.« Keine Antwort. Wahrscheinlich kletterte Jason mit Claudette und Manuels Fernglas irgendwo an den Hängen des Tikaboo Peak herum.

Seit mehr als einer Woche warteten die drei auf eine Botschaft ihres geheimnisvollen IRA-Kontaktmannes, dessen Namen nicht einmal Claudette wusste. Sie hatte sich als Claire in dem Motel des *Little A'Le'Inn* einquartiert. Auch Jason schlief im *Little A'Le'Inn*, verbrachte die Tage aber bei Manuel im Trailer oder in den Bergen.

Manuel war seit Tagen damit beschäftigt, eine detaillierte Skizze der Area 51 auf einen Bogen Packpapier zu zeichnen. Er richtete sich nach der Vorlage, die er bei Tony und Tim im *Spezialgeschäft für Extraterrestrisches* gekauft hatte, und ergänzte die Skizze durch seine eigenen Beobachtungen mit dem Fernglas. Jason hatte derweil die Blaupause der Predator IV organisiert. Die des aktuellen Modells hatte er leider nicht beschaffen können, er hoffte aber, dass die beiden Vögel so verschieden nicht waren. Auch die Predator IV verfügte schon über eine digitale Kamera, die mit dem Flugschreiber verbunden war.

Auf Manuels Fernseher tauchte nun ein graumelierter Mann im Anzug auf, der ziemlich unglücklich aussah. »Und nun eine Meldung in eigener Sache«, sagte er. »Wie der New Yorker Generalstaatsanwalt vor wenigen Minuten mitgeteilt hat, war Achmed Abul Abbas Al Gossarah auch an der Finanzierung einer bislang geheim gehaltenen Medienfusion beteiligt. Erst heute wurde bekannt, dass unsere Muttergesellschaft *AOL Time Warner* von Lachlan Turnover, dem australischen Mehrheitsaktionär der *Featurenews Universal Corporation* übernommen worden ist. Der Generalstaatsanwalt lässt prüfen, inwiefern kartellrechtliche ...«

»Junge, Junge«, sagte Jason, als er in der Tür des Trailers auftauchte. Er war genau im richtigen Moment von seiner Bergtour zurückgekehrt. »*FUC* hat *CNN* gekauft? Ich hatte doch die ganze Zeit das Gefühl, dass die beiden Sender sich immer ähnlicher werden.«

Der graumelierte Anzugträger sprach noch immer. »Geprüft wird derzeit auch, ob diese Übernahme mit dem Wissen oder gar der Billigung des Weißen Hauses stattgefunden hat. Da es sich bei der *Featurenews Universal Corporation* um einen australischen, mithin ausländischen Konzern handelt, sind gewisse rechtliche Restriktionen ...«

»Was sitzt du denn hier rum?«, fragte Claudette, die nun ebenfalls in den Trailer stieg. »Wir haben Wichtigeres zu erledigen, als fernzusehen«, sagte sie. »Wir müssen zur Black Mailbox.«

Manuel sah erstaunt auf. Die Black Mailbox! Der schwarze Briefkasten – eigentlich handelte es sich um einen weißen Briefkasten, da die

Mailbox inzwischen weiß gestrichen worden war – lag am Extraterrestrial Highway 375, zwanzig Meilen östlich von Rachel. Der Briefkasten gehörte zu einer Farm, die ein gutes Stück entfernt in den Bergen lag. Hier trafen sich an lauen Sommerabenden UFO-Süchtige aller Länder, da angeblich ein populärer UFO-Landeplatz direkt in Sichtweite lag. »Kriegen wir endlich Hilfe vom klingonischen Heimatplaneten?«, fragte Manuel hoffnungsfroh. Claudette würdigte ihn keines Blickes. Stattdessen griff sie nach ihrem Kapuzenshirt und Manuels Autoschlüssel. Eine halbe Stunde später waren sie da.

Die Black Mailbox stand in einem Geröllfeld, ein paar Meter abseits der Straße. Manuel sah sich um. So früh am Tag war noch kein Sternenanbeter da. Auch keiner der Cammo Dudes, der Militärpolizisten, war zu sehen. Er hielt sich fest, als Claudette seinen Käfer, heftig bremsend, schräg neben der Mailbox parkte. Dann sprang sie heraus und öffnete den Briefkasten mit einem Schlüssel, den sie aus der Tasche ihrer Jogginghose zog. In der Mailbox befand sich ein mittelgroßes Päckchen. Sie nahm es, schloss die Mailbox ab, spurtete zum Auto, warf Manuel das Päckchen in den Schoß und startete den Wagen.

Manuel, der bisher nur staunend zugesehen hatte, öffnete das Päckchen. Darin waren zwei Uniformen, wie sie die Wartungstrupps trugen, zwei Satellitentelefone und zwei Ausweise. »Lieutenant Sandra Miller«, stand auf dem einen Ausweis und »Lieutenant Clark Kent« auf dem anderen. Auf dem einen war ein Foto von Claire, auf dem anderen eines von Jason.

»Sollte ich in meinem Alter nicht was Besseres sein als ein Lieutenant?«, fragte Jason.

Die wichtigere Frage wäre wohl, woher dieser unbekannte Kontaktmann, die Fotos der beiden hatte, dachte Manuel. Aber das wusste Jason wahrscheinlich auch nicht. Und Claudette würde im Zweifelsfall nicht damit herausrücken. »Reicht das denn aus?«, fragte er. »Ihr müsst doch auch wissen, wie ihr in die Area reinkommt.«

Auch dieses Problem war – wie sich herausstellte, als Manuel seine E-Mails im Trailer abfragte – bereits gelöst. »Ihr seid morgen früh um sieben Uhr bei General Myers angemeldet. Ihr fahrt auf dem Highway 375 nach Osten und biegt beim Meilenschild 34,6 rechts ab. Dann folgt ihr einer Sandstraße bis zum Eingang«, hieß es in der E-Mail, die Manuel erhalten hatte. »Ihr gehört zu einem Wartungstrupp, der die Predator V auf Schäden an ihrem Deflektorschild untersucht, und dafür müsst ihr an die Bordelektronik. Es ist eure Aufgabe, schadhafte Teile auszubauen und auf die Airbase in Omaha, Nebraska, zu bringen. Eure Mission ist so geheim, dass ihr mit niemandem über die technischen Einzelheiten reden dürft.«

Die E-Mail kam von WarriorKahless.

Manuels Satellitentelefon lag griffbereit neben der Hängematte und glänzte im sanften Licht der Morgendämmerung. Claudette hatte ihm eingeschärft, es immer nur kurz zu benutzen. Vielleicht wurden sie abgehört. Er langte danach und warf einen Blick auf das Display. Noch kein Anruf. Ein Blick auf die Uhr. Kurz vor halb sieben. Claudette und Jason waren seit einer Stunde unterwegs. In fünf Stunden würde er sie anklingeln. Zur Sicherheit.

* * *

»Stehenbleiben«, knurrte der Uniformierte und blickte in den Wagen, und Jasons Herz drohte ebenfalls stehenzubleiben. Er hatte gleich gewusst, dass ihr Vorhaben nicht gutgehen konnte, dachte er. »Die Ausweise bitte!«, sagte der Uniformierte dann.

Claudette, die den Mietwagen steuerte, grüßte lässig. »Zu General Myers, bitte«, sagte sie. »Wir sind angemeldet.«

Der Uniformierte beugte sich zum Seitenfenster vor, nahm die Ausweise und warf einen Blick darauf. »Lieutenant Miller?«, fragte er und musterte Claudette. »Lieutenant Kent?« Dann zog er sich mit den Dokumenten in das Wachhäuschen zurück und telefonierte. Er war so lange am Telefon, dass Jason begann, Schweißabdrücke auf dem Lenkrad zu hinterlassen. Aber er schaffte es, so lange ruhig zu bleiben, bis der Uniformierte zurückkam und sagte: »Sie werden erwartet.«

Claudette trat aufs Gas. Gleichzeitig lösten sich zwei Militärfahrzeuge aus einem Konvoi, um sie zu eskortieren. Mit Schrittgeschwindigkeit rollte ihr Auto auf einer asphaltierten Straße an mehreren großen Hangars vorbei. Jason sah sich um. Weiter hinten am Horizont erkannte er die große, trichterförmige Antenne, die er am Vortag vom Tikaboo Peak aus beobachtet hatte. Als sie den nächsten Hangar erreichten, konnte er nur mit Mühe ein Quieken unterdrücken. Zwei Boeings 767 standen davor. Ihm fiel ein, was Manuel ihm erzählt hatte, und er betrachtete das Seitenleitwerk der ersten Boeing. Tatsächlich. Auf der ganzen Längsseite befand sich ein sehr dünner schwarzgrauer Streifen, in den eine Reihe von Zahlen und die Buchstaben XXZ eingeprägt waren.

»Donnerwetter«, sagte Claudette. »Weißt du was? Die sehen genauso aus wie die beiden Flugzeuge, die angeblich in Pennsylvania und im Pentagon zerschellt sind.«

Jason nickte. Dann erblickte er den schwarzen Vogel. Die Predator V. Sie stand halb unter dem Dach des Hangars. Nur die Nase ragte auf den Vorplatz. Claudette ließ das Auto auf die Drohne zurollen und stoppte. Die beiden Militärfahrzeuge hielten neben ihr. Als Claudette und Jason ausstiegen, trat ein grauhaariger Mann in Uniform auf sie zu. Claudette salutierte und der General lächelte. »Enchanté, Mademoiselle Betancour«, sagte er. »Oder soll ich Sie Sharona Eins nennen?«

Es war eine Falle.

Danach ging alles ganz schnell. Aus den beiden Militärfahrzeugen sprangen acht Männer in Uniform und stürmten auf die beiden zu. Jason konnte gerade noch seine Arme hochreißen, um sein Gesicht zu schützen, als sie sich auch schon auf ihn warfen und ihn zu Boden rissen. Dann drehten sie seine Arme auf seinen Rücken. Er fühlte den kalten Stahl an seinen Handgelenken, als die Handschellen hörbar klickten. Zwei der Männer zerrten ihn hoch. Das Letzte, was er sah, bevor sie ihm einen Sack über den Kopf warfen, war Claudettes blasses, ausdrucksloses Gesicht.

Als Jason der Sack abgenommen wurde, hatte er das Gefühl, er sei eine kleine Ewigkeit durch Gänge gezerrt, über Treppen geführt und in Aufzüge verfrachtet worden. Nun hatten sie ihn an einen Tisch gesetzt, der in einer weißgekalkten Zelle stand. Seine gefesselten Handgelenke schmerzten. »Bindet ihn los«, sagte der Mann, den er für General Myers gehalten hatte. Der General, falls es überhaupt einer war, saß an der gegenüberliegenden Seite des Tisches. Neben ihm saß ein anderer Offizier. Während der General lächelte, sah der andere Offizier weniger freundlich aus. Aus irgendeinem Grund fand Jason das Lächeln des Generals beunruhigender als den finsteren Blick des anderen. Er versuchte, sein Zittern zu verbergen. Was würden sie jetzt mit ihm anstellen?

Der General griff nach einer Mappe, die vor ihm lag, und fing an, darin zu blättern. »Sehr beeindruckend«, sagte er. »Sie haben Material für Artikel verwendet, das aus dem Pentagon gestohlen wurde, Sie haben wissentlich mit einer ausländischen Spionin kollaboriert und Sie sind mit gefälschten Papieren in eine geheime militärische Einrichtung eingebrochen – wissen Sie eigentlich, was Sie sich eingebrockt haben?«

Der andere Offizier verschränkte die Arme vor der Brust. »Standrechtlich erschießen wäre die einzig richtige Maßnahme. Das erspart uns viel Ärger.«

Jason spürte, wie alles Blut aus seinem Gesicht wich. Der General schüttelte milde den Kopf. »Wir sind doch hier unter zivilisierten Menschen«, sagte er. »Sie könnten es sich wesentlich einfacher machen, wenn Sie mit uns kooperieren.«

»Ich würde Ihnen ja gerne sagen, von wem wir die gefälschten Ausweise bekommen haben«, fing er an, »aber ich weiß nicht einmal ...«

»Die haben Sie von mir«, unterbrach ihn der General. »Ich bin WarriorKahless.«

Jason schnappte nach Luft. Das war der Mann, auf dessen Informationen Manuel vertraut hatte? Er hätte sich selbst ohrfeigen können. »Was ... was ...?«

»Sie waren auf der Suche nach der Predator V«, knurrte der andere Offizier. »Nach dem Flugschreiber. Das wissen wir auch.

Aber warum? Was wollten Sie damit?« Grimmig fügte er hinzu. »Wir können Sie auch erst mal ein paar Monate einbuchten, wenn Sie nicht freiwillig reden.«

Jason schluckte. Wir wollten beweisen, dass das Pentagon und die CIA hinter dem Anschlag auf das World Trade Center stecken, war das, was er eigentlich sagen wollte. »Wir wollten wissen, ob die Superdrohne am 11. September nach New York geflogen ist«, sagte er stattdessen. »Dazu brauchten wir den Flugschreiber.«

Es klang total verrückt, aber der General nickte, als sei das absolut nachvollziehbar. »Was uns am meisten interessiert«, erläuterte er, »ist, welche Verbindungen die Entführer in die USA hatten. Wissen Sie, Mister Gilligan, von einer ausländischen Spionin erwarten wir keine Unterstützung. Aber Sie sind doch amerikanischer Staatsbürger und kennen sich doch aus. Hatten Sie nicht damals über dieses Amt für Strategischen Einfluss geschrieben?«

Plötzlich begriff Jason. Die beiden spielten ein Spielchen. Der eine tat, als sei er böse, und der andere tat, als sei er nett. Und ganz offensichtlich hatten alle beide keine Ahnung, was hier vor sich ging und wer hinter dem Anschlag auf das World Trade Center steckte, und sie hofften, er wisse mehr. Er lehnte sich vor. »Selbstverständlich werde ich kooperieren«, sagte Jason. »Aber ich weiß auch nicht alles. Ich kann Ihnen eine Theorie liefern, aber um diese Theorie zu untermauern, bräuchte ich selbst noch mehr Informationen.«

Der General und der Offizier sahen sich an. »War die Predator V am 11. September wirklich am World Trade Center?«, fragte er schnell. »Wir haben nämlich ein Foto gesehen, das …«

»Das wissen wir«, unterbrach ihn der Offizier. »Der Fotograf sollte Ihnen diese Aufnahme zeigen. Er arbeitet für unsere Defense Intelligence Agency.«

Kenny war also doch ein Agent des Militärgeheimdienstes gewesen. Er hätte damals gleich seinem Instinkt trauen sollen. »Was?!«, rief Jason. »Aber, wenn ihre Superdrohne tatsächlich in New York war, dann müssten Sie doch selbst wissen, was passiert ist?«

Der General sah offenbar ein, dass er mehr erzählen musste. »Uns ist mitgeteilt worden«, fing er an, »dass am 11. September eine hochgeheime militärische Übung stattfindet. Eine großangelegte Flugzeugentführung, deren Ziel die zivile Infrastruktur der Ostküste ist. Wir sollten aber nicht die Flugabwehr einsetzen, sondern die neu entwickelte Predator V. Diese hypersonare Superdrohne ist nämlich in der Lage, eine Boeing 767 im Flug zu übernehmen, weil sie die Fernsteuerungstechnologie der Predator IV mit den Tarnfähigkeiten des Golfbombers verbindet und ...«

»... auf einem Radarschirm jedes beliebige Flugobjekt simulieren kann«, fiel Jason ihm ins Wort. »Und es hätte eine Entführung natürlich unblutig beenden können. Aber warum ist das Ganze so furchtbar schiefgegangen? Warum sind die Flugzeuge trotzdem ins World Trade Center gerast?«

Der General zuckte mit dem Schultern. »Technisch gesehen hätte es eigentlich funktionieren müssen«, meinte er. »Wir können es uns auch nicht erklären.«

»Vielleicht gab es eine Interferenz zwischen der Fernsteuerungstechnologie und dem TV-Sendemast auf dem World Trade Center, die das Signal verzerrt hat«, schlug Jason vor. Er war nicht umsonst Rüstungsexperte. »Oder aber die Drohne ist manipuliert worden, so dass sie einen falschen Funkbefehl gesendet hat.«

Der Offizier schüttelte den Kopf. »Ausgeschlossen«, erklärte er. »Erstens kommt niemand an die Drohne heran und zweitens haben wir alle Funktionen überprüft, als sie wieder hier war. Außerdem hat sie die beiden anderen Flugzeuge ja auch umleiten können.«

»Die beiden anderen Flugzeuge wurden umgeleitet?«, fragte Jason erstaunt. »Aber wie kam dann das Loch in die Mauer des Pentagon?«

»Das war eine Rakete, die aus unmittelbarer Nähe abgeschossen wurde«, erklärte der General nüchtern. »Gezielt wurde auf das Dienstzimmer des Ministers, aber das ging daneben.«

Eine Rakete? Wer hatte die abgeschossen? »Wo kam die denn her?«, fragte Jason. Ihm schwirrte der Kopf. »Und wer hat Ihnen überhaupt von dieser geheimen militärischen Übung erzählt? Das wäre doch ein Anhaltspunkt.«

»Genug Fragen«, sagte der Offizier, der nun offenbar wieder den Bösen gab. »Sie geben hier die Antworten. Was wissen Sie über diese Entführer? Wo stammen die Ihrer Meinung nach her?«

Jason nickte, um zu signalisieren, dass er kooperieren will. »Aller Voraussicht nach«, sagte er, »kommen die Entführer aus dem Hindukusch, aus dem pakistanisch-afghanischen Grenzgebiet. Wahrscheinlich handelt es sich um ehemalige Mujahedin-Kämpfer im Sold der CIA, die bei einer amerikanischen Ölfirma untergeschlüpft sind, nachdem die Sowjets sie verjagt hatten. Auf alle Fälle ist Geld zwischen dem ISI und der CIA geflossen, um diese Leute auszustatten. Sehr viel Geld. Und ich weiß ziemlich sicher, dass die Entführer falsche Pässe von der CIA bekommen haben.«

»Nicht von der CIA«, sagte der General. »Das haben wir schon herausgefunden. Wir haben einen Überläufer aus Pakistan verhört, der mit den Entführern in Kontakt stand. Wobei wir den Eindruck hatten, dass er nicht die ganze Wahrheit gesagt hat.«

»Überläufer?«, fragte Jason. »Übergelaufen von wem?«

»Von der CIA«, antwortete der General und stand auf. »Das reicht jetzt«, sagte er. »Kommen Sie.«

Die Handschellen klickten wieder um Jasons Handgelenke. Einer der beiden Uniformierten, die im Gang Wache gestanden hatten, griff nach seinem Oberarm, um ihn abzuführen. An der Tür drehte sich Jason noch einmal um. »Bitte«, sagte er. »Von wem wurden Sie über die militärische Übung informiert?«

Der General zögerte eine Sekunde. »Von Harold H. Burton«, sagte er schließlich.

Vom Vizepräsidenten! Halb betäubt taumelte Jason zwischen den beiden Wachen einen unglaublich langen Gang mit unendlich vielen Türen entlang. Dann öffnete eine der Wachen eine Tür und stieß ihn hinein. Auf einer Pritsche saß eine sehr erschöpft wirkende Claudette. Neben ihr hockte Manuel.

* * *

Das künstliche Licht in der Zelle machte es ihnen unmöglich, zu schlafen. Claudette drehte sich auf der Pritsche um. Die beiden Männer lagen mit geschlossenen Augen da. Claudette hatte tatsächlich zum allerersten Mal, seit sie Agentin war, Angst. Aber vor allem war sie wütend auf sich, weil sie denen in die Falle gegangen war wie eine Anfängerin. Dabei hätte die Festnahme in London sie warnen sollen. Offenbar arbeiteten die britischen und die amerikanischen Geheimdienste doch zusammen.

Sie war ebenfalls in dem weißgekalkten Raum verhört worden, aber das Gespräch zwischen ihr und den beiden Militärs hatte noch weniger ergeben als Jasons Verhör. Danach war Manuel in ihre Zelle geschleppt worden. War das vor einigen Stunden passiert oder war es schon einen ganzen Tag her? Sie wusste es nicht, aber auf alle Fälle hatten die Männer Manuel abgeholt, noch bevor er per Satellitentelefon die Washingtoner Dependance des Deuxième Bureau hatte alarmieren können.

Die amerikanischen Militärs tappten ziemlich im Dunkeln, was den Anschlag auf das World Trade Center betraf, hatte Claudette festgestellt. Erstaunlich. Leider ging es ihr genauso. Ihr fiel das Paket mit den von der Hitze verfärbten Stahlstreben wieder ein, das damals, offenbar versehentlich, im *Little A'Le'Inn* abgeliefert worden war. Ob die Army das inzwischen herausgefunden hatte? Sie mochte Manuel nicht danach fragen, weil sie ziemlich sicher war, dass die Zelle abgehört wurde. Was hatte dieses Paket zu bedeuten? Und wer war dieser Pakistani, an den es hätte geliefert werden sollen? Dieser Sheik Al-Sistani? Arbeitete der mit der U. S. Army zusammen oder war er ebenfalls ein Gefangener?

Sie hatte beim Verhör nichts von dem Paket erzählt und dieser General hatte auch nicht danach gefragt. Stattdessen hatte er von ihr wissen wollen, ob sie glaube, dass Lucius Prince hinter dem Anschlag auf das World Trade Center stecke. Sie hatte gesagt, sie glaube eher nicht, aber zuzutrauen sei es ihm durchaus. Danach hatten sie noch gefragt, was sie denn in London zu suchen gehabt hatte. Sie hatte erzählt, sie habe nach Saddam Husseins Massenvernichtungswaffen geforscht. Das hatten sie ihr zwar nicht geglaubt, aber sie wurde vorerst in ihre Zelle zurückgebracht.

Claudette schrak auf, als sie vor der Tür Stimmen hörte. Mit einem Knall flog die Tür auf. »Guten Morgen«, sagte der General. »Wir gehen auf eine kleine Reise.«

Auf seinen Wink hin zerrten die Soldaten sie von ihren Pritschen herunter. Ein Soldat band die Hände der Gefangenen mit einem Plastikband hinter ihrem Rücken zusammen. Dann warfen sie Claudette wieder den Sack über den Kopf und wieder ging es über unzählige Treppen, Gänge und Aufzüge durch das Labyrinth unterhalb der Area 51. Schließlich roch sie frische Luft. Sie stand draußen, im Freien. Durch den Leinensack konnte sie das Sonnenlicht spüren. Es musste bereits ein ganzer Tag vergangen sein.

»Schnell, schnell«, sagte eine unfreundliche Stimme. Es war der Offizier, der beim Verhör neben dem General gesessen hatte. Ein Soldat packte sie am Arm und führte sie eine steile Treppe hoch. Sie betrat einen Metallboden und ahnte, dass es wohl ein Hubschrauber war. Neben sich hörte sie Manuel keuchen. Wo war Jason? Die Soldaten drängten sie in den hinteren Teil des Hubschraubers, wo sie sich hinlegen mussten. Claudette hatte noch immer den Sack über dem Kopf und ihre Hände blieben gefesselt. Als sie auf dem Boden lag, spürte sie einen warmen, schlaksigen Körper neben dem ihren. Jason. Sie schmiegte sich enger an ihn. Sie war froh, dass sie wenigstens nicht allein war. Gleichzeitig rührte sich ihr schlechtes Gewissen. Wäre sie sorgfältiger gewesen, wären sie jetzt nicht hier.

»Wie konnte das passieren?«, flüsterte Jason ihr zu, während die Rotoren starteten. »Ich dachte, deine Leute in Washington hätten überprüft, ob WarriorKahless wirklich bei der IRA ist?« Jason zitterte.

Sie hätte ihn am liebsten gestreichelt, aber das ging nicht. »Haben sie auch«, flüsterte sie zurück. »Er kann ja bei der IRA sein und trotzdem für die U. S. Army arbeiten.« Sie lehnte ihren Kopf an seine Schulter. Wenigstens das ging.

Ein paar Sekunden herrschte Schweigen. »Ich würde dich so gerne in den Arm nehmen«, flüsterte Jason. »Werden wir eigentlich bewacht?«

»Keine Ahnung.« Vorsichtshalber sprach sie noch immer leise. »Versuch mal, den Sack, den ich über dem Kopf habe, mit deinen Zähnen nach oben zu ziehen. Geht das?«

»Ich versuch's«, flüsterte Jason. »Mein Kopf ist auch verhüllt.« Sie spürte an seinen Bewegungen, dass er mühselig auf dem Leinensack herumbiss, bis er ihre Kopfbedeckung erwischte. Nach und nach gelang es ihm, sie mit vielen drehenden und schüttelnden Kopfbewegungen ein wenig zu lösen.

»Danke«, flüsterte sie dann. »Hör jetzt lieber auf. Bevor noch jemand etwas merkt.« Sie richtete sich auf, aber niemand reagierte. Offenbar waren die Wachen mit etwas anderem beschäftigt. Ganz langsam und so leise wie möglich robbte sie sich an die Innenwand des Hubschraubers heran. Ihren Körper an die Wand gepresst, schaffte sie es als Nächstes, sich hochzustemmen. Endlich konnte sie durch die lose Stelle im Sack nach unten schielen und einen Blick aus einem schmalen Ausschnitt des Fensters erhaschen.

Sie befanden sich über dem Meer. Für eine Sekunde stieg erneut Angst in Claudette auf. Würden die Amerikaner sie einfach ins Wasser werfen? Andererseits hätte es in der Area 51 genug Möglichkeiten gegeben, sie einfach verschwinden zu lassen. Der Hubschrauber wurde etwas lauter. Der Pilot musste die Motoren aufgedreht haben. Als der Hubschrauber in die Kurve ging, erkannte Claudette eine Insel. Sie mussten in der Karibik sein. Für Hawaii waren sie nicht lange genug geflogen und die Florida Keys waren viel kleiner. Der Hubschrauber hielt auf das eine Ende der Insel zu. Dem Sonnenstand nach zu urteilen, war es das westliche Ende. Während die übrige Insel grün war, war dieses Ende asphaltiert. Es war ein befestigtes Lager.

Plötzlich begriff Claudette, wohin sie gebracht wurden.

Guantanamo Bay.

PAPERCLIP

Ein eisiger Hauch wehte Tom Powder entgegen, so als sei der Antichrist in den Raum getreten. Der Mann mit dem schütteren dunklen Haar und dem seltsam verbissenen Grinsen, der rechts neben dem Präsidenten saß, strahlte die Warmherzigkeit eines toten Frettchens aus. Der Mann war Benito Giovanni, der neue Sicherheitsbeauftragte der US-Regierung.

Links neben dem Präsidenten saß sein Kommunikationsdirektor Albert Rave. Auch Powders ewiger Widersacher Dewey Drillson war an diesem sonnigen Septembermorgen zur Lagebesprechung in den Besprechungssaal des Weißen Hauses geeilt. Orinoko Oil hatte sich auf dem Platz von Harold H. Burton niedergelassen. Der Vizepräsident war noch immer in Saudi-Arabien. Powder fragte sich, was er dort eigentlich so lange tat. Falls er bei den Saudis um Hilfe im Kampf gegen die Aufständischen im Irak warb, war er bisher nicht sonderlich erfolgreich gewesen. Der CIA-Direktor ganz links außen starrte, wie immer, diesig vor sich hin. Als Letzter huschte Doktor Henry Wolfstetter durch die Tür. Giovanni widmete Drillsons Vize einen scharfen Blick. »Tut mir leid«, nuschelte Wolfstetter. »Ich bin in der Defiant Foundation aufgehalten worden. Ich muss Lucius vertreten, der noch immer in Moskau ist.«

Der Präsident lächelte zerstreut. Täuschte sich Powder oder wurde der Präsident langsam fett? Zumindest um die Hüften schien er zugelegt zu haben. Und sah sein Gesicht nicht auch ziemlich aufgedunsen aus? Und Drillson sah auch aus, als habe er eine Panzerfaust gefrühstückt. Aber das mochte andere Gründe haben als Sorge um den Zustand des Präsidenten. Powder hatte heute früh den neuen Lagebericht aus dem Irak gelesen – den seines eigenen State Departments und nicht den geschönten Bericht der CIA oder des Pentagons. Demnach ging es dort drüben drunter und drüber. Wie überall, wo Drillson versuchte, Ordnung zu schaffen.

»Liebe Freunde«, sagte der Präsident. Freunde? Was war denn in den gefahren? »Liebe Freunde, ich bin mir ganz sicher, dass mein guter Freund Benito unseren lieben CIA-Direktor, dem ich bei dieser Gelegenheit ganz herzlich für seine Verdienste danken möchte, würdig ersetzen kann.« Der Präsident machte eine kleine Pause. »Solange Lucius in Moskau ist, wird Benito auch für ihn einspringen. Und nebenbei wird er die Aufgaben von Harry übernehmen.«

Während der CIA-Direktor schlagartig aufgewacht war und den Präsidenten entsetzt anstarrte, lehnte Rave sich zurück, Giovanni fest im Blick. Sein linker Arm ruhte dabei beiläufig auf seiner abgewetzten braunen Aktentasche, die unter dem Gewicht kurz aufklappte. Powder spähte hinein. Und da sah er ihn. In der Tasche lag der gleiche Manschettenknopf, den er nach seinem Stelldichein mit der First Lady gefunden hatte. Er war silbern mit einer Einlage aus dunkelblauem Lapislazuli.

Powder musste sich auf die Lippen beißen, um nicht laut zu werden. »... und mein lieber Freund Benito wird auch dafür sorgen, dass die Grenzen zu Kanada künftig sicher sind«, sagte der Präsident. »Natürlich ist es dafür unabdingbar, dass ...« Es war also Rave gewesen, der ihm nachspioniert hatte, dachte Powder. Ob er den Kommunikationsdirektor mit dem Knopf, den er neben der Schlafzimmertür des Präsidenten gefunden hatte, konfrontieren sollte? Das wäre unklug. Rave würde außerdem behaupten, dass das kein Beweis sei. Immerhin sei er ja oft genug beim Präsidenten.

»Und jetzt, liebe Freunde, mein lieber Benito, werde ich mich ein wenig ausruhen«, sagte der Präsident und lächelte. »Sie und Dewey haben ja alles im Griff.«

Als alle aufstanden, wusste Powder, dass er handeln musste. Er trat auf den Präsidenten zu, griff ihn an den Schultern und drehte ihn so zu sich um, dass Rave sie beide nicht mehr hören konnte. »Mister President, ein kurzes Wort nur«, sagte er. Sofort sprang der Kommunikationsdirektor auf und hechtete zu ihnen herüber. Seine Aktentasche ließ er auf dem Konferenztisch liegen.

Powder lächelte und wandte sich Rave zu. »Gut, dass Sie kommen, Albert«, sagte er. »Wir waren gerade dabei, den gestrigen Bombenanschlag im Irak zu diskutieren. Sagen Sie, haben Sie zufällig den neuesten Bericht des Amts für Strategischen Einfluss dabei? Ich würde den Präsidenten gerne auf etwas Wichtiges hinweisen.«

Der Präsident machte nicht den Eindruck, als ob ihn das Gespräch auch nur ansatzweise interessierte, aber er rührte sich zumindest nicht vom Fleck. »Einen Augenblick«, sagte Rave. Powder konnte seine Verärgerung förmlich spüren. »Ich hole das Ding.«

Selbst wenn der Bericht griffbereit auf Raves Schreibtisch lag, würde er zwölf bis fünfzehn Minuten brauchen, um zu seinem Büro und zurückzusprinten. Zeit genug. Kaum war Rave aus der Tür verschwunden, griff Powder mit einer raschen Bewegung nach dessen brauner Aktentasche, die noch auf dem Konferenztisch lag, und nickte dem Präsidenten zu. »Ich komme gleich wieder«, sagte er.

Draußen, vor der Tür des Besprechungssaales, sah er sich kurz um. Niemand hatte gesehen, wie er Raves Mappe an sich genommen hatte. Powder öffnete die Tür einer nahen Herrentoilette und zog sich in eine Kabine zurück. Ein Blick auf seine Armbanduhr. Noch ungefähr elf Minuten.

Auf dem Klodeckel sitzend, öffnete er die Aktentasche. Sie war vollgestopft mit in Plastikheftern und Pappumschlägen gebündelten Papieren. »Amt für Strategischen Einfluss« stand auf dem ersten Hefter, den er herauszog. Powder blätterte ihn rasch mit dem Daumen durch. Sein Blick blieb an einer Seite hängen, die mit »Gilligan, Jason« betitelt war. »USAMRIID« stand auf dem nächsten Schnellhefter. Dann gab es noch eine Liste mit den Redakteuren und Reportern von *FUC* samt deren Telefonnummern. Auch nicht das, was Powder suchte.

Vier Minuten später fand er es. Einen braunen Umschlag, in dem ein Dutzend Fotos steckten. Noch während er das erste Foto herausholte, merkte er, wie ihm das Blut ins Gesicht schoss. Auf dem Foto war er selbst zu sehen. Mit Linda. Sie waren beide nackt. Linda hielt die Gitter am Kopfteil des rosaseidenen Bettes mit beiden Händen umklammert und hatte die Beine gespreizt. Er kniete vor ihr und seine Hände griffen nach ihren Brüsten. Wo war die Kamera bloß gewesen? Über dem Bett?

Powder zitterte. Fast gegen seinen Willen holte er die übrigen Fotos aus dem Umschlag. Auf allen trieb er es mehr oder weniger heftig mit Linda. Ihm war sofort klar, was das bedeutete. Damit konnte Rave ihn erpressen.

Er schrak zusammen. Nur noch wenige Minuten. Wie im Fieber fing er wieder an, in der Aktentasche zu wühlen. War da noch irgendetwas, das ihm weiterhelfen konnte? Zwei Kugelschreiber, ein Paket Kaugummis, ein Autoschlüssel. Ein elektronischer Organizer. Ein Kamm. Wozu bloß brauchte Rave einen Kamm? Ganz unten, aus der inneren Seitentasche, fischte er schließlich einen Schlüssel heraus. Einen Sicherheitsschlüssel aus Stahl, der ziemlich abgegriffen aussah. An dem Schlüssel hing ein kleines weißes Plastikschild. Darauf stand: »Langley, ASE«.

Langley war der Vorort in Virginia, wo die CIA residierte.

Powder wusste nicht warum, aber er steckte den Schlüssel in seine Hosentasche. Dann schob er den Umschlag mit den Fotos wieder in die Aktentasche und verließ die Herrentoilette. Als er wieder im Besprechungssaal ankam, waren die meisten schon gegangen. Nur der Präsident stand noch mit Wolfstetter, der spuckend auf ihn einredete, an der Tür. Rave war noch nicht zurückgekommen. Als Powder die Mappe auf den Tisch legte, hörte er ein leises Schnaufen. Er fuhr hoch. Es war der CIA-Direktor, der ganz hinten am Ende des Tisches saß und aussah, als brauche er sofort einen Drink.

Der Außenminister überlegte. Vielleicht war das seine einzige Chance. Er trat an den CIA-Direktor heran, beugte sich zu ihm vor, so dass ihn sonst niemand hören konnte, und hielt ihm den Schlüssel mit dem Plastikschild unter die Nase. »Sagen Sie, William«, fragte er, »wissen Sie zufällig, wofür dieser Schlüssel ist?«

Der CIA-Direktor – der ehemalige CIA-Direktor, um präzise zu sein – warf erst einen raschen, abschätzigen Blick auf den Präsidenten und Wolfstetter an der Tür, dann auf den Schlüssel und dann auf Powder. »Das ist der Schlüssel zu einem unserer Archivkeller in Langley«, sagte er. Er machte eine Kunstpause. »Zum Keller des Amtes für Strategischen Einfluss. Fünftes Untergeschoss, Galerie drei. Aber da kommen Sie nicht rein. Das ist streng geheim.«

* * *

Dewey Drillson sah unwillig auf, als die Tür zu seinem Büro aufflog. Im Türrahmen stand ein schwitzender, zitternder Albert Rave, der offenbar gerade die Treppe hochgerannt war. »Schnell«, sagte Rave und schnappte dabei nach Luft. »Schnell … schnell … den Fernseher …« Und als Drillson ihn verständnislos anstarrte: »*CNN*, *FUC*, egal, irgendetwas. Schalten Sie ein!«

Die Nachricht, die auf allen Kanälen lief, war tatsächlich bemerkenswert. Harold H. Burton stand an einem Pult aus Tropenholz vor einer Unzahl von Fernsehkameras und gab offenbar gerade eine Pressekonferenz. Um ihn herum hatten sich ein paar Dutzend Männer aufgereiht, größtenteils Araber. Einer der Araber stand direkt neben dem Vizepräsidenten. Er war höchstens Mitte fünfzig, mittelgroß, stämmig, trug einen weißen Kaftan und dazu den traditionellen arabischen Kopfputz. Er hatte dunkle, ein wenig melancholische Augen und einen sauber gestutzten, dunklen Vollbart. Am unteren Bildrand war zu lesen: »U. S. Vizepräsident Harold Burton stellt heute in Riad den neuen Herrscher Saudi-Arabiens vor.«

»… Khalid Ibn Sultan, der Thronfolger der saudi-arabischen Herrscherdynastie«, sagte die Sprecherin von *CNN* gerade, als Rave den Ton lauter stellte. »Khalid Ibn Sultan ist der älteste Sohn von König Fahd, der acht Jahre lang an den Folgen eines Schlaganfalls gelitten hat. König Fahd ist gestern Abend seiner schweren Krankheit erlegen.« Die Sprecherin machte eine Pause, während der Araber neben Burton – offensichtlich dieser Khalid Ibn Sultan – die Hand hob und vortrat, um etwas zu sagen. »Khalid Ibn Sultan gilt als Garant für demokratische Reformen«, fuhr die Sprecherin vor. »Der neue Monarch von Saudi-Arabien wird, wie Vizepräsident Harold H. Burton es bereits ankündigte, das Königreich in eine moderne Zukunft führen. Zunächst wird Khalid Ibn Sultan Frauen die Erlaubnis erteilen, ein Fahrzeug zu führen. Allerdings nur, wenn sie einen blickdichten Schleier ...«

»Wer zum Teufel ist Khalid Ibn Sultan?«, fragte Rave entgeistert. »Wussten Sie, dass König Fahd einen Sohn hat, der die Thronfolge übernehmen sollte? Und gleich so schnell? Ich dachte immer, dass Kronprinz Abdullah ...«

»Fahd hat ungefähr siebzig Söhne von achtzehn verschiedenen Frauen«, knurrte Drillson. »Aber dieser Khalid Ibn Sultan ist keiner davon.«

Rave sah erst Drillson unsicher an und dann wieder den Fernseher.

»Der 75-jährige Kronprinz Abdullah, der für seinen schwerkranken Bruder bisher die Regierungsgeschäfte geführt hat, ist mit sofortiger Wirkung zurückgetreten«, sagte die Sprecherin, während Harry Burton immer noch mit schiefem Mund in die Kamera lächelte. Eine seiner schweren, gepflegten Hände lag auf der linken Schulter von Khalid Ibn Sultan. »Er hat sich in seinen Altersruhesitz am Genfer See zurückgezogen. Wir schalten nun gleich live nach Riad ins *CNN*-Studio, wo unser Reporter ...«

»Was soll das heißen, er ist keiner von Fahds Söhnen?«, fragte Rave. »Wer ist der denn dann?«

»Wir, die Vereinigten Staaten von Amerika, freuen uns zusammen mit dem saudischen Volk, dass sich Saudi-Arabien, ein langjähriger und zuverlässiger Verbündeter der USA, nun endlich dem frischen Wind der Demokratie geöffnet hat«, sagte Burton in das Mikrofon des *CNN*-Reporters. »Damit wird ein heilsamer Prozess fortgesetzt, den wir mit der Befreiung des Irak eingeleitet haben, und der ...«

Drillson starrte noch immer den Fernseher an. »Das darf nicht wahr sein«, sagte er. Dann wandte er sich an Rave. »Erkennen Sie den wirklich nicht?«, fragte er und deutete mit dem Kinn in Richtung Bildschirm, wo nun wieder Khalid Ibn Sultan auftauchte. Was er sagte, war nicht zu hören. Er gab der *BBC* gerade ein Interview.

»Nein«, sagte Rave und schüttelte den Kopf. Dann griff er nach der Fernbedienung und schaltete um auf *FUC*. Vielleicht wussten die mehr.

Auf *FUC* waren die gleichen Bilder zu sehen. »Die Demokratisierung des Mittleren Ostens schreitet mit dieser friedlichen Machtübertragung unaufhaltsam voran«, sagte der Kommentator von *FUC* aus dem Off. »Der Frühling der Freiheit in Saudi-Arabien manifestiert sich nun in einem Symbol, das viele junge, gebildete Araber tragen, die goldfarbene Öldistel. Es ist daher nicht übertrieben, von einer goldenen Revolution zu sprechen.« Damit schwenkte die Kamera wieder auf Khalid Ibn Sultan, der plötzlich ebenfalls eine goldene Distel im Knopfloch trug. »Meine geliebten arabischen Brüder ...«, fing er seine Rede an.

Drillson schnaubte verächtlich. »Das da«, sagte er, »ist Saddam Hussein.«

»Was?!«, entfuhr es Rave. Er zischte dabei, als habe ihn eine Wespe in den Hintern gestochen. »Das ist Saddam?!«

Drillson nickte grimmig. »Gucken Sie mal genauer hin«, sagte er. »Die Augen – er hat sich die Lider straffen, die Brauen zupfen und die Tränensäcke entfernen lassen, aber das sind seine Augen. Der Vollbart verändert ihn natürlich ebenfalls. Und sein Gesicht wirkt schmaler, weil seine hinteren Backenzähne entfernt wurden. Aber ich erkenne ihn auf fünftausend Meilen.«

»Saddam Hussein?«, wiederholte Rave fassungslos. »Ich dachte, der wäre tot? Ich habe doch selbst das Video gesehen, auf dem ...«

»Ich auch«, unterbrach ihn Drillson ungnädig. Er sprang auf, verschränkte die Hände hinter dem Rücken und fing an, auf und ab zu laufen. »Was wir auf dem Video gesehen haben, war Saddam, der reglos auf einer Couch liegt. Er könnte auch bewusstlos gewesen sein. Oder sich einfach totgestellt haben.«

Rave sah ihn unsicher an. »Das Video hat doch Burton aufnehmen lassen?«, frage er. »Oder?«

Drillson blieb abrupt stehen und drehte sich zu Rave um. »Ich bin mir nicht ganz sicher«, sagte er. »Burton kannte das Video, aber vorgeführt hat es Wolfstetter. Vielleicht stecken die beiden unter einer Decke.« Er überlegte ein paar Sekunden. »Aber Burton muss wissen, wer da in Riad neben ihm steht. Kein Zweifel. Er hat uns reingelegt.« Er schnaubte. »Ha! Goldene Revolution!«

Der *FUC*-Kommentator sprach noch immer aus dem Off. »Khalid Ibn Sultan, der neue Monarch des saudischen Königreichs, sowie Vizepräsident Harold H. Burton haben bereits ein Abkommen unterzeichnet, das *Oilocal*, dem amerikanischen Ölgiganten, das Recht einräumt, alle saudischen Energiereserven ...«

»Und was machen wir jetzt?«, fragte Rave. Er klang ungewohnt kleinlaut.

»Wir müssen erst einmal gute Miene zum bösen Spiel machen«, knurrte Drillson. »Wir können ja wohl schlecht eine Presseerklärung herausgeben, in der es heißt, dass wir den Kopf von Khalid Ibn Sultan fordern, weil er in Wirklichkeit Saddam Hussein ist. Aber ich will sofort wissen, was da unten los ist. Sofort! Vor allem will ich wissen, wo Kronprinz Abdullah steckt. Und ich will Burton an der Strippe haben, so schnell es irgend geht.«

Rave nickte. »Soll ich Giovanni herzitieren?« Die CIA müsste doch wissen, was ...« Es klopfte. Ohne abzuwarten, platzte Orinoko Oil ins Zimmer.

»Haben Sie das gesehen?«, fragte sie vollkommen außer Atem. »Wussten Sie von dem anstehenden Machtwechsel? Und wer ist Khalid Ibn Sultan?«

»Gewöhnen Sie sich nicht allzu sehr an den Namen«, knurrte Drillson. Dann warf er Rave einen ungeduldigen Blick zu. »Wollten Sie nicht Giovanni kontaktieren?«, fragte er. »Schon vor zwei Minuten?«

Rave griff in seine Jackentasche und sah entsetzt auf. »Meine Aktentasche«, sagte er. »Ich habe meine Aktentasche im Weißen

Haus vergessen. Mit meinem Organizer und meinem Telefon. Da ist …«

»Dann holen Sie die verdammte Mappe«, sagte Drillson scharf. Im Fernsehen – Orinoko hatte wieder auf *CNN* umgeschaltet – erschien nun der irakische Ministerpräsident. Der von der U. S. Army eingesetzte Interims-Ministerpräsident.

»Wir freuen uns«, sagte er, »dass unsere saudischen Brüder ebenfalls den Wind der Freiheit spüren. Auch wir haben die goldene Distel zu unserem Symbol …«

Drillson drückte einen Knopf seiner Telefonsprechanlage. »Rufen Sie Doktor Wolfstetter an«, sagte er zu seiner Sekretärin. »Er soll zu mir hochkommen. Und die Stabschefs der Army, der Navy und der Luftwaffe ebenfalls. Und zwar sofort.«

Rave, der schon fast aus der Tür war, drehte sich noch einmal um. »Übrigens«, sagte er. »Was macht eigentlich Lucius Prince? Seit sein iranischer Freund, dieser Abdul, verhaftet worden ist, habe ich von ihm nichts mehr gehört. Glauben Sie, dass er mit Burton unter einer Decke steckt?«

Drillson zögerte. »Keine Ahnung«, sagte er. »Ich hoffe, nicht.«

* * *

Es hatte Powder einiges an Mühe gekostet, in das Archiv der Central Intelligence Agency in Langley hineinzukommen. Erst hatte er sich überlegt, einfach kraft seiner Autorität als Außenminister hineinzumarschieren, aber er hatte festgestellt, dass er dazu eine Erlaubnis des Weißen Hauses hätte beantragen müssen. Und der CIA. Und des Office for Homeland Security. Und des Amtes für Strategischen Einfluss. Nach längerem Nachdenken war ihm dann eingefallen, dass der ehemalige Botschafter der USA im Jemen vor wenigen Monaten das State Department verlassen hatte und nun stellvertretender Leiter der Immobilienabteilung der CIA war. Es hatte einiger bittender Telefonanrufe bedurft, aber schließlich hatte der Mann eingewilligt, ihm zu helfen. Vermutlich bloß, um Drillson zu ärgern, glaubte Powder. Er hatte ihm einen Deklassifizierungsschein besorgt, der für zwei Stunden gültig und mit der ausdrücklichen Anweisung versehen war, nichts, aber auch gar nichts aus dem Archiv mitzunehmen. Aber immerhin.

Nun stand Powder im Keller des weitläufigen Gebäudekomplexes und betrachtete die unendlichen Reihen stählerner Regale. Sie alle waren mit Kartons und Papierbündeln vollgestopft, die grau und verstaubt aussahen. In diesem Teil des Archives bewahrte die CIA die Akten der »Operation Paperclip« auf. Das war jene infame Geheimdienstoperation, im Zuge derer nach dem Zweiten Weltkrieg hunderte von Alt-Nazis in die USA geholt worden waren, um für die NASA, die CIA und diverse Waffenforschungsprogramme zu arbeiten.

Powder musterte die Rücken der Kartons. »Edgewood« stand auf einem davon. In Edgewood hatte die U. S. Army Experimente mit chemischen und biologischen Giften gemacht, für die GIs als Versuchskaninchen benutzt wurden. Der Außenminister ging an zwei Dutzend Regalen vorbei, die auf eine graue Kellerwand zuliefen. In der Mitte, zwischen zwei Stahlschränken, gab es eine Tür. Über der Tür hing ein schmales weißes Schild, auf dem »Galerie III« stand. Powder griff nach dem Schlüssel, den er aus Raves Aktentasche geholt hatte. Er passte.

Die Tür schwang knarrend auf. Dahinter – Powders zittrige Finger fanden erst nach ein paar Sekunden den Lichtschalter – das gleiche Bild: Regale bis an die Decke, vollgestellt mit Kartons und Ordnern. An der Seite des ersten Regals war ein graues Schild befestigt. »Amt für Strategischen Einfluss« stand darauf.

Powder wusste ungefähr, wofür dieses Amt zuständig war, aber er war erstaunt, wie viele Dokumente sich bereits angesammelt hatten. War das Amt nicht erst vor ein oder zwei Jahren gegründet worden?

Er überflog die Beschriftungen der Ordner. »Massenvernichtungswaffen« stand auf den Kartons im vordersten Regal. An den Kartons im Regal daneben klebte ein Zettel, der mit »Biowaffen/Anthrax« betitelt war. Ob es das war, was er suchte? Seine Augen wanderten zu einer Reihe von Ordnern, auf denen »Pakistan« stand. Gerade, als er einen davon aus dem Regal ziehen wollte, fiel sein Blick auf eine Schachtel im Regal dahinter. Sie war ziemlich alt, ziemlich schäbig und hatte keine Aufschrift. Stattdessen klebte ein kleiner weißer, stilisierter Totenkopf darauf. Wie von einer äußeren Macht getrieben, griff Powder nach der Schachtel mit dem Totenkopf. Ein paar Sekunden hielt er sie zögernd in beiden Händen und stellte sie dann auf einem wackeligen kleinen Holztisch ab, der zwischen den Regalen stand. Er öffnete sie. Die Papiere, die darin lagen, waren alt. Sehr alt. Ganz oben lag eine vergilbte Kladde, in einer altertümlichen Handschrift beschrieben, die vermutlich seit der Zeit von Abraham Lincoln nicht mehr benutzt wurde. »Der Geheimbund des Totenkopfes« stand auf dem Einband der Kladde. Darunter prangte wieder ein stilisierter Schädel mit zwei gekreuzten Knochen.

Powder schüttelte ungläubig den Kopf. War er in einem alten Spionagethriller gelandet? Dann blätterte er die Kladde auf. Es dauerte ein wenig, bis er die Schrift entziffern konnte. »Wir, die Bruderschaft des Totenkopfes, geloben, einander auf ewig verbunden und verpflichtet zu sein. Wir geloben, gemeinsam für unsere Interessen einzustehen, sowohl in der Kolonie Amerika als auch im Mutterland und überall. Und wir geloben, unsere Bruderschaft niemandem zu offenbaren.« Darunter standen drei Dutzend Namen: Kaufleute, Immobilienmagnaten, Stahlfabrikanten, Banker, Munitionsproduzenten, Eisenbahnbarone. Alle hatten in der Zeit um den amerikanischen Bürgerkrieg gelebt. Einer davon war der Urgroßvater des Präsidenten.

Powder legte die Kladde auf das Tischchen. Auch die übrigen Papiere im Karton sahen alt und vergilbt aus. Er blätterte sie eilig durch. Kreditverträge, Briefe, geschäftliche Unterlagen. Dann ein Bündel Telegramme. »Mein lieber Duce – STOP – komme übermorgen in Rom an – STOP – Treffen in New York erfolgreich – STOP – Kredit praktisch gesichert – STOP. Ihr ergebener ...« Der Name des Bankers, der das Telegramm unterzeichnet hatte, war identisch mit einem der Männer, die den Totenkopfbund gegründet hatten. Vermutlich war er dessen Sohn. Oder vielleicht sein Enkel.

Dann folgte eine Mappe, auf deren Titelblatt »Kredit« stand. Auf der ersten Seite fand sich eine Liste mit Namen. Wieder der Totenkopfbund. Bloß eine neue Liste. Dann folgten fünf Seiten mit langen Zahlenkolonnen. Dahinter war ein getippter Bericht mit Datum 31. Januar 1930 eingeheftet. Powder überflog ihn. »... sollten wir ernsthaft prüfen, ob eine Finanzierung dieser zukunftsweisenden deutschen Partei, der NSDAP ...«

Es schauderte ihn. Amerikanische Banker hatten den Nazis Geld gegeben? Dies und die Telegramme an Mussolini hätten Powder eigentlich auf den nächsten Fund vorbereiten sollen, doch es traf ihn trotzdem wie ein Schlag in die Magengrube. Auf der Kladde, die ganz unten im Karton verborgen war, stand: »Martin Bormann«. Darunter, in etwas kleinerer Schrift: »Parteikanzlei, 1945, Berlin NW 8«.

Bormann! Hitlers geheimnisvoller Stellvertreter, der seit 1945 spurlos verschwunden war! Powder spürte, wie ihn fröstelte. Er blätterte um. Auf der nächsten Seite war ein zerknittertes, verwaschenes schwarz-weißes Foto eingeklebt, das offenbar Bormann zeigte. Nur, dass er keine deutsche Uniform trug, sondern einen grauen Anzug, der aussah, als sei er in den vierziger Jahren fabriziert worden. Und zwar in den USA. Unter dem Bild stand in dünner Druckschrift: Office of Strategic Services.

Bormann soll Mitarbeiter des OSS gewesen sein? Powder wusste, dass die CIA zahlreiche hochrangige Nazis angeheuert hatte, aber das war nach dem Krieg gewesen. Das OSS hatte während des Krieges operiert. Powder sah sich das Foto genauer an. Bildete er sich das ein oder ähnelten Bormanns Züge denen von Drillson? Nein, das war vollkommen unmöglich. Falls Bormann überhaupt noch lebte – was sowieso schon extrem unwahrscheinlich war – musste er über hundert Jahre alt sein.

Mehr war nicht in der Schachtel. Er sah auf die Uhr. Er hatte noch eine knappe Stunde übrig. Er wusste nicht, was passierte, wenn er die Zeit überzog, aber er wollte keinen Skandal riskieren. Im gleichen Regal stand noch ein weiterer Karton, der neuer aussah. Er nahm ihn heraus.

Ganz oben lag eine Akte, die in modernerer Schrift getippt war. »Zarathustra-Phobos« stand darauf. Er klappte die Akte auf. »Das Zarathustra-Phobos-Development-Projekt (ZaPhoD)«, stand dort, »wurde 1940 bis 1945 von deutschen Wissenschaftlern entwickelt. Das Ziel war, einen Übermenschen mit besonderen Kräften und überdurchschnittlicher Intelligenz zu schaffen, der mittels Furcht und Schrecken die Herrschaft ergreift. Damit sollte ...«

Übermensch? Powder spürte, wie ihm schwindelig wurde, aber er las weiter. »Die ersten Versuchspersonen von ›Zarathustra-Phobos‹ waren SS-Offiziere im VI-Raketenlabor von Peenemünde, die nach 1945 ihr Knowhow den Vereinigten Staaten zur Verfügung stellten.« Es folgte eine Beschreibung der medizinischen und technischen Einzelheiten voller Ausdrücke wie »Klonkontrolle« und »Replikation«. Und dann kam der entscheidende Satz. »Die Operation wurde in den USA unter der Leitung von [redacted] implementiert. »[redacted] hat auch heute noch die Oberaufsicht inne.«

Heute? Hieß das, dieses Projekt gab es noch immer? Powder hielt die Seite mit der geschwärzten Stelle gegen das Neonlicht, aber der Name war trotzdem nicht zu erkennen. »[redacted] steht seit 1950 dem Totenkopfbund vor, der sich um die Finanzierung und den anschließenden Transfer von ZaPhoD aus Deutschland verdient gemacht hat.« Dann folgte wieder eine Liste mit Namen. Dies schien jedoch eine neue Liste zu sein. Zumindest war sie auf einem Computer verfasst worden. Hinter jedem Namen prangte ein winziger Totenkopf. Der erste Name lautete Albert Rave.

Eigentlich, dachte Powder, hätte er nicht überrascht sein sollen, aber trotzdem war er schockiert. Während er die Liste weiter durchblätterte, fühlte er sich, als füllten sich seine Adern mit Eiswasser. Es waren Dutzende von Namen. Drillson war darunter, ebenso Benito Giovanni, außerdem sein eigener Abteilungsleiter, dazu der stellvertretende Direktor der CIA, der Leiter des »Amtes für Strategischen Einfluss«, Joseph Brisbane und, als einzige Frau, Nancy Reagan.

Er blickte auf die Uhr und erschrak. Noch acht Minuten. Ihm dämmerte plötzlich, dass dieser ganze Raum streng geheim war – womöglich war Rave der Einzige, der den Schlüssel hatte. Wonach sollte er noch suchen? Hastig sah er sich um. Tatsächlich stand in dem Regal noch ein Ordner mit der Aufschrift »ZaPhoD«. Er zog ihn heraus.

Der Ordner enthielt zwei Akten. Auf einer davon klebte ein Foto, das den Bruder des Präsidenten zeigte. Neben dem Foto prangten drei rote Kreuze. »Negativ« stand darunter. Er blätterte die zweite Akte auf und sah das Foto eines Mannes, der ganz genau so aussah wie der Präsident. Darunter war »Klon V« zu lesen.

»Das Projekt, mittels der Zarathustra-Phobos-Technologie den perfekten Übermenschen zu schaffen, hat leider einige herbe Rückschläge erlitten«, hieß es in der Erläuterung. »Klon V, der derzeit im Einsatz ist, zeigt bereits degenerative Erscheinungen, trotz der deutlich verbesserten Feedback-Schleife im Nacken. Klon I ist bei einem Autounfall unter Alkoholeinfluss in Massachusetts umgekommen. Klon II wurde während seiner Dienstzeit in der Nationalgarde von Alabama bei einem Flugzeugabsturz getötet. Klon III wurde von einem eifersüchtigen Ehemann in Texas erschossen. Klon IV ist in Washington der Überdosis eines Aufputschmittels zum Opfer gefallen. Von weiteren Experimenten mit diesem Klon-Typ wird aus wissenschaftlicher Sicht dringend abgeraten.«

Der Präsident ein Klon? Powder konnte es kaum glauben. Andererseits würde das erklären, warum sich der Präsident seit ein paar Monaten so anders verhielt.

Er sah auf die Uhr. Noch zwei Minuten! Er hatte zwar versprochen, nichts mitzunehmen, aber sie würden ihn ja wohl nicht am Ausgang filzen. Oder? Er griff nach der Akte über das Klonprogramm und der neuen Liste mit den Mitgliedern des Totenkopfbundes, schob beides in seinen Hosenbund und verdeckte es mit Hemd und Jacke. Er zögerte kurz und steckte schließlich auch die Akte Bormann ein. Hastig packte er die Kartons zusammen und stellte sie ins Regal.

Genau in dem Moment, als er das Licht ausschalten wollte, fiel sein Blick auf einen Karton, den er bisher übersehen hatte. Doch er hörte bereits Schritte. Sollte er den Karton auch noch einstecken? Aber wohin damit? Lieber nichts riskieren. Schnell zog er die Tür zu, schloss sie ab und eilte zum Aufzug.

Auf dem Karton, den er zurückgelassen hatte, stand: »World Trade Center«.

HEIMATSCHUTZ

Ein schabendes Geräusch, dann ein dumpfer Knall. Orinoko Oil schreckte hoch. Der Präsident lag flach auf dem Teppich und grunzte. Er war schon wieder von der Couch gefallen. Die ganzen letzten Wochen hatte er auf der rosageblümten Couch im Schlafzimmer des Weißen Hauses verbracht, die Beine auf zwei Kissen gebettet. Nun waren seine Augen halb geöffnet und blutunterlaufen. Außer Boxershorts trug er nichts. Der Präsident musste mehr als dreißig Kilo zugelegt haben. Orinoko vermutete, dass es sich hauptsächlich um eingelagertes Wasser handelte. Der Präsident trank extrem viel, aber es ließ ihn trotzdem fett aussehen.

Er war seit mehr als zwei Wochen nicht mehr öffentlich aufgetreten und langsam begann sich ganz Washington zu fragen, was los war. Hinzu kam, dass auch Burton noch immer irgendwo im Mittleren Osten war. Und so führte Drillson in diesen Wochen offiziell die Geschäfte. Doch irgendetwas würde bald geschehen müssen, dachte Orinoko.

Wo war nur Albert Rave immer, wenn es unangenehm wurde? Wenn wenigstens Linda häufiger vor Ort wäre! Eigentlich wäre es deren Aufgabe gewesen, ihren Mann zu pflegen. Aber die First Lady ließ sich kaum noch im Weißen Haus blicken. Nach dem Frühstück verschwand sie meist in einen Umhang gekleidet, mit einem Hut und einer dunklen Sonnenbrille auf der Nase. Oft kam sie erst spät abends durch einen unterirdischen Eingang zum Weißen Haus, den die Presse nicht kannte, zurück.

Ein halbes Dutzend Ärzte war bereits im Weißen Haus gewesen. Rave hatte sie hergebeten und natürlich zur Geheimhaltung verpflichtet. Leider hatte noch kein Arzt herausgefunden, was den Präsidenten so dramatisch aufschwemmte, geschweige denn, wie dies rückgängig zu machen sei. Aber alle hatten sehr besorgt ausgesehen. Den Journalisten hatte Rave gesagt, der Präsident habe sich beim River-Rafting in Texas eine schwere Grippe zugezogen und er müsse das Bett hüten. Seine Frau sei bei ihm. Beide wollten auf keinen Fall gestört werden.

Dass der Präsident ausgerechnet jetzt ausfiel, erfüllte nicht nur Orinoko, sondern auch Rave und Drillson mit zunehmender Sorge. Offiziell hatte Washington es begrüßt, dass Khalid Ibn Sultan, der neue Herrscher, endlich die Demokratie nach Saudi-Arabien gebracht hatte. *Newsweek* und *Time* hatten ihm ihre Titelgeschichte gewidmet. Der *Economist* hatte unter Berufung auf Geheimdienstkreise geschrieben, dass der Thronfolger für Burtons Ölfirma gearbeitet hatte, die in Saudi-Arabien, Kuwait und Pakistan operierte, was erklärte, dass er im Königshaus bislang noch nicht in Erscheinung getreten war. Burton hatte angekündigt, er werde in dieser Woche nach Washington zurückkehren, aber Drillson war sich nicht sicher, ob ihm das gefiel. Eigentlich war er sich sogar sicher, dass ihm das ganz und gar nicht gefiel.

Auch Powder trat kaum mehr öffentlich auf, so dass die Presse in ihren Leitartikeln fragte, ob der Außenminister womöglich amtsmüde sei. Die *New York Times* hatte gemutmaßt, dass eine Regierungsumbildung anstehe. Denn Burton, so hatte der für den Mittleren Osten zuständige Kolumnist geschrieben, habe durch seinen Einsatz für Demokratie in Saudi-Arabien in einer einzigen Woche mehr geleistet als Drillson in einem halben Jahr Irakkrieg. Zumal das Militär bisher weder Saddam Hussein noch Osama Bin Laden habe fangen können.

»Wasch ...«, lallte der Präsident, der inzwischen wieder auf der Couch lag. Das hieß »Wasser«, wie Orinoko herausgefunden hatte. Eigentlich hatte er genug getrunken, aber die Ärzte sagten, Wasser könne ihm nicht schaden.

»Einen kleinen Moment«, sagte sie. Sie war sich nicht einmal sicher, ob er sie überhaupt verstehen konnte. »Ich bringe Ihnen gleich ...«

»Was ist denn hier los«, sagte eine entsetzte, weibliche Stimme aus Richtung des Eingangs. Eine Stimme, deren schriller, wenngleich bekannter Klang Orinoko durch Mark und Bein drang. Sie fuhr herum. Die Mutter des Präsidenten stand im Türrahmen und sah so aus, als ob sie jede Sekunde auf Orinoko losgehen würde.

Instinktiv kreuzte Orinoko ihre Arme vor der Brust. »Der Präsident«, stammelte sie unsicher, »ist krank.« Sie hatte es bis heute nicht ganz geschafft, die Angst vor Wilburs Frau abzulegen.

»Das sehe ich«, gab Eleanor scharf zurück. »Was haben Sie bloß mit ihm angestellt? Und was wollten Sie ihm denn gerade einflößen?«

»Wasser«, antwortete Orinoko. Es klang noch immer defensiv. »Es ist nicht meine Schuld, dass er krank ist. Wir wissen selbst nicht, was ihm fehlt. Es waren schon viele Ärzte hier und die haben ...«

»Und wo ist überhaupt seine Gattin?«, fiel ihr Eleanor ins Wort. »Sollte die nicht bei ihm sein?«

Orinoko war es zwar neu, dass Eleanor Linda besonders mochte, aber insgeheim gab sie ihr recht. »Ich weiß es nicht«, sagte sie und machte einen Schritt auf die Mutter des Präsidenten zu. »Kommen Sie, sonst stören wir ihn«, erklärte sie und machte Anstalten, Eleanor am Ellbogen zu fassen und aus dem Raum zu bugsieren.

Eleanor trat demonstrativ ein paar Schritte zurück. »Unterstehen Sie sich, mich anzufassen«, zischte sie. »Wollen Sie sich hier etwa einschleichen und ausnutzen, dass seine Ehefrau nicht da ist?«

Orinoko spürte, wie die Empörung in ihr aufstieg. Das musste sie sich nicht bieten lassen. »Was bilden Sie sich eigentlich ein«, sagte sie, jetzt ein wenig lauter. »Glauben Sie etwa, ich habe es nötig, mich hier einzuschleichen? Ich wäre heilfroh, wenn ich hier nicht herumsitzen und auf ihn aufpassen müsste.«

»Meinen Sie etwa, mein Sohn ist Ihnen nicht gut genug, um ihre wertvolle Zeit mit ihm zu verschwenden?«, giftete Eleanor sie nun offen an.

»Wissen Sie was?« Orinoko spürte, wie ihre Angst allmählich der Wut wich. »Wir sind hier in einer ernsthaften Regierungskrise. Merken Sie nicht, dass Sie stören? Sie machen alles nur noch komplizierter!«

»Ich glaube«, gab Eleanor unbeirrbar giftig zurück, »dass Sie etwas vor mir verbergen. Ich habe Ihnen noch nie getraut. Und mein Sohn …«

Ihr Sohn war weg. Der Präsident war von der Couch, auf der er zehn Tage lang gelegen hatte, verschwunden. Er hatte nichts als eine tiefe, präsidentenförmige Delle hinterlassen. Und die Tür an der Rückseite des Schlafzimmers stand weit auf.

»Verdammt«, stieß Orinoko hervor. Sie stieß die Mutter des Präsidenten beiseite, stürmte in das Schlafzimmer und durch die offene Tür. Am Treppenabsatz blieb sie verwirrt stehen. Wo war er bloß? Er konnte nicht weit gekommen sein.

Aber der Präsident war weg. Spurlos verschwunden.

»Mein Gott«, keuchte hinter ihr eine Stimme, der das Entsetzen deutlich anzuhören war. »Mein Gott, er ist … mein Sohn ist …« Die Mutter des Präsidenten griff sich ans Herz, als habe sie Schmerzen. Dann brach sie zusammen.

Orinoko starrte zögernd auf die reglose Gestalt. Dann drehte sie sich um und warf einen Blick auf die Couch. Dort blinkte etwas. Orinoko trat näher heran, beugte sich über die Delle und griff danach. Es war ein winzig kleiner zickzackförmiger Draht. Als sie ihn anfasste, durchfuhr sie ein Schlag, so stark wie ein Stromstoß. Sie sah sich um. Auf dem Boden neben der Couch lag ein T-Shirt. Sie wickelte es um ihre Hand, packte den unter Strom stehenden Draht noch einmal und presste ihn dann mit aller Kraft auf Eleanors Brust, dort, wo sie deren Herz vermutete.

* * *

Albert Rave sah sich um. So voll war der Pressesaal des Weißen Hauses schon lange nicht mehr gewesen. Offenbar war die Nachricht durchgesickert. »Meine Damen und Herren von der Presse und vom

Fernsehen«, sagte er. »Ich habe Ihnen eine traurige Mitteilung zu machen. Unser Vizepräsident Harold H. Burton ist heute Morgen in Jeddah einem Attentat zum Opfer gefallen.« Als die Journalisten aufsprangen und begannen, alle durcheinanderzubrüllen, hob er die Hand. »Er wird durch jemanden ersetzt, der Ihnen allen gut bekannt ist.« Damit drehte er sich um. Hinter ihm stand Wilbur, der Vater des Präsidenten.

Der hüstelte. »Ich kann meinem tiefen Bedauern und Entsetzen kaum Worte verleihen. Harry Burton, mein langjähriger politischer Weggefährte und ein verdientes Mitglied unserer Regierung ist heute Morgen einem feigen Attentat von Terroristen zum Opfer gefallen.« Wilbur legte seine Stirn in sorgenvolle Falten. »Aber ich werde mein Bestes tun, um ihn würdig zu vertreten.«

Rave zeigte mit der Hand auf den Fernsehreporter in der ersten Reihe, der schon kurz vorm Platzen war. »Bitte, *Featurenews Universal Corporation*«, sagte er.

»Wer ist für diesen Anschlag verantwortlich?«, rief der Reporter von *FUC News*. »Haben wir die Kerle schon?«

»Leider nein«, antwortete Rave. »Aber ich bin mir sicher, dass das nur eine Frage von Tagen ist. Das *Wall Street Journal*, bitte!«

Der Korrespondent des *Journals* schoss hoch. »Können Sie Stellung zu den Gerüchten nehmen, der Präsident sei gesundheitlich so angeschlagen, dass er nicht mehr amtieren kann?«, fragte er.

Rave drehte in einer Geste, die beruhigend wirken sollte, beide Handflächen nach außen. »Dies ist eine Frage für den amtierenden Vize-Präsidenten«, sagte er und nickte Wilbur aufmunternd zu.

Der hüstelte. »Ich muss ihnen leider bestätigen, dass mein Sohn, der Präsident, gesundheitlich schwer beeinträchtigt ist. Aber Ärzte sind bei ihm und ich vertrete ihn in dieser schwierigen Zeit, in der wir mehr denn je von Terror und Krieg bedroht sind, so gut ich kann.« Dann wandte er sich Benito Giovanni zu, der neben ihm stand. »Unser Beauftragter für den Heimatschutz, die CIA und die Generalstaatsanwaltschaft wird Ihnen nun mitteilen, wie wir gedenken, der Situation Herr zu werden.«

Giovanni zog seine schmalen Lippen in eine Stellung, die er für ein Lächeln hielt, und trat einen Schritt vor. »Um vor ausländischen Terrorbanden sicher zu sein, haben wir beschlossen, die Grenzen zu Kanada und zu Mexiko zu schließen«, sagte er. »Außerdem werden wir alle Internet-Server abschalten, die in Europa oder im Mittleren Osten stationiert sind. Das heißt, dass Sie derzeit nur Zugriff auf inländische Websites haben. Das Gleiche gilt für ausländische Zeitungen und TV-Sender. Diese Maßnahme ist nur vorübergehend und dient Ihrem eigenen Schutz.«

Die Presse sah ihn fassungslos an. »Gilt das auch für die *BBC*?«, fragte die Reporterin von *Associated Press*. Sie sah sich um. Der Platz, auf dem der *BBC*-Korrespondent sonst saß, war leer.

»Das gilt auch für die *BBC*«, sagte Rave und lächelte eine Spur zu selbstgefällig.

»Haben Sie wenigstens irgendeinen Verdacht, wer für das Attentat auf Harry verantwortlich sein könnte?«, insistierte der Reporter von *FUC News* noch einmal.

»Wir vermuten, die Täter stammen aus Kreisen islamischer Fundamentalisten, die gegen die demokratischen Bestrebungen im Mittleren Osten mobil machen wollen«, sagte Wilbur. »Aber diese Terroristen haben keine Chance gegen den Willen zur Freiheit. Wir werden sie fangen und jagen, wo auch immer sie sich verstecken.«

Der Korrespondent der *New York Times* hob die Hand. »Was hat es denn mit dem Gesetzesentwurf 1456/35B auf sich, der dem Weißen Haus erlaubt, noch vor der Drucklegung Einsicht in Presseveröffentlichungen zu erlangen und diese gegebenenfalls zu untersagen, falls die nationale Sicherheit es erfordert?«

Rave räusperte sich. »Das ist eine rein protektive Maßnahme«, antwortete er. »Solange die Terroristen, die den Vizepräsidenten der USA ermordet haben, noch auf freiem Fuß sind, sind auch diese Maßnahmen für den Schutz der Bevölkerung leider nötig. Um Ihren Bedenken Rechnung zu tragen, haben wir jedoch einen Pressebeauftragten ernannt, der sich darum zu Ihrer vollsten Zufriedenheit kümmern wird.« Und, als Rave sah, wie sich ein Wald aus Händen hob, fügte er hinzu: »Es ist der Ihnen wohlbekannte *FUC*-Senderchef Joe Brisbane.«

Die Journalisten sahen einander an. Dann meldete sich der Korrespondent der *Washington Post* zu Wort. »Ich habe eine Frage an den amtierenden Vize-Präsidenten«, sagte er zu Wilbur. »Sollte es in dieser Situation nicht Neuwahlen geben?«

Wilbur nickte. »Zunächst einmal hoffen wir, dass sich mein Sohn, der Präsident, gesundheitlich wieder erholt«, antwortete er. »Aber wenn das nicht geschieht, wird es selbstverständlich Neuwahlen geben. Allerdings muss vorher noch eine Reihe technischer Details geklärt werden. Nach den Problemen mit der Auszählung der Stimmen beim letzten Mal wird die nächste Wahl mit Hilfe einer neu entwickelten Computersoftware abgewickelt, die in sämtlichen Staaten zeitgleich eingesetzt werden soll. Damit soll gewährleistet werden, dass es nicht zu Unregelmäßigkeiten kommt. Außerdem werden wir auf die mühselige Auszählung von Stimmzetteln, die oft genug fehlerbehaftet sind, verzichten. Die gesamte Wahl findet online statt.«

Kaum waren die Journalisten gegangen, stieß Dewey Drillson zur Gruppe der Redner hinzu. »Das ging doch gut«, meinte der Pentagon-Chef und klang so aufgeräumt wie schon lange nicht mehr. Auch Rave lächelte.

Wilbur legte Drillson den Arm um die Schultern. »Dass wir beide noch einmal zusammenarbeiten, mein lieber Dewey«, sagte er fröhlich und sah sich dann um. »Wo bleibt der Schampus?«

Wie auf Bestellung – und vermutlich war er auch bestellt – kam einer der Pagen mit zwei Champagnerkübeln herein. Wilbur griff eine der Flaschen, öffnete den Drahtverschluss und fing an, am Korken zu drehen. Erst als Rave den Fernseher in der Ecke auf laut stellte, sah er hoch.

»Wie der amtierende Vizepräsident weiter erklärte, sind all diese Maßnahmen nur aus Gründen des Heimatschutzes notwendig«, sagte die Stimme im Fernsehen. »Derweil hat Verteidigungsminister Drillson der arabischen Liga angedroht, dass die Verbrecher, die für den grausamen Mord an Vizepräsident Burton verantwortlich sind, unverzüglich ausgeliefert werden müssen. Andernfalls würden weitere Truppen nach Saudi-Arabien entsandt und darüber hinaus …«

Ein weiterer Page kam herein. Er trug eine große Platte mit Scampi im Backteig, rosafarbenen Lammkoteletts, Spargelröllchen, mit Schinken umwickelten Backpflaumen und einem Schälchen mit Avocado-Dip. »Wo darf ich das hinstellen?«, fragte er.

»Auf den Tisch«, sagte Wilbur. Er hatte das Kommando ganz natürlich übernommen, so als sei er niemals weg gewesen. Der Korken knallte. »Wer möchte Champagner?«

Rave langte nach der Fernbedienung und schaltete um. »*CNN* wird es sowieso bald nicht mehr geben«, sagte er.

Auf *FUC* liefen gerade lokale Nachrichten aus Washington, D. C. »… sofort tot. Wie die Polizei weiter mitteilte, konnte die Identität des Erschossenen nicht geklärt werden«, sagte ein Sprecher. »Der Polizeibeamte betonte, dass der stark aufgeschwemmte Mann unbekleidet und in völlig verwirrtem Zustand auf die Polizeistreife zugestürmt sei und lautstark gefordert habe, sofort ins Weiße Haus gebracht zu werden. Er sei der Präsident, habe der Mann behauptet. Nachdem er auf Zurufe sowie auf einen Warnschuss nicht reagierte, habe sich die Streife gezwungen gesehen, den Mann mit einem gezielten Schuss außer Gefecht zu setzen. Über sein Motiv wird zur Stunde noch gerätselt.«

Damit blendete *FUC* das Bild eines sehr dicken, vollkommen nackten Mannes ein. Nur wer ihn sehr gut kannte, konnte in den aufgequollenen Zügen seines toten Gesichts den Präsidenten erkennen. Beziehungsweise den Klon, den alle Welt für den Präsidenten gehalten hatte.

* * *

Das war knapp! Tom Powder blieb abrupt stehen, sog die Luft ein und presste sein Mobiltelefon gegen die Brust. Aber der Mann in der grauen Uniform der Streitkräfte, der gerade höflich nickend an ihm vorbeigegangen war, hatte ihn offenbar nicht gehört. Oder wenigstens nicht verstanden, wovon er redete.

Powder sah sich in der Lobby des Pentagon um. Niemand war mehr in seiner Nähe. Er griff wieder nach dem Telefon. »Bitte, Linda, beruhige dich«, sagte er. »Ich weiß, dass du Angst hast, aber ich muss es einfach tun! Ich kann nicht anders! Nicht jetzt!«

Dann hörte er ihr wieder zu. »Was sollen die mir schon antun«, erwiderte er. »Außerdem hast du doch Kopien aller Akten. Ich habe schon viel zu lange gezögert. Burton könnte vielleicht noch leben, wenn ich schon letzte Woche in die Offensive gegangen wäre. Und du weißt nicht, was sie noch alles vorhaben.«

Wieder ließ er sie reden. »Ja, versprochen, ich rufe dich danach sofort an«, sagte er. »Ich liebe dich.« Er legte auf. Nun gab es kein Zurück mehr. Er ging geradewegs zu Drillsons Büro.

Seit dem Attentat auf Burton und der Machtübernahme durch Wilbur und Drillson wusste er, dass eine Diktatur bevorstand. Es würde keine Wahlen mehr geben. Zumindest keine, die diesen Namen verdienten. Er hatte tagelang darüber nachgedacht, was er tun sollte, aber dies schien ihm der einzig richtige Weg zu sein. Er würde den Verteidigungsminister mit allem, was er wusste, konfrontieren und danach die Presse informieren. Er hatte einige Kopien der Akten dabei, die er aus dem CIA-Archiv hatte mitgehen lassen. Zur Sicherheit trug er noch ein digitales Aufzeichnungsgerät bei sich, das er in der Innenseite seines Jacketts versteckt hatte.

Vor Drillsons Bürotür holte er noch einmal tief Luft, klopfte und trat ein. Der Verteidigungsminister saß an seinem Schreibtisch und sah auf. Neben ihm lehnte Albert Rave und beugte sich über ein Schriftstück, das Drillson gerade las. Seine braune Aktentasche lehnte an einem Bein des Schreibtischs. Powder dachte an die Fotos, die vielleicht noch immer darin waren, und fühlte Hass in sich aufsteigen. Nein, er würde sich nicht kleinkriegen lassen. Nicht von denen.

»Äh … hatten wir einen Termin?«, fragte Drillson irritiert.

»Nein«, sagte Powder, griff in seine Aktentasche, holte eine Kopie der Akte Bormann hervor und warf sie auf Drillsons Schreibtisch. »Aber ich denke, Sie werden mich auch ohne Termin anhören. Kommt Ihnen das womöglich bekannt vor?«

Drillsons Gesicht wurde kalkweiß, aber er hatte sich erstaunlich gut im Griff. »Nicht, dass ich wüsste«, sagte er. »Was soll denn das sein?«

Rave hingegen schoss aufgeregt hoch. »Wo haben Sie denn das her?!«, rief er.

»Die interessantere Frage ist«, sagte Powder, »was hat das Ganze mit Ihnen zu tun? Und wer sind Sie eigentlich?«

»Was meinen Sie? Der Kommunikationsdirektor des Weißen Hauses, das wissen Sie doch!«, sagte Rave gereizt. Ob Rave tatsächlich nicht ahnte, worauf Powder hinauswollte? Drillson hingegen wusste es. Das konnte er an dessen Gesichtsausdruck ablesen.

Powder sah dem Pentagon-Chef direkt ins Gesicht. »Zuerst will ich wissen, was es mit diesem ›Zarathustra-Phobos-Projekt‹ auf sich hat.«

Drillson zuckte mit den Schultern. »Das ist nichts, was Sie interessieren müsste«, antwortete er. »Es ist ein wissenschaftliches Programm, bei dem medizinische Entwicklungen erforscht, vertieft und angewendet werden. Im Kern geht es um die Verbesserung von Erbgut. Das Projekt ist im Interesse der USA.«

»Im Interesse der USA?«, fragte Powder und wurde lauter. »Für wen arbeiten Sie wirklich, Mister Drillson? Oder soll ich Sie lieber Bormann nennen? Für unser Land oder für Ihre Freunde vom Totenkopfbund? Und was haben Sie mit dem Präsidenten gemacht? Haben Sie ihn etwa auch auf dem Gewissen?«

Raves Hand hatte sich um den Griff seiner Aktentasche gekrampft, so dass seine Knöchel ganz weiß wurden. »Bormann?«, stieß er hervor. »Wovon reden Sie da?«

Drillson schnaubte verächtlich. »Machen Sie sich nicht lächerlich«, sagte er zu Powder. »Sie sehen Gespenster.«

»Ach, wirklich?«, fragte Powder. »Das sind aber seltsame Gespenster, die sich in den Archiven der CIA und des Amtes für Strategischen Einfluss herumtreiben und dort ganze Aktenschränke mit Namenslisten hinterlassen.«

Nun stand Drillson ebenfalls auf, beugte sich vor und stützte sich mit den Händen auf dem Schreibtisch ab. »Sie sind ja verrückt«, sagte er. »Völlig verrückt. Wenn Sie das der Öffentlichkeit auftischen, landen Sie in einer Irrenanstalt. Und bilden Sie sich bloß nicht ein, dass Sie Beweise haben. Unser Arm reicht weiter, als Sie denken. Nach Langley allemal.« Er betrachtete Powder von oben bis unten. »Glauben Sie etwa, der Totenkopfbund wäre so mächtig und einflussreich geworden, wenn wir uns von Gutmenschen wie Ihnen hätten aufhalten lassen? Wir werden Sie zerquetschen wie eine Maus!«

»Glauben Sie?«, fragte Powder. »Seien Sie bloß nicht zu überheblich.« Er musterte seinerseits den Verteidigungsminister und spürte, wie eine unglaubliche Ruhe von ihm Besitz ergriff. »Sie«, sagte er, »haben das amerikanische Volk betrogen. Sie haben die großartigen Ideen, auf denen unser Land aufgebaut ist, und unsere Verfassung in den Schmutz gezogen. Sie haben uns mit Lügen und Terror, den Sie selbst zu verantworten haben, in zwei Kriege getrieben. Sie planen, noch weitere Kriege anzuzetteln. Und Sie und Ihre Freunde vom Totenkopfbund wollen aus den Vereinigten Staaten eine faschistische Diktatur machen. Aber damit ist jetzt Schluss. Wenn Sie sich einbilden, ungehindert nach der Macht greifen zu können, dann haben Sie sich schwer getäuscht. Ich werde Ihnen entgegentreten. Amerika wird die Wahrheit erfahren, ob es Ihnen passt oder nicht.«

Drillsons fassungsloser Gesichtsausdruck bestärkte ihn. Rave stand fast an der Wand und starrte Powder mit aufgerissenen Augen an. »Bis bald«, sagte Powder lächelnd. »Bis sehr bald.« Dann ließ er die Tür hinter sich ins Schloss fallen.

Zügig lief er zum Ausgang und nahm auf der Treppe gleich zwei Stufen auf einmal. Er würde noch am Nachmittag eine Pressekonferenz einberufen. Am besten sofort. *CNN*, die *New York Times*, die *Washington Post*, das *Wall Street Journal*, alle würde er einladen. Er hatte genug Material, um die Medien zu überzeugen, selbst wenn Drillson alle anderen Beweise verschwinden ließe. Ganz zu schweigen von dem Gespräch, das er gerade heimlich aufgezeichnet hatte und das praktisch ein Geständnis war.

Das war der letzte Gedanke, der ihm durch den Kopf ging, als plötzlich zwei Männer mit Kapuzen über dem Kopf vor ihm auftauchten. Einen Sekundenbruchteil später wurde er von einem betäubenden Schmerz gelähmt, der sich von seinem Hinterkopf über den ganzen Körper ausbreitete. Dann wurde Powder schwarz vor Augen. Ohnmächtig brach er auf dem Flur des Pentagon zusammen. »ZaPhoD«, flüsterte er. Dann nichts mehr.

DER JÄGER

»Hey«, flüsterte Claudette. »Komm, halte durch.« Die blonde Frau in dem Käfig neben ihr rührte sich nicht. Sie kauerte auf dem Boden, beide Arme um ihre Knie geschlungen, den Kopf darin vergraben. Ihre grelle orangerote Gefangenen-Uniform schlackerte um ihre schlanke Figur. Und sie sprach nicht. Nicht mit Claudette und nicht mit den Wachen, die ab und an vorbeikamen, um Wasser oder etwas zu Essen zu bringen. Es war, als habe sie sich aufgegeben.

Claudette war weit davon entfernt, aufzugeben, obwohl sie nun schon seit acht Wochen in Guantanamo Bay festsaß. Sie war fest entschlossen, sich nicht brechen zu lassen. Obwohl das nicht einfach war. Sie war in diesem Käfig gefangen wie ein Tier, der heißen Sonne ausgesetzt, den Fuß mit einer Kette an das Gitter gefesselt. Immerhin bekam sie regelmäßig etwas zu essen. Maisbrei, Brot, Hähnchenkeulen und ab und zu eine Orange. Einmal in der Woche durfte sie sich zusammen mit den anderen Frauen duschen. Zwei Dutzend Frauen saßen in diesem Teil des Lagers. Die Männer wurden etwas weiter entfernt untergebracht. Und die Araber noch weiter weg.

Die Frauen stammten aus den beiden Flugzeugen, von denen die ganze Welt glaubte, sie seien ins Pentagon geflogen, respektive auf einem Acker in Pennsylvania abgestürzt, nachdem sich die Passagiere den Entführern heldenhaft entgegengestellt hatten. Auch die blonde Fernsehmoderatorin, die teilnahmslos im Käfig neben Claudette saß, war an Bord von Flug 77 gewesen. Lange hatte sie geglaubt, jemand werde sie hier herausholen. Das hatte sie Claudette anvertraut, als sie noch sprach. Immerhin war ihr Mann Anwalt für die Regierung und hatte sogar den Präsidenten nach jener umstrittenen Wahl in Florida vor dem höchsten Gericht der USA vertreten.

Anfangs waren die Passagiere in der Area 51 untergebracht worden. In einem unterirdischen Hangar mit Feldbetten und bei gelegentlichem Freigang. Aber dann war dem Militär die Dauerpräsenz der Gäste wohl zu heiß geworden, vermutete Claudette. Nun also Guantanamo Bay. Die Passagiere lebten hier allerdings unter wesentlich besseren Bedingungen als die internierten Araber. Aber Gefangene waren sie auch.

Claudette fühlte sich immer noch schuldig. Sie war der Profi und hätte die Falle wittern müssen. Aber der Wunsch nach Rache und danach, wider besseres Wissen ihren Kopf durchzusetzen, hatte sie geblendet. Kenny! Es war Kenny, der irische Fotograf, gewesen, den sie in diesem Londoner Gefängnis getroffen hatte und der behauptet hatte, er arbeite für die IRA. Sie hätte es Jason sagen sollen, bevor sie zur Area aufgebrochen waren. Er war diesem Kenny gegenüber gleich misstrauisch gewesen. Der Militärgeheimdienst hatte ihn wohl von Anfang an auf sie angesetzt. Während sie, die professionelle Agentin, in die Falle getappt war wie eine blutige Anfängerin.

Claudette strich sich eine Haarsträhne aus dem Gesicht. Eine Brise wehte durch die Gitterstäbe ihres Käfigs. Sie sehnte sich nach Jason. Immerhin hatte sie es geschafft, mittels Morsezeichen Kontakt zu ihm aufzunehmen, die sie auf den Boden ihres Käfigs klopfte. Es funktionierte, war aber eine sehr langsame und mühselige Art, sich zu verständigen. Insbesondere, da Jason das Morsealphabet eher mangelhaft beherrschte. Außerdem war es nur möglich, wenn keine der Wachen in Hörweite war. Immerhin wusste sie dadurch, dass Jason und Manuel noch lebten. Aber sie hatte keine Ahnung, was mit ihnen passieren würde. Ihre eigene Regierung konnte oder wollte ihr jedenfalls nicht helfen. Und es wusste ja auch niemand, wo sie waren.

Als ein Geräusch näherkam, spannte sich Claudettes abgemagerter Körper an. Das Radio. Einer der Uniformierten, ein junger Puerto-Ricaner, trug immer ein Transistorradio bei sich. Meistens hörte er sich

Fußballspiele an, aber ab und zu auch die Nachrichten. Auf Spanisch. So erfuhr sie wenigstens, was in der Welt geschah. Nicht, dass sie das besonders aufgemuntert hatte. Die USA schienen kurz davor zu stehen, in eine Diktatur zu schlittern.

Dewey Drillson war inzwischen der Präsident der Vereinigten Staaten und hatte bereits verfügt, mehrere TV-Sender zu verbieten. Daneben auch alle Zeitungen, die ihm zu liberal waren, so wie jene, bei der Jason gearbeitet hatte. Diese Maßnahme, hatte Drillson erklärt, sei vorübergehend und diene ausschließlich dem Schutze der Öffentlichkeit vor terroristischen Anschlägen. Das Gleiche gelte für die Chipkarte mit den Fingerabdrücken, der Sozialversicherungsnummer und der DNA-Probe, die von nun an jeder Amerikaner bei sich tragen müsse.

»... seit mehr als zwanzig Jahren auf der Gehaltsliste der KGB-Nachfolgeorganisation FSB«, sagte die Stimme aus dem Radio. »Dies hat sich jedoch erst nach seiner Flucht nach Moskau herausgestellt, die schon vor Monaten eingefädelt worden war. Sofort nach seinem Eintreffen in der russischen Hauptstadt wurde Lucius Prince zum Direktor des FSB berufen. Der amtierende US-Präsident Dewey Drillson erklärte Prince mittlerweile zum Staatsfeind Nummer Eins. Dieser wiederum forderte sowohl den afghanischen Premier als auch den saudischen Herrscher Khalid Ibn Sultan auf, wirtschaftliche und politische Beziehungen mit Russland aufzunehmen. Der Irak werde ...«

Der puerto-ricanische Soldat mit dem Transistorradio war weitergelaufen, aber Claudette war wie elektrisiert. Prince war ein Spion der Russen! Und sie hatte immer gedacht, der arbeite für den Mossad. So konnte man sich täuschen. Ob er wegen der Verhaftung seines Geschäftsfreundes Achmed Al Gossarah geflohen war? Auf jeden Fall war Prince der Boden in den USA zu heiß unter den Füßen geworden, dachte Claudette. Aber wer zum Teufel war dieser Khalid Ibn Sultan?

Die Agentin kniete sich auf den Boden ihrer Zelle und fing an zu klopfen. Es war das übliche rhythmische Klopfzeichen, mit dem sie Jason kontaktierte. Keine Antwort. Sie versuchte es noch einmal. Dreimal kurz, dreimal lang, dreimal kurz. SOS.

Erst nach zehn Minuten klopfte es zurück, aber es dauerte ein wenig, bis Claudette die Nachricht entziffern konnte. Die Klopfzeichen klangen anders als die von Jason und schienen aus einer anderen Richtung zu kommen. War das Manuel? Die Nachricht lautete: »Wer bist du?«

»Französin«, morste sie kurz entschlossen zurück. »Und du?«

Ein paar Minuten Wartezeit, dann hörte sie wieder das weit entfernte Klopfen. »Gefangener der USA.«

Sie überlegte. Dann klopfte sie wieder. »Wie lange schon?«

Die Antwort kam diesmal schneller. »Fünfunddreißig Jahre.«

Fünfunddreißig Jahre! Claudette spürte, wie ihr das Blut aus dem Gesicht wich. Sie fing an zu zittern. Fünfunddreißig Jahre, das hieß lebenslänglich in Guantanamo Bay. Sie fing wieder an zu klopfen. »Wie heißt ...«

»Hey!«, brüllte eine der Wachen. Sie hatte nur einen Moment lang nicht aufgepasst. »Was machst du da? Sofort aufhören mit der Klopferei oder ich kette dich an den Gitterstäben fest!«

* * *

Das *FUC*-Studio in Washington, D. C., war mit mehr amerikanischen Flaggen ausgestattet als *FUC*-Chefkorrespondent Rush Limbaugh mit Schmerzmitteln. Heute würde der Vize-Präsident der USA eine Rede an die Nation halten. Auf diese Rede wartete Amerika schon seit der Nachricht von der Flucht des vormaligen Pentagon-Beraters Lucius Prince nach Moskau. Über etwas allerdings hatten die wenigen Medien, die es noch gab, nicht berichtet: Während seiner Zeit in Washington war es Lucius Prince gelungen, ein gutes Dutzend von Moskau bezahlter Schlüsselpersonen in der Interimsregierung des Irak unterzubringen. Leider wusste Dewey Drillson nicht, wer diese Leute waren. Und die CIA sowie das Amt für Strategischen Einfluss schon gar nicht.

Wilbur lächelte probehalber in die Kamera. »Sitzt meine Krawatte, Liebste?«, fragte er seine Frau, die mit ihm ins Studio gekommen war. Seine neue Frau. Er hatte ihr in der gleichen Woche einen Antrag gemacht, in der Eleanor begraben wurde.

Orinoko Oil lächelte. »Du siehst gut aus, Schatz«, sagte sie. Dann zupfte sie die goldene Distel an seinem Jackett gerade. »Viel staatsmännischer als dein Sohn.«

Als das rote Licht an den drei *FUC*-Kameras aufleuchtete, wurden beide ernst. »Meine lieben amerikanischen Bürger – wir leben in ernsten Zeiten. In gefährlichen Zeiten. In Zeiten, in denen wir zusammenstehen und Amerika gegen den weltweiten Terrorismus verteidigen müssen, der unser Leben, die Freiheit und die Demokratie schlechthin bedroht.«

Dann erlaubte er sich ein schmales Lächeln, das seine herben Züge ein wenig erhellte. Gleichzeitig legte er seine Hand auf Orinokos Arm. »Meine Frau und ich sorgen uns Tag und Nacht und fragen uns, wie wir Amerika vor diesen Terrorbanden schützen können. Gerade jetzt, da sich die ehemalige Sowjetunion mit den arabischen Ländern verbündet hat und eine neue Achse des Bösen bildet.«

Wilbur machte eine kleine Pause. »Unsere Geheimdienste vermuten, dass Lucius Prince auch hinter dem bis heute unaufgeklärten Attentat auf meinen Vorgänger, unseren unvergessenen Vize-Präsidenten Harry Burton, steckt. Mit diesem feigen Anschlag wurde ein nimmermüder Verfechter der Demokratie im Mittleren Osten mit dem äußerst verwerflichen Ziel getroffen, die goldene Revolution im Keim zu ersticken.« Im Hintergrund war langsam anschwellende Orchestermusik zu hören. Wagners *Der Ring der Nibelungen*. *FUC* experimentierte mit neuen Fernsehformaten. »Aber das wird niemandem gelingen.«

Dann richtete sich Wilbur noch ein wenig mehr auf. »Liebe amerikanische Bürger, wir werden diesen Angriff auf die Freiheit und die Demokratie nicht dulden«, sagte er. »Unsere Truppen stehen bereit, um uns gegen jene Feinde zu verteidigen, die Amerika hassen. Falls Russland uns Mister Prince nicht ausliefert, werden wir dem gesamten Reich des Bösen den Krieg erklären. Auch gegen die arabische Liga werden wir uns zur Wehr setzen. Die Marines stehen bereit und wir haben fünf Flugzeugträger in die Golfregion bringen lassen. Zudem werden sich unsere Abrams-III-Panzer, die zur Stunde noch in Bagdad stationiert sind, in Bewegung setzen und über die Grenze in den Iran, den Libanon und nach Saudi-Arabien rollen. Und nach Kuwait.«

Nun fuhr Kamera Zwei auf Wilbur zu, während die Musik dramatisch anschwoll. »Wir haben außerdem den Vereinten Nationen ein Ultimatum von vierundzwanzig Stunden gestellt, New York zu verlassen. Sollte dies nicht wahrgenommen werden, sehen wir uns zu Konsequenzen gezwungen. Wir können es nicht zulassen, dass unsere Freiheit und unsere Sicherheit von ausländischen Einflussagenten bedroht werden.« Tusch. »Und noch etwas: Ich bin sicher, Sie werden es verstehen, wenn vorübergehend Reisen ins Ausland nicht möglich sind. Diese Maßnahme dient ausschließlich Ihrem Schutz vor terroristischen Anschlägen.« Damit war die Übertragung beendet.

»Was ist mit Frankreich?«, fragte Orinoko, während die Kameras weggefahren wurden. »Sollten wir dort nicht ebenfalls einmarschieren?«

Wilbur zuckte mit den Schultern. »Nach dieser Provokation von gestern nur zu gerne. Vielleicht lassen wir aber erst mal ein paar F-22 an der Grenze auffahren.«

»Welche Provokation?« Seit Orinoko vornehmlich Partys im Weißen Haus gab, war Politik zur Nebensache geworden.

»Hast du nicht das Bulletin von Giovanni gelesen?«, fragte Wilbur nachsichtig. »Paris hat der *BBC* politisches Asyl gewährt. Dabei waren wir gerade so weit, London den Saft abzudrehen.«

Orinoko nickte beeindruckt. »Stimmt es eigentlich, was du gerade gesagt hast?«, fragte sie. »Steckt Prince hinter dem Attentat auf Burton?«

Wilbur grinste, nun, da die Kameras ausgeschaltet waren. »Aber nein«, sagte er. »Wenn du mich fragst, das war Dewey. Der wollte sich die Konkurrenz vom Hals schaffen. Außerdem war die Sache mit Saddam als neuem saudischen Herrscher einfach zu viel.«

»Aber warum ist Prince dann überhaupt abgehauen?«, fragte Orinoko.«

Der Vizepräsident stand auf und griff nach seiner Jacke. »Ich glaube, er hat Lunte gerochen, dass die Börsenaufsicht hinter ihm her war. Prince und sein Freund Abdullah haben hinter den Put Options gesteckt.«

»Den was?«, fragte sie.

»Den Put Options. Ein paar Börsianer haben zwölf Stunden vor dem Anschlag auf das World Trade Center Aktien im Milliardenwert abgestoßen. Vor allem von Fluglinien, Reiseunternehmen und Versicherungsgesellschaften. Über die Börse von Katar. Und das lief über die Schreibtische unserer beiden Freunde.«

»Oh«, stieß Orinoko aus und ihre Augen weiteten sich. »Das heißt, Prince wusste vorher, dass der Anschlag passieren würde?«

»Sieht ganz so aus«, antwortete Wilbur grimmig.

»Aber woher?«, wollte Oriniko wissen.

»Keine Ahnung«, antwortete Wilbur. »Wir haben Abdullah – nein, Achmed – nach seiner Verhaftung mit sämtlichen Methoden, die unser Amt für Strategischen Einfluss beherrscht, gegrillt. Aber er hat nichts gesagt. Gar nichts. Entweder ist er extrem gut darin, dichtzuhalten, oder aber Prince hat ihn schlicht nicht eingeweiht. Prince ist uns ja leider durch die Lappen gegangen, aber den kriegen wir. Und wenn es das Allerletzte ist, was ich tue.«

* * *

»Hallo?! Können Sie mich hören? Hallo?!«

Tom Powder stöhnte. Sein Kopf schmerzte. Er lag auf einer weichen Unterlage und ganz langsam wurde es um ihn herum hell. Genauso langsam begann er, seine Arme und Beine wieder zu spüren. Wo war er?

»Tom!«, sagte eine weibliche Stimme. Die Stimme zitterte, so als müsse die Person gleich weinen.

»Mister Powder, können Sie mich hören? Sind Sie wach?« Die Stimme kam ihm sehr bekannt vor. Gegen eine aufsteigende Übelkeit ankämpfend, öffnete der Außenminister die Augen. Er lag in einem

Krankenhausbett. An der Seite des Bettes saß Doktor Henry Wolfstetter und neben ihm stand Linda. Sie umklammerte seine Schulter und sah so aus, als ob sie gleich in Tränen ausbrechen würde.

Powder stöhnte. »Wo bin ich?«, fragte er.

»Sie sind in Florida«, antwortete Wolfstetter. »Im jüdischen Altenpflegeheim von Miami-Dade. Sie waren lange bewusstlos.«

Daran zweifelte Powder nicht. Er stöhnte noch einmal auf. »Aber warum? Wie ...?«

»Ich habe dich gefunden«, sagte Linda, schluchzte und griff nach seiner Hand. »Als du dich nicht gemeldet hast, bin ich ins Pentagon gegangen. Dort hat der Pförtner mir erzählt, dass ein Krankenwagen dich weggebracht hat. Er hat gesagt, du hättest einen Herzinfarkt gehabt. Ich habe Stunden gebraucht, um das richtige Krankenhaus zu finden. Und da lagst du mit einer Kanüle im Arm und sahst aus wie ein Geist.«

»Ohne die guten Instinkte von Linda wären Sie jetzt tot«, sagte Wolfstetter ernst. »Denn über diese Kanüle wurde ein Nervengift in Ihre Venen geleitet. Sie wären spätestens einen Tag später wirklich einem Herzinfarkt erlegen.«

Powder begriff noch immer nicht so recht, was passiert war. Noch weniger verstand er, warum ausgerechnet Wolfstetter an seinem Krankenbett saß. »Und dann ... und dann weiter? Wie bin ich nach Miami-Dade gekommen?«

»Ich habe die Kanüle herausgezogen und einem Pfleger fünfhundert Dollar gegeben, der dich dann in ein Hotel gebracht hat«, erklärte Linda und streichelte sein Gesicht. »Das war gar nicht einfach. Den Pagen musste ich auch bestechen. Und Doktor Wolfstetter hat dich dann hierherbringen lassen.«

»Und warum ... und Sie ...«, Powder starrte Wolfstetter an.

»Zunächst einmal muss ich Ihnen etwas mitteilen«, sagte Wolfstetter. Powder fiel auf, dass seine übliche hektisch-unsichere Art einer professionellen Gelassenheit gewichen war. »Ich bin ein Operativer des israelischen Geheimdienstes Mossad und wurde auf Martin Bormann angesetzt. Es ist meine Aufgabe und unser Ziel, jeden Nazi-Verbrecher, dessen wir habhaft werden können, der Gerechtigkeit zuzuführen.«

Bormann! In einer schnellen, schmerzhaften Welle kam Powders gesamte Erinnerung zurück. Die Akte Bormann in dem geheimnisvollen Archiv der CIA! Die medizinischen Versuche, ZaPhoD, die Schöpfung eines Übermenschen. Drillsons versteinertes Gesicht, als er ihn damit konfrontierte. »Aber ... aber ... Sie wollen damit sagen, dass Drillson wirklich Bormann ist?« Powder starrte sein Gegenüber erschrocken an.

Wolfstetter schüttelte den Kopf. »Drillson ist Bormanns Sohn«, erklärte er. »Aber Bormann lebt tatsächlich noch. Drillson hat für ihn einen Trakt in seinem Haus eingerichtet, den niemand betreten darf. Er soll geistig umnachtet sein. Aber die Akten, die Sie in Langley gefunden haben, haben uns sehr weitergeholfen. Vor allem die über das Zarathustra-Phobos-Development-Projekt.«

Powder war noch immer nicht klar, woher Wolfstetter das alles wusste. »Der Schlüssel«, sagte Wolfstetter. »Als Sie damals den CIA-Direktor nach dem Schlüssel gefragt haben, habe ich Sie aus dem Augenwinkel beobachtet. Und unseren betrunkenen William danach zum Reden zu bringen, war dann kein so großes Problem mehr. Seitdem lassen wir Sie beobachten.«

»Beobachten! Mein Gott!« Powder richtete sich auf. Alle Knochen taten ihm weh.

Linda umarmte ihn. »Ich erkläre dir alles, wenn wir unterwegs sind«, flüsterte sie.

Wohin wollten sie ihn bringen? Sollte er nach Washington zurück?

»Sie müssen hier raus«, sagte Wolfstetter. »Sie und Linda, und zwar sofort. Sie sind in den USA nicht mehr sicher. Linda wird Ihnen erzählen, was passiert ist, während Sie bewusstlos waren, aber nun drängt wirklich die Zeit. Wir haben ein Flugzeug vorbereitet, das Sie nach Israel bringen wird.«

Als Powder die Cessna sah, die auf dem kleinen Privatflughafen in Miami-Dade parkte, wurde ihm ein wenig mulmig. In so einer kleinen

Kiste über den Atlantik fliegen? Aber sie hatten wohl keine Wahl. Er half erst Linda an Bord, dann stieg er selbst ein. Im Cockpit saß ein schlanker, drahtiger junger Mann. Powder vermutete, ein israelischer Soldat. Der Pilot startete die Maschine und zog sie über Miami hoch. Die Sonne schien. Powder sah die palmenbestandene Küste von Miami Beach und die pastellfarbenen Strandvillen, für die die Stadt so berühmt war. Linda schmiegte sich an ihn. »Ich liebe dich«, flüsterte sie. »Ich hatte solche Angst.«

Der Pilot drehte das Radio auf. Ein paar knarrende Geräusche vom Tower, dann vermutlich die Nachrichten. »... China aufgefordert, den Handelskrieg gegen die USA zu beenden und den Dollar als Leitwährung anzuerkennen. Sonst werden militärische Konsequenzen ...« Es war Drillsons Stimme. »Das gilt auch für Japan und Korea.«

Powder hatte das Gefühl, dass sie gerade erst die Flughöhe erreicht hatten, als Linda entsetzt aufschrie. Mehrere sehr schnelle gleißende Geschosse zischten auf die Cessna zu. Es waren Flugabwehrraketen.

»Mayday, Mayday!«, brüllte der Pilot. »Anschnallen! Festhalten!«

Powder und Linda konnten das ohrenbetäubende Geräusch nicht mehr hören, mit dem die Maschine zu Boden ging.

COHIBAS

Wahrscheinlich habe ich sieben Leben, dachte Tom Powder. So wie die sprichwörtliche Katze, die den Sturz vom Dach überlebt. Er saß, eine Decke um seine Beine gehüllt, auf einem mit einem Laken ausgeschlagenen Bett, das in einem Zimmer mit hohen Stuckdecken und marmornen Balustraden stand. Sein linker Arm tat weh. Ziemlich weh. Er hatte ihn sich bei der Bruchlandung aufgeschrammt, an die er sich ansonsten nur noch vage erinnerte. Außerdem fühlte er Stiche in seiner Brust, sobald er etwas tiefer einatmete. Er habe eine Rippenprellung, hatten die Ärzte ihm erklärt. Sein rechtes Bein fühlte sich an, als ob es brannte. Und er war sich nicht sicher, ob er schmerzfrei mit beiden Füßen würde auftreten können. Aber ansonsten fehlte ihm nichts. Neben ihm schlief Linda. Sie hatte ein bisschen mehr abbekommen. Ihr Kopf und ihre Schulter waren bandagiert und ihr rechter Arm lag in einer Schlinge. Zärtlich streichelte er ihre Stirn.

»Ich sehe, Herr Außenminister«, sagte ein dunkelhaariger, vollbärtiger Mann, der im Türrahmen erschien. »Sie haben sich bereits erholt. Nun wüsste ich gerne, warum ihr Flugzeug im Sturzflug ausgerechnet auf unserer Insel notgelandet ist.« Der Mann sprach ein sonores, leicht gebrochenes Englisch mit spanischem Akzent. Der Mann war Fidel Castro.

Powder schluckte und räusperte sich. Noch war er ziemlich verwirrt. »Ich danke Ihnen für unsere Rettung, Comandante«, sagte er. »Es gibt tatsächlich viel zu erklären. Den USA und damit der ganzen Welt droht höchste Gefahr. Sie müssen uns helfen. Sie sind unsere letzte Hoffnung.«

Fidel Castro lächelte den unfreiwilligen Gast durch seinen langen dunklen Bart an. »Ich weiß«, sagte er. »Sie sind nicht der Einzige, der mich um Hilfe bittet. Kommen Sie mit!«

Vor dem Fenster von Fidels Präsidentenpalast, der Powder und Linda Asyl bot, erstreckte sich die pittoreske Altstadt von Havanna. Doch es war keine Zeit, die Aussicht zu bewundern. Der Comandante begleitete Powder die Treppe hinunter zu einer stählernen Tür tief im Keller. Er schloss die Tür auf. Dahinter befand sich eine weitere Tür, die ebenfalls aus Stahl war. Das Bild, das sich dem ehemaligen Außenminister dort bot, überraschte allerdings sogar ihn.

Hinter dem schwer gesicherten Eingang verbarg sich ein Konferenzsaal mit einem Großbildschirm und einer kubanischen Flagge an der Stirnseite. In der Mitte stand ein langer hölzerner Tisch. Um den Tisch herum saßen ein paar Dutzend Menschen, die Powder ernst und erwartungsvoll ansahen. Fidels Bruder Raoul war darunter sowie einige weitere Vertraute von El Comandante. Viel erstaunter war Powder jedoch über die vielen Gesichter, die nicht aus Kuba kamen. Der französische Außenminister. Der Chef der Notenbank von China. Zwei irische und drei italienische Oppositionspolitiker. Ein deutscher Filmemacher. Muammar Gaddafi. Kronprinz Abdullah, der offensichtlich noch am Leben war. Mehrere hochrangige Demokraten aus Florida, Kalifornien, Vermont und Oregon. Jesse Ventura, Michael Moore, Oliver Stone, der Sohn von Ronald Reagan und dieser hibbelige Fernsehkomiker von der *Daily Show*. Tim Robbins, Charlton Heston, Barbra Streisand und die Frau von Arnold Schwarzenegger. Der geschasste Chef des FSB, der seinen Posten für Lucius Prince hatte räumen müssen. Der Botschafter des Vatikans bei der UNO. Der spanische Verteidigungsminister. Ein Mann, der den Turban der Sikhs trug, und eine Frau vom ANC, die Powder aus Südafrika kannte. Vier Regierungschefs aus Südamerika, darunter die Präsidenten von Mexiko und Venezuela. Der geschasste CIA-Direktor, der ausnahmsweise nüchtern wirkte. Und ein General der U. S. Army, der vor ein paar Monaten unter rätselhaften Umständen zurückgetreten war. »Willkommen, mein lieber Tom«, sagte der französische Außenminister und grinste ein wenig anzüglich. »Endlich ist jemand von der amerikanischen Regierung gekommen.«

Powder verzog das Gesicht zu einer Art Grinsen. Ihm tat noch immer alles weh.

»Hier ist der Plan«, erläuterte der französische Außenminister, nachdem Powder sich gesetzt hatte. »Eine internationale Brigade unter Ihrer Führung« – er nickte dem ehemaligen General zu – wird sich um Guantanamo Bay zusammenziehen, auf Befehl das Lager stürmen, die US-Soldaten festsetzen und alle Gefangenen befreien. Wir wissen übrigens, dass dort auch Amerikaner eingesperrt sind. Zusammen mit einer französischen Geheimagentin.«

»Woher wissen Sie das denn?«, fragte Powder erstaunt.

»Wir haben einen informellen Mitarbeiter in der Area 51«, erläuterte der ehemalige CIA-Direktor. »Dieser Mitarbeiter hat uns berichtet, dass diese Agentin zusammen mit zwei Amerikanern in der Area war und von dort nach Guantanamo geschickt wurde.«

»Natürlich«, meldete sich der französische Außenminister wieder zu Wort, »wird sich unsere Truppe nicht lange gegen die geballte Macht der U. S. Army widersetzen können, sobald erst einmal Verstärkung vom Festland geschickt wurde. Aber das wird nicht so schnell möglich sein. Der größte Teil der Army ist nämlich im Mittleren Osten stationiert und die restlichen Bataillone belagern St. Petersburg auf Flugzeugträgern in der Ostsee. Wir müssen lediglich Zeit gewinnen.«

Der ältere der beiden irischen Oppositionsführer, dessen Name Powder entfallen war, räusperte sich. »Wir haben bereits mit Hilfe der *BBC* eine Kette von leistungsstarken Fernsehmasten rund um die Küste der USA installiert«, sagte er. »Gleich nach der Befreiung werden wir das amerikanische Volk wissen lassen, was ihre Regierung in Washington wirklich im Schilde führt.«

»Und Sie, Tom«, schloss der französische Außenminister, »werden im Fernsehen als Kronzeuge auftreten. In den USA wird nämlich behauptet, Sie seien tot.«

Der Angriff der internationalen Brigaden geschah am übernächsten Tag im Morgengrauen. Er kam für die GIs in Guantanamo Bay völlig überraschend. Es floss kaum Blut. Einer Fallschirmtruppe der Franzosen gelang es sogar, den Kurzwellensender auf der Militärbase zu zerstören, noch bevor die GIs Hilfe herbeirufen konnten. Nach wenigen Stunden war Guantanamo Bay zum ersten Mal in seiner Geschichte in kubanischer Hand.

Fidel Castro an seiner Seite, sah sich Powder staunend um, als ihm die befreiten Menschen aus den Käfigen entgegentaumelten. Wo kamen all diese Frauen her, die so amerikanisch aussahen? »Herr Außenminister?«, flüsterte eine schlanke, blonde Frau in der orangenen Uniform, die alle hier trugen. Powder hatte das Gefühl, sie vor langer Zeit schon einmal irgendwo im Fernsehen gesehen zu haben. »Ich bin so froh, dass Sie da sind. Seit unser Flug mitten in der Luft von unsichtbarer Hand entführt wurde, lebe ich in Angst und Schrecken. Ohne Claudette wäre ich bereits tot.«

Neben der Blondine stand eine dunkelhaarige Frau mit langen Beinen, einem Pagenschnitt und einer seltsamen Tätowierung. Es war eine rote Schlange, deren Kopf sich in einen Pfeil verwandelte. Sie lächelte und drehte sich zu Powder um. »Ich bin Sharona Eins«, sagte sie.

Bevor Powder etwas erwidern konnte, stürzten zwei Männer auf sie zu. Einer von ihnen kam dem Außenminister vage bekannt vor. War das nicht dieser Journalist aus Washington, der vor ein paar Monaten urplötzlich verschwunden war? Der Journalist umarmte die dunkelhaarige Frau und drückte sie heftig an sich. »Claudette«, sagte er. »Ich bin so froh, dich wiederzusehen.«

»Ich auch«, flüsterte sie und hielt sich an ihm fest. Zum ersten Mal, seit sie gefangen genommen worden war, füllten sich ihre Augen mit Tränen. Der andere, jüngere Mann mit langen braunen Haaren stand ein wenig verlegen daneben, bis Claudette ihre Arme ausstreckte und ihn ebenfalls umarmte.

Dann drehte sie sich erneut zu Powder um. »Es gibt noch jemanden, den wir befreien müssen«, sagte sie. »Irgendwo hier ist ein Trakt für

Langzeitgefangene. Ich glaube, in dieser Richtung.« Sie wies nach Nordwesten.

Nachdem er die überlebenden Passagiere zweier Flüge gesehen hatte, die doch eigentlich vor zwei Jahren abgestützt waren, glaubte Powder, ihn könne nichts mehr überraschen. Doch er irrte sich. Der Mann, der ihnen aus dem schwer gesicherten Zellentrakt entgegentaumelte, blinzelte unsicher in die Sonne. Auf den ersten Blick sah er recht normal aus, war mittelgroß, stämmig, trug olivgrüne Tarnkleidung und hatte schlohweiße Haare. Er musste mindestens siebzig Jahre alt sein. Aber seine Aura verriet, dass er kein gewöhnlicher Gefangener war.

»Hallo«, sagte der Mann und lächelte Claudette an. »Sind Sie die Dame, die mich mit den Klopfzeichen aufgemuntert hat?« Dann wandte er sich an Powder. »Mein Name ist Ernesto«, sagte er. »Ernesto Che Guevara. Ich hätte nie gedacht, dass ich Kuba noch einmal als freier Mann betrete. Und wer sind Sie?«

* * *

In Havanna herrschte Hochspannung. Auf allen Straßen der kubanischen Hauptstadt patrouillierten Soldaten. Ein herannahender tropischer Wirbelsturm verdüsterte den Horizont. Und der staatliche kubanische Fernsehsender kündigte eine wichtige Übertragung an.

In Castros Präsidentenpalast, tief unten im Konferenzsaal, hatte sich die gleiche internationale Truppe versammelt, die bereits die Befreiung von Guantanamo Bay geplant hatte. Alle waren nervös, auch wenn keiner es zugeben wollte. Der französische Außenminister sah aus, als wolle er am liebsten an seinen Fingernägeln kauen. Der Botschafter des Vatikans betete einen Rosenkranz nach dem anderen. Ebenso wie Kronprinz Abdullah. Der ehemalige CIA-Chef tastete unauffällig nach dem Flachmann, den er sicherheitshalber in die Jackentasche gesteckt hatte. Und Tom Powder saß an einem Pult und bereitete sich innerlich auf die bevorstehende Fernsehübertragung vor. Rechts neben ihm saß Linda. Und links neben ihm die befreite blonde Fernsehmoderatorin.

Auf dem großen Bildschirm am Stirnende des Konferenzsaals lief *FUC*, der einzige Nachrichtensender, der in den USA noch zugelassen war. Dort wurde nichts über den Kampf in Kuba berichtet, aber die US-Regierung musste mittlerweile Bescheid wissen. Es war vermutlich nur noch eine Frage von Tagen, wenn nicht von Stunden, bis die Marines in der Schweinebucht landeten. *FUC* zeigte gerade Werbung für eine Autoversicherung – »Fünfzehn Minuten sparen Ihnen fünfzehn Prozent oder mehr« – und dann kam Joe Brisbane ins Bild. Powder war aufgeregt. Auch Jason, Claudette und Manuel, die mit den Passagieren des Fluges 77 weiter hinten standen, starrten den *FUC*-Senderchef gespannt an.

»Meine lieben amerikanischen Freunde«, fing Brisbane an. »Im ständigen Bemühen, Sicherheit vor den Terroristen zu gewährleisten, haben wir ein neues Gesetz verfügt. Demnach ist jeder Amerikaner, der über eine Schusswaffe verfügt, verpflichtet, diese bei den dafür eigens eingerichteten Regierungsstellen abzuliefern. Ich wiederhole: Jeder Amerikaner ist ausnahmslos dazu verpflichtet, seine Waffen und seine gesamte Munition …«

»Das wäre ein guter Moment, um etwas zu sagen«, bemerkte Manuel zu Powder.

Der *BBC*-Techniker drückte auf einen Knopf. Schlagartig verzerrte sich Brisbanes Gesicht und das Abbild des *FUC*-Senderchefs verschwand vom Bildschirm. Einige Sekunden war lediglich graues Rauschen zu sehen, dann war Tom Powder im Bild. Auf sämtlichen Bildschirmen der USA. Hoffentlich.

»Bürger Amerikas!«, rief Powder. »Wir rufen Sie auf in dieser Zeit höchster Gefahr, im Geiste unserer Gründungsväter Widerstand gegen die Regierung in Washington zu leisten. Diese Leute sind dabei, die USA in eine faschistische Diktatur zu verwandeln. Sie beabsichtigen nicht, jemals wieder freie Wahlen zuzulassen oder ihre Macht freiwillig abzugeben. Sie lügen und sie betrügen. In Wirklichkeit sterben unsere

Soldaten im Irak, um die Kassen von Ölkonzernen wie *Oilocal* zu füllen. Alles, was Sie über Massenvernichtungswaffen gelesen oder gehört haben, wurde gefälscht. Und diese Verbrecher im Weißen Haus schrecken vor nichts zurück. Sie haben den Präsidenten und den Vizepräsidenten ermorden lassen. Sie haben dreitausend Menschen aus dem World Trade Center auf dem Gewissen und dreihundert Feuerwehrmänner. Und sie haben sogar amerikanische Bürger interniert – Bürger, die angeblich Flugzeugentführern zum Opfer gefallen sind.«

Dann schwenkte die *BBC*-Kamera auf die blonde Moderatorin. Sie trug inzwischen eines der Kostüme, in dem ihre Fernsehzuschauer sie kannten, hatte sich geduscht und die Haare hochgesteckt. Trotzdem sah man ihr die Strapazen der letzten Monate an. »Amerikaner, traut diesen Leuten nicht!«, rief sie. »Wehrt euch! Ich saß in dem Flugzeug, das angeblich von Terroristen ins Pentagon gesteuert wurde. Das ist eine Lüge! Das Flugzeug wurde mittels amerikanischer Fernsteuerungstechnik entführt und in die Area 51 gebracht. Alle Passagiere leben noch! Helft uns, weiterzuleben!«

Als Nächstes schwenkte die Kamera auf Linda. »Liebe amerikanische Mitbürger, wehrt euch gegen die Verbrecher im Weißen Haus!«, rief sie ungewohnt laut. »Dewey Drillson, Albert Rave und Benito Giovanni haben meinen Mann ermordet. Sogar mein Schwiegervater und seine neue Ehefrau waren an diesem Komplott beteiligt. Lassen Sie nicht zu, dass die USA in einen Polizeistaat verwandelt werden!«

Dann folgte ein Schnitt auf Charlton Heston, der am zerstörten Zaun von Guantanamo Bay stand. »Aus meinen toten, kalten Händen sollen Sie meine Waffe winden!«, rief er, eine Winchester schwenkend. Nach diesen Worten setzte ein Zusammenschnitt aller Nachrichten von *BBC World* ein, die in den letzten Monaten außerhalb der USA zu sehen waren.

Die *BBC* schaffte es genau zwölf Minuten lang, das Störsignal zu senden. Dann rauschte es auf den Bildschirmen und Sekunden später war Joe Brisbane wieder im Bild. Er sah leichenblass aus. »Meine Damen und Herren«, fing er an. »Bitte entschuldigen Sie diese Störung. Wir glauben, dass Außerirdische für diese Desinformationskampagne verantwortlich ...« Schlagartig wurde der Bildschirm dunkel. Und das blieb er vorerst auch.

Historiker, die diese Zeitperiode später analysierten, waren sich uneins darüber, was den Aufstand gegen Washington letztlich ausgelöst hatte. Manche glaubten, dass viele Amerikaner eine starke Affinität zu ihrem Außenminister hatten. Andere vermuteten wiederum, dass der Fernsehauftritt der First Lady den Ausschlag gegeben hatte, da sie sehr beliebt gewesen sei. Kommunikationswissenschaftler rühmten die *BBC*, die es verstanden habe, in wenigen Minuten die tatsächliche Lage zusammenzufassen, während Pragmatiker daran erinnerten, dass die Regierung kurz zuvor verfügt hatte, alle Waffen abzugeben. Dies habe die republikanisch-konservative Wählerschaft gegen Washington aufgebracht. Tatsächlich seien, als der Aufstand losbrach, bereits tausende von empörten Amerikanern, vor allem aus dem Mittelwesten, dabei gewesen, sich gen Washington auf den Weg zu machen. Revisionisten vertraten die Ansicht, dass die Waffenlieferungen des französischen Geheimdienstes eine wichtige Rolle gespielt hätten. Dagegen wurde eingewandt, dass es in den USA sowieso keinen Mangel an Waffen gegeben habe.

Einig waren sich aber alle Historiker, dass diese zweite amerikanische Revolution das Land ergriff wie ein Lauffeuer. Als sich die Sicherheitskräfte weigerten, das Weiße Haus zu verteidigen, war das Schicksal von Drillson, Giovanni, Rave, Wilbur und Orinoko besiegelt. Sie wurden an die Wand des Lincoln Memorials gestellt und von wütenden Waffennarren erschossen, an deren Spitze die Brüder Tony und Tim Natchez aus Rachel, Nevada, standen.

Doktor Henry Wolfstetter hatte sich derweil nach Israel abgesetzt, während Lucius Prince das Massaker in Moskau überlebt hatte und im Jahr 2025 Wladimir Putin ablösen sollte.

Auch Joe Brisbane hatte in allerletzter Sekunde einen Flug nach Australien erwischt. Dort hatte sich allerdings herausgestellt, dass sich sein Boss mit der Übernahme von Time Warner ein wenig übernommen hatte. Er war auf den Schulden sitzengeblieben, die rund dreihundert Milliarden Dollar betrugen, und musste Konkurs anmelden. Dies sollte Brisbanes weiterer Karriere allerdings nicht schaden. Er heuerte als Informationsminister für den saudischen Herrscher Khalid Ibn Sultan an. Dessen erste diplomatische Kontaktaufnahme mit der neuen amerikanischen Regierung bestand darin, sie zur Beerdigung von Kronprinz Abdullah einzuladen. Che Guevara, der amerikanische Interimspräsident, musste leider absagen. Er sei zu sehr damit beschäftigt, den Wahlkampf vorzubereiten.

* * *

»Und hier finden wir nun die Lösung?«, fragte Manuel staunend. Er stand neben Jason Gilligan und sah sich um. Diese verstaubten Regalreihen voller Papier waren nichts für ihn. Warum machte sich niemand die Mühe, das Archiv zu digitalisieren?

»Ich hoffe«, sagte Jason und fühlte in seiner Tasche den Schlüssel, den ihm Außenminister Tom Powder gegeben hatte. »Ich bin auch zum ersten Mal hier.« Mit der Regierung Che Guevara, die alle Gesetze der letzten Monate abgeschafft hatte, herrschte in Washington eine völlig neue, offene Atmosphäre. Offen genug, dass Jason, Manuel und Claudette einfach so in das CIA-Archiv in Langley gehen und streng geheime Akten durchstöbern konnten. Vermutlich war es nur eine Frage von Wochen, bis irgendein Bürokrat dem Ganzen wieder einen Riegel vorschob, aber die Zeit wollten sie nutzen.

Die graue Tür mit der Aufschrift »Galerie III« sah genau so aus, wie Powder es ihnen beschrieben hatte. Dahinter standen noch immer die Kartons. »Gott sei Dank«, sagte Claudette. »Ich hatte schon befürchtet, Dewey und die anderen hätten hier aufgeräumt.«

Jason nickte erleichtert. »Offenbar haben sie sich zu sicher gefühlt«, sagte er. »Jetzt, wo sie tot sind, kann es Ihnen ja egal sein.«

Als Jason nach dem Karton mit der Aufschrift »World Trade Center« griff, zitterte seine Hand. Wie viele Menschen hatten für diesen Irrsinn sterben müssen? Dann gab er sich einen Ruck und öffnete den Karton. »Gutachten« stand auf dem obersten Ordner.

Es war Sprengstoff gewesen. Das World Trade Center war von oben bis unten mit Sprengstoff versehen gewesen und ein Knopfdruck hatte die Twin Towers zusammenstürzen lassen wie ein Kartenhaus. Die Sprengung wurde vom Gebäude World Trade Center 7 vorgenommen. Dieses Hochhaus brannte am späteren Nachmittag langsam ab, was alle Spuren vernichtet hatte. In World Trade Center 7 befanden sich auch die New Yorker Zentrale der CIA, die Börsenaufsicht sowie der Kontrollraum des Bürgermeisters. Es war Benito Giovanni gewesen, der den Knopf zur Sprengung gedrückt hatte. Am 11. September, um 11 Uhr.

Als Nächstes hatte Drillson veranlasst, dass die stählernen Überreste des World Trade Centers nach Pakistan geschafft und in ein Lager mit hohen Sicherheitszäunen verfrachtet wurden. Denn die chemischen Spuren der Sprengung wären an dem Stahl nachzuweisen gewesen. Den Stahl von Pakistan aus in der Irak zu schicken, war ebenfalls Drillsons Idee gewesen. Er wollte die Überreste in einem der Präsidentenpaläste Saddam Husseins unterbringen und diesen beim Einmarsch so gründlich bombardieren lassen, dass nichts mehr davon übrigblieb.

Leider kam ihm in Pakistan dieser Journalist in die Quere, der herausfand, was sich in dem Lager befand. Um ihn hatte sich Orinoko Oil gekümmert. Auch um den allzu neugierigen FBI-Mann, der unbedingt in Sachen World Trade Center ermitteln wollte, sowie um die Biochemikerin und den Senator aus Minnesota. Für das Anthrax war Orinoko Oil ebenfalls verantwortlich. Nur der tote Wissenschaftler ging auf das Konto des MI5. Der Totenkopfbund hatte auch Mitglieder in Großbritannien. Die entsprechende Namensliste fand sich ebenfalls im Regal. Darauf stand auch der Name des geheimen Vorsitzenden. Es war Wilbur.

»Jesus!«, rief Manuel. »Aber die Flugzeuge ... Ich habe die Flugzeuge doch selbst ins World Trade Center fliegen sehen ...«

Claudette nickte. »Lies weiter«, sagte Jason.

Die Flugzeuge waren die perfekte Tarnung gewesen, wenngleich unfreiwillig. Harry Burton hatte die gleiche Idee gehabt wie der Totenkopfbund: Ein »katastrophales und katalysierendes Ereignis – ein neues Pearl Harbor« sollte den Grund für einen Eroberungsfeldzug im Mittleren Osten liefern, der die Ölquellen sichern sollte. Es war Burton, der die Attentäter angestiftet und bezahlt hatte und sie im Glauben ließ, es gehe um eine Flugzeugentführung. Giovanni wiederum, der vom World Trade Center 7 aus die Fernsteuerung der schwarzen Drohne manipuliert hatte, war es gelungen, die entführten Maschinen ins World Trade Center rasen zu lassen. Das hatte Burton daraufhin mehr als überrascht. Besonders die Tatsache, dass nach den Crashs der gesamte Gebäudekomplex zusammenstürzte.

Noch ärgerlicher fand Burton allerdings, dass die Rakete, die er aufs Pentagon hatte abschießen lassen, nicht Drillsons Büro getroffen hatte.

Manuel bibberte. »Kommt, lass uns gehen«, sagte er zu Jason und Claudette. Er nahm den Karton an sich und stand auf. Jason nickte. Den Arm um Claudette gelegt, verließ er das CIA-Hauptquartier. Ein langer Albtraum war vorbei.

Erst in der Sonne beruhigte sich Manuel wieder. »Und nun?«, fragte er Jason. »Schreibst du etwas darüber?«

»Ich denke nicht«, antwortete er. »Ich bin jetzt Chefredakteur der Zeitung und habe jede Menge Organisationskram am Hals. Aber wie wäre es, wenn du darüber schreibst? Du kannst bei unserer Zeitung als Reporter anfangen. Von mir aus sofort. Oder willst du lieber erst deine Doktorarbeit fertigschreiben? Was war noch gleich das Thema?«

»Quasare und schwarze Löcher als Phänotypen der galaktischen … ach, ist doch egal«, sagte Manuel. »Klar fange ich bei dir als Reporter an. Aber heute will ich mich erst mal mit Tony und Tim in einer Bar in Georgetown treffen. Die alten Zeiten und so.«

»Wir nehmen heute auch frei«, sagte Jason. »Besonders gruselig fand ich übrigens, wie sie die Leiche vom alten Bormann im Keller von Drillsons Haus gefunden haben. Der war bereits seit zehn Jahren tot und vollkommen mumifiziert.«

Am Springbrunnen vor den National Archives, in Sichtweite des Regierungsviertels, verabschiedete sich Manuel von Jason und Claudette. Er lächelte, als die beiden Hand in Hand zum Teich spazierten, wo eine Rockband in der Sonne spielte. Sehr ernst schien Jason seine neuen Pflichten als Chefredakteur nicht zu nehmen. Aber nun musste er auch los. Und zwar keineswegs zu Tony und Tim. Manuel lief zur Stadtvilla von Linda und Tom Powder. Allerdings waren die beiden gar nicht zu Hause. Sie waren in die Flitterwochen gefahren. Aber das machte nichts, denn Manuel hatte die Wochen in Washington genutzt, um neue Freunde zu finden. Besser gesagt, neue Freundinnen.

Als Manuel klingelte, wusste er nicht, welche der Zwillingsschwestern ihm die Tür öffnete, aber das Mädchen umschlang ihn so leidenschaftlich, dass er es aufgab, darüber nachzudenken. Er küsste sie auf den Mund und den Hals. Dann tastete sich seine Hand zu ihrer Brust hoch. »Wilma«, flüsterte er.

»Ich bin Betty«, flüsterte sie zurück.

»Da bist du ja endlich«, sagte eine Stimme aus Richtung des Schlafzimmers. »Komm!« Es war Wilma, die ein fast durchsichtiges Hemd trug. Sonst nichts.

Immer noch beide Arme um Betty geschlungen, sah Manuel auf. »Sofort«, antwortete er und lächelte verlegen. »Haltet mich nicht für völlig verrückt, aber ich muss für eine Sekunde meine E-Mails checken. Dann komme ich sofort zu euch ins Schlafzimmer.«

In seiner Inbox war nur eine einzige E-Mail.

»Morgen wird die Bombe fallen«, hieß es in der Nachricht. »Es wird die Mutter aller Bomben sein.«

Sie kam von Niitaka.

Die Deutsche Nationalbibliothek verzeichnet diese Publikation in der Deutschen Nationalbibliografie; detaillierte bibliografische Daten sind im Internet über http://dnb.d-nb.de abrufbar.

FSC
www.fsc.org
MIX
Papier aus verantwortungsvollen Quellen
FSC® C083411

ISBN: 978-3-946778-21-9

ein Imprint der Buchkomplizen GmbH
Umschlaggestaltung: Buchgut, Berlin
Satz: Publikations Atelier, Dreieich
Druck und Bindung: CPI – Clausen & Bosse, Leck
Printed in Germany